颜永江 — 著

我们的
WOMEN DE

荣 光
RONGGUANG

山西出版传媒集团　北岳文艺出版社
·太原·

图书在版编目（CIP）数据

我们的荣光 / 颜永江著 . —— 太原：北岳文艺出版社，2020.6
ISBN 978-7-5378-6194-6

Ⅰ.①我… Ⅱ.①颜… Ⅲ.①长篇小说—中国—当代 Ⅳ.① I247.5

中国版本图书馆 CIP 数据核字 (2020) 第 061160 号

书　　名：	我们的荣光
著　　者：	颜永江
出 品 人：	续小强
选题策划：	左树涛
责任编辑：	左树涛
封面设计：	张洪海
封面绘图：	郑舒心
印装监制：	郭　勇

出版发行：山西出版传媒集团·北岳文艺出版社
地　　址：山西省太原市并州南路 57 号
邮　　编：030012
电　　话：0351-5628696（发行部）
　　　　　0351-5628688（总编室）
传　　真：0351-5628680
网　　址：http://www.bywy.com
E - mail：bywycbs@163.com
经 销 商：新华书店
印刷装订：山西新华印业有限公司

开　　本：787mm×1092mm　1/32
字　　数：261 千字
印　　张：9.75
版　　次：2020 年 6 月第 1 版
印　　次：2020 年 6 月山西第 1 次印刷
书　　号：ISBN 978-7-5378-6194-6
定　　价：42.80 元

本书版权为本社独家所有，未经本社同意不得转载、摘编或复制和平年代，公安队伍是一支牺牲最多、奉献最大的队伍。

——习近平

目 录

引 子
他俩心里清楚，只要扣动手中仿制"五六"式长枪，就没有回头路可走了。 … 001

第一章 天衣无缝
丁俊成从没与人拌过嘴，就更不用说有什么仇家，是谁暗算了他？ … 005

第二章 谁是赢家
他的死谁是真正的赢家？ … 017

第三章 棋子失算
这是设的一个局，他只不过充当了别人发财的一枚棋子。 … 031

第四章 背后的人
子弹"嗖"地穿过窗户玻璃，准确地射在祖霄的眉心上。 … 047

第五章 暗流涌动
绍中伟拿这次人事安排搞权力平衡，那他得找一个砝码，这才是他要面对的现实。 … 060

第六章　高手过招

他心有不甘，妄想着再来一场刺刀见红的搏杀，甚至比搏杀更猛烈地较量。正如烈酒刺喉，落肚后翻江倒海地折腾，这样才玩得刺激，心跳！

074

第七章　狼子野心

得想办法治治他，敲掉这只狼的尖牙，别让他以后伤人。

088

第八章　势均力敌

广场中央成了龙、狮两队的比武场。棍棒互击的"噼啪"声响，和"大响"在广场上空的爆炸声，使人听得毛发直立。

103

第九章　得意忘形

他在楠竹岭的地位并没有受到影响，反而受到了更多人的尊重，就连向来阻止周巴子与自己交往的那个女人，也没说一句坏话，把他还当成了英雄。

116

第十章　内部整肃

当他们受到不法侵害时，你是痛心疾首，还是怒火满腔！

128

第十一章　混淆视听

他埋怨面前两位大佬是那样的胆小如鼠，平时捅破天的劲到哪儿去了？不就是一张大字报嘛，丁俊成早已成了九泉下的冤鬼，死无对证，真要查又能如何。

141

第十二章　心怀叵测

再次打量从身边走开的女人，细腰、圆臀，一双修长的大腿，白净的皮肤泛着红晕。他坚信见过这个女人！　　　　　　　　　　**156**

第十三章　剑拔弩张

他不得不接受现实，行尸走肉般穿梭于这个充满敌意的城市。　　　　　　　　　　**172**

第十四章　命运多舛

他心中有一团不熄的火，熊熊燃烧着他的血液，涌动的血像一匹奔腾的野马在体内乱窜。　　　　　　　　　　**191**

第十五章　欲盖弥彰

他魂不守舍地闷在家里好几天了，不希望有人来打扰。是到公安机关投案，还是等待观望？　　　　　　　　　　**209**

第十六章　如期而至

她估摸自家的男人遇上过不去的坎了，好端端的怎么就变成人不人鬼不鬼的了？　　　　　　　　　　**224**

第十七章　恰逢其时

管苏菲对公公丁仁宗说，这样过一辈子我心有不甘。祖霄死了虽无对证，但我手里的那些材料证明有人早有预谋，而且做得天衣无缝。　　　　　　　　　　**243**

第十八章　山雨欲来

他阴沉的脸上带着焦躁不安，没有了往日的那种风度，刚放下提包，又麻利地端起了水杯，一口喝完，重重将杯子放在了原处。　　　　　　　　　　**258**

第十九章　最后一搏
你娘个软蛋！不就是把一个女人弄走，至于这个熊样吗？　271

第二十章　云开雾散
他们的紧张慌乱，和极力想掩饰的故作镇静，一览无余地暴露出来。　286

尾　声
灵车缓缓从长街驶过，低沉的哭泣盘旋在江源上空。　302

引　子

　　半轮弯月羞涩地躲进了乌云里，湿漉漉的水雾遮住了昏黄的街灯。大街上灰蒙蒙一片，能见度非常低。

　　江源县城出奇地寂静。往日唧唧啾啾的虫鸣也突然歇了下来，生怕惊扰了这份黑夜里的宁静。

　　在一栋废弃的楼里，一高一矮两个男子迅速钻进了一间黑黢黢的屋子里。高个子不记得这是第几次到这里来了，当他一进到这里时，就有了一丝后悔，每次来这里都有这个感觉。他不知矮个子此时的心情怎样，反正自己的心脏是在"扑通扑通"跳个不停。他十分清楚，只要扣动手中长枪的扳机，就彻底没有回头路了。

　　屋里死一般沉寂，他能听到矮个子手里香烟燃烧的嘶嘶声，和自己"扑通扑通"的心跳。

　　"怕了？"高个子仰头看向楼顶问。

　　矮个子紧张地嗞嗞吸了几口烟，然后扔掉烟头，说："嗯，不怕是假。"他踩了几脚一闪一闪燃着的烟头，使劲踩了几下。然后，他长长地出了几口粗气，提起靠在墙边的长枪，"哗啦"推了一下枪栓，端枪将枪管伸向窗台。接着他俯下身子，眯上左眼，侧脸将右眼凑到瞄准镜上看向对面的一栋别墅。矮个子瞄了一会儿后，直起身子收了枪，懒懒地靠在墙上。他用眼角的余光向身边高个子瞟了眼，说："你不怕？"屋子里太暗，看不清高个子的表情，但觉得紧挨着的高个子的那只手臂在发抖。

高个子没有吱声，把手伸向了他。矮个子把长枪靠墙边放下，从口袋里摸出一包香烟，抽了一支递过去，然后自己也抽上了。屋内顿时亮起了一闪一闪的火星，"吧嗒吧嗒"的吸烟声此起彼伏。

　　高个子起初很不愿意接这件掉脑袋的事儿。可这事儿偏偏不由他，即便他十二分不情愿，甚至反感，也不得不硬生生地接下这单生意。这一接，他俩便过上了心惊肉跳、诚惶诚恐的日子。每当他俩走进这个暗无天日的小屋，心里就充满了无限的恐惧、无尽的后悔。尽管他具备狙击手的天赋，但不想把这天赋用在杀人上，也反感以这种方式结束对方的生命。更不希望通过自己手中的枪，把自己的雇主变成生意场上的赢家。正因为不情愿，所以他放弃了一次次猎杀目标的大好时机。一次次带着些许的安慰离开这个小屋，却又一次次怀揣恐惧和愤懑，蹲在这个黑暗的屋子里狩猎。

　　他们所处的位置，与对面的别墅中间夹着一条水泥马路，和一个空旷的草坪。从这个位置到对面别墅的直线距离约一百米。他们在的这间房子面积不大，一张床占去了房间大半的面积，没有多余的地方供他俩活动，他俩只能紧挨着身子挤在窗户边。他很佩服雇主选的这个地方，这确实是狙击手的绝佳之处：居高临下，视野开阔，开枪后可迅速逃离现场。更让他放心的是，不用担心被人发现，因为这是一栋早已废弃了的独楼，与周围的小区相隔两百多米。枪响之后，只需十几秒，就能到马路边等候他们的摩托车上。

　　尽管雇主考虑周密，他的心仍然悬着。每次拿起枪，心里就开始发毛，甚至惊恐。不！是极度恐惧！这毕竟是杀人！一想起一个鲜活的生命，在手中的枪吐出火舌后就会消失，他就无比慌乱。这种心态，使他很难把注意力集中到扣着扳机的手上。他的胸口起伏不定，握枪的手在抖，窗台上的枪管明显在左右晃动。

　　他有过放弃的念头，但那只是瞬间。从雇主交给他这件事起，他就没有了退却的余地。几次行动失败，计划仍然没有改变。命该如此。如果放弃会使雇主对他更加不满，接着便是自身陷入险境。

他多么希望雇主提供的只是个假消息，让这死一般的沉寂挨到天明。

千万别出现在瞄准镜里！露头必死！

高个子抬脚碾灭了冒着烟的烟头，长长嘘了口气，转身从无框的窗户上探出半个头，看了眼对面的别墅。街灯昏暗，浅黄色的灯光挣扎着穿过浓浓的水雾，隐约照出对面别墅的轮廓。

楼下传来"啪啪"两声击掌声，他猛地抖了几下。这是楼下发出的行动暗号，带他们逃离现场的摩托车已准备就位，目标将很快进入狙击范围。

矮个子的头偏向了高个子的脸，高个子感到脸上有一股股灼人的热浪。矮个子喘着粗气，端枪的手抖得非常厉害，枪管左右晃动。高个子回头瞪了眼矮个子，屋子里太黑，看不清他的脸。于是，用胳膊碰了下他，咬牙低声地吼："别抖！扣下扳机就这么简单！"

"嗯！"矮个子总算停止了颤抖。

"装子弹！记住千万别给老子打偏了！"

"哗""哗"两人同时拉开了枪栓，"咔嚓咔嚓"两只手忙向枪膛里填上了子弹，"哗啦"又将枪弹推上了膛，两支乌黑的枪管同时伸出了窗户。他们已经忘记了所有的一切，结束这段犹豫、孤独、恐惧、寂寞的狩猎生活吧，哪怕前面是万丈深渊，也要孤注一掷。

黑咕隆咚的屋子里，"扑通扑通"的心跳和"呼哧呼哧"的喘息声特别响亮。高个子深吸口气，俯下身把眼睛凑到了瞄准镜上。他调了一下瞄准镜，把准心定在了对面别墅大门锁孔附近的把手上。这是他俩商定的射击位置，也是目标进入狙击范围同时扣动扳机的时间。今夜无风，这给他增强了信心。至少不会因风速，而使子弹偏离目标。他对百米左右的目标虽有一枪毙命的把握，为了保险，还是采用了双枪狙杀的办法。他身边的这个矮个子，虽不是最佳狙击手，但在江源这个地方算是最为出色的枪手了。

昏暗的街灯下，小车的轰鸣声由远而近。

小车在他的瞄准镜里慢慢变得清晰了。"预备！"他冲矮个子下达了口令。然后屏住了呼吸，食指扣在了扳机上，右眼紧盯瞄准镜里别墅大门锁孔附近的把手。

一辆灰色小车从瞄准镜里一晃而过，戛然停在了别墅大门前的草坪上。一中等身材略微肥胖的男子从车里走出来。他回身把车门关上，又拉了拉车门把手，随后朝别墅走去。

高个子的心脏再次剧烈地跳动起来，脑子里一片空白。但他眼睛里的那个目标十分清楚。目标已经进入了约定的狙击地点！扳机护圈里的食指慢慢收紧：三，二，一……

"砰、砰"，枪声划破了寂静的夜空，久久回荡。

第一章　天衣无缝

刑侦支队管警用装备的老路，这次破了政委邱林的出动纪录，第一个到了刑侦支队楼下。

邱林气喘吁吁地跑到老路跟前时，老路冲他得意地一笑，调侃地说："政委，这半夜三更不会是同熟人握手去了吧？"邱林知道老路对自己不怀好意，用自己批评出警最慢的民警的话调侃自己。邱林装着没听见，喘着粗气吼了一句："还愣在这干嘛，快去打开装备室！"老路又是一笑："门早开了，就等小伙子们取枪了。"邱林看了一眼老路，老路站的地方光线太暗，没能看清。邱林想，指不定这家伙脸上乐成啥样了呢。他转头看着大门外，焦急地盼着出动现场的民警快点到位，心里不停地念叨，枪杀案！枪杀案！

邱林是全支队公认的到达现场速度最快的人。队里许多年轻人不明白，四十岁的政委，为什么每次出动总是第一个到达指定集中地点。不管他的身体条件，还是反应能力，与队里的年轻人没可比性，可每次出警他偏偏总是第一。

老路因出警速度慢被邱林批评过。老路管着刑侦支队的警用装备。五十多岁的人身体差，又患有痛风，每次出警老路都最后一个到达指定集合地点。先到的民警取不出武器，只能干着急。邱林是急性子，与老路不慌不忙的风格截然相反。几次了，邱林都想提醒老路出警时稍微注意下速度，但话到嘴边儿又咽下去了。毕竟老路上了年岁，又有病，当着支队年轻人的面数落他，邱林做不出来，谁也有老的时候。可队里年轻人意见大，说老路每次都耽误我们的出警时间，老挨局长批不说，到了现场还受群众的气，说刑侦支队出警速度就像蜗牛爬。支队长高晓敏听不得这些话，对邱林说："你是政委，队伍的纪律得抓，虽然老路有特殊原因，问题也不能老出在他身上。"

在一次支队全体会议上，邱林拐着弯训了老路。一个月前的一天晚上，市内发生一起抢劫案，大部分民警来了，等着老路开装备室门取枪。邱林老远就见老路一拐一拐慢悠悠地走走停停，当时他就憋了一肚子火。可气的是，队里的技术员小李比老路还慢了一分多钟，邱林忍了。

第二天下午，邱林跟高晓敏说要开一个会，强调支队的纪律作风。会上，邱林变着法儿训人，问技术员小李："昨晚从家里出来时没碰到过熟人吧？"小李不知其意，忙答没碰到过熟人。邱林火了，说："我就说嘛，三更半夜你不会碰到熟人，不会又是同熟人握手耽搁了时间吧！"这话训得有水平。

其实，邱林也是借队里小秦的玩笑话训人。小秦是一个活跃分子，领导、老同志他都敢开玩笑。有一次，邱林同小秦一起去摸排一个对象，邱林说："摸排对象主要靠群众基础，群众基础好人脉广，线索自然就上来了。"小秦接过邱林的话，说："请政委放心，江州市的人我认识一大半，白天出门与人握手都能把手握出老茧来。"还将手伸给邱林看。邱林在他的手上拍了一下："你就吹吧你！"

小秦捂嘴一笑："下次白天出警迟到，您可要理解哟！"

邱林眼一瞪："为什么？"

小秦瞟了一眼邱林，说："同熟人握手要耽搁时间啊！"

老路这次的调侃话就是这样来的。不过，邱林没想到，老路这次竟破了自己的纪录。邱林认为，干刑警就得有一个刑警样，刑警就是要做到反应快速，第一时间抓住案犯。所以十几年过去了，他仍保持着睡觉只脱外套的习惯，这就是他到达指定地点最快的秘诀。

邱林同局长程志远开过玩笑，说他每次第一个到达指定地点，但还是最怕半夜里接到局长的电话。程志远瞪眼说，别以为我愿意半夜三更打你电话，谁让咱们吃的就是这碗饭，睡觉都得睁着一只眼。警察谁愿意半夜接到出警电话？使命所在。

枕边的手机突然亮屏，铃声一阵比一阵刺耳，屏上"程局长"三个字在一闪一闪地跳动。邱林迷里迷糊地揉了几下眼睛，抓起手机看了一眼，接通电话的同时，下了床。电话里，程志远声大而且急促，完全没了平日那种淡定自若的作风，十万火急地问："起了吗？"

邱林心想，凌晨一点多，谁就起了，我神经啊！邱林"嗯"了声，条件反射般匆忙穿外套，穿戴好了，程志远也刚好挂上电话。果然不出邱林所料，江源县发生了一起枪杀案！

邱林轻轻关上房门，怕惊醒熟睡的妻子舒蓉。出门后，他急匆匆往刑警支队装备室赶。装备室老路接了电话，答应六分钟后到。邱林接着往下挨个给痕迹技术员小秦和小李打，语气与程志远的一样。刑警就得这样！

邱林看着跑进大院的小秦和小李，他俩头额上冒着汗。邱林不知怎么就有一股无名的火，冲两年轻人吼："都多长时间了？哪里有刑警的一点样子！就不能向人家老路学学？"

老路站在那里，冲小李和小秦得意地一笑。

小秦感到委屈，想申辩。小李拉了把小秦，两人向楼上的装备室跑去。小李朝身后的邱林说了句："这已经是最快的速度了，只用了十二分钟。"邱林看了一下表，没错，只十二分钟。

邱林不知自己为什么突然发火。高晓敏在的时候他不用这么上心，只要听高晓敏吆喝就行，一切照高晓敏说的办！说实话，高晓敏当了这么多年支队长，也没有经历过像现在的这起案子。如果高晓敏在，会采取什么样的方法，才能以最快的速度赶往江源现场？邱林是从最基层的派出所民警上来的，什么样案子都见过经历过，就是没碰到过持枪杀人的案子。当程志远在电话里告诉他的时候,他心里不免有些紧张。不过,邱林还算冷静,没有大乱阵脚。人员调配很及时,到现在只用了十五分钟,比他想的要提前六七分钟。就这样,他心里还是有火。火从哪里来,他也说不清。邱林看了看大院,突然想明白了,问题出在这个大院上,这个大院把他憋了一肚子火。这个大院住房面积为什么这么小,不能装下全局民警。

特警车里的车载台对讲机声音很大,楼下的邱林都能清晰听到对讲机里的发号施令。程志远在与江源县公安局局长杜云海对话。杜云海的声音明显紧张,加之现场环境嘈杂,程志远一句也没听清杜云海在说些什么,他不断地问杜云海。现场的杜云海虽开着对讲机,却只顾指挥现场民警,这边的对讲机只传出杜云海的"快快快"和现场的杂音。杜云海偶尔答一句,也是答非所问,程志远只能在指挥中心干着急。

小秦和小李提着工具箱,背着"微冲"跑下了楼。老路将防弹衣和一支"微冲"交给邱林。邱林一边穿防弹衣,一边催小李:"快上车,出发!"邱林的对讲机里程志远在直呼其名,问邱林和特警队是否出发了。邱林边系最后一颗纽扣,边说刚出发。程志远很不满意,已经过了十八分钟了怎么才出发?

邱林冲小李和小秦两人做了一个鬼脸,对着对讲机嬉皮笑脸地"嘿嘿"一笑,然后说:"江州市地盘太大,从南边到北边又那么远,集中需要时间。程局长把大院的家属楼重新建成高层,每户的面积要大,让市局民警都住进大院,这样能保证到现场的速度……"

邱林还没说完,程志远就开骂:"净扯淡,都火烧眉毛了还有心思开玩笑,没学到你父亲半点的严谨作风。"

江源县距江州市一百多公里,在江州市的最南边,与广东省接壤。境内森林覆盖率达到了百分之七十三,春陵、潇水两大水系汇入湘江,水质清澈甘甜。故,江源县有天蓝、水蓝、地蓝"三蓝"之称。改革开放后,由于江源的地缘优势,大量闲散劳力拥入广东。后来,广东的一些新鲜事物慢慢被带回了江源，江源成了江州市有名的"小香港"。在江州所辖的十多个县、市（区）中，江源的经济发展速度排在全市首位，位居全省前五。

二十一世纪初，随着江州至广东的高速公路开通，江源的经济更活跃了。广东的经济发展速度刺激了江源人，当地人开始了"靠山吃山"，砍伐森林，开采矿石，修建电站。当地生态遭到严重破坏，社会矛盾越发突出，治安混乱，刑事案件在全市最多。

邱林一行的警车驶向高速后，他一直不停地与杜云海联系，要杜云海介绍现场情况。他想在没有到达现场前，尽可能多地掌握现场情况，这是他多年来养成的一个习惯。

杜云海说，案犯约在百米处将受害者枪杀！案发时间是凌晨一点十五分，地点在县城大街上的一栋私人别墅的大门外。受害者身份已经查清，是这栋别墅的主人，丁俊成，男，四十一岁，稀土矿业公司老总，案发前去过县城的迪豪歌厅，回家时被人开枪射杀，当场死亡。据外部初步观察，系子弹从受害者的背部穿过心脏造成的死亡。凶手连开了两枪，一枪穿过心脏，而另一枪离心脏部位较远，不是致命枪。周围群众听到两声枪响，间隔不到一秒，几乎是同时响起！

邱林"嗯"了一声，不再问了。邱林的脑子在快速运转，两声枪响间隔不到一秒，案犯使用什么枪，会不会是两个人同时开枪呢？邱林又问了一下杜云海是否封锁了出城的路口。这很重要，只要在路口没有发现可疑人员，案犯就有可能还在江源县城。邱林想多啰唆几句，但最终还是忍住了，怕杜云海多心。

邱林清楚，江源县的案子靠科技手段来侦破的可能性几乎为零。江源的市政建设中，没有将出城路口的电子监控列入计划。市局早年提过建议，可县委就说没钱。江源县城里的电子监控也只装了几处，城里到处都是监控盲区。根据这种情况，这起枪案怕是要采取老办法——人海战术，地毯式搜查。

杜云海去江源县当公安局长还不到四个月，就碰上了这么一起案子。杜云海是文职干部，在市局政治部干了十多年，一直从事队伍管理工作，严格说刑侦业务他没有真正接触过，所以出了这案子他等于在抓瞎。虽然江源公安局班子中也有精通刑侦业务的，比如，主管刑侦工作的副局长崔达就是全市叫得响的刑侦干将。问题是杜云海才去，班子成员之间正处于磨合期，恐难把班子的全部精力统一到这个案子上。

前不久，邱林在市局碰到杜云海，问到了江源的情况。杜云海叹了口气说，难！杜云海说的是实话。江源县公安局领导班子八年没有换过，好几个副职领导在同一个职位上八年了，从三十多岁的副局长干起，直到现在仍是副局长。每次局长、政委换了，而他们仍然如故。班子副职不动，下面的大队、所、室中层领导也没有被提拔的希望，久而久之打击了大家的积极性。现在江源县公安局的几位副职都接近五十了，棱角早已被磨平，哪里还有工作激情，船到码头车到站，都等着从岗位上下来安享清福。

程志远知道江源的现状，但执意将杜云海安排在江源任职，这么做有他的目的。早些年为了鼓励群众办企业，江源县委、县政府出台了制度，在不影响环境的情况下，个人可以修建电站。制度刚一出台，规划内的几座电站一下被关系户承揽了。后来，环境被破坏，县委、县政府察觉到了问题的严重性，又清理湘江源头的小水电站，结果哪个也没清掉。清谁啊？自那时起，江源的部分民警也开始暗地经商了，干警队伍的风气受到了不良影响。程志远要杜云海去江源，就是要整顿江源公安机关的作风。这是杜云海得心应手的本事。

杜云海上任时对程志远承诺，要让江源公安在三个月内改变现状。四个月过了，江源公安队伍现状改变了多少？邱林没打听过，估计杜云海在程志远面前可能食言了。

在距江源四十公里时，杜云海又在对讲机里呼叫邱林。杜云海急切地报告："出城沿途设了二十多个哨卡，县城里也进行了一次大搜捕，没有发现可疑人员。怎么办?"

邱林想了想,问:"设卡时间在案发后多久?"

杜云海说:"大约十五分钟左右。"

隔了好长一段时间,邱林说:"哨卡不能撤!"

车里的小秦说:"案发后十五分钟才设卡,现在交通这么发达,案犯还在江源城里?这杜局长也太没经验了吧。"

汪向龙同吉猛虎能逃出县城是经过精心计算的。从开枪现场到出城路口进入山道,骑摩托车只需要十五分钟。他们用小车模拟了从公安局到丁俊成的别墅最快要十分钟,估计警察在现场的研判为五分钟。这个时间是他们给自己逃命限定的最多用时,否则就出不了城。

其实他们高估了警察的出警时间,吉猛虎认为警察最快也要二十分钟后才能到达现场,加上现场研判时间,总得二十五分钟左右,出城没有一点问题,没必要这么匆忙。他建议,开枪后要在现场逗留三分钟,观察对方是否被打死。汪向龙否定了这个建议,他很自信,一枪毙命。

汪向龙为何这般自信,能一枪解决丁俊成?很多年前,江源的汪氏家族以打猎为生,家里的孩子学步时就与枪为伍,十几岁便跟随父辈上山打猎。汪向龙的爷爷能百步穿杨。汪向龙的父亲上山打猎落崖身亡后,爷爷把汪向龙带大。在汪向龙十岁那年,爷爷就带他上山打猎,手把手教汪向龙枪法。到他十六岁时,枪法到了炉火纯青的地步,在当地很有名,百米内,对方必死无疑。何况吉猛虎也开了一枪,丁俊成还能活下来那才怪呢!

汪向龙同吉猛虎坐着摩托车,从离开现场出城到进入这条山路,仅用了十三分钟,比原先计划少了两分钟。这是汪向龙万万没有想到的。驾车的两位车手是雇主请来的,是江源城里有名的快车手,时常在城里飙车。此时,摩托车在崎岖的山路上狂飙,路上扬起一片尘土。

雇主保证过多次,都安排好了,不用担心。汪向龙也一直安慰自己,都经过模拟的，不存在任何隐患。事实上，开枪后，汪向龙还真是乱了，只顾快速离开而忘了打扫现场，留下了致命的物证——弹壳和烟头。他当过特种兵，虽没上过战场但经历过多次演习，他懂得现场遗留物证的后果。在子弹射向那个男子时，汪向龙竟疏忽了这一点。吉猛虎更是慌里慌张地催促他快离开此地。于是俩人冲下楼，坐上摩托就跑了。冷风吹在汪向龙的脸上时，他才稍微清醒了，想回去，但来不及了。

接近天亮时分，隐约能看到远山的轮廓。摩托车在一个山顶上停下，二人下车，将长枪交给了驾驶摩托的人，然后汪向龙拍打了几下身上的尘土，同吉猛虎走下山去。

两辆摩托车调转了头，驶向另一个路口，进入了阴森的林子。

摩托车去哪里，驾车的人是谁，雇主为何要将枪交给这两个人？汪向龙一概不问，这是规矩。

下山的路是一条蜿蜒曲折的便道，青石板铺就，是通向山脚侗寨唯一的一条路。山下层层叠起的侗寨吊脚楼里，忽明忽暗闪着点点灯光。山下的这户人家是雇主的亲戚，雇主带汪向龙来过，说是计算行程和事先踩点。雇主跟他的亲戚说好了，不管汪向龙同谁来，都要热情接待，并且不能透露半点风声。雇主的亲戚说，那是自然的。他知道雇主是一个干大事的人，在江源城里很有名气，自己也跟着沾了不少光，得了不少好处。这次雇主又给了他一大笔钱，这深山老林里钱是什么概念，大家都懂。所以他的亲戚也不会去犯傻，更不会把雇主出卖了。那不是断了自家的财路？

邱林的车还没停稳，杜云海就站在了车头前，随后领着邱林进入了现场。

远山的山顶慢慢镀上了一层淡淡的红色，天开始放亮了。现场围观的人仍然在议论，先来的人不断地给后来的讲述几小时前发生的事。慢慢地，事件具有了很多戏剧成分，使大家联想到一幅幅恐怖画面。

丁俊成倒在地上，地上那摊鲜血变成了暗红色。邱林在现场看了看，又观察了现场对面。杜云海告诉他，子弹是从对面那栋废弃的独楼上射出的，离现场足足有一百零八米。邱林要小李留下，再次复查现场，然后一挥手，同杜云海等人去了那栋废弃的楼房。

这是一栋一楼一地的楼房，楼内七零八乱，墙体破败不堪。管区的民警介绍，这是一栋违规占地建筑，早在一年前就被建设部门勒令拆除，后来便废弃了，没看到有人来过这里。这楼的原主人叫张望，四十多岁，家里有三口人。

杜云海领着邱林几人上了楼，进入二楼的那个房间。房里除了一张大床，几乎没有别的东西，被子很凌乱地堆在床中间，看样子昨晚有人睡过。杜云海一进门就向邱林介绍地上的标记位置，说："床下那个大圈里当时有很多烟头，窗户下的那两个小圈是弹壳掉落的地方。"

邱林从技术员手里要过弹壳，看了看两个弹壳的底部，然后又望了望对面那栋别墅，抬手伸向窗户外，做出端枪瞄准的姿势。杜云海说："犯罪嫌疑人是从这里开枪的，确认无疑，用的是具有远距离射杀性能的枪。"邱林收回双手，对杜云海说："如果我没判断错的话，应该是制式五六式半自动步枪！"

杜云海对枪没有研究，邱林的发言他只有听的份儿。不过，他有些不信，多少年的治爆缉枪行动，在江源这里压根儿就没听说过还有制式枪支的存在。要说是仿制式枪支，他有可能信，可邱林分明是说制式半自动步枪。江源地处偏僻，谁能弄到管制特别严厉的制式枪支？

邱林知道杜云海不会信，他笑了笑，让杜云海立马安排人将弹壳和弹头送省厅进行技术检验。邱林看过了弹壳底部撞针的撞击点，仿制枪支的撞击点不在弹壳底部的中间位置。假如是仿制枪支，撞针能够如此精确地撞击子弹底部的中心，那这种仿制枪支的精准度不亚于制式枪支。杜云海不知邱林在想什么。其实邱林根本不希望是仿制式枪支，如果是仿制式枪支，像这种枪支在江源有多少，江源面临的枪支危害有多大？

县委副书记周杰刚准备出门时，接到了一个电话，是秘书打来的，说昨晚丁俊成被人枪杀在自家门口。周杰提了包都没向妻子打招呼，就匆匆忙忙地出门了。妻子陈芬在后面喊，再忙也得吃早饭呀。周杰没搭理就钻进了小车。车上，周杰给书记绍中伟打了一个电话，汇报了这一情况。好像绍中伟已经知道案情了，他似乎并不惊讶。绍中伟说他在去现场的路上，要周杰一起赶过去，副市长、市公安局局长程志远很快也会到现场。周杰挂了电话，告诉司机去县城江坪路73号。周杰又给张跃去了一个电话。张跃听说丁俊成出事了，声音顿时哽咽了，十分悲痛。

周杰为什么要将丁俊成的死打电话告诉张跃？丁俊成的死与张跃有关吗？周杰相信张跃不会去干那种傻事。张跃是全市模范企业家，不会因与丁俊成的一点口舌之争就动杀机，这不是他的做派。张跃只是贪婪一点，别的方面他很放心，看来是自己想多了。但丁俊成的死，对张跃来说是好事，起码少了一个强劲的对手。

周杰给张跃打这个电话是怕张跃沾上这事，把自己牵进去。六年前，张跃在周杰的帮衬下承揽了江源跑广东的客运，并在江源成立了长途客运公司。当时，审批手续烦琐，很难批下来。张跃脑子灵光，找到了时任分管交通的副县长周杰的妻子陈芬，邀请陈芬入干股。陈芬很乐意，答应帮忙。周杰起初还有些顾虑，怕影响自己的仕途。张跃说，这事不用他操心，会办得天衣无缝。于是，周杰就答应了张跃。两个月后，周杰就把客运公司的审批手续办了下来，

公司运作一年后，陈芬告诉周杰，张跃很够义气，一年的分红就是几十万。周杰听到这个数不免有些担心，怕张跃嘴不严把这事传出去，劝妻子陈芬退了股份。陈芬说根本就没入股，也没出过本钱哪来的股份？这让周杰放心了。就这样，陈芬年年拿分红，周杰也倒心安理得。三年后，江源人对张跃垄断广东的长途客运不满，有人要求成立第二家客运公司，张跃找到了周杰，请周杰帮忙，周杰竟把申报的项目压下来了。

张跃的公司越做越大，野心也越来越大。他的客运公司摇身一变成

了江源贸易公司，经营的范围很广，水利、森林、矿产等等。坊间盛传张跃是靠着周杰发了财，周杰有没有股份别人无法考证。

快到上班时间了，案发现场的人越来越多，警戒线以外已围得水泄不通。邱林和杜云海好不容易从外面挤进来，现场已经复查完毕，尸体也装上了车。丁俊成的妻子和父亲抓着车门在失声痛哭。地上一堆烧纸正在燃烧，烟味与血腥味混杂在一起十分刺鼻。

邱林走到车前，先打量了一番哭得十分伤心，且哭声极具感染力的丁俊成的妻子管苏菲。面前的女子虽然很悲痛，但难掩她的美丽，从穿着和保养上能看出这是一个生活非常富足的女人，看上去不到三十岁。邱林刚才了解到，她是丁俊成的原配，是这个县城里为数不多的高学历女子。从年龄和学历，怎么也不能将她与丁俊成联系在一起。但面前的女人不是在装，邱林坚信，她的确是撕心裂肺地悲痛。

邱林上前劝说了好一阵，管苏菲才离开现场勘察车。勘察车从闪开的人群中驶离现场，向县城北边的殡仪馆开去。接着几辆小车向现场驶来，前头是县委书记绍中伟的车。邱林同杜云海上前，与绍中伟握了握手，后面的车里依次下来的是周杰、程志远。绍中伟认得邱林。邱林的父亲与绍中伟算忘年交。他们前些年还有交往，后来邱林的父亲得了老年痴呆，绍中伟去的就少了，因为没办法交流也就每年去上一次。绍中伟见了邱林很亲切，说这个案子有邱林在，就不用担心破不了案。这话听起来舒服，可邱林却压力顿增。邱林非常清楚，这次遇到了真正的对手，没绍中伟说得那样轻松。周杰在一旁附和着绍中伟，说早听说过邱林了，坊间都说你是福尔摩斯。邱林一笑，瞟了一眼周杰，然后看向程志远。程志远问："怎样？"

邱林反问："什么怎样？"

程志远没有笑脸，这种情况下笑不起来，严肃地说："现场？"

邱林说："看完了！"

程志远刚要再问，一辆奔驰越野车到了程志远身边突然停下。车上下来一位体态微胖,初看身体上下比例失衡,且皮肤较暗的中年男子。他一下车就直奔丁俊成家门前,丢下手里的皮包,蹲下身子号啕大哭,看起来非常悲痛。周杰上前拍了拍他的肩膀说,事已至此,就节哀顺变吧。来人哭得更伤心了。人群中有人说,他们之间并不像社会上谣传的那样,感情很深哪,看着比丁俊成的家人哭得还伤心。

来人蹲在门口哭了好一阵,声音都有些嘶哑了,才起身。他抹了把眼泪,哭丧着脸,十分悲痛地朝邱林等人走来。他握住绍中伟的手,一个劲地请求绍中伟一定要帮忙破了这桩案子,为他的兄弟伸张正义。

绍中伟向邱林和程志伟这边指了指,说:"市里的破案专家都来了,这案子用不了多久就能破。"来人向所有在场的人鞠了一躬,说:"谢谢各位领导的重视。"接着,他走过来,与邱林、程志远他们一一握手,并自我介绍说:"我叫张跃,江源贸易公司的,与丁俊成是过命的兄弟。"边说边摇头,嘴里一个劲地念叨:"想不到啊,一万个想不到啊!"

邱林瞟了几眼张跃,想问但又止住了。一旁的杜云海拉了一下邱林,说:"去公安局。"

第二章　谁是赢家

刚到侗寨吊脚楼没多久，吉猛虎就有些沉不住气了，他在房里来回走动，不停念叨，踩得木楼板"咯吱咯吱"地响。

汪向龙暗骂雇主给自己选了这么一个搭档，这人就没有一点儿心理素质，可以说是一个十足的莽夫。汪向龙好几次想开口骂人，但转念一想还是忍下来了。吉猛虎没经过专业训练，心理承受能力差这很正常。不同他一般见识，他瞟了吉猛虎几眼，任由他来回晃悠。

汪向龙也后悔，一时冲动答应了雇主来干这事。雇主与自己虽然感情深厚，可也不能拿自己的命去还人情，这有些不值当，太江湖了！如果这次躲不过，自己一生就算交待在这件事上了。最让他放心不下的是年近八十的爷爷，离了他就没人照顾了。不知自己离开后，爷爷还能够活多久？

汪向龙从六岁起就是爷爷把他拉扯大的。十岁时，爷爷就教他习枪打猎，后来还送他当了兵。他是爷爷的精神支柱，汪向龙舍不得丢下爷爷不管。

汪向龙静下来的时候，总会想起与爷爷在一起的时光。不仅是现在，过去当兵时也是这样，每到任务结束就想起爷爷。后来退伍了，回到了爷爷身边，心就踏实了。现在又离开爷爷了，说不定再也没有机会见到他老人家了。想到这里，他一阵难过。

汪向龙算是一个苦命的人。六岁那年父亲同爷爷上山打猎，爷爷的枪法从来没失过准头，但那次却失手了。按当地的话说，他们父子俩是犯了大忌，上山前没有叩拜山神，以至爷爷在发现野猪时慌忙开枪，失了准头，子弹打中了野猪屁股。爷爷回忆说，这是他一生中看到的最大一头野猪，起码有四百多斤重。野猪中弹后发疯般朝父亲冲来。长期狩猎的猎人对野兽的性情是十分熟悉的，父亲知道野猪中弹会疯狂伤人。而父亲这次高估了爷爷的枪法，他认为这野猪的中弹部位虽不是要害，但离要害部位也不会太远，野猪只是最后挣扎罢了。于是父亲迎上前准备再补一枪。当父亲端枪瞄准时，野猪已经冲到了他跟前，还没来得及扣动扳机，就被野猪一嘴拱下了悬崖。爷爷离父亲较远，看到儿子有危险，朝野猪又开一枪，这次打中了野猪的头部，野猪死了，可汪向龙却没了父亲。父亲和被爷爷打死的野猪一同被抬回了家，母亲就用卖那头野猪的钱安葬了父亲。

汪向龙家所在的寨子不是很大，只有七八户人家，是江源县最为边远的地方。那里全是森林，离县城有六十多里地，而且只有一条小路通往县城。从祖辈开始，寨子里的人就靠一支猎枪勉强维持着一家老小的生计，生活非常艰苦。

父亲走了，母亲的主要靠山没了，她对生活很绝望。一天晚上，母亲走出了大山，不知去向。从此，汪向龙就跟着爷爷过。汪向龙懂事后，他恨母亲绝情抛弃了自己。在他的记忆里，母亲这个词没任何意义。十二岁那年，寨子里的人在广东的某个地方见过他的母亲，回来后告诉了爷爷。爷爷说，要去广东找回汪向龙的母亲。汪向龙死活不让爷爷去。他说，既然母亲选择抛弃我，就有她的理由。如果她念及母子情分她会找上门来看我，她不认儿子爷爷找来也没用。爷爷听了汪向龙的话，没再去找她。汪向龙现在都二十多岁了，母亲从来没有到寨子里看过他。现在，他已经不记得母亲是什么模样了。

吉猛虎手扶吊脚楼的栏杆，眺望山下的侗寨。层层叠叠的侗寨围着一座高耸壮观的鼓楼而建。鼓楼前是一个空旷的坪子，据说是寨子里的人过盛大节日时聚会的地方。吉猛虎不是侗族人,不了解侗族的文化习俗,只从电影电视上看过侗寨过节时的那种隆重盛大的场面。他估计鼓楼下的那块坪子,就是侗家阿哥阿妹对歌的地方。

吉猛虎回头看了一眼坐在房里闷声不响的汪向龙,心情非常郁闷,忍不住又开始了唠叨:"龙哥,这主儿他妈也太能忍了,快中午了,怎就还没给个信,是走还是留啊?"

汪向龙突然火了,冲吉猛虎瞪眼:"你啊,就是一个不会想事的猪脑壳,有什么不放心?我们出事对他有啥好处?他比你还急呢!"

吉猛虎被汪向龙数落一通,反倒平静下来了。他无奈地叹了口气,又看向了鼓楼前的那个坪子,还在不停地抱怨。

周杰在案发现场与绍中伟分手后,没有去县委大院的办公室。丁俊成的案子虽然很大,但与他没多大关系,况且公安研究案情是属高度机密的,自己不方便参加,会后陈放会告诉他的。绍中伟同程志远、邱林他们离开现场时,张跃叫上了周杰,说是请周杰去吃早饭。

江源人的早餐分两种,接待重要客人叫吃早饭。早饭的叫法缘于江源农村,当家里来了稀客时,主人为表示自己的盛情,头天晚上就得准备好第二天早上的菜,这菜要办得丰盛。最具特色的就是血肠,凡是吃早饭这道菜是必不可少的。血肠的做法极其讲究,先把猪小肠洗净,将新鲜猪血灌进猪小肠,然后慢火烹制,出锅后切成小段,切口处的猪血嫩而光滑,色泽红亮。这道菜不但费时,而且要精准掌握火候。过了,色暗而不嫩;火候不到,色味欠佳不说,还切不成段。早饭的主食为米饭,不能吃流食。一旦流食上桌就表示这家人不好客。另一种就和城里人的早餐一样,包子、面条、牛奶之类。但凡有人请你吃早饭,说明人家非常尊重你。

周杰的车跟在张跃的奔驰后,一溜烟地蹿进了一条小巷子,在一家小餐馆门前停下,周杰同张跃同时下了车。餐馆的老板同张跃是熟人,老远就打招呼。张跃领着周杰上了楼，房间里，饭菜早已摆好。

桌上，周杰问张跃："对丁俊成的死有什么看法？"张跃反问周杰："想听我的真话还是假话？"周杰瞪了他一眼说："当然是想听真话喽。"张跃一笑，说："丁俊成的死虽然不是一件好事，但起码少了一个竞争对手、一个劲敌。江州市每年的新闻人物评选，唯有丁俊成才是我的劲敌。这是好事儿。"

周杰正准备夹菜的手停在空中，侧过脸瞪了张跃一眼，放下筷子，从纸盒子里抽了张纸巾擦了一下嘴。然后将纸巾狠狠揉成一团，咬牙使劲丢进了垃圾篓里。周杰的这个动作，正好被偏头看向他的张跃看到，张跃顿时有些失色，张嘴看着周杰紧绷的脸，等周杰大声训斥自己。

周杰"呵呵"冷笑了一声，瞟了眼张跃，从包里摸出一包烟抽出一支点上，吸了一口后吐出股浓烟。两根手指夹着打火机，一个劲地将打火机倒过来倒过去。过了片刻，周杰再次看着张跃，说："你是不是对丁俊成的死幸灾乐祸啊？这样就太不对了，我们同是江源人，有什么事不可以放到桌面上来解决？我看你啊，刚才哭就是装出来的！"

张跃惊愕地看着周杰，紧张地申辩道："周书记，我幸灾乐祸什么？我是什么人，别人不晓得，您还不清楚？您借我个胆也不敢！"

周杰站起来，懒懒地说："你啊还是先做好自己的事吧，别到人家门前去猫哭耗子假慈悲，你俩的关系江源人心里有数！"

张跃愣愣地看着周杰走出门外……

案情分析会的时间很短，程志远同意邱林的分析。邱林说这案子就是一起谋杀案。理由有三：一、从作案现场看，案犯开枪的地点是通过精心安排的。他们选择这个地点，做了充分准备。床上的被子等物件都是案犯使用了很长时间的，这说明案犯一直隐藏在那里，等待一个适当机会下手。二、撤离路线合理。枪响后能够迅速撤离，而且没有任何人发现，这说明他们做了精心策划，作案前就把案发后的事考虑得十分周密。三、作案者熟悉江源的地形，特别是对作案现场周围的情况十分了解。邱林建议，先对丁俊成的社会关系进行调查，看看丁俊成死后，谁才是真正的赢家！

绍中伟在沉思，来江源快一年了，没听说过丁俊成与谁不和。丁俊成在江源的口碑还算可以，怎么就遭人暗算了？这是绍中伟万万没想到的。绍中伟记得最后一次与丁俊成见面还是上个月月初，在丁俊成的公司。当时，丁俊成还有说有笑的。才二十几天的工夫，人说没就没了，实在令人惋惜。

邱林同杜云海在送走程志远副市长后，又去了一趟丁俊成的家。丁俊成一家老少都去了殡仪馆。邱林说自己也要去趟殡仪馆，让杜云海带人接着查丁俊成的社会关系。杜云海没有异议，要刑侦队长郝正旗陪同邱林去殡仪馆。

在去殡仪馆的路上，邱林问郝正旗，江源有什么故事，最好是现代版的。郝正旗年纪与邱林不相上下，江源本地人，家在农村，还很偏远。现在父母仍住在山村里，妻子为了照顾儿子读书，在江源城里开了一个南杂店，勉强能糊嘴过日子。邱林要郝正旗讲江源的故事，这真有点为难他了。

郝正旗在公安局里虽是刑侦队长，但社会交往并不广，外面的事他很少去听，一门心思把自己的事做好。这是他做人做事的原则。

郝正旗一笑，说江源这地方怪事很多，但让我说，还真说不上来。有一件事倒可以说给你听，不知是否感兴趣？邱林当然要听。

郝正旗说："那是六年前，二〇〇一年的事了。江源这地方地小妖风大，到处都是'神仙'，一不留神让你撞上一个'大仙'，就是不死也得掉一层皮。"

邱林一笑，问："这话怎讲？"

郝正旗见邱林对自己的故事产生了兴趣，"嘿嘿"一笑，接着说起了故事。

祖霄在江源最初并不算什么人物，但祖氏人多势众。他们早就看上了当地丰富的森林资源。江源离广东最近。广东是我国开放最早的城市，木材需求量大。外地来江源收购木材的贩子不断将这里的木材运往广东。祖霄听人说，这木材生意很好做，一趟就能赚上几千上万，这使祖霄动了做木材生意的念头。可做生意要成本，祖霄家穷拿不出资金，怎么办？向来不务正业的祖霄想到了一个不用成本的办法。他招集了平日里的一些酒肉朋友，组成了一个木材生意的中介组织。他向当地农民说，只要把原木卖给他，就能得一个好价钱。这事当地农民肯定支持啊。于是，他与当地农民把堆积在一起的原木估好价，然后自己出面与外地收购贩子谈价。谈成了，贩子将钱交给祖霄，祖霄按与农民事先谈好的价给钱。祖霄不识字，怕农民反悔，就在谈好价的一堆堆原木上用白色粉笔画上一个萝卜。

郝正旗说到这里，自己都觉得好笑。邱林插了一句："祖霄的做法没什么不妥。"

郝正旗接着说。

祖霄的做法起初并无恶意，算是给当地农民做了件好事。可后来性质变了，变成了强买强卖了。木材生意还没做俩月，广东木材价格突然上涨。而祖霄不同意调整收购价格。农民觉得祖霄使诈，直接去找外地的收购贩子，可祖霄仍在所有原木上画了萝卜。外地的贩子来了一拨又一拨，祖霄说那有萝卜的原木都是我买了的。谁要卖，他就动粗。所有的原木在当地堆放了半年也无人问津。其中有户杨姓的农民家族势力大，不怕祖霄，请来了外地的贩子，把原木卖了出去。这事让祖霄知道了，他叫来了那帮兄弟，赶在贩子装车时到了那里，把贩子打了个半死。当地杨姓那户人家也聚集了几十人与祖霄一伙一拼高低，最终被祖霄一伙打得溃不成军，伤的伤残的残。

郝正旗看了一眼听得认真的邱林，继续说。

祖宵这一闹把名气给闹大了。从此后,祖宵坐地起价,不仅在砍下山的原木上画萝卜,干脆在有森林的地方埋上石碑,石碑上画萝卜。慢慢地,祖宵把江源的整个森林资源给垄断了,成了江源的富裕大户。

邱林看了一眼讲得正在兴头上的郝正旗,问:"就没人管这事?"

郝正旗"呵呵"一笑,说:"有人管,哪里还有祖宵车的故事喽。"

郝正旗接着讲起了祖宵车的故事。

郝正旗说:"祖宵的木材生意使自己成了大老板,县里的主要领导对他很器重,是县里领导的座上宾。祖宵虽没文化,但人不傻,很会笼络人心,办事也很大方。县里各局的领导大部分是他的朋友。

"二〇〇三年春,江源县委、县政府计划开发江源的水利资源,利用民间资金在沿河的上下游修建水电站。计划刚一公布,祖宵扬言出资修建其中两座。江源并不富裕,能拿出钱的只有张跃、丁俊成、祖宵三人。祖宵要独资修一座电站,县里的领导当然高兴,并且为他办好了一切手续。当祖宵准备动工的时候,麻烦来了。当地农民因安置问题与祖宵发生了分歧,几十人阻止他施工。政府出面调解无效,祖宵组织了近百人与当地农民硬拼。最后,当地农民被打伤多人。公安局接到报案,组织力量对此事进行查处。哪知祖宵得到消息后解散了那帮人,为追捕凶手,公安局沿途设卡,检查出城车辆。设卡民警在拦停过往车辆时,所有本地车辆都说是祖宵的车而拒绝检查,并且强行冲关。"

讲到这里,郝正旗叹了一口气。

邱林问:"没下文了?"

郝正旗看了眼前方,答非所问:"邱政委,殡仪馆到了!"

杜云海带人调查那栋废楼的主人——张望,但张望早已离开了江源。几经周折,杜云海找到了张望的姑父。据张望的姑父介绍,尽管那是废楼,却勉强能够住人。他见城管迟迟没有拆掉那座楼,便贴了出租的告示。直到去年六月,梅溪镇上的泥工龙德明才打电话租了楼上的那一间。

杜云海追问最近有没有看到过龙德明。张望的姑父摇头，说那房子没人租，龙德明又一次交了两年的房租，所以就没再去过那个地方。杜云海简单问了一下龙德明的体貌特征后，带人又去了梅溪镇。

杜云海来江源时在程志远面前信誓旦旦，几个月后发现理想很丰满，现实最骨感。邱林没有说错，江源就是一潭浑水，你纵有千般武艺，也难在这施展得开。江源表面看起来风平浪静，实际上却暗流涌动。原来想等摸清了情况，接下来在江源大干一番，不承想又出了一桩捅破天的案子。

梅溪镇离县城只半小时车程，杜云海在车上眯了会儿就到了梅溪镇。派出所民警听说杜局长要来，早把要打听的事打听清楚了。龙德明也被叫到了派出所，在那里等候杜云海。杜云海一进派出所顾不得与民警打招呼就进了询问室。坐在询问室的龙德明不知自己犯了啥错，老实巴交地坐在那里一动不动。杜云海打量了龙德明几眼，这人不像与枪杀案有关。虽然他没经过大案，没吃过猪肉，但见过猪跑。他给这个案子的案犯画像是：精明、强壮、反应灵敏。龙德明从外形看，几乎与他划定的案犯形象相差太远。再说没有一个案犯会在自己租的房子里开枪杀人，而且还在家里坐以待毙。这一切不合乎常人心理。

龙德明个子不高，正如张望的姑父所描述的那样，既矮又瘦，皮肤粗糙呈古铜色。杜云海问他是什么时候离开县城的，又是什么时候租的张望的房子，除了他还有没有其他人在那里住过？接连几个问题龙德明根本记不住，不知先回答杜云海的哪个问题为好。最后，他说那栋房子不知现在有没人住，我离开的时候房子就没租出去过。这样的回答杜云海没有听懂，只好一个问题一个问题来问。

杜云海给龙德明递过去一支烟。当烟快送到龙德明手上时，杜云海故意松开了手，烟从手里落下去，掉在了龙德明的手上，而龙德明仍伸着手看着香烟从自己手里掉到地上。

这是杜云海的一个试探性动作，看着龙德明俯身捡烟，杜云海心说这人不够灵敏，既没心机，更不会去惹祸。通常犯罪的人是对别人有戒备之心的，会随时紧绷着神经。特别是到了公安机关，他会做出各种各样的反应。就像刚才那瞬间，假如是真正的凶手，那支烟肯定不会掉到地上，而会被接住。

当然，这也不能一概而论。杜云海分析，昨晚的案犯应该具备非常好的心理素质，同时也具有相当强的应变能力，最起码，动作肯定敏捷。

杜云海再问："你是哪天离开在县城租的房子的？"这是一个重复问题，也是审讯的基本技巧。

龙德明抬头看了看杜云海，木讷地说："去年春节就离开了。"

杜云海问："后来没去过？"

龙德明肯定地说："去过，但没有住过。"

杜云海又问："最近一次是什么时间去的？"

龙德明想了想，说："好像是三个月前，我去城里与包工头结算工资时去了一次。但没进屋，就在外面窗户上看了一眼。"

杜云海证实了自己的判断，龙德明已有几个月没去过那个现场了，床上的那些用品也不是龙德明的。

杜云海给邱林打了一个电话，说已找过龙德明了，但和没找过一样。邱林在电话里一笑，说排除一条线索也是件好事。

邱林同郝正旗离开殡仪馆时已快到下午了，郝正旗说要请邱林吃中午饭。邱林不语，突然说了句："不应该呀！"

郝正旗忙笑道："这有什么应该不应该的，不就是吃个中午饭谁请不是请，哪有这么多顾虑。"

邱林知道郝正旗理解错了，忙纠正说："不好意思，我在想另外一件事。"

郝正旗知道邱林在想啥，遂接住了邱林的话往下说。他说丁俊成的爱人那里肯定有隐情，要不然怎么老是躲躲闪闪地回避很多问题。虽然刚死了男人难免悲痛，但给男人报仇的情绪应该很强烈。可刚才管苏菲的表现有点让他失望，她什么都不知道，也什么都不愿说。她的男人死了，难道她不愤恨？真是怪事。

邱林不这样认为。如果她一口气说出个二三十个线索来，那才不正常了。郝正旗问邱林："你怎么与常人的逻辑不一样？"邱林说："其实你没有摸准那个女人的心理。管苏菲是一个知识女性，不同于一般家庭妇女，所有的事她都会通过大脑过滤一遍，哪些该说，哪些不该说，她要拿捏好。不信你看，她有开口的时候。"

绍中伟按程志远的部署，准备召开县城附近几个乡镇的干部会议，发动群众提供线索。会议定在下午三点，专案组要杜云海参加，但杜云海去了梅溪镇能否赶回还是一个问题。绍中伟想请邱林。邱林说这会很重要，我想来可手里的事也很重要，就等杜云海吧。绍中伟同意了邱林的想法，邱林这时是不能离开专案组的。

县委的主要领导都到齐了，乡镇主要领导除了偏远的赶不过来外，也都来了。到会的人早就听到了丁俊成被枪杀的消息，大家都在议论，乱哄哄的，说什么的都有，五花八门。关于丁俊成死的版本就有六七种说法，谁也说服不了谁。

会场内，大家对丁俊成的案子议论得越来越离谱，绍中伟最终听不下去了，他朝会场的干部说了一句："大家别以讹传讹行吗，还嫌不够乱吗？真是的！"会场内顿时鸦雀无声。绍中伟很心烦，出了这么一档子事够他操心的了。社会上将丁俊成的死传得沸沸扬扬，干部们竟然也在传，真是乱上加乱。

周杰见绍中伟不高兴，接过绍中伟的话批评参会干部："绍书记说得对，社会上谣传可以理解，可我们干部也传，什么谋杀、机枪？丁俊成死的时候你们在现场了？还大炮呢！就是一桩普通的刑事案了，你们非要说成是什么谋杀，你们谁看到还是听到过江源有什么地下组织？丁俊成是高级干部还是掌握国家高级机密的人？无稽之谈！"

绍中伟想等杜云海来了把案情介绍后，在会上做几点强调，按程志远副市长的要求布置相关任务。现在周杰副书记已经开始发言了，看来这会得边等边开，别冷了会场。绍中伟对周杰说："开会吧！"

杜云海进了会场，绍中伟要杜云海坐上主席台。杜云海刚落座，周杰就向参会者宣布，请杜云海局长向大家介绍情况。

杜云海介绍了丁俊成被杀一案的基本情况，希望大家发动群众检举揭发各类违法犯罪线索，积极协助公安机关破案。

绍中伟最后说："丁俊成案充分暴露了江源县社会治安存在的问题，以及治安防范硬件建设上的漏洞，使违法犯罪人员有机可乘，有空子可钻。大家要把丁俊成的案子的侦破工作纳入近期工作重点，直至案子侦破。要充分发动群众，调动一切可以调动的力量，配合公安机关工作，同时要做到不信谣不传谣。"

杜云海跟绍中伟打了招呼提前离开了会场。杜云海心里清楚，程志远副市长安排绍书记召开这个会的目的，程副市长早已料到社会上会有各种传言。从凌晨到现在才十几个小时，网络上把丁俊成案炒得一塌糊涂，将江源描述成了一个黑恶横行的地方。这些谣传，给杜云海带来了巨大的压力。一个地方的治安好坏，主要看公安机关的工作力度。这个案子不破，自己就当不了副县长，就得离开江源，甚至是狼狈不堪地离开。

杜云海到江源四个多月了，政府那边只给了他局长的任命，通常惯例应该在任命局长时，同时委以代理副县长一职，然后等待人大的选举。可杜云海到江源后，县委班子对他的任命很难形成统一认识。加之绍中伟刚到江源不久，各种关系盘根错节、错综复杂，自己还没理出一个头绪来，哪有精力去考虑人事任命，说不定他也是心有余而力不足。刚到人大选举的关键时刻，江源又出了丁俊成这个案子。这案子拿不下来，杜云海想都别想副县长那个位子。江源的代表们也不会买这个账！

程志远回江州的路上接到市局宣传科的电话，说网上的舆情对江源很不利。程志远早想到会有这个结果，这并不奇怪，要宣传科密切关注舆情动向，注意引导。

程志远最担心的不是舆情，也不是这个案子本身，而是会不会还有下一起枪杀案，毕竟有两条枪流入了社会。他的压力很大，不亚于一线的邱林和杜云海。想到这里，他突然想到了高晓敏。要不要将高晓敏从那个案子上撤下来，增加江源的力量？说破案，高晓敏与邱林不相上下，但高晓敏的破案经验要比邱林丰富一些。程志远在江源时跟高晓敏通过电话。高晓敏的看法与邱林一致，丁俊成是死于谋杀。程志远纳闷，丁俊成一个生意人，究竟招谁惹谁了，是生意上的纷争还是别的原因？

程志远有一个习惯，在案子没有明确的证据和线索前，从不对案子妄加评论，怕自己的想法影响办案人员。自己不可能天天守在办案现场，也不了解案件最细微的变化，妄加评论那不成了瞎指挥？程志远当了领导以后，吸取了教训，对案子不加个人任何观点，以事实和证据说话成了他的习惯。办案人员汇报时，程志远有句口头禅：你说的有证据吗？这个习惯给办案人员提供了一个宽松的办案环境，他要的是案子的最后结果，必须要有铁的证据来支撑。

程志远给高晓敏打了一个电话，问高晓敏能否离开那个案子几天，回江源帮邱林把丁俊成这案子破了。程志远提这要求其实还有另外的原因。一是怕流入社会的那两支枪会再次打响，造成被动局面；二是丁俊成的案子不破，杜云海很难在江源立足，副县长位置拿不下来，他就得回江州市局仍干他的政治部副主任。这会让程志远很没面子，也给江州市委脸上抹了黑。

高晓敏没有直接拒绝，他说："我这边的案子正处于攻坚阶段，正准备拿下几名主要案犯。如果江源的案子非让我回来，我立即向专案组汇报，马上回来。但我认为，邱林破这个案子完全没有问题，我相信邱林的能力。"

程志远最后说："让我想想！"

江源枪杀案的侦破工作一直没有停过。江源县公安局的所有警力全扑在丁俊成这个案子上。可以说，江源县城的每个角落都被搜查了一遍，但效果不佳。这是江源县有史以来动静最大的一次搜捕行动，使用警力最多，搜查的面积最大，真正意义上的地毯式搜查。到了晚上，各组回来报告，没有发现可疑人员。这就奇了怪了，出城的哨卡没有发现，城里面的搜查没有异常，这嫌疑人除非会土遁，不然不会消失得无影无踪。

邱林同杜云海碰了一次头，邱林为了证明自己的判断——嫌疑人已经出城，提议从开枪的现场用不同的车辆对各条出城道路进行一次模拟实验。

郝正旗找来了小车和摩托车。晚上十点后，邱林自己驾驶一辆小车，郝正旗驾驶摩托从现场出发，对六个出城哨卡路口进行了模拟，结果证明，案犯很有可能在公安机关设卡前离开了江源县城。模拟结果表明，从现场到县城最近的哨卡用时只要十一分钟，最远的哨卡也不超过十五分钟，案犯作案后有足够的时间离开。

案犯已经离开了江源县城，但江源县城内的调查工作不能放弃。邱林把希望寄托在案件调查组上，他想通过调查组找到案犯的蛛丝马迹。

半夜时分，邱林担心的终于来了。从省厅传回的弹壳检验报告，认定两个弹壳分别由两支仿"五六"式半自动步枪射出的，现场烟头的DNA检验也是两个人的。这就是说，案犯有两人以上，当时有两支枪同时向丁俊成射击。邱林坐不住了，他去了杜云海的办公室。

从昨天凌晨一点多，到此时的凌晨三点多，足足过了二十多个小时，每当遇到这类案子，邱林他们是没有休息时间的。特别是案发初和有了进展的时候，就得连轴儿转。更不用说杜云海这个局长，他的压力最大，其中有来自社会上的，也有来自领导层的。

杜云海正在办公室里沉思，见邱林进来，忙起身同邱林坐到了沙发上。杜云海手里拿着枪弹检验和DNA检验报告的传真件，邱林问杜云海有什么想法，杜云海摇头。邱林突然来了灵感，问杜云海："你听没听说过江源本地的神枪手？"杜云海还是摇头，但他说："这可以查！"杜云海明白，邱林是想找江源的"能人"，案犯只要是江源人，那就在这"能人"的中间。这一招肯定奏效。

早上，郝正旗就被杜云海叫到了办公室，杜云海吩咐郝正旗向各派出所打电话下通知，务必在两天内，将各所辖区内擅长枪支使用和具有高超射击能力的人员名单和现实表现上报专案组。郝正旗说这个范围很广，不能局限于民间的枪手，当兵退伍的也应该列入其中。杜云海一笑，说马上与县武装部、民政局联系，请他们全力配合协查。

第三章 棋子失算

丁俊成案网上炒作得很厉害了。程志远要宣传科民警密切注意舆情动态，必要时采取措施，控制舆情再度升温。尽管宣传科民警费尽心思，对有关丁俊成案的所有文章都跟帖回复解释，可无济于事，舆情仍在持续升温。这不是火上浇油嘛，程志远感觉头都大了。

市委和省厅的主要领导几乎每天两三个电话打来，询问案件进度。程志远因邱林那边的工作没有太大进展，不知怎么回答，面临着前所未有的压力。更使他担心的是，那两支枪会不会再次打响？邱林那边每天的汇报，都是没有进展！

程志远想，周边县市也布控了，按以往的经验，案发后过了这么多天应该有些线索了。他开始怀疑邱林的侦查方向是不是出了问题。作为一线侦查人员的邱林，应该懂得此时是否需要调整侦破方向，不能老吊在一棵树上。想到这里，程志远实在忍不住了，给邱林打了电话。邱林说："我已经调整了侦查方案。"程志远听后，无名地向邱林说了一句狠话："若仍拿不下这个案子，就待在江源，别想回江州市局！"

邱林摸透了程志远的脾气，把程志远的这句话当成了玩笑。回不回江州另当别论，关键这案子非得破掉。不然回了江州，又有什么脸面待在刑侦支队？

事实上，省厅的枪弹和现场提取物的 DNA 检验报告出来后，邱林第二天就调整了方向。杜云海安排下去的排查"能人"的名单也摸了上来，有五十多人。另一方面,邱林针对模拟结果,围绕案发时全县机动车辆的活动情况开展排查。这是一个细活,不能疏漏,得一一筛选。

邱林不但要查江源的"能人"和当晚的车辆活动情况,同时对丁俊成的社会关系也开始了彻底调查。

说到丁俊成,邱林不得不佩服他的经商头脑。丁俊成二十岁起就开始经商,从一个南杂店的小伙子到现在的企业大佬,一路走来,顺水顺风,没什么沟坎,在别人眼里他是一个幸运儿。

据丁俊成的父亲丁仁宗讲,这是别人眼中的丁俊成。其实丁俊成的经商之路还是经历了一番风雨的。丁俊成这个人即便遇到天大的事,也从不跟人诉苦,所以外人只看到他风光的一面。从丁俊成父亲的言谈不难看出,丁俊成是整个家族的骄傲。

丁俊成头脑灵活,善于思考问题,真正发迹是从二〇〇〇年开始。丁俊成有一个习惯,喜欢把晚上的大部分时间都用在看报和关注网上新闻上。他从网上得知,当时的稀土行业十分火爆,而且需求很大,江源境内的稀土贮存量虽不大,但作为民营企业是值得开采的。另外,当地人对稀土了解很少,不会与自己竞争。那年春,他通过在省里工作的同学,悄悄找人对江源沿河上游的楠竹岭村所属山林进了勘探。勘探结果让丁俊成喜出望外,垄溪镇的楠竹岭村沿小溪的山脚蕴藏大量的独居石,又名磷铈镧矿,非常具有开采价值。

丁俊成得到了第一手资料后,先从楠竹岭村的六户农民手上租下了那片山林的五十年承包权。当年的七月,他向江源县人民政府相关部门申报了稀土开采项目。当时国内对稀土的利用还没有引起足够的重视,丁俊成的开采项目很快批了下来。于是,他立即成立了江源第一家稀土公司——江源稀土矿业有限公司,并且还是独资企业。

第二年,丁俊成的矿场开工,年底他的公司就开始赢利了。经过两年,江源稀土矿业有限公司在江州市几乎家喻户晓,因此,丁俊成也成了江州市的名人了。丁俊成发迹后,开始遭人妒忌了。

楠竹岭村六百多村民全姓周。这个村离县城很远,又是山区,比较落后,宗族势力很强大,村子仍还保留着"族长""开祠堂"等习俗。现任县委副书记周杰,就是这个村子里的人。丁俊成发财了,全村人开始眼红,以各种理由阻碍丁俊成的矿场开采,并要求与丁俊成解除山林承包合约。丁俊成因之无法继续生产,便向江源县人民政府相关部门提出申请,请求县委、县政府帮忙。

县委、县政府考虑时任县发改委主任周杰是当地人,便由周杰带队,带领法院、司法局的人员进驻楠竹岭调解。村民却根本不把调解组放在眼里,提出江源稀土矿业有限公司给村里出让一半的股份,作为占用村里山林土地的补偿。丁俊成当然不干,山林是他花钱租来的,并且一次性付给了六户村民,从何谈再次补偿?周杰在村民和丁俊成之间调解来调解去,最终双方达不成协议,反而越调解越乱,事情就被搁下来了。

就在丁俊成感到进退两难时,省冶金大学的女大学生管苏菲来到了江源实习。了解到了丁俊成的情况,她给丁俊成出了一个主意,既然矿场开采有难度,不妨转换一下思路,把开采转为冶炼,从开采的独居石中冶炼碳酸氯化稀土。从此,丁俊成认识了管苏菲。

楠竹岭矿场停工,对丁俊成而言是一大损失。直到二〇〇三年,由于国际稀土矿石的市场疲软,楠竹岭村与丁俊成的矿场争夺才停了,矿场回到了丁俊成手中。管苏菲与丁俊成相处久了,对丁俊成产生了好感。而丁俊成在管苏菲的帮助下,办起了独居石的深度加工,将独居石冶炼成碳酸氯化稀土,然后出口国外,从中获得了高额利润。丁俊成的企业高居江州市出口创汇榜首,再次成了江州市的新闻人物。

然而,丁俊成的企业好景不长。二〇〇五年,国家出台鼓励创办企业政策,江源县委、县政府相继出台了鼓励创办企业的相关文件,包括公务人员在内的江源人均可创办企业经商,带动地方经济发展。

发改委主任周杰变成了分管工业、交通的副县长,并提议开发利用江源充足的水利资源，鼓励修建私人电站。楠竹岭村是江源县主要河流的上游，楠竹岭村被划在了修建电站的规划中。不久后，楠竹岭电站动工建成，丁俊成的所有矿场被淹没，而丁俊成却诉求无门。直到丁俊成遇害，矿场纠纷仍无结果。

丁俊成的父亲说，楠竹岭电站的拥有者张跃，与矿场的拥有者丁俊成有矛盾。丁俊成的死是否与那个电站的纠纷有关，我就不知道了……

全县的排查筛选工作有了起色。杜云海把初选的江源"能人"名单送到了邱林手里，邱林说："这名单是死的，得找一个江源'活地图'才行。"杜云海清楚邱林的意思，就把郝正旗安排给了邱林，并嘱咐郝正旗，邱政委看中名单中的谁，你就通知辖区派出所来人。

排查名单中罗列的人名一长串，约二十人左右。邱林再从这名单中，按职业、爱好、身高等条件挑选了十人。他要郝正旗通知这些人的辖区派出所来人，如果太远就打电话给他们。

中午刚过，六个派出所的民警已经把名单中七人的体貌特征、爱好以及近期的去向说得清清楚楚。还有两个边远派出所因路程太远赶不过来，等着邱林的电话调查。邱林想这样的调查不管是否有用，怎么也得一试。凑巧的是，梅溪镇派出所所长方新刚打来了电话，跟郝正旗说，我认为有一个人很符合丁俊成案的案犯条件。郝正旗一惊，让他等等，把电话给了邱林。方新刚说："那个人就在名单里，叫汪向龙。"

邱林忙打开手里的名单，名单里确实有一个人叫汪向龙。方新刚说："我们在前两天排查时，没有找到这个人。然后走访当地群众，群众反映，汪向龙是这个村子的能人，跟着他爷爷学了一手好枪法，是当地有名的百步穿杨。汪向龙两年前从部队退伍，在部队时是特种兵。我觉得这人有点来历，今天上午带人去了汪向龙的家里，汪向龙的爷爷说，孙子有一段时间没有回家了，去广东了。但村里的人说，他们前不久在江源县城见过汪向龙。汪向龙对他们说，自己在县城的一个公司上班。具体在哪他没说。"

邱林听方新刚一说，立马来了精神，他有种预感，说不定这个汪向龙就有问题。他要方新刚继续调查，查他的人际交往和社会关系，在县城的哪家公司上班。

杜云海在县城车辆排查上也取得了进展，据"摩的"司机反映，在县城从事摩托载人的阿权兄弟俩已经两天没来摆车了，朋友打他们的电话也不接。据他们的朋友回忆，阿权兄弟俩在案发前的当天晚上就不再出车了。

杜云海马上将情况告诉了邱林。邱林说这案子有希望了，但要尽快找到阿权兄弟俩。

阿权、阿冬并不认识汪向龙。兄弟俩那天凌晨把两个青年男子送出县城，然后载过江州地界，汪向龙将枪交给他俩，他们就有些后悔了。他俩知道，这次他们干了一件要命的蠢事。于是回到江源足不出户在家待了几天，电话卡也换了，准备拿了钱就去云南。可对方只给了一半，说等他们到了云南，把余下的钱打在他俩的卡上。

阿权知道对方是个不守信用的人，怕对方跟踪他们去云南，然后对他俩下手，于是躲在江源不敢露头。

小屋里，阿冬问阿权："哥，我们这算不算杀人？"

阿权有些愤怒，说："肏他八代祖宗，早知他们杀人，钱再多老子也不会干呢！"

阿冬沮丧地看着阿权，说："哥，事儿都完了，说这没用，咱们还是逃吧！"

阿权叹了口气，说："逃是逃不掉的，就算逃得了一时还能逃得过一世？"

兄弟俩抱头痛哭，然后决定去找对方，要那余下的一半酬金。

事情巧合得不能再巧合，就像电影一样。阿权的朋友手机上有阿权的照片。专案组不费吹灰之力将阿权的照片发到了县城内办案人员的手机上。县城内的办案民警为找到阿权，白天黑夜地进行地毯式搜寻，最后在移动公司找到了阿权新近更换的电话号码。侦查人员对这个号码采用了技术措施跟踪。晚上，阿权的手机终于开了，他给一个朋友打了个电话，说自己这次出了大事了，想请他帮忙。朋友问他出什么大事。阿权说见了面再说，电话里一时半会说不清。

晚上十点，阿权从躲藏的那个小屋里出来，赶往与朋友预定的地点。阿权出门后，一直有双眼睛盯着他。

约定的地点在县城的广场边。朋友说既然是出了大事就得找一个可靠的地方，他们最后把见面地点定在广场边，那里人多，不易被发现。

广场平时是居民休闲的地方。晚上热衷于广场舞的阿姨大妈们最迟九点多钟陆续散场，留下的人不是很多。那里的光线也很暗，不是靠太近根本看不清面孔的。

阿权很警惕，边走边观察四周。快到广场时，他站在广场的对面观察了好一会儿，确认朋友身边不远处的那几个汉子与朋友无关后，才慌忙向前走去。

朋友老远就看到了阿权，直呼他的名字。阿权感觉事情异常，可已经迟了。朋友身后的几名彪形大汉突然上前，将阿权按倒在地，然后迅速将他扭上了一辆黑色小车。阿权身后的那双眼睛看着远去的小车，惊恐地离开了广场。

干过刑警的人都说，破案讲究的是一个时机、运气。邱林不完全认可这一说法。比方说，有些地方的科技条件好，破案就不成问题。例如，如果江源县城到处安装监控，做到全覆盖没有死角，丁俊成案就没有这么费力。这不是运气不运气的事，如果没对全县进行大面积排查，阿权这个人物不会及时暴露出来。他认为，破案还是要执着，要有耐心，还要有科技手段，最后才是运气。

阿权和阿冬两人归案，供认了那天凌晨从丁俊成被害现场的对面接走了两个年轻人，然后出城送到了紧挨江州的伺寮。回来时按雇主要求，将两支长枪埋在了林子里的一棵大树下。

审讯完阿权兄弟后，邱林感到阿权兄弟俩就是一对糊涂蛋。他们竟然不知雇请自己的人姓氏名谁何许人，真是一对奇葩。幸好他们对雇主和送走的人还有点印象，第二次见面能够认得。邱林让郝正旗立即调来汪向龙户籍上的照片。阿权和阿冬同时指认，照片上的人就是案发当时送走的其中一个。案子终于峰回路转了，汪向龙被锁定为丁俊成被害案的重要嫌疑对象。

邱林向程志远通过电话做了汇报。程志远没有表扬邱林，很是淡定地问邱林："还需要我做什么工作？"邱林开玩笑似的说："想请老爷子向周边的侗寨发协查通报。"

绍中伟知道了丁俊成案有了重大进展，高兴得在电话里连连夸奖杜云海，说我就一直坚信这个案子没有不破的道理。邱林我是信得过的，不管是人品还是能力，都没得说。明天天亮我和周杰副书记去公安局看望专案组！

邱林对阿权的交代有些不放心，连夜带着阿权哥俩去了枪支的埋藏地点。天亮时分，阿权找到了埋枪的地方。一棵硕大的松树下，一个长形土坑灌满了雨水，土坑的四周全是被雨水洗刷得锃亮的红土。现场有人来过，土坑里的枪被人取走了。因前天雨下得很大，现场没留下任何痕迹。

是不是汪向龙取走了枪支？如果是汪向龙，他的目的是什么？他们会不会有下一个目标？杜云海同邱林同时紧张起来。

邱林沉思了一会儿后，决定由杜云海带人将阿权兄弟俩押回江源，他带着郝正旗和江州市局专案组的小李和小秦连夜赶回江州，根据阿权提供的汪向龙的逃跑路线，从市局调人对侗寨周边进行秘密侦察。

邱林看了一下时间，此时已是凌晨五点，如果从这里出发到江州要四个小时，再从江州赶往侗寨时间就来不及了。于是他给程志远打了电话，说："程局，有可能是汪向龙再次取走了枪支，是否要向省厅报告，由省厅刑侦总队向江州周边的几个市公安局下达布控指示,并将汪向龙的照片立即发往省厅,由省厅转到各市?"

刚为丁俊成案取得突破进展而高兴的程志远,收到邱林的报告后,心里像压了一块巨石,有点喘不过气来。他急切地告诉邱林:"为争取时间,你直赴侗寨。我也立即派人去侗寨,从江州出发的同志争取在上午十一点前赶到。"

祖霄接连几天没有睡觉了。

他睡不着,一闭上眼脑子里全是那些乱七八糟的画面。连续几天都是这样,这使得他的精神状态非常差,反应比以往也迟钝了许多。更让他烦心的是,右眼皮老跳个不停,这是一个不好的兆头。他去过舜帝庙,也问过路边的算命先生,庙里的和尚同路边的算命先生都说他有一劫!

祖霄不信命,但这次他不得不信,能否躲过这一大劫,心里没底儿。随着丁俊成的案子的进展,危机离他越来越近,好似自己脖子上套着一条绳索在慢慢收紧。庙里的和尚和路边的算命先生给他说,你结识了不该结识的人,这人是你一生中的贵人,可这人又天生带煞与你命中犯煞融为一体,已无法可解,只能听天由命!

祖霄从那里回来后,像得了一场大病,全身无力,没精打采,浑浑噩噩地睡了两天。他无心再去公司打理那些杂七杂八的事,尽管老总催了他好几次。祖霄敷衍说正忙着呢,然后继续想自己的事。他想起了阿权兄弟俩,想起了阿权埋藏的枪支,这可是致命的证据。于是,他冒着大雨深夜又去了那个深山林子里取回了枪支。但他还不踏实,阿权兄弟俩仍留在江源。这是一个最大的隐患,他们不走,自己的这一劫恐怕真的躲不过去。

祖霄知道阿权兄弟办完那件事后挪了窝,挪到哪里他不知道。江源只有这么大个县城,他会找到他们的。当他打听到了那兄弟俩的住处时,已经晚了,他亲眼看到阿权被警察按在地上,然后押上了小车。

坏事了！事坏在自己手里！他本想拿未付的那一半儿酬金逼他们远走他乡，就因这个，他们竟然傻傻地等在江源。现在祖霄唯一的希望是但愿汪向龙那边晚点出事，他一出事，自己就彻底暴露无遗了。当务之急他得立马与那个人商量一个权衡之计，看能不能逃过这几天，想法溜出江源。

小屋里光线很暗，祖霄根本看不清那人脸上的表情。祖霄猜，他肯定是高兴不起来的。

那人的声音有点吓人："你亲眼所见？"

祖霄低着头，说："嗯，就刚才不久被抓走的！"

那人仍背对他一声长叹："唉！让我说什么好？"

太平静了。祖霄没有等来对方的指责，也没有挨他的巴掌，只是一声平静得不能再平静的长叹。但祖霄来的目的很明确，就是想请教自己该如何脱身。他还是忍不住说："现在得想办法！"

那人停了许久，然后点燃了手里的烟深深吸了一口，像是沉思，又像是愤怒。祖霄瞟了一眼那人拿烟的手，在微微颤抖。祖霄明白，他也没好的办法了！

小屋的空气本来就不畅通，双方的沉默，将整个小屋里的气氛变得更压抑了。那人终于再次发话："丁俊成的老婆和孩子都在？"

祖霄声音很低，听起来没有底气："应该还在！"

……

祖霄走出小屋时，很郁闷。在江源，我祖霄也算是一个豪杰，怎就一步一步地被他套在了圈里？这个家伙又把他逼到了死角！奋他娘的，不是说后边有人吗？关键时候他的人到哪儿去了？让老子又去干一件求死的事！他妈的简直是狗日的杂种！想到这里他很窝心，想对着那栋小屋大骂。他恨自己，怎么就一不小心被他妈的当枪使了！

汪向龙是一个沉得住气的人，尽管吉猛虎在他面前唠唠叨叨，但他始终忍着。他一直在纳闷,那边怎就没个信儿,是不是东窗事发了?

天还很早,汪向龙就起床了。吉猛虎这几天像关在笼子里的小鸟,只想扑棱棱地往外飞。汪向龙起床时,吉猛虎也从床上爬起来,跟着起床了。吉猛虎的心昨天就开始痒痒了,今天是侗寨的赶歌会,据说很热闹。这家主人说,四里八乡的漂亮妹子都会云集到侗寨,与阿哥对歌谈情。鼓楼坪子里的台子昨天就搭好了,台子搭得很大,看阵势这个歌会肯定热闹。吉猛虎从没见过,听说比过春节还热闹。

早饭后,吉猛虎就想去山下的鼓楼。

石板路夹在吊脚楼中间,弯弯曲曲伸向鼓楼。身着侗族盛装的侗族俊男靓女,三三两两从吊脚楼下的石板路上拥向鼓楼。鼓楼那边响起了音乐,喇叭里传出的歌声刺激着吉猛虎。

吉猛虎再也坐不住了,向站在栏杆边看风景的汪向龙说:"哥,别这么紧张。这地方偏,谁想到我们会在这!"汪向龙看了一眼吉猛虎,不理,仍看向了山下。

吉猛虎不高兴地说:"就算有什么不测,那边早就有信儿了!"

汪向龙回头看着吉猛虎,沉思了一会儿,然后冲吉猛虎说:"机灵点,发现不对早点脱身!"吉猛虎从凳子上跳下来,拍打了几下衣服,笑嘻嘻地说:"哥,你放心!"

汪向龙本来就心烦,吉猛虎这么一闹腾他更堵心,焦躁地说:"去去去!"吉猛虎一蹦三跳地蹿下了楼。

汪向龙看着吉猛虎的背影,心里不是滋味,为啥放弃正常人的生活不过,找什么死门路?他想起雇主对自己的好,到现在才明白,这是局,自己是雇主发财的一枚棋子。

汪向龙家虽说是爷孙俩,但在那个山沟沟里算是穷得叮当响的一户人家。汪向龙当兵前,爷爷还能动,偶尔上山打猎勉强能维持生计。汪向龙去了两年后,爷爷突然病了一场。年岁已高的人经不得病痛,那次后爷爷就虚弱了很多,只能在家附近做些农活。那地方四面环山,交通又不便，种田根本不行，这日子一天不如一天。

汪向龙在部队混得不错，连长很看重他，每次的射击比赛他在全连都能拿到名次。第二年，部队想把他留下，给他转成士官。汪向龙高兴了一阵子，这个从小没爹妈的孩子总算有了盼头。半年后，汪向龙收到了村子里寄来的一封信，打破了他的所有美梦。

信是村长写的，信上说他爷爷大病了一场后，日渐消瘦，怕是过不了多久就会离世。汪向龙是爷爷带大的，对爷爷的感情是无法用语言来表达的。他向部队告了假，回了一趟家。爷爷确实不能动弹，孤身一人生活在山沟里的情形，使汪向龙想起了自己失去爹妈的那段日子。汪向龙留在家里护理了爷爷一段时间，假期临近的时候村里的油麻子到家里探望爷爷，问到了汪向龙的近况。油麻子看着不能下地的爷爷，叹了口气说："你们家不知是造了什么孽，让老头子遭罪。你在部队虽说是要升士官，可这也不是长久之计，说不定哪天退伍了，回来还是个农民。这农民就是农民的命，总要面朝黄土背朝天的，何必在部队里浪费你的时间。像你这么机灵的孩子回来，哪儿找不到一口饭吃？这又照顾了老头子，还为自己的后路早做了打算。"

汪向龙知道，油麻子是一位热心肠的人，这话是为自己好。可汪向龙想，回来固然是好，但回到这山沟里能有什么出息。油麻子好像看出了他的心事，忙说："现在的江源城里不比以前，有点能力的人就自己做生意。拿我远房表亲的儿子祖霄来说，他一没文化，二没手艺，可他人灵活，几年工夫人家变得怎样了？在江源是一个响当当的人物。公司越做越大，县里的领导都还巴结他呢。"

汪向龙在没当兵前就听说过祖霄的事儿，向油麻子说了一句："他名声不好！"

油麻子急了，说："这年月，只要不犯法，什么名声不名声的，名声能顶个屁用！能当饭吃还是能当钱花？那都是以前的事了，现在人家是什么排场？县领导都捧着他呢！"

汪向龙不知油麻子说这话是什么目的,但他知道,油麻子希望自己回家,在本地寻一份事做,好照顾爷爷。

油麻子见汪向龙不语,接着说:"凭你的本事,在江源拿高工资没有一点问题。祖霄和我是亲戚,会给你安排一份轻松又挣钱的事。"

汪向龙仍不语,爷爷被油麻子说得动了心。爷爷说:"麻子说得对,在部队能长久留下那是好事。可这好事怕是轮不上你的,咱是农民终究是要回到农村的。现在回来,挣了钱找个媳妇早成家,也了了做爷爷的一桩心事。"

汪向龙见爷爷发话了,兴许是爷爷让油麻子叔来当说客的,估计爷爷不会让自己回部队了,就问道:"叔,祖霄的公司真要人?"

油麻子有点不高兴了,有些责怪地说:"唉唉,叔是收了你家的钱,还是拿了你家的米?这不是看到你家可怜,才帮你找事做的呢。"汪向龙笑了,忙向油麻子赔不是。油麻子很开心,对汪向龙说:"我的这个表亲早就要我打听了,他要找一个身体强壮、武艺高超的人做保镖。祖霄还说,这年月有保镖的人才能体现身份。"

汪向龙回部队前在油麻子的引荐下,去了县城见了祖霄一面,来回车费都是人家油麻子出的。祖霄对汪向龙很满意,说:"只要你愿意来我这里,月薪五千,年底还有奖金。"

汪向龙回了部队,不到一个月就申请退伍。尽管部队一再挽留,汪向龙说,爷爷离不开自己,要回去照顾爷爷。汪向龙的这份孝心感动了部队的领导,当年年底部队批准了汪向龙退伍。在江源他进了祖霄的江源贸易公司,这一去走上的是一条不归路……

汪向龙看着吉猛虎下山的背影,感到一片茫然。

鼓楼的台子上,锣鼓响起来了。

台下的人越来越多,争先恐后地往台前挤。吉猛虎挤在人群中间,神情专注地看着台上浓妆淡抹的侗妹。一行身穿民族盛装的男子吹着芦笙走上了台子,台上的侗妹随着悦耳的芦笙,开始了分高低音多声部谐唱的合唱侗族大歌。

另一边的台子上,一群身着节日盛装的俊男靓女,手拉着手左右摇摆尽情对歌:"大戊梁上摆歌台,男女老少围拢来。肖女闷龙情犹在,回梦戊梁好精彩……"

从鼓楼操坪的另一端传来了男女对歌声,女子在唱:"阿妹这边把歌唱,阿哥对河动心肠。哥不嫌弃成双对,妹不嫌意结成双。"

男子接:"久不唱歌忘记歌,久不打鱼忘记河。丢刀不用生了锈,丢工不来妹心多……"

坪里的人开始起哄了,笑声、尖叫声、掌声将侗寨掀了个底儿朝天。吉猛虎夹在人群里,虽听不明白歌词的意思,但一个劲地大笑,使劲鼓掌……

邱林带着人连夜从江州与侗寨交界处马不停蹄地赶来,到侗寨接近了下午,侗族大歌已接近尾声。路上他给市局刑侦支队从江州赶来增援的人打了电话,带队的人是老路。老路说:"我们已到了鼓楼的操坪,但没有发现要找的那个人。就是发现了也不能在操坪里动手,这里人太多,假如枪真在他们手上,动起手来肯定会伤了其他人。"

邱林告诉老路:"你们的任务是发现目标,找到他们的隐藏地点,接下来的事我赶到后再议。市里的狙击手也会很快赶到,他们来了就能解决问题。"

老路说:"现在还没发现人,说别的都是空的,等发现目标再说。"他一再告诉邱林,你们到了就不要进入鼓楼,这里人多眼杂,难保没人认识你们,一旦被人认出来,传出去恐怕又要多事了。邱林答应了,就隐藏在山顶林子里。

鼓楼的操坪里,看客们开始陆续散了。石板路上往回走的人排起了长队。但操坪里的人仍然不少,吉猛虎依旧盯着台子上唱歌的阿妹看得津津有味。

吊脚楼上，汪向龙站在栏杆处看着往回走的人，有点急了。坪子里的人越来越少，日他妈的吉猛虎就是一头蠢猪，这时候了还不知散场。人多好混不易被发现。他去看，不拦他，可现在人都快散完了，他妈的还在看，那不是找死！

汪向龙气愤难当地飞奔下楼，一溜烟直奔鼓楼操坪，在人群中四处张望寻找吉猛虎。远处，吉猛虎还在咧嘴大笑。汪向龙挤上前拉住吉猛虎的衣领，使劲向人群外拖，边拖边骂："你他妈找死！生怕别人看不到你是吗？"

吉猛虎使劲挣脱了汪向龙的手，瞪了一眼，声音不是很大，但明显不满："怕屁！有本事让他那边快送我们走啊，在这发什么横！"

汪向龙惊愕："你？"

吉猛虎不理，向石板路上走去。汪向龙看了看四周，跟在了吉猛虎的身后。这一幕刚好被老路看到，老路盯了汪向龙一会儿，看了看手机上的照片，汪向龙！老路很兴奋，忙拨通了邱林的手机："汪向龙在！"

邱林听到这个消息像打了一针强心剂，立马来了精神，说："看准了，跟踪找到他的窝点！"

吉猛虎回到屋里，将上衣往床上一扔，往床上一躺，拉长声调讥讽地说："这人啊就得活得快活，你说这有一天没一天的迟早得咔嚓，把自己弄得这么累干吗？还不如死了呢！"

汪向龙一边收拾东西，一边气愤地数落吉猛虎："你呀，想死我不拦着，别他妈连累别人！"

吉猛虎噌地坐起来，说："啥，老子连累你了？"

汪向龙不语，自顾自收拾行李。

吉猛虎见汪向龙不理睬他就更来气了，指着汪向龙，说："连累你？不是你老子能是这个样子？再说雇主给你多少，给老子又是多少？你开一枪，老子不也开了一枪，凭什么他就给你多点？惹毛了，老子还真不干了，全捅出去！"

汪向龙看了一眼气愤的吉猛虎，语气放得平缓了许多，说："你呀就是这火暴脾气，我这也是为了咱俩好嘛，难不成自己把自个送给警察？亏你还一肚子怨气，等过了境哥赔你不是。快，收拾收拾！"

吉猛虎疑惑地看着汪向龙，说："怎么，就挪窝？"

汪向龙无奈地说："你这一闹腾还能住吗？不是找死啊！"

吉猛虎低下头，开始收拾行李，问："现在就走？"

汪向龙停住手，看着吉猛虎说："现在能走？晚上！"

山里的夜来得早，七点来钟天就全黑了。侗寨每家每户的吊脚楼里陆续亮起了灯，闹腾了一天的侗寨才渐渐安静下来。

老路跟踪着汪向龙和吉猛虎，确认他们进了山腰间的那户人家后，留下了两名特警盯着，自己到山顶树林里与邱林会合。邱林再次问道："老路，看清了？"老路一笑，说："我还没老到不认识人的地步。"邱林看了看天，是时候动手了，给等候的特警发出了行动信号。然后接过老路递来的简易图纸，指着图纸安排身边的四名狙击手，说："你们就在这儿选好位置，一旦案犯开枪，你们一定要一枪命中。"

狙击手领受指令后悄然离开。邱林指着图纸向身边的郝正旗和其他几人说："这是特警强攻位置，一旦特警冲上楼，我们要把这里、这里全部堵死，防止案犯跳楼逃跑。"邱林安排完毕，瞧了瞧在场的所有人，掏出枪，说："检查武器！"

大家拉动了枪机，子弹上膛声清脆悦耳。

一行特警从半山腰下到了鼓楼旁的石板路上，向山腰快速行进。

山腰的那栋吊脚楼楼上的窗户亮着微弱的灯光。汪向龙提着行李走出房门，在过道上与屋主交谈。屋主声音低沉，惋惜地说："你们这是要走？"

"嗯，这里不能久留！"汪向龙非常坚决地对屋主说。

屋主很疑惑地说："可那边还没来信儿，往哪走？"

汪向龙走了几步，回头看了眼身后的吉猛虎，说："走到哪是哪！"

木板楼上，几只脚踩得楼板"咯吱咯吱"响。

吊脚楼的背后高坎上，四名狙击手居高临下，在靠近窗户边选好了位置，快速调试好瞄准镜。吊脚楼下，特警悄悄靠近了吊脚楼，将吊脚楼团团围住。蹲在楼下的邱林向身边的人做了一个上的手势，特警迅速上楼。楼下十多支强光手电齐齐照向二楼，把吊脚楼照得亮如白昼。

吊脚楼的二楼上，汪向龙和吉猛虎顿时傻眼了。汪向龙愣了一下，突然回过神，猛推了把吉猛虎，说："跳！"两人越过二楼的栏杆，纵身一跳落在了地面上，趔趄了几步后，才稳住身形。

邱林看着跳下的两名男子，举枪朝天"砰、砰、砰"三声枪响。枪声划破了寂静的长空，在空旷的天际久久回荡。紧接着是警察威严的喊声："不许动！"

汪向龙、吉猛虎愣在原地。稍过片刻，汪向龙回过神抽出匕首做出格斗架势。邱林旋风般疾步上前，飞腿朝汪向龙前胸猛踹一脚。汪向龙又是几个趔趄后退了几步，咬牙站稳。接着持刀快速朝邱林的胸口猛刺。邱林侧身，伸手抓住了汪向龙持刀的手。

吉猛虎与两名特警在激烈交手。被特警打倒在地的吉猛虎一个腾跃，从地上站起，转身向背后竹林跑去。

竹林里的高坎上，身着防暴制服的特警堵在了他面前，三支枪稳稳对准了吉猛虎，吉猛虎愣愣地看着对方……

微弱的灯光下，邱林与汪向龙仍在杂草丛生的斜坡上追逐格斗。邱林趁汪向龙身子摇晃的当口，突然一跳，接着伸腿朝汪向龙下肢扫去，汪向龙扑通一声倒地。邱林飞身一跃扑向倒地的汪向龙，抓住汪向龙的一只手，反腕，单膝跪压在汪向龙背部，将汪向龙死死摁在地上……

第四章　背后的人

刚松了口气的邱林，在审讯汪向龙和吉猛虎时，汪向龙的一句话，使他再次紧张起来。

汪向龙说："一切都是祖霄安排的，我们逃离现场后，将枪交给了车手。枪支去了哪里，是谁取走作案的枪支，我们都不清楚！"

当邱林听到祖霄这个名字时有点吃惊，这个名字在他的脑子里曾经有过模糊的记忆。郝正旗说："原木上画萝卜。"邱林听了，恍然大悟，有这么回事。从汪向龙的交代中，邱林断定，他交代时没有经过思考，非常自然地说出了这个人，并且还说出了每一个细节。这些细节环环相扣、严丝合缝，看不出一丁点编造的迹象。至于汪向龙所说的祖霄雇他和吉猛虎杀人的理由成不成立，这就值得推敲了。

汪向龙在交代作案过程时，说："祖霄说，丁俊成尽干兔子吃窝边草的事，连他的女人也敢睡，要我帮忙除了丁俊成，以解他心头之恨。"祖霄没有告诉汪向龙那个女人是谁，汪向龙只要按他交代的去办，也无须知道丁俊成是否真的睡了一个女人。这是行里的规矩，真假不用分得那么清。老板既然认定了丁俊成睡错了人，那这人死定了。因为老板最终目的是要这个人消失，睡了谁，是不是老板的女人，已经毫无意义了。就算汪向龙想弄清个中原因，但他一个小小保镖哪里晓得高层的内幕？另一个原因，跟祖霄厮混的女人太多了，她们的脸上又没有"祖霄专用"的印记，别人可能一不小心就上错了人。究竟是不是这回事，汪向龙认为这不重要，重要的是照老板的吩咐把事办好。

祖霄雇凶杀人的动机就这么简单？邱林的脑子里画上了问号。江源这地方旧俗很重，俗话说"朋友妻不可欺"，睡了人家的女人，这犯了大忌。江源前些年这类案子发生过多起。江源汉子彪悍，性格刚烈，谁睡了自己的女人，那是比别人挖了他家祖坟还要耻辱的事，这仇必报。报仇的唯一方式，就是拿刀杀人。但祖霄采取的是一种极端恶劣的方式——枪杀。邱林凭多年的刑侦经验断定，这其中定隐藏着惊人的内幕。

邱林为汪向龙接受祖霄的雇请而感到可悲，可汪向龙的理由让人啼笑皆非。汪向龙说："人不能只顾自己的死活，总得有一点舍生取义的大爱才算义士。我之所以接手这件事，是对祖霄几年来恩情的报答！"

这叫什么逻辑？祖霄给他发工资是对他的恩情？汪向龙看上的女人，不管人家愿不愿意，祖霄就下药给弄到汪向龙的床上，让他强奸也是恩情。邱林实在忍不住了，拍着桌子骂："混账东西，祖霄把你们装在笼子里卖了，你们还感恩戴德！你不是干过特种兵吗？我看真是在外面白混了几年。只要是人一看就知道是一个套，把绳子都套在你脖子上了，你还求着人家拉紧绳子。比蠢猪还蠢猪！"

从江源传来消息，杜云海组织警力对祖霄的三个住处进行了搜捕，没有发现祖霄。祖霄出逃了！杜云海告诉邱林，好在祖霄没来得及把枪带走，从他的住处墙壁夹层里找出了两支仿制"五六"式自动步枪。从枪上遗留的泥土判断，系涉案枪支。

邱林长吁了一口气，虽然祖霄在逃，枪支总算收回来了，对社会少了许多危害。

邱林又回到了案子的本身。他记得案发后，专案组围绕丁俊成的生活作风问题调查过，没人反映丁俊成有这类问题。汪向龙是不是在编，或者是祖霄在给汪向龙设套？如果丁俊成没有睡过祖霄的女人，那祖霄要杀害丁俊成的动机又是什么？所以查实丁俊成是否与祖霄的女人有染非常重要，这关系到祖霄雇凶杀人的真相！

邱林突然想到了一个问题。这个问题在上几次排查中没有引起足够重视，甚至大家忽视了这点。丁俊成被害前的几个小时，他去过江源县城的迪豪歌厅，然后从歌厅回家时被害。汪向龙的供述中提到，案发前，祖霄通知汪向龙晚上一点左右事情一定能成。这说明祖霄事先知道丁俊成那天晚上的动向，并且是去迪豪歌厅，这才让汪向龙他们设伏。可见这个迪豪歌厅在案子中的作用了。

查！邱林毫不犹豫地安排郝正旗回江源调查迪豪歌厅。

杜云海在电话里同邱林说，丁俊成被害那天，祖霄的电话清单记录上两次主叫过汪向龙。一次下午六点，另一次晚上十点。还有两个手机号码被主叫过，但查不出机主是谁，手机卡是临时的，现在已经不用了。这两张卡是江源移动公司的一个临时销售点售出的，营业员没有印象。杜云海还说，这两张卡被呼叫时的基站位置都在迪豪歌厅周围百米内。邱林一笑，有戏了，并告诉杜云海，我已经安排郝正旗回江源专查这事了。

邱林在思考祖霄的作案动机是什么的时候，杜云海也在思考，只是没向邱林说破。江源这边正在紧锣密鼓地追踪祖霄，杜云海把希望寄托在调查祖霄的电话通话记录上，想从中找出祖霄有可能隐藏的地方。祖霄的电话通话清单调出后，杜云海想到了丁俊成被害的那个晚上。通话记录中的一些号码不断被排除，唯有三个号码嫌疑最大。一个是汪向龙，另两个号码无法查寻，因为没有明确的机主。从这两个无主号码当时的基站位置来看，应该与丁俊成出没的地方有关。所以他向邱林说了自己对这事的看法。这真是英雄所见略同！

管苏菲因为丁俊成被害，日渐憔悴。从殡仪馆把丁俊成的骨灰安葬完以后，多少天来，她一直在应付公安机关没完没了的调查取证。中年丧夫已让她感到切肤之痛，但调查组时时在她的伤口撒盐，使她痛上加痛。

丁俊成被害那天晚上，管苏菲记得很清楚，她没有给丁俊成打过电话，为什么丁俊成的手机上有了自己的电话号码，并且是自己的主叫，这才是怪事。可她无法解释。郝正旗指明了那天晚上她给丁俊成打电话时的位置就在她家的附近不到五十米。

管苏菲很愤怒，指着郝正旗问道："你这是什么意思？"

郝正旗一笑，说："为了查清事实真相！"

管苏菲很气愤，吼道："你们抓住祖霄，这一切就不攻自破，别在我身上浪费时间！"

管苏菲说那天自己的手机一直在身上，别人也没借过。都晚上十点多了，家里又没来过外人，谁还跑到她家里来借电话，并且打给丁俊成？郝正旗分析，管苏菲这里一定有隐情。明明是她的电话，并且是在她家这个位置打的，没隐情她抵赖这个细节干吗？这不明摆着的事嘛！

丁俊成的父亲也很气愤，指责公安机关不去想办法抓住真凶，反而没完没了地找受害人的麻烦，真是莫名其妙。

管苏菲在后来的调查中，一直不配合调查，并且很少开口说话。丁俊成手机里通话记录上的最后一个电话，她死不承认是自己打的。这个电话又成了一个谜团，这关乎着祖霄的杀人动机。究竟是谁打了这个电话？

国内的几家网站，开始对丁俊成案进行了新一轮炒作。

一些网站以公安机关破案为由头，实则将丁俊成的隐私公之于众。有的还将丁俊成因道德问题而引发大案进行人生道德规范的讨论，为祖霄鸣冤，为管苏菲叫屈。

程志远说："网上由他们去说，嘴长在别人的身上，你还能叫他不说话了？要让网上闭嘴，自己先抓了祖霄，不管是管苏菲有问题也好，是祖霄故意制造假象也罢，一切就解决了！"

邱林同杜云海认为，这事有点复杂了。如祖霄一年半载归不了案，他们就无法向媒体和江源的民众交代。程志远批评他们俩，这话不像是警察该说的话，破案子仅仅是向民众和媒体交代？关键是要打击犯罪，让罪犯要受到应有的惩罚才是做警察的本分!

网上的炒作对公安机关不利,对管苏菲更不利。管苏菲联想到郝正旗追问的那天晚上的那个电话,她紧张了。她确实没有打过那个电话,网上炒作丁俊成生活作风问题的目的很明显,就是把丁俊成案变成一起情杀案。

丁俊成找过女人,管苏菲知道这是一个不争的事实。但不是媒体上所说的那样,疑似睡错了人。早年,管苏菲知道丁俊成找了个小情人,这事在三年前就已经解决了,哪里还存在丁俊成睡了祖霄的女人一说?纯属荒谬!管苏菲从种种迹象中感到了一丝不安,究竟还会有什么要发生?

杜云海和邱林他们正在寻找祖霄下落时,一个意想不到的好事竟然送上门了。杜云海收到一封匿名信,信是通过快递公司送过来的,没有寄件的地址和姓名,内容是举报管苏菲雇请祖霄谋杀亲夫!并且还有一大沓丁俊成与其他女人在一起的照片。其中有几张从环境来分析,很可能是案发当晚在迪豪歌厅拍下的,照片上的女人看上去二十几岁。

邱林同杜云海立即去了迪豪歌厅,找了当天值班的一些人。当班的服务员回忆,那天晚上,丁俊成带着一个女人很晚才来到歌厅,但他们不像是来K歌,像是在谈一桩什么生意,凌晨了他们才离开。

邱林追问丁俊成他们离开歌厅时,歌厅里是否还有其他客人。当班的服务生说:"那天是周末,K歌的人很多,凌晨两点多歌厅才打烊。丁俊成离开歌厅时还有好几拨客人在。我记得清楚,江源贸易公司的几个人仍在K歌。"

邱林要服务生回忆一下当时丁俊成带着那个女人是在什么位置,服务生肯定地说,就是过道边上的那个包间。邱林与杜云海去了那个包间,邱林看了一眼包间的设施,然后从包间门往外看。门外的一个阳台引起邱林的兴趣,他走到阳台,对着那个包间看了一会儿,和杜云海离开了歌厅。

杜云海不理解邱林怎么这么快就不查了，问邱林是不是发现了什么新的线索。邱林笑着说："不用问，那几张照片就是在那阳台上拍的。这说明有人跟踪了丁俊成，祖霄才能得到准确信息。祖霄电话清单里的那两个陌生号码，就是从那阳台上打的。阳台上的人要随时向祖霄汇报，然后祖霄通知汪向龙他们。"

杜云海听邱林这么一说，他感觉丁俊成的案子是管苏菲雇凶杀人就顺理成章了！

邱林冲杜云海一笑："不是那么简单。管苏菲虽然否认她给丁俊成打过电话，事实上管苏菲的通话记录里又有主叫丁俊成的电话号码。从主观上来分析，管苏菲向办案人员撒了谎。管苏菲是一个高学历的女人，通话记录是证据，她不会不了解吧。她承认自己给丁俊成打过电话又能怎样？她承认了反倒是我们被动了。正因为她说没打过这个电话，才使我们觉得这个案子有猫腻。"

杜云海反问邱林："你是说管苏菲没打那个电话？"

邱林点头。

杜云海自语："奇了怪了，那她手机里的通话记录上，怎么就有了主叫丁俊成的号码？"

邱林再次翻开那个收到的快递，冲杜云海说："自个琢磨去！"

杜云海不停地摸头，突然明白了。他对看着那封快递出神的邱林说："串号！对，一定是串号！"

邱林抬头，看着恍然大悟的杜云海，说："想通了？"

杜云海说："嗨！没你这样折磨人的！"

周杰一直感觉心里不踏实，老堵得慌，但又找不出原因，因此总是闷闷不乐，绷着脸。尽管公安机关通报了丁俊成案的作案凶手和幕后主使者，他心里仍是七上八下。

张跃同祖霄是否有瓜葛，祖霄雇凶枪杀丁俊成真是因网上所传的那些事吗？周杰是持怀疑态度的。但真正为了什么，周杰又一时理不出头绪来。前几年，丁俊成惹了一个女人，这事周杰知道，不是早已解决了吗？还是管苏菲帮着解决的。那时怎么不说那个女人是祖霄的女人呢？现在丁俊成死了，就说是丁俊成睡了他的女人，屎！鬼才信呢！汪向龙是一派胡言，指不定是祖霄蒙汪向龙他们俩呢！

张跃那小子总是不安分，是敲打他一下的时候了，总不能让他出了事，再做事后诸葛亮，那时就晚了。特别是现在，张跃最好不要与祖霄那鬼崽子有联系，要躲得越远越好。周杰给张跃去了电话，问张跃："丁俊成那案子，祖霄是主谋听说了没有？"

张跃说："我知道，肯定是他小子干的，发案那天我只是不好说，其实心里有数。"

周杰有些怒了，质问他："早知道是这么回事，为何不向公安机关举报，这是袒护犯罪，是要受到惩罚的。"

张跃一笑，调侃道："我的书记大人唉，我也只是怀疑祖霄，一没证据；二没亲眼看到，这没影的事谁敢去举报啊。再说了，这事还就只是同你说了，难道你还去公安局举报？"

周杰狠狠地骂了句："屁话！"然后就挂了电话。

周杰的老婆陈芬坐在客厅里看电视，见周杰深更半夜在电话里发火，断定是张跃触动了他哪根神经。她瞧了眼绷着脸的周杰，忙将沏好的茶递给他。周杰叹了口气，对陈芬说："我真有点担心张跃。"陈芬一笑，她非常理解周杰此时的心情，在一个屋檐下生活了几十年了，周杰就是一个多疑的人。祖霄与张跃走得很近，祖霄的公司又是张跃下属的子公司，他们是上下级关系。祖霄出事了，他担心扯出张跃也很正常。陈芬对张跃还是很了解的，他断然不会这么糊涂参与到祖霄这个案子里。周杰此时这样训斥张跃，凭什么？陈芬别过脸，责备说："老周，同张跃说话时注意一下你的态度。张跃这人办事很有分寸的。我同他合作这么多年，人家从来就没给咱们家添过麻烦，也没拿你周杰的牌子到处拉大旗作虎皮，你又何必雷霆暴雨大呼小叫地教训人家。"

周杰一听更火了，反问陈芬："他张跃不拿我的牌子拉大旗作虎皮，那是为什么？你不清楚。所有的事情你都给他办好了，他还用得着拉大旗吗？我现在不雷霆到时刮飓风都晚啦！"

陈芬见周杰仍然不依不饶，大声说："噢，丁俊成死了你怕他牵了进去？祖霄是祖霄，他张跃是张跃。他们是有往来，有往来就是有问题？你不是也与祖霄有往来吗，县委大院里的头头谁没与祖霄有往来？什么逻辑？亏你还是县委副书记呢！他张跃是与丁俊成有矛盾不假，不就是那电站的事吗？电站淹了人家矿石场，起初不还是你出的主意吗？这会儿怎么就赖上了人家张跃了？你啊，做事得凭良心，这几年人家张跃没少帮衬咱家，别没事找事，疑神疑鬼！"

周杰气得手发抖，指着陈芬，说："你啊！你啊！有你哭的时候！哼！"

公安局会议室里，刑侦队技术员正在讲手机串号的事。技术员小易说，杜局长和邱政委对手机串号的理解是错误的，正确地理解手机串号是指一部手机出厂时核定的一个特别编码，每台手机编码不一样，包括全世界手机在内。针对管苏菲的手机通话记录上，有主叫丁俊成的号码这个问题，小易说，如果管苏菲真没有打这个电话，那就不是一般的技术性问题。应该是另一台手机复制了管苏菲的电话号码，然后在管苏菲的住处附近拨打了丁俊成的电话。所以在管苏菲的电话通话记录上留下了主叫丁俊成的电话。这样，丁俊成的通话记录上最后一个电话也是管苏菲的号码。

邱林同杜云海一笑，说后生可畏。小易说要查出管苏菲打没打丁俊成的电话，这事说难不难，说不难也很难，因为这里没有这个设备和技术条件。

邱林盯住小易，问："这话怎讲？"

小易有些得意地说:"你们不是说到了串号吗?就用手机的串号能分辨管苏菲是否打了。"

杜云海急了,说:"那快去查啊,还在这啰唆!"

小易看着邱林,不慌不忙地说:"我们哪有这个条件和技术啊,得到上面!"

郝正旗急忙走了进来,在杜云海的耳边低声说了几句。杜云海对邱林说:"走!"

管苏菲投案了!

她带着一沓材料到了公安局投案,说是自己雇祖霄杀了丁俊成!

她雇凶杀丁俊成的理由很充分,丁俊成背叛了他们的爱情。丁俊成在外面养了女人,并且不止是一人。几年前,丁俊成包养的那个女人惹怒了祖霄,因为那个女人是祖霄的相好。事情闹大后,管苏菲看在儿子面上,出面化解了这场危机。没想到丁俊成不以为戒,还没过一年他又沾了第二个女人,她对丁俊成感到了绝望,就起了同归于尽的心。她找到祖霄,说让祖霄出气的时候到了,请祖霄杀了丁俊成。祖霄当时不敢,说那是要掉头的,为了杀丁俊成把自己搭进去不值当。管苏菲说,一个男人没一点血性,怪不得丁俊成有恃无恐地霸占你的女人。问他当年"原木上的萝卜"是不是一个传说。祖霄被激怒了,一咬牙,答应了。

事情从年初就开始谋划,中途祖霄还推了好几次。最后,管苏菲答应祖霄,杀了丁俊成后只要事情不败露,就把稀土冶炼厂的股份让给他一半,祖霄这才答应。过后不久,祖霄告诉她已经弄来了两支半自动步枪,花高价请了汪向龙和吉猛虎跟踪丁俊成。还在江平路租了房子,盯了丁俊成一段时间,可总没机会下手。案发那天下午,管苏菲打听到丁俊成那天晚上要带人去歌厅K歌,于是把这事告诉了祖霄。祖霄通知了汪向龙和吉猛虎。晚上十点多钟的时候,管苏菲给丁俊成打了一个电话,问丁俊成什么时候回家。丁俊成说十二点前回。其实丁俊成是凌晨一点左右才回的。当时,管苏菲已经睡下。她说我当时就想,今晚可能又不会成功。哪知凌晨一点多时,听到了两声枪响,她知道丁俊成这下完了。出门一看,丁俊成果真倒在了门前。

邱林问:"那你带来的那些照片是从哪儿来的?"

管苏菲说:"祖霄派人拍下的,是怕我事后反悔才留下的证据。"

邱林一笑,对管苏菲说:"没说假话?"

管苏菲生气地说:"这用不着说假话,祖霄一落网一切自然明白,我没必要把自己说成是杀人犯。"

杜云海看了几眼管苏菲,问:"你既然没必要把自己说成是杀人犯,公安机关也没找你,那你怎就自己投案来了?"

管苏菲哭了,过了好一会儿,才说:"我已经受不了内心的折磨了,承受不了这种压力,想投案后求解脱!"

邱林说:"哼!求解脱?这能解脱吗?"

邱林的手机响了,邱林拿上手机走到了门边。电话是值班室打给他的,说刚才接到一个匿名电话,是一个男子打来的,说他发现祖霄隐藏在楠竹岭村后山竹林的木屋里,并且劫持了人质。

邱林问电话是从哪打来的。值班室说,我们查了,是县城里的一个磁卡电话亭打的。

邱林挂上了电话,问管苏菲:"祖霄现在哪里?他挟持了谁?"

管苏菲摇头大哭……

邱林冲杜云海说:"集合队伍,去楠竹岭后山!"

天断黑了,稀疏的星星一闪一闪,浩瀚苍穹下万顷碧绿显得格外神秘空灵。一行警车在林间一条蜿蜒的土路上穿行,车队很快进入了一片竹林,警车在竹林深处熄火停下。邱林同杜云海按事先分工,各带着一组民警快速向林子深处行进。

竹林间哗哗的溪流声和小孩哭声从不远处传来。星光下,一栋木屋在竹林里若隐若现。木屋里射出昏暗的灯光，从屋内偶尔传出男子狂躁的怒吼声。邱林举手做了个停止前进的动作，一行荷枪实弹的警察紧挨着邱林，注意力全集中在邱林的手势上。

木屋对面的一块巨石下，一个瘦弱的男子蹲在巨石的夹缝里，眼睛鼓得圆圆的，盯着竹林里那队荷枪实弹的警察。他的身子跟打摆子一样不停地哆嗦。他做了几次深呼吸，试图控制自己。可越是这样抖得越厉害，握着石块的手不听使唤，手上的石块与巨石不断相碰发出了轻微的"啪啪"声。他在窄小的石缝里转换了一下位置，用左手抓住右手手腕，试图再次控制发抖的右手。而他的右手在痉挛，手突然松开了，石块滑落下来。所幸的是石块落在杂草上，没有太大的响声。

瘦弱的男子激灵了几下，屏住呼吸从石缝里探出半个脑袋，朝竹林子里看了看。看见警察仍然蹲在那里，他才缩回头蹲下身子，重新拾起掉在草上的石块，趴在巨石的边缘，盯着对面的那栋木屋。

邱林举着手向前挥了挥，一行警察猫着腰穿过了小溪。邱林再次向身后三名狙击手做了一个"OK"的手势，指了指离他们不远的一处高高的石坡。三名狙击手迅速越过邱林，爬上了指定的高处。一切停当，邱林向身后不远的杜云海一挥手，一行特警悄悄向木屋靠拢。邱林蹲在木屋屋檐下，朝对面的高处看了看。三名狙击手在一块高大的石头上趴下，居高临下地将枪管对准小屋的窗户。邱林的耳麦里响起狙击手的声音："屋内发现人质！"

邱林没有回答，看了看杜云海，又抬头看了一眼亮灯的窗户，说："报告视线情况！"

"能见度清晰，视线良好！"

"确保人质安全，一旦歹徒危及人质安全，立即开枪击毙歹徒！"

"明白！"

祖霄非常烦躁，弄不懂老板为何要如此这般，把自己和一个小孩禁锢在深山林子里。在汪向龙没落网前，其实他是可以离开江源远走高飞的。他向老板说了自己的想法。老板说不妥。逃不是万全之策,天下公安是一家,逃到天涯海角也没有藏身之地,只有把事情做得天衣无缝才能一劳永逸。他妈纯属扯淡!绑一个小孩就是把事做妥了?再说孩子的大人不见得就会按你的意思去办,到时偷鸡不成蚀把米。自从他来到这个林子进了这个小屋,就像下了十八层地狱,几个晚上都没有睡一个安稳觉。他的神经是随时紧绷着,林子里只要稍有响动,他就惶恐不安。晚上如此,白天就更不用提了,生怕林子里突然进来人。几天下来,弄得自己身心疲惫、狼狈不堪。这哪里是躲藏,分明是把自己往死路上作。照此下去不用公安来收拾,自己把自己就整死了。

他不赞同老板的这种做法,虽然他也想尽量把事情办得妥帖点,求一个一劳永逸。但孩子是无辜的。把孩子绑了就安全了吗?这未必就是唯一的出路。他妈的也太狠心了吧,我祖霄再横也不会横在一个孩子头上。

屋内灯光昏暗。祖霄坐在床沿上,看着蜷缩在床上啼哭的孩子,顿生悲悯。他站起拉了拉孩子的衣领说:"别哭,过两天就能见到你妈妈了。"

小孩子抬头,泪汪汪地看着他,知道是在骗自己。这话他从一进来就是这样对自己说的,好几天了一直这么说。孩子呼地站起来,冲祖霄大喊:"你是骗子,你骗人!"

祖霄哄不了这孩子,一下子狂躁起来,对孩子怒吼道:"他妈的别哭了,再哭老子掐死你信不!"这一吼镇住了孩子,屋内突然安静了下来。

屋檐下,邱林向身后民警伸了伸手,示意做好强攻准备。

木屋对面的石缝里,瘦弱的男子惊恐地看着迅速移动的警察,他颤抖地举起石块,吸了口气后屏住呼吸,闭上眼睛咬着牙将石块向木屋的窗户上扔去。"咚"的一声,石块砸在窗框上。

突如其来的响声惊动了屋里的祖霄,他如惊弓之鸟般一蹦而起,慌忙抓住小孩衣领,明晃晃的匕首架在孩子的脖子上,冲屋外大喊:"谁?"

邱林大喊一声:"行动!"

强光手电将屋里屋外照得通明。屋门"砰"的一声被踢开,特警一拥而上,瞬间冲进去,喊声划破天际:"不许动!"

六支枪对准祖霄,邱林威严地警告祖霄:"祖霄,放了孩子才是唯一出路!"

祖霄抓住孩子的衣领,匕首深陷在男孩的脖子上。男孩惊恐万状。祖霄歇斯底里地疯狂号叫:"别过来,不然我杀了他!"

邱林向持枪特警招了招手,示意他们后退。特警持枪慢慢向后退了几步。祖霄绝望地吼道:"退出去,不然我真杀人了!"

邱林看着被惊吓的孩子,冲祖霄说:"你冷静点,放了孩子或许还有一丝希望。"

祖霄气急败坏地吼:"你他妈的别骗我,老子横竖都是个死!"

狙击手再次向邱林报告说:"位置、光线良好,请指示!"

邱林仍对疯狂了的祖霄说:"千万别激动,放了孩子我们什么都可以谈!"

祖霄的匕首在孩子的脖子上划拉了一下,仍然吼着:"放下枪!"

邱林冲民警喊:"放下枪!"

民警将枪放下。祖霄瞪着持枪的邱林,说:"你他妈也快放下枪!"邱林将手枪放在了地上,一只手紧握拳头伸向窗户。祖霄"哈哈"狂笑,接着用力一提男孩头发,咬牙说:"你认为老子会放过他吗?"

祖霄手里的男孩惊恐地盯着邱林。祖霄握的匕首在抖动,布满血丝的眼睛瞪着邱林,继而狂笑不止。

邱林对祖霄说:"请你别这样,别这样!"

祖霄的匕首稍稍离开男孩的脖子,晃了晃,匕首再次靠近了男孩白皙的脖子。男孩发出惨烈的叫喊。邱林紧握的拳头在窗户前瞬间落下。

"砰"的一声枪响。子弹"嗖"地穿过窗户玻璃,射向对面祖霄的眉心,一个鲜红的圆洞出现了。

祖霄突然倒地……

第五章 暗流涌动

这案子很让人糟心。

邱林对程志远说："我不相信管苏菲就是幕后主使。"

程志远说："可以理解你的心情。但是，专案组拿不出否定管苏菲作案的证据，也没有证据证明还另有其人。办案子重证据，怀疑、推测是办案的大忌，好端端的证据被你们自己弄丢了，怀疑又有什么用？怀疑就能洗清管苏菲的嫌疑吗？"

邱林知道程志远是在怪罪自己击毙了祖霄，而中断了这个案子的所有线索。他感到非常窝心憋屈。祖霄一死，死无对证，管苏菲雇凶杀夫成了铁案。一万个没想到，祖霄的死会使自己如此被动。至于程志远怪罪自己弄丢了线索，他很不服气。程志远当时不在现场，不清楚现场的情况，在那种万分紧急的情况下，不论谁指挥，绝对会果断下令击毙歹徒救出人质。虽然失去了线索，但保证了人质安全。他认为自己做得很对，很值得这么去做。

邱林的直觉告诉自己，管苏菲绝不会雇祖霄去杀害丁俊成。管苏菲是一个知识分子，况且她早已知道丁俊成曾经包养过一个女人，她要杀丁俊成还能等到现在？让邱林万般不得其解的是，祖霄已经被击毙了，可她还是一口咬定是自己雇的祖霄。如果说她当时投案是因为祖霄绑架了她儿子的话，现在祖霄死了，她完全可以推翻自己的供词，把责任推给祖霄，洗清自己的嫌疑。但她没有这么做。几次审讯，不管邱林对她怎么晓以利害，管苏菲仍然坚持是自己雇请祖霄的。

市局党委决定撤回专案组。邱林对市局党委的这一做法保留不同看法。丁俊成的案子严格来说不算终结，这案子疑点太多，有必要继续侦查。高晓敏对他说："你就是一头犟牛，很难驯服。程志远有他的考虑，他的心跟明镜似的，能看不出丁俊成的案子的疑点？程志远想把余下的事交给杜云海来办。杜云海是江源县公安局局长，去了半年，江源县连代理副县长都没给杜云海。案子破了，江源又面临人大选举，杜云海再不好好表现，怎在江源立足？"

高晓敏的这番话使邱林茅塞顿开，他带着专案组回江州了。

网络上的舆情对杜云海一直不利，管苏菲即将面临开庭审判，杜云海心里一个急呀。三个月后，江州市中级人民法院在江源县人民法院开庭，就管苏菲雇凶杀人案公开审理，控、申双方经过激烈交锋，法院认为，管苏菲雇凶杀人证据不足，退回公诉机关，由公诉机关协同侦查机关补充证据。为了利于侦查，公安机关对管苏菲变更了刑事强制措施，由收押改为监视居住。管苏菲出狱，使江源民众一片哗然。轰动江源的丁俊成案，竟然被法院退了回来，凶手仍逍遥法外。这对杜云海而言是一个不小的打击。江源群众怎么看待公安机关，又是怎样看待这个公安机关的主要领导？杜云海心里没一点底。

快到年底了，人代会召开在即，江源县委、县人大、县政府开始忙碌了。县委对杜云海能否在这次选举中获胜没有一点把握。绍中伟为这事头痛不已。程志远副市长给他打了多次电话，意思是江源的人代会要保证杜云海当选。而绍中伟这段时间又收到不少对杜云海担任副县长一职的不同意见，集中反映杜云海作为公安局局长过于软弱，难以把控江源现在的治安局面。绍中伟私下找过副书记周杰。周杰很灵光，清楚绍中伟的意思，一个劲地对绍中伟表态，一定一定，决不打折扣。

绍中伟找周杰是因为他在江源干部队伍中属元老级人物，他的表态很重要。从程序上来说，也应该尊重他，事先与他沟通。另一方面，只要周杰表态了，就能影响江源多数干部。绍中伟相信，周杰是一个顾大体的领导干部，虽有自己的立场和这样那样的顾虑，但在杜云海任职的问题上，不会有分歧。绍中伟收到过反映，说周杰在什么地方、什么时间、说了哪些话，这都是有板有眼的事情。周杰真要这样，就是严重违背组织原则，他找周杰，就是要表明自己对杜云海的态度。绍中伟不相信社会上的传言，阻止杜云海的任职对周杰并没好处，这明摆着是与市委唱反调。尽管周杰有这个想法，这次找他，也算是敲打了一下。

　　几天过后，市委组织部考察组来了。考察组是由市委组织部副部长郑军带队。郑军在市委组织部担任副部长有好些个年头了，他五十五岁左右，在江州市部委中是一个有名的"铁面"。他很少亲自带队下来考察干部。这次市委将郑军安排到江源，可见市委对江源的这次干部考察有多么重视。但凡对干部任用有点常识的人，不难看出这次考察的阵势和来头。

　　早上八点，考察组在会议室里简短地开了一个会，会议是由绍中伟主持的。郑军在会议上讲了市委对江源干部任用的重视。最后，郑军宣布了这次被考察的对象是公安局局长杜云海、纪委常务副书记李琦、发改委主任刘峰。

　　当郑军宣布完被考察对象的名单后，会场上有了小小的骚动。参会的县委、县政府的领导都用异样的目光，看着台上的绍中伟和郑军。

　　周杰走出会场时心情非常糟糕，没想到市委组织部会把李琦和刘峰作为这次的人事考察对象。这是市委的意图，还是绍中伟的个人意思？为什么事先没有一点风声？早在前一阵子时，县委班子中有人传过，说某某在江源的圈子太大，打破了江源的政治平衡。这一次考察李琦和刘峰的真正目的，是平衡江源的政治格局，还是为了给杜云海陪选？如真为了平衡江源的政治格局，那接下来江源就将会变天，自己一个人不能再一手遮天了。

周杰越想越不是滋味，想起刘峰和李琦他心里就来气，这俩人一直与自己不对付。好在这几年他占了上风。可谁想，绍中伟一来就用这对冤家对头来平衡自己了。看来绍中伟才是真正的笑面虎，太阴险了。

周杰与刘峰和李琦不对付是有原因的。周杰同刘峰都心知肚明，只是心照不宣而已。按理说，刘峰的发迹，周杰是起了关键作用的，刘峰应该感谢他才是。可刘峰不但没有感谢，反而与他为敌，并且把纪委常务副书记李琦也拉上，处处与周杰作对。

周杰至今都没弄懂刘峰和李琦怎么会恨自己。周杰在任县发改委主任时，刘峰是他的副职。后来周杰任了副县长，还是他力推刘峰，刘峰才当上发改委主任的。说句良心话，周杰推刘峰上位颇费了一番心血，也遭到了很多阻力。县常委会在研究刘峰的任职时，政法委书记朱一来就很有意见，认为刘峰的人品有问题。

朱一来是县委常委、政法委书记，又是本地人，他的话是有一定分量的。朱一来的话一出口，语惊四座，说刘峰的人品问题有"四化"：一是作风腐化；二是权力利益化；三是办事无原则化；四是小圈子化。

朱一来对刘峰总结的"四化"不是凭空捏造，都是有根据可查的。社会上反映，刘峰在担任江源县发改委副主任期间，办理江源稀土矿业有限公司开发项目时，接受丁俊成为其提供的性贿赂，进入高档桑拿场所，被省城公安机关当场查获。后经丁俊成活动，刘峰才被免予治安行政拘留。可世上没有不透风的墙，事情还没过俩月，刘峰在省城桑拿场所接受性贿赂的事就被爆料给了县纪委。县纪委开始着手对刘峰在省城被抓的事进行调查，调查组的负责人就是李琦！但最终的调查结果却令人意外，李琦在给纪委常委集体汇报时说，查无此事！还有楠竹岭电站项目，县委县政府原计划由政府融资修建，是县政府所属集体项目，不知怎么回事，最终变成了张跃的私有企业。这事在江源影响很大，民间谣传楠竹岭电站就是周杰的，周杰才是电站的最大股东。而这个项目申报承办人就是刘峰，刘峰为讨好领导把集体利益当成人情送给了张跃。

周杰知道，朱一来的意见不仅是针对刘峰的上位，其实也是冲着自己来的。朱一来这时捅刘峰一刀，实则捅在周杰身上。周杰此时不能不管不顾，如若刘峰上不了位，接下来的问题就严重了，自己就当不了副县长。于是周杰动用了一切力量，摆平了对刘峰有意见的所有领导，刘峰终于当上了发改委主任。周杰为他这样卖力，刘峰应该清楚自己是站在哪一边的，按朱一来的话说，他们是一个圈子里的人。

刘峰上位后，他与周杰联手，在李琦的协助下，把朱一来搞成一个另类。朱一来在县委大院内无法立足，最后只好离职，回家带孙子去了。

刘峰后来才知道，周杰为什么冒着得罪朱一来的风险使劲帮自己。李琦在刘峰的撮合下，入股了江源稀土矿业有限公司。从那时起，他与刘峰的交往密切起来，起初他们是为利益走到一起的，随后便成了不可分割的利益整体。李琦对周杰存有戒备之心，很多场合只要周杰在，他是很少说话的。刘峰发现了这一现象，问李琦："是不是有点儿怕周杰？"李琦笑而不答。刘峰说："周杰人很好，有亲和力，也乐意帮人。"李琦看着刘峰，过了好一会儿摇了摇头。刘峰不解，追问再三。李琦说："咱们都是一个圈子里的，不妨就说一次实话。检举你在省城被抓的人不是别人，就是你的恩人周杰！"

刘峰哑然，不信周杰会如此地运用手腕，再说了周杰当时并不在现场，怎知省城被抓的事？李琦说："信不信由你。周杰怎么知道这事，自己好好回忆一下，你身边有周杰的人。"刘峰恍然醒悟，在省城那次自己动用的是周杰的车，司机就是周杰的死党。李琦一笑，说："周杰就是利用司机在闲谈中吐露出来的信息向纪委举报的。调查他的司机时，司机也证实了这事。后来怎么又不了了之了，这就是周杰的高明之处了。朱一来反对你担任发改委主任的本意是打压周杰，你只是他们权力争斗中的棋子。朱一来成功了，不仅对你不利，对周杰更不利。朱一来提出的'四化'就是针对周杰的。这些年，周杰在江源利用职务便利捞了多少好处，建立了很大的利益圈子。他说的每一句话远比书记、县长管用。

周杰此时觉得朱一来这么一反对，问题就糟了，搞垮了你就是搞垮自己。于是他又回到了'统一战线'上来，反击朱一来，扶你上位来保全自己。"

刘峰说："问题可能是这个样子，但周杰没必要这样打压我，我与周杰没有根本上的利害关系，周杰为什么要举报我？"

李琦说刘峰傻，又说周杰高明，究竟是刘峰傻还是周杰高明？李琦让刘峰自己去思考。他问刘峰："丁俊成的江源稀土矿业有限公司挣了多少钱？周杰是否有份？你自己在丁俊成的公司入了多少股？"

刘峰愣愣地看着李琦。李琦瞪了一眼刘峰，说："你傻瞪我干吗，你怎么不把他拉入伙？"

刘峰顿时语塞，好一会儿才说："你是说他没好处？他自己可以找丁俊成啊！"

李琦呵呵一笑，指着刘峰，说："你啊，你啊，难怪周杰恨你！"

李琦接着跟刘峰分析，说："周杰同丁俊成没有交往，能贸然提入股的事？你是副职，倒比他那个正职还吃香，那是功高盖主，他能不眼红？所以他在你背后稍稍捅了一下，让你好好长记性。不过，周杰捅了你之后，马上意识到了自己的处境，如果你要因在省城的事垮了，他也好不到哪儿去，他怕你把楠竹岭电站的事捅出去。这就两败俱伤，谁也捞不着好处。这种损人不利己的事他不干，于是又从中周旋，化解了你的危机。周杰不管怎么说还是帮了你一把！"

刘峰知道了周杰的为人后，便对周杰不冷不热的。后来，因周杰公开提出由张跃的公司兼并江源稀土矿业有限公司，双方发生了分歧，心里有了隔阂，关系就不再那么融洽了，最后发展到了两股势力相争。

周杰想，既然绍中伟拿这次人事安排搞权力平衡，那我得去找一个让他不能平衡的砝码，这才是自己要面对的现实。两害相权取其轻，李琦、刘峰同杜云海相比，显然刘峰、李琦上位绝对比杜云海上位要好。所以他有了一个决定，首先给公安局副局长崔达打个电话，给他打打预防针，分寸由他自己去掌握，在考察组面前怎么说那是他自己的事。周杰想把自己的想法告给崔达，自己希望他上位。按级别崔达也是正科，也符合组织提拔程序，要能选上副县长，到时兼任公安局局长未尝不可。其次，周杰想到了江源的本地干部。考察组考察按惯例是要找下面乡镇的主要领导谈话的。乡镇主要领导这一块说话的分量很重，往往会起到主导作用。最后就轮到了这场戏的主角上场了，张跃在群众面前动动嘴皮子，这比什么都管用！

周杰想到这里，挨个打了电话。

县委办公室按考察组提供的谈话人员名单，分别通知了这些人。办公室的秘书给周杰打了电话，通知他下午三点在办公室里听通知，市委组织部领导要找他。

市委考察组分成两组对要找的谈话人员进行谈话。周杰听到风声，考察组听取了绍中伟的意见，将名单上的人哪些人有意见，哪些人没意见进行了分类，把有意见和没意见的均匀搭配开。

崔达是第一个被找去谈话的人。崔达是江源本地人，四十一岁，江源县公安局党委副书记、常务副局长，分管刑侦、财务工作。

江源县委领导班子对崔达的评价较为一般，在公安局民警中的评价很高，业务能力在全市公安刑侦中非常突出。这样的一个公安领导干部，怎么会在江源县委领导班子中的评价不高呢？这要从前任局长说起。

前任局长曾凡也是江源本地人，比崔达长四岁，从主管刑侦工作的副局长提拔为局长。崔达正是接手曾凡的工作，分管刑侦。当时江源县因经济不景气，允许干部下海经商创办实体，干部人心涣散，治安也相对混乱。加之干部中的派系争斗严重，江源的干部管理一度失控。曾凡上任后，本想将崔达作为公安局的政委培养，也向上级组织部门提了建议，但最终未能落实。

两年后，崔达发现民警对曾凡的意见较大，反映曾凡不讲政治规矩，集权思想严重，搞一言堂，并且对曾凡利用职权从事经商活动极为不满。崔达听到这些意见后，以同事、朋友的身份与曾凡沟通了个人意见。就是这次沟通，曾凡与崔达两人产生了芥蒂。曾凡认为，崔达是在拆自己的台，是崔达煽动民警为难自己。曾凡说，我利用职权从事经商活动，那也是身不由己。江源县只要手中有点实权的，谁不在经商办实体？这些经商办实体的干部，哪个不是在利用手中的权力？曾凡还劝崔达，说现在公家的事不好办，自己也想多为大家办点事，可谁乐意我这么做了？所以公家的事越少办越好，少惹麻烦，个人的私事办得越多，别人说你有本事，江源就是这么个现实。公家的事办多了，说不定什么时候别人给你扣上帽子，什么程序不合法啦，什么违规啦，一不小心把自己送进去了。崔达无语，气愤地走出了曾凡的办公室。从此，他们俩就有隔阂了。

就在那次谈话后，县委里传出消息，说崔达有野心，想谋曾凡的那把交椅。当时的政法委书记朱一来郑重其事地找过崔达，不过朱一来没有指责崔达，而是隐晦地表示支持崔达。曾凡任局长的三年时间里，每年全省社会治安民调均排在全省的最后。二〇〇二年年底，省公安厅派出暗访组，对江源的社会治安情况进行了暗访。暗访组在江源县开展了为期一周的暗访。结束暗访那天，省厅督察总队总队长王坚通知曾凡听取暗访组的意见。曾凡对办公室的郝正旗说，告诉他们没时间听暗访组的意见。曾凡不愿见暗访组，暗访组只好通知常务副局长崔达。崔达去了。暗访组根据暗访的情况指出江源县公安局存在的三十四项问题，并且要求一个月内必须整改到位，一个月后省厅督察总队将再次进驻江源对整改情况进行复查！

暗访组离开江源后的第二天，省厅向全省一百多个县市下发了对江源县公安机关的暗访情况通报。此通报系全省公安机关有史以来问题最多、页码最长的通报，共有四十六页。通报中指名批评了曾凡，作为公安局长不作为，带头经商，在江源影响极为恶劣。

省厅的通报下发后，曾凡说是崔达在自己的背后搞鬼，其中一些事只有崔达知道，没想到崔达竟是如此小人。崔达有口难辩，但他也不与曾凡沟通。不久，曾凡迫于社会舆论和市局诫勉谈话的压力，主动向江源县委提交了辞职报告，辞去了江源县公安局党委书记、局长的职务，下海经商去了。

曾凡的离职并没有给崔达带来好运。江源县委一致坚持在江源本地产生公安局主要领导人选，朱一来首推崔达，但遭到了大多数人的反对。朱一来的任期接近了尾声，当时的县委班子对朱一来的意见很大。因为朱一来不同流合污，影响到了他们的利益，所以大部分人把朱一来对崔达的提名说成是任人唯亲。但朱一来始终坚持崔达是人才，应该提拔重用。由于朱一来的坚持，县委对公安局长的任用意见达不成一致，决定暂缓公安局长的任命，由崔达代理局长职务，行使公安局长的权力。崔达就这样代理了局长半年。朱一来在县委、县政府中成了另类，无法继续立足在政法岗位上，在任期结束还差四个月时，主动提出离职。崔达代理局长职务半年后，市委、市公安局将杜云海安排到了江源县公安局，任公安局局长，据说是按副县长职务配备加强公安机关力量。但杜云海到江源县快一年了，县委和人大一直没有让杜云海代理副县长。崔达深知个中奥妙，杜云海肯定又触犯了某些人的利益。这次人事考察杜云海能不能过关，也只能是两说了。

崔达进门时，郑军冲他一笑，问："你是不是崔达？"

崔达也给郑军开了一句玩笑，说："如假包换！"谈话就在这轻松的氛围中开始了。

郑军直接说："这次考察有三人，杜云海、李琦、刘峰。如果要从这三人中产生一名副县级领导，你选择哪一位？"

崔达不加思考地说："杜云海！"

郑军一笑，问："为什么？"

郑军的这一问就问出了技巧，逼着崔达说出为什么选杜云海的理由。崔达对郑军很敬佩，市里的领导就是市里的领导，说话水平就是不一般，连问话的方式都很特别，一句"为什么"逼着你说出对杜云海的评价。

崔达沉思了一会儿，说："为什么选杜云海，理由有三。首先是杜云海的人品不错。杜云海虽然到江源的时间不长，但能让人感觉到杜云海是一位很正直的领导干部。江源的政治派系争斗是江州市出了名的。杜云海来到江源没有选边站。

"我经历了四届公安局长、三届县委领导班子、两届政法委书记。公安局长不站边是一件很难做到的事，而杜云海做到了。当然喽，杜云海的这个不站边也招惹了许多领导。杜云海只讲原则，不讲哥们儿义气，不拉帮结派。就三位考察对象而言，李琦、刘峰与杜云海就有很大区别。这不是我为了标榜杜云海的人品，而故意诋毁李琦和刘峰。杜云海来到江源后，发现楠竹岭电站因侵占当地的山林与当地百姓屡屡发生矛盾，便进行了暗查。这事被李琦知道了，李琦主动找到杜云海，说要联手把电站的问题查清。李琦的意思很明显，就是要把杜云海拉下水，与周杰对着干。杜云海拒绝了，说周杰副书记是不是违纪，县纪委可以通过市纪委对周杰副书记进行调查，没必要这样做。李琦不高兴了，放出话来，说杜云海是周杰的人。周杰知道杜云海在调查楠竹岭电站的问题后，责怪杜云海与李琦一起对付自己。就这样，杜云海还在继续调查楠竹岭电站的问题。可后来接着发生了丁俊成枪杀案，对楠竹岭电站的调查也就没结果了。

"杜云海的生活基本是两点一线，从宿舍到单位，很少到外面应酬。不像有些干部整天花天酒地、灯红酒绿，还美其名曰是工作需要，就是喝坏了胃也是为革命工作献身。

"其次，杜云海的工作能力强，虽然任江源公安局局长的时间不长，但在队伍管理上是有经验的。杜云海来江源虽没有很大地改变江源公安机关队伍的面貌，但在丁俊成的案子上，能够体会到他的领导才能。丁俊成的案子如果放在前任局长那里，能不能破了很难说。尽管这起案子是市局专案组邱林政委带队，但在人员的组织调配等方面，杜云海配合得相当得力。民警工作也很开心，从发案到破案历时几个月，没有听到民警发牢骚。很多年在江源公安局没看到这种情形了……"

崔达停了一会儿,看了看正在认真记录的郑军,继续说:"现在正值人大选举前的关键时刻,别的人听到风声就四处游说,与下面的人大代表、乡镇主要领导、大型企业负责人频繁接触。而杜云海像没事儿人一样,现在还带着人下到现场,几天几夜不归家,这种精神在江源的干部中很少见。"

崔达终于停下了,不再吱声。郑军停下手里的笔,抬头看着崔达,问:"杜云海在你的眼中几乎是个完人,他就没有缺点了?"

崔达一笑,摇头,然后说:"杜云海并非完人,在现实生活中也没有完人。杜云海的缺点就是对公安刑事侦查工作不是很熟悉,说话太直,使别人认为他自视清高,不合群。"

郑军同考察组的另外两名同志一笑,然后结束了与崔达的谈话。

郑军后来连续找了人事局局长、审计局局长、纪委书记、法院院长、检察院检察长,包括下面乡镇的几名主要领导。

下午快上班了,周杰在离上班时间还差一刻就到了办公室。没多久秘书来叫他,说市委考察组的领导在三楼等他。

周杰去了三楼,他认得郑军,老相识见面相互寒暄了几句就聊到了正题。周杰对郑军说:"从个人感情来说,支持杜云海当选,至于能否当选那是代表们的事。我在市委组织部领导面前坦言,我曾在不恰当的场合,听了些不恰当的话也没及时制止。杜云海同志可能产生了误会。绍中伟书记找我谈了,我一定要支持人大的工作,确保市委既定的候选人当选。"

周杰表明了自己的态度后,又向郑军提出了一个问题,说:"现在的舆情对杜云海同志很不利。网络上的各种谣言很可能左右代表们,这是一个很现实的问题。人代会选举时,代表受舆情左右,杜云海落选,把刘峰或李琦选上了,那杜云海又何去何从?"

郑军说:"我没想那么多,我们的目的是考察干部的德能勤绩廉,至于谁能当选,不能违背代表的意愿。群众的眼睛是雪亮的,他们能分清谁是真正的好官，谁是混世度日谋求个人利益的昏官。"

郑军这么一说，周杰倒是无话可说，只好不停地点头。

周杰离开考察组办公室时，突然感到是不是在郑军面前暴露了太多的个人意图，让郑军认为自己故意为难杜云海。周杰分析，从郑军当时的说话语气和问话方式来看，杜云海当选这次是志在必得的事了。如果真让杜云海当上副县长，这江源的政治生态就不是平衡的问题了，而是极不平衡了，自己会处于一种弱势，这对自己的政治生涯非常不利。

周杰回到办公室立马给张跃打了一个电话，说晚上要请李琦吃饭，要他安排一个地方。张跃问是不是叫上刘峰，周杰说，那个二货就不用理了，他去了准会坏事！

市委组织部考察完，绍中伟给程志远去了电话，把江源的干部考察情况和下一步的选举工作情况告诉了程志远，说干部们对杜云海的反映很乐观，应该能被选上。程志远只在电话里叹了一口气，说我相信杜云海能够胜李琦和刘峰一筹。

绍中伟很理解程志远的想法，接下来不知道会发生什么。为防止选举中出现怪事，他让杜云海暂时放下手里的工作，多到下面乡镇走走，联络一下感情，多与乡镇的人大代表见面。

杜云海推说很忙，当不当选并不重要，关键是要把手里的事办好。绍中伟有些生气，说都火烧眉毛了还不着急，不当选哪还有在江源办好事的机会！

郝正旗也劝杜云海，说多到下面与乡镇干部见面有好处。每届人代会选举，乡镇干部这一关非常重要，与乡镇干部搞好了关系选举是水到渠成的事。人大代表都是乡镇领导筛选出来的，他们对乡镇领导的话都是言听计从的，这些人的一个眼神，那些代表都能领会，不用他们去说，就能达到事半功倍的效果。

杜云海听得烦了，骂了郝正旗一句，你没当官就研究起官场来了！杜云海要郝正旗陪他下乡，到高阳镇去找丁俊成的父亲！

郝正旗真不懂了，这时去找丁俊成的父亲？我的个乖乖，这么关键的时候去碰这么敏感的问题，那不是惹火烧身？别人躲都躲不及，他倒好，往自己身上揽事干，真是拿他没办法。

郝正旗给崔达打了一个电话，说杜局长要去高阳找丁俊成的父亲。崔达在电话那头一笑，说他这是要去见代表，去吧！

杜云海要去高阳镇找管苏菲，不是单为躲避选举的事。管苏菲出狱一段时间了，他想找管苏菲再谈一次，看能否找到新的证据。

高阳镇离县城不远，个把小时的车程。杜云海到高阳镇后，郝正旗陪着他在高阳镇走了一圈。快到晚上的时候，杜云海说就住在高阳镇。晚饭后，杜云海带着郝正旗去了丁俊成的家。

郝正旗为杜云海担心，人代会快要召开了，别人都在四处活动，而杜云海还一心扑在案子上，并且这个案子还是焦点。大部分人都巴不得杜云海说这是一个有疑问的案子，让他与自己过不去。郝正旗说："杜局长，咱们还是先回江源吧！"

杜云海看着郝正旗，说："什么意思？"

郝正旗说："这个时候您还是少为这个案子想了，选举事为大！"

杜云海一笑……

杜云海心里急，可有人比杜云海更急！

周杰担心张跃请不动李琦，下班的时候给李琦发了一个短信，告诉他晚上张跃请吃饭。

李琦收到周杰的信息后，轻轻说了句："又发什么神经了！"

李琦虽然不很情愿与周杰走得太近，但这个关键时候他不能与周杰对着干。既然自己被组织部门认定为考察对象，就得拼一把。这是一个难得的机会，陪选也好，真戏也罢，拼了不后悔，不拼会悔恨终生。周杰这时找自己肯定是好事。周杰可不希望杜云海当选。杜云海是外地干部，又是一个暴力机关的主要领导，如果不能控制在自己的手里，周杰将面临什么样的一个局面,他比谁都清楚。

下了班,李琦去了约定的地点。张跃、周杰早在包间里等着李琦了。李琦一进门张跃一副笑脸相迎,一口一个李副县长,叫得李琦浑身起鸡皮疙瘩。

这顿晚餐李琦受益匪浅,李琦领会了什么叫政治手腕,什么叫扭转乾坤!离开包间的时候,周杰拍了拍李琦的肩膀,说:"放心吧,你就等着别人叫你李副县长吧!"

张跃带着醉意开玩笑地说:"这么说,叫李副县长还是没有错吧!"

周杰也开了一句玩笑:"你张总是谁,关键时候还得看你的,他能不能叫上李副县长,那就是你的事了!"

张跃看了李琦一眼,那眼神怪怪的,然后一笑,对李琦说:"放心,谁让你是我周哥的人呢。"

邱林接到郝正旗的电话后,就给杜云海打了电话,问杜云海:"这个时候去碰丁俊成的案子,什么意思?本来舆论就够你喝一壶了,此时再碰,非把自己玩完不可!"

杜云海一笑,说:"你也变得这么势利了。既然大家对这个案子有疑问为何就不能再碰了?人大选举是选举,选举与这个案子又没有直接的联系,是两码事,代表选不选我,无所谓!"

邱林骂了一句:"木脑壳!"

绍中伟同程副市长担心的事终于发生了。

江源县人代会如期召开,选举结果出乎所有人的预料,本以为稳稳当选的杜云海以低于李琦五十六票,少于刘峰二十八票落选。

李琦走出会场时,张跃上前当着众人的面,大叫了一声"李副县长"。李琦向张跃招了招手。

郑军听到这个消息后,叹口气:"江源的水太深了……"

第六章　高手过招

　　李琦当选副县长,并没给周杰带来好运。江源的政治生态是不是真的平衡了?绍中伟还真是走错了一步。这一步错步步就错,接下来的江源就更不平静了。

　　程志远在市局党委会上发火了,没有想到杜云海去江源快一年了,没有一点人气和群众基础。一个堂堂的公安局局长,一个非常强势的单位领导怎么选不过一个纪委副书记,甚至落后于一个小小的发改委主任,这是公安机关近年来一件最为耻辱的事。是不是杜云海的工作不务实、作风浮躁?他安排市局纪委同志,对杜云海在江源的情况认真查找原因,总结这次教训。

　　会后,程志远把高晓敏和邱林找到了办公室。程志远问高晓敏:"你对杜云海这次落选怎么看?"高晓敏一笑,说:"您有点过于敏感了,杜云海这次落选很正常,他如果当选了才不正常。"

　　程志远脸一沉,说:"杜云海是市委既定的当选人,他的当选怎就不正常了?真是无稽之谈!"

　　邱林见程志远动了真格的,忙替高晓敏申辩:"高支说得没错,程副市长对江源的情况应该不陌生,别说是我们公安局局长,就说江源前些年市委安排下去的干部哪一个又能顺利地当选了?您应该知道,江源上一届县委班子中的朱一来吧,他是怎么辞去县委常委、政法委书记的?那地方水很深,我在江源待了几个月,对那里的情况也了解一些,是我们无法想象的。杜云海在江源能立足一年,并且稳定了江源的民警队伍,已经尽到了最大的努力。杜云海落选不是自身原因,很多因素才造成这个结果。我们把主要责任放在杜云海身上,我认为对杜云海同志不公平!"

高晓敏接过了邱林的话,说:"邱林说得对,程副市长对杜云海不是不了解,他既不存在不务实,也没有工作作风浮躁的问题,只能怪江源是一潭浑水!"

程志远瞪了他们俩一眼,不说话了。

高晓敏要邱林给杜云海打个电话安慰安慰。邱林不干,他说:"杜云海这个时候很痛苦,就别再往他伤口上撒盐了!"高晓敏一笑,说:"你还是不了解杜云海这个人。杜云海的鼻梁高,面相上说他是一个很看得开的人,不会太在意这次选举的事。"

邱林不信,说:"杜云海又不是圣人,这事落在谁身上都一样。如果他不在意这些,就不会去江源任职,任职就是为了当上那个副县长。杜云海不清楚选举失败意味着什么?就是他不在乎是否当选,那也得要脸面走出江源啊。"

高晓敏朝邱林瞟了一眼,轻声说了一句:"杜云海像你?"

邱林瞪着高晓敏,说:"像我?我怎么啦?"

高晓敏向前走去,说了一声:"官瘾!"

邱林看着走远的高晓敏,说:"我官瘾?"

江源县的这次选举完全打破了市委的部署,绍中伟没有想到李琦会在这次选举中获胜。他所了解的李琦在江源就没有人脉和口碑,怎么突然就成了匹黑马,事先没有一点征兆,当初自己太大意了!

绍中伟后悔很正常,他没预料到江源选举工作的复杂性。他认为把李琦和刘峰两个名不见经传的小人物给杜云海陪选,就可以高枕无忧了。殊不知泥鳅也能掀起大浪,阴沟里也可以翻船。

这次选举绍中伟事前做了一些功课,他同人大常委会主任权衡了再三，精心物色，从初选的二十多名备选人员中，层层分析逐步筛选，最终才敲定由李琦和刘峰来陪选。人大常委会主任说，选李琦和刘峰最安全，他们俩与杜云海没有可比性，把李琦和刘峰的名字与杜云海放在一起，代表们就清楚这次选举的意图。虽然按笔画李琦和刘峰排在杜云海的前面，但这并不影响杜云海的得票，李琦和刘峰是什么人，江源人都有数，代表们不骂县委把他们放在候选人中就不错了，他们还想得到选票？痴人说梦！

绍中伟同意李琦、刘峰陪选，除了人大常委会主任说的那个意思以外，还有另一层意思。他听说过李琦、刘峰与周杰表面笑脸暗地不和。李琦同刘峰上了候选名单，周杰肯定不会善罢甘休。真让李琦或刘峰选上了是对他的威胁。周杰是江源的老干部，江源的上上下下谁都听他的，到时他只要使一个眼神，李琦也好，刘峰也罢都站一边去。这就是绍中伟同意李琦和刘峰陪选的真正原因。

陪选人员敲定后，绍中伟跟市委考察组的郑军副部长、程志远副市长，还有市委书记都做了详细汇报，陈述了这两人陪选的可行性。市委领导认为这个方案做得很周全，方方面面都考虑到了，同意了这方案。这个方案只在考察组考察时才公布的，按说没有人事前知道，但最终还是出了问题，并且问题出大了！

绍中伟找不出这次选举的问题出在什么地方，找来人大常委会主任，追问他是不是低估了李琦和刘峰的能耐？人大常委会主任摇头，说，我对他们两人是很了解的，李琦和刘峰都是把利益看得很重的人，江源人也不看好他们。就是李琦和刘峰去活动，恐怕也没人搭理他们。

但李琦被选上了，就等着人大的任命呢，这是一个不争的事实。再有天大的本事也不敢拿民意当儿戏，谁敢把这次选举推翻，重新再来一次？

绍中伟此时非常难受，吃了哑巴亏。选举事关重大，他不能说这次选举失误是某些人故意造成的，更不能说是他们县委考虑不周而产生的后果。这事如捅开了，市委、县委的面子放在一边不说，上面肯定会下来追责的。市委也不希望江源县委把这事挑明，心里明白是怎么回事就行。

绍中伟郁闷了几天，想安慰一下杜云海，最终没有下定决心去找杜云海。绍中伟想杜云海此时比自己还要难受，就不要再去打扰他了，相信他能够自愈。

县委办接到了市纪委的电话，说市纪委要绍中伟去市里说明这次江源县的选举情况。绍中伟心里开始发毛了，不是个别领导说了，不追究这次江源选举的事吗，怎么又来通知要去说明情况了？是不是省里已经知道了这事？绍中伟想了一会儿，摇头，估计这不是省里的意思，一个小小的江源县选举，省里是不会因这事而追责市委的。那市纪委怎要自己去说明情况？这选举是不是有人……

绍中伟不敢懈怠，马上给程志远打了电话，想从程志远嘴里套出市纪委找自己的原因。程志远本来对这事就很忌讳，绍中伟一提这事，就被程志远堵住了。程志远没好气地说了一句："江源还真是天高皇帝远，我爱莫能助喽！"

绍中伟在电话里讨了个没趣，怏怏不快地回到办公室。在办公室垂头丧气地坐了一小会儿后，要他的司机备车去江州市委……

杜云海选举结束后心情不好，对崔达说自己很窝心。在江源拼死拼活地干了快一年，到头来就是这样一个结果。

崔达安慰杜云海，说："江源的事要反着看才能理解。江源不是以前的江源了。这地方离广东最近，只三小时路程就是另一番天地。江源人眼红那边，难免会有些超前的想法。这想法不但群众有，我们的干部也有。人都有欲望，要想满足自己的欲望，有些人就会不择手段。老百姓使手段，他们的手不够长，力度也不够，所以就够不着。于是就有了干部使手段，使手腕，江源啊就成了现在的江源。"

杜云海一笑，骂："说的什么稀奇古怪的东西，一句也没听明白。"

崔达说:"听不明白就对了,那是你在江源待的时间不长,看到的事还不够多,所以才不明白。到你明白了的那天,你就会清楚这选举是怎么一回事了!"

杜云海瞟了崔达一眼,没想到平时很少言语的崔达能说出这么多奇谈怪论。他本想将掏心窝的话说出来,哪知崔达对江源是这样的看法,把要说的话又咽了回去。

崔达见杜云海不语,笑了笑,对杜云海说:"这江源就好比是一壶烈酒,这烈酒虽然有些刺喉,落肚后如烈火般烧灼,但回散着阵阵余香。江源的干部就是喜好烈酒的人,都想玩一把刺激,感受一下烈酒的余香!不过这都是那些有一定酒量的人。我没有喝酒的喜好,也不胜烈酒,总不能因烈酒回散的余香而把自己弄得一塌糊涂。周杰、李琦、刘峰他们就是江源最喜好烈酒的人,他们玩的就是刺激,玩的就是心跳。至于他们能不能品味到烈酒的余香,怕是先要经过烈火般的烧灼了。"

杜云海抬头看着蔚蓝的天空,长叹一声……

绍中伟去了江州,首先见了郑军。郑军告诉他江源的这次选举把市委书记的脸丢大了,市委做出指示,要查江源的选举情况,并且对江源的干部队伍进行整肃!

绍中伟是有备而来,对郑军的话不惊讶。江源的选举工作结束后,绍中伟就不断接到来自各方的反馈,有市委主要领导,也有关心绍中伟命运的兄弟,更有那些看绍中伟笑话的人,等等。绍中伟并没在意,既然木已成舟就没必要去想那么多,等着上面对江源这次选举的结论吧。

中午时分,郑军同绍中伟接到市委办的电话,说市委书记陆晨曦在办公室等他们。郑军同绍中伟去了市委书记的办公室。

市委书记陆晨曦五十多岁,中等身材,面目和善,见绍中伟、郑军进门,便离开办公桌向他们俩招手,示意他们坐到隔壁的会客间。然后向门外的秘书招手,吩咐秘书沏茶。

绍中伟看了看正忙着的陆晨曦，心里突然轻松了许多。从他对陆晨曦的表情判断，并不是自己想的那样糟糕。秘书将茶送到了会客室，随后关门离开。

陆晨曦坐在郑军身边，看了一眼郑军，然后又看了看绍中伟，停顿了片刻后对绍中伟说："中伟书记，江源的选举情况我听了郑军同志的汇报，这叫大意失荆州。我也没有想到江源的情况会这样复杂，杜云海落选，充分说明江源还是有排外思想的，就当我们买了一次教训。听说你最近思想压力很大。你是一个县的主要领导，身背包袱怎么能干好工作？这样要不得的，吸取教训，提振精神重新审视过去，用心抓好后面的工作，亡羊补牢为时不晚嘛！"

绍中伟看着陆晨曦点头，然后说："陆书记，是我的工作没有干好，给市委丢了脸，组织上对我有任何处分我都诚恳接受。"

陆晨曦一笑，说："中伟啊，我们的一些干部，一旦出了问题就说愿意接受组织的处分，而不是想方设法去弥补过失，这就更要不得了。江源的选举失败，问题的根源在哪里？你们县委从根本上找出原因了吗？找你来不是要处分谁，选举只要合法，群众代表的意见就是正确的，为什么要处理我们的干部？"

郑军看着陆晨曦，说："陆书记是一位英明的领导，在这个问题上是不会轻易处理我们干部的，绍书记你也不要有太多的负担。"

陆晨曦接过郑军的话，说："郑军同志是不是有点拍马屁的嫌疑？呵呵。不过话说回来，要做一个英明的领导，心胸必须开阔。动不动就拿处分来教育干部，我看不是什么万全之策。江源的情况你最熟悉，要以这次失利为戒，总结教训，对干部队伍中存在的问题要大胆碰，只有针锋相对了，那些见不得阳光的东西才会消失，才能远离我们。"

陆晨曦的这番话，听得绍中伟心里不是滋味。他的声音很轻，却像铁锤砸在自己的心口上。绍中伟理解陆晨曦说这番话的意思，变相地道出了江源干部队伍中存在着的严重问题，让自己找出问题的根源，对症根治这个顽症。"

陆晨曦手端茶杯，浅浅地抿了一口茶水。绍中伟听说过陆晨曦的习惯，他不想继续说下去时，会手端茶杯，用喝茶的方式告诉别人，谈话到此为止。不过这样的方式真让人心跳，这表示陆晨曦心里并不愉快，他的真实想法，就很让人寻味了。

绍中伟看陆晨曦放下茶杯，忙向陆晨曦表态："陆书记，我接受您的批评，回到江源后，认真吸取教训，查找干部队伍中的问题，整肃干部队伍中的不正之风，抓好江源的各项工作！"

陆晨曦一笑，看着郑军，说："郑副部长，你看绍中伟同志还是有很高的觉悟嘛！江源干部队伍中的问题，你们市委组织部也有责任，今后在选人用人上要慎之又慎，要确保党组织的纯洁性，这样也是对基层组织负责！"

郑军的脸青一阵红一阵，说："陆书记说得很对，我们有责任！"

陆晨曦站起来，说："好啦！我没有半点责怪你们的意思，你们不能背上包袱哟。过后程志远同志会找中伟同志商量，杜云海已经不适宜留在江源了，派谁下去，中伟同志和志远商量后，报你们组织部，江源情况特殊，市委组织部按程序尽快落实！"

郑军说："陆书记放心，市公安局报来我们就马上落实！"

郑军同绍中伟走出陆晨曦的办公室，他俩长长地吁了口气，外面的空气真是湿润新鲜啊。郑军同、绍中伟相视一笑，暗自庆幸轻松过了这一关。

绍中伟的手机响了，他与郑军握手后向停放在路边的小车走去，一边拉开车门，一边接着电话。电话是市公安局程志远副市长打来的，请他去一趟市公安局。绍中伟挂上电话，对司机说："去市公安局。"

绍中伟回到江源没几天，江源就传出了杜云海要调离江源的消息。

李琦对刘峰说："杜云海离开江源，全天下人都能预料得到，只是迟早的事情。但我始料不及的是，市委这么快就决定了。我与杜云海的选举就像一场没有硝烟的战争，最终我胜了。咱身后有广大人民群众的支持，总算战胜了江源以外的'来犯之敌'。战争虽然结束了，可他不够劲。"

刘峰说："相比杜云海，咱显得势单力薄。杜云海是市委既定人选，又有绍中伟掌控的雄厚的江源基础，要想战胜他并非轻而易举的事。杜云海一旦选举成功，周杰面临的局面是什么样的，很难预料。关键时候周杰是站在我们一边的，有了周杰的支持，你就有了决胜的把握。"

李琦得意之时，却忘了推他上位的那位推手，忽略了周杰和为整个选举跑前跑后的张跃。接下来，他不会像选举时那样顺畅了……

周杰再次帮了李琦，认为李琦会领自己的情。哪知李琦反其道而行之，吹嘘自己是靠人民群众上的位。这使周杰有些愤怒，甚至想将李琦立马从副县长的人选中拉下马来。

周杰在李琦上位这件事上确实动了一番脑筋。当郑军宣布李琦、刘峰、杜云海同为这次选举的候选人时，周杰就开始筹划了。他必须要不择手段地拿下杜云海，选择李琦才能保住自己的利益。丁俊成的稀土矿业公司对他来说太有诱惑力了，周杰选择李琦进入政府领导班子，还不如说选择的是丁俊成留下的巨额财富。在周杰的心里，自己扶上了李琦，会缓和他们之间长期以来的那种明争暗斗，最终通过张跃的公司吞并丁俊成的稀土矿业。要达到这个目的，李琦就是他争取的第一个目标。拿下了李琦，刘峰就不是问题了，刘峰就是街面上的混混阿三，既无本事也无谋略，收拢了李琦，收拾刘峰那是分分钟的事。

周杰有了这个想法，接下来的事就十分好办了。他下面有一帮实力派人物，这些人都是跟了他多少年的死硬派，首先是张跃这个人！张跃最懂周杰的心事，与周杰的关系可以说已经到了不分彼此的那个份上。只要周杰一说话，张跃就知周杰的下文，这种默契在别的人眼里还做得不显山露水。多少年来，周杰的一些重大事情都是张跃为他办的，江源贸易公司名义上张跃是法人，实际上周杰主宰着这个公司的命运。张跃甘愿为周杰死心塌地地奔波，因为他只有靠住周杰这棵大树，才能有更好的作为。所以要推李琦上位，张跃就是周杰的第一张牌。把张跃放出去，这事一定能成，并且不会留下任何痕迹。

张跃当然知道周杰为什么要扶李琦上位。李琦进入政府领导班子，对他、对周杰都是一件十分重要的事。周杰要扶李琦上位，这也是他多年前的想法，现在终于有了这个机会，那就顺势推一把，把李琦稳稳地推到副县长的位子上，然后去与他讨价还价。张跃坚信李琦就是坐上了副县长的宝座，仍然还在周杰的掌控之中。于是，张跃在人代会召开的前几天，按照周杰的计划拼了命四处为李琦游说。

张跃对周杰说："要推李琦得有一个理由。"

周杰一笑，说："你平时最了解我，现在这个时候却有点犯傻。这次人代会提供的名单李琦排在杜云海的前面，这就让李琦有了空子可钻。李琦有在县纪委工作的基础，又是江源本地的干部，群众都能看得到。杜云海才来江源多久，他为群众办了多少实事？丁俊成被杀的那个案子一搞就是半年，还弄得全县人心惶惶，他有什么资格留在江源？"

张跃说："这种带有目的性的煽动远远不够，代表们清楚，既然杜云海被定为了候选人，让他们去否定上面的意图，就是再傻的人也明白这其中的用意。被写在选举表里的人都有资格当副县长，选谁都是选，他们为什么投上他一票？代表们都很现实，无利不起早，凭什么非要听我们的话，按我们的意图办事？"

周杰傻眼了，没想到张跃有了这么大的进步，分析问题竟然一针见血。周杰问张跃："按你的意思，应该怎样才能达到目的？"

张跃一笑，过了好一会儿，说："还是老办法管用，我就不相信他们见了钱会不心动。"

周杰说："为李琦上位，我与你去花这个钱，我心里不舒服。李琦还不是我们圈子里的人，花这么多钱去为他争取那个副县长有点不划算。

李琦上位了，能拉过来，那自然没什么可后悔的。万一李琦翻脸不认，那不是鸡飞蛋打一场空？到头来还要闹一个为别人做嫁妆的笑话。更为严重的是，花了钱性质就变了，那是典型的贿选，这是一件犯法的事，一旦被揭穿，他们都得进班房，得不偿失。"

张跃又一笑，对周杰的这种顾虑无法苟同。他说："这事本身就是在赌博，赌博没开始之前，胜负各占一半，谁也无法估计这场游戏的结果，所以说增加筹码才是取胜的绝招。花钱贿选是犯法，游说干扰选举同样是犯法！既然都是犯法，为何不花几个钱封了代表的嘴，谁还能去说自己贪污了？这事就这么办，我保证五十年内没人知道这件事，五十年后谁也不会去管这件事，只有咱俩心知肚明。"

周杰认可了张跃的做法，张跃便开始活动了，把平时有一些交往的县级代表召集在了一起，在县城里开了几桌。在酒桌上，张跃对大家说，为什么把李琦的名字放在最前面，这是市委和县委的意图，李琦当选是这次选举志在必得的事。江源人要讲点江源人的义气，连自己人都不厚爱一层，道理上说不过去。说不定选了李琦，还真为江源人做了一件大好事。大家想，周杰副书记为什么会这么器重李琦，因为李琦年轻，又是在县纪委工作的干部，他当选了可以使那些进入江源任职的外地干部受到制衡。这样做不仅江源的政界会是另一番天地，江源还有了新的接班人，孰轻孰重，大家心里应该都有一杆秤。

张跃坐实了这些人后，认为还不是很妥帖，接着又找了几个乡镇的一些领导。这些领导都是周杰一手提拔上来的人，张跃的话对他们很管用。张跃打着周杰的旗号，说周杰很看重李琦的为人，是当县政府班子成员的好材料。话说到了这个份上，谁还不清楚张跃的葫芦里卖的是什么药，个个信誓旦旦保证这次选举就认准了李琦。

人代会召开的前一天，张跃和周杰还是忐忑不安，倒是李琦显得没事一样。这不怪李琦，因为张跃、周杰的"好意"他并不知晓。只是一些参会代表对他的称呼发生变化时，李琦才隐约感到事情有些突然。人代会前的那天晚上,刘峰找到了李琦,说:"听代表议论,这次选举你才是真正的主角,杜云海是个配角。代表说那不是明摆着的,李琦的名字在候选人的最前面,他又是江源人,并且还是周副书记器重的对象,不选他还能选杜云海那个外地干部?"

李琦听刘峰这么一说,终于理出了一个头绪。但周杰为什么要帮自己,这使他百思不得其解。

刘峰给李琦分析说:"周杰这只老狐狸,是一个无利不早起的家伙,沾上他不一定是好事。说不定周杰是正话反说呢,故意在代表面前表现他对你的高姿态,让大家在你面前为他点赞。其实江源人这几年谁不知你和周杰格格不入,关键时候他站出来为你说话,怕是黄鼠狼给鸡拜年安不了好心。别人要给你点赞,这可信。周杰为你张罗前程,反倒让人心里发凉。"

李琦一笑,对刘峰说:"这事本来就没指望,我们俩的提名就是一个配角,说白了就是给杜云海陪选。管他周杰是正话反说还是反话正说,由他去说。全江源的人都晓得我们之间的关系,说到底最坏的事就是选不上这个副县长。那又能怎样?本来这副县长就没我的份,他爱怎么折腾就怎么折腾,他还能不让我当纪委副书记了?"

刘峰听李琦这么说,有点不服气,反驳说:"能不能上是另一回事,既然上了候选名单就该争一把。还没选就泄气了,可不是你李琦的做派。这年月该争的就得争,没人看你不争,就把位子空出来让给你。所以说现在为什么有竞争,竞争是什么意思?就是打破头去抢,谁能抢着就是谁的,这才体现公平。"

李琦看了一眼刘峰,一笑,想不到刘峰对"竞争"两字的理解如此直白。反过来一想,刘峰的话虽粗,但理不糙。

人代会的选举结果使一部分人大吃一惊,李琦当选了!

绍中伟吃惊,李琦自己也十分吃惊,包括市委在江源监督这次选举工作的领导也感到吃惊。唯独杜云海异常平静,会后第二天,他带着崔达又去了楠竹岭村,去那儿干什么,别人一概不知。杜云海落选,自己倒像没事人一样。就连看起来非常中庸的崔达也为他打抱不平。

崔达是一百个不情愿去楠竹岭,他知道杜云海现在心里是怎么想的。楠竹岭电站与当地的林权纠纷都有些年了。选举刚结束,杜云海就要去查这事,这不是挑明了要与周杰来硬的了。况且这事自己查过好几次,电站的股份就没有周杰的份,那都是社会上的谣传,真查起来,谁也拿不出证据。现在去查,周杰不傻,能不晓得杜云海的用意?这让崔达感到很为难。

崔达心想,杜云海这次落选,走是铁定的。他一走可以了事,可自己是江源人,能走到哪儿去?就是不当这个常务副局长了还得在江源生活,自己可不想在今后的日子里听着周杰的骂声、看着的周杰白眼,苟延残喘。但杜云海执意要去楠竹岭,现在还是自己的顶头上司,职业操守还得遵守,所以硬着头皮陪着他去了楠竹岭……

刘峰过分地吹嘘李琦在江源的社会地位,给李琦带来了不小的麻烦。周杰不指望李琦能对自己屈膝俯身,但也不想看到他在自己面前耀武扬威。这人大的任命文件还没下,他就趾高气扬了。不是想大家同在一条利益链上,周杰可能早就出手了,让他的副县长梦成为泡影。

张跃知道周杰这次是吃了个哑巴亏。李琦的各种言行真是无视了周杰的存在,起码也要看在周杰扶持他这把的份上收敛一些。张跃越想越气,背着周杰找了刘峰。不直接找李琦是想给李琦留下一点颜面,说穿了也是给自己同周杰留下点面子。说不定李琦上任后想通了会与自己合作,怕到时很难为情。

张跃对刘峰并没有好感,周杰在发改委时,张跃就公开对周杰说,自己瞧不起刘峰。刘峰简直就是社会上的阿三小混混,哪里有一个干部的素质。刘峰说话时嘴里老喷粪,一句话带上好几个脏字。不是看他是周杰的部下,当年张跃就要教训他了。

刘峰见张跃上门,一脸堆笑,笑得有些不自然,端茶的手也在抖。

张跃接过茶杯不喝,而是把杯子放在桌上。张跃的这个小动作被刘峰看在眼里,他暗自骂了一句:"雄个卵,不就是有周杰罩着吗!"

张跃接了刘峰的茶杯已经很给刘峰面子了,要由着自己的性子,就不去接刘峰送来的杯子。他是来干什么的?是来敲打刘峰和李琦的,既然是来示威就该给他点颜色看,所以接了杯子而又原封不动将杯子放在了桌上。这一点刘峰自然知道。

张跃不同刘峰绕弯子,他说:"恭喜李琦当选了!"

刘峰一笑,说:"这话不应该同我说,又不是我要当副县长了。"这话听起来是讥讽自己。自己也是候选人之一,李琦当选为何非得到我这儿来道贺,这不是摆明着在打自己的脸!

张跃"呵呵"笑了几声,放平了语气说:"没别的意思,只是请您转告李副县长在江源谁最重要、谁最惹不起,要心里有数!"

刘峰也笑了,皮笑肉不笑地说:"卵了,这话还用我去说?人家李副县长是什么人?高瞻远瞩决胜千里。就说这次选举,上面的意思根本不是他,几手功夫就扭转了乾坤,稳稳当上了副县长,这不算他的本事?"

刘峰说完向张跃做了一个鬼脸,十分挑衅。

张跃脸一沉,起身,说:"这话是你说的,还是李副县长说的?刘峰啊刘峰,你这张嘴同你说的话一样!"

刘峰瞪眼,很气愤地说:"什么样?"

张跃已经走到了门口,回过头说:"臭!"

刘峰回了一句,声音很轻:"你才臭呢!"

门外,张跃的声音拖得老长:"别一个劲叫李副县长长、李副县长短的,文还没下呢!"

刘峰微微一惊,呆呆地看着远去的张跃,突然明白了什么,使劲在自己的脸上扇了一耳光……

杜云海同崔达从楠竹岭回来，就接到了市公安局的电话，说程志远叫他回江州！

杜云海愣了一下，没有听错，是程志远要自己回江州！是这次要自己回江州，还是要把自己调回江州了？

崔达在一旁傻笑，暗暗说了句："还能再回江源吗……"

第七章　狼子野心

杜云海是在第二天的上午就去了江州市公安局。

程志远见他的时候，脸一直沉着，没笑过一次。整个谈话过程十分严肃，每句话都带着对他的责备。杜云海知道会有这个场景出现，所以很坦然。面对程志远的责备，他不做解释，只是一个劲地承认自己的不足。

程志远说："你已经不适宜继续留在江源工作了，市委组织部也做出了决定，把你调回江州市局，重新安排职务。"

杜云海不同意，说："我能否选上副县长，并不影响在江源县公安局担任职务，把我调离江源纯粹是为了领导的面子。"

程志远火了，说："煮熟的鸭子嘴硬。全江州市的人都知道你杜云海落选，还不嫌丢人，有什么脸面在江源继续待下去？江源人不傻，一个落选干部谁能支持你的工作？你怎么在江源服众，还能带着江源的那个警队干好工作？真是奇谈！"

杜云海看到程志远调自己回江州市局的决心很大，也不再申辩，只是轻轻地问了声："谁去江源？"

程志远看了一眼杜云海，说："邱林担任江源县公安局政委！"

杜云海惊愕地瞪大了眼睛，很疑惑地看着程志远，一时说不出话来。

程志远说："怎么，你也觉得委屈了邱林？"

杜云海苦笑一声，说："我为邱林悲哀……"

早上上班的时候,高晓敏守在程志远去办公室的必经之路上,等着程志远。程志远一般是从局里的食堂吃了早餐后步行穿过公园里的那条小道,然后进入大楼。小道是用鹅卵石铺的,两旁是高大的银杏树,金黄的树叶落在小道两旁,恰像地上洒满了黄金。

程志远夹着公文包迎面从食堂那边走了过来。高晓敏忙上前对程志远说:"程副市长,这样安排邱林有些不公!"

程志远停住脚步,满脸狐疑地看着高晓敏,然后脸一沉,不痛不痒地说了一句:"又是为邱林说情!"

高晓敏上前与程志远并肩,伸手接过程志远的公文包,说:"哎哎,我可不是为邱林说情噢!市委的这个决定确实欠妥嘛!"

程志远一边走,一边对高晓敏说:"说说,哪里不公了?"

高晓敏说:"程副市长,其实您心里跟明镜似的,邱林在市局已经是副处级实职了,可市委把他调到江源县局还只是一个政委,说白了只是一个高配的副处级,在整个江州市的干部任用中还没这个先例!"

程志远停下,看着高晓敏,然后"噢"了一声,接着继续向前走着。高晓敏急了,匆匆向前走几步,跟上了程志远,说:"程副市长,您说这合理吗?邱林没犯错误,凭什么就把一个实职副处级变成了高配副处级?"

程志远再次停下,看了看前面大楼里进进出出的人,回过头用审视的目光看着高晓敏,说:"是邱林让你来的?"

高晓敏苦笑道:"您啊,您还不知道邱林这人的脾气?他要让我来他还能痛快地答应您去江源?"

程志远一笑,从高晓敏手里拿过公文包,说:"哦,我知道了,你是为邱林来打抱不平的。看来邱林的人缘挺广嘛!"

高晓敏看着程志远不紧不慢的样子心里很急,说:"邱林是您的兵,这样安排您的面子往哪搁?咱刑侦支队的面子还要不要?就说大家都不要面子,可邱林吃亏了。不能因人家邱林正直,不提要求,就这样不声不响地将他派往江源了!"

程志远脸突然沉了,语气也有些生硬,说:"你的意思是给他敲锣打鼓搞出大动静就不委屈他了?你啊,离邱林远着呢!"说完,转身向前走去。

高晓敏看着程志远的背影,不满地嘀咕了一句:"这事没落你头上,你当然不在乎!"

高晓敏为邱林申辩,不仅仅是为了给刑侦支队争一个面子。就算是程志远说的那样自己好面子,为整个支队争面子又有什么不对?哪个人不好面子?领导干部的政绩工程不就是某个人的面子工程,为某个人争口气,不也是为某个人争面子。常说"人争一口气,佛争一炷香",说的就是争一个面子。

高晓敏为邱林申辩的另一个原因,是看邱林忠厚诚实正直,又不善交际,并且十分肯干,家庭确实存在困难,所以才硬着头皮去程志远那儿为邱林"鸣冤叫屈"的。

邱林一家五口。父亲邱聪从市检察院退休后还不到两年,就患上了老年痴呆症,常年需要人守在身边,一不小心就会走丢。邱林的母亲也年迈了,身体状况非常差。这两位老人就够邱林担心的了。还有邱林的爱人舒蓉不在市里工作,工作单位离江州市有十多公里,平日就很少能顾家。女儿只有六岁,上学回家靠老奶奶接送。就这样,上级还把邱林调往与江州相距一百多公里的江源去工作。从个人情感也好,还是从他家的实际情况也罢,或是从组织关心的角度,高晓敏向上级反映邱林的情况都说得过去。程志远怎就说自己好面子了呢?他有些想不通。

高晓敏回过头来细想,这一切只怪邱林自己。怪他不给刑侦支队争面子,也不给自己争面子。为什么这么快就接受了组织的安排?江源的工作环境又不是不晓得,那儿多复杂是他自己说的,现在却毫不犹豫地答应了去江源。邱林啊邱林,一个榆木脑壳!

高晓敏与邱林从认识到共事已经有十几年了。记得第一次认识邱林的时候还是十几年以前,那时邱林是江州市陵郊县公安局城镇派出所所长,高晓敏在江州市公安局零星分局任刑侦大队大队长。零星那地方盛产柑橘。那年底,陵郊县局的政委要高晓敏在零星给卖几千斤柑橘,作为年底给民警的福利。政委安排城镇派出所的邱林带民警到零星装运柑橘。邱林中午就到了零星,高晓敏要邱林请人装车。邱林说他们自己来了人,何必再去花钱请人。高晓敏见邱林他们个高敦实,又很年轻,这么多人装八千斤也不算累,也就不再坚持请人。哪知邱林带来的民警还没扛上几袋就不干了,邱林一个人在那扛呀装呀忙了半天还剩下一半。高晓敏再次劝邱林请人,邱林一笑摇头。最后,邱林一人把八千多斤柑橘装上车。

高晓敏当时认为邱林这人很傻,这请人又不是花他的钱,单位肯定可以报销,何必非要吃这个苦。邱林离开零星后,高晓敏还给陵郊局的政委打了电话,说你们局的那个邱林有股傻劲,八千斤柑橘硬是一个人装上了车。政委说你根本不了解这个人,邱林是江州市里的人,父母亲都是江州市检察院、法院的领导,他的这股子劲是跟他的父母学来的,这叫优良传统。后来不久,邱林被调到了江州市公安局刑侦支队,什么脏活累活都争着干。高晓敏很看重他。由于业务能力很强,又肯干,三年前被提为刑侦支队的政委,成了高晓敏的搭档。

高晓敏向程志远"诉苦",真正目的是想留下邱林。邱林离开了,高晓敏少一个得力的帮手。

邱林听说了高晓敏去了程副市长那儿为自己求情,怕程副市长误会,便去了程志远的办公室。程志远见是邱林,不作声,仍然低着头看文件。邱林走到了程志远的桌前,开玩笑似的说了一句:"我有那么不招人待见的吗?"

程志远抬起头,看了邱林半天,然后叹了一口气,说:"邱林,我知道这次委屈你了,可这是市委的决定,也是陆晨曦书记对你的信任。虽然没有按提拔重用的用人方式给你提级,可这也是市委的考虑,你要理解他们的用意!"

邱林急了,说:"程副市长,我来不是跟你要级别的,既然我答应了您去江源,我就没别的说的。高晓敏也是好意,他有他的考虑,我在他手下,他能不为我考虑待遇问题?这也是人之常情。"

程志远一笑,说:"高晓敏那小子鬼点子多,他是给他自己和支队争面子呢!"

邱林也笑了,说:"程副市长只要不误会就行!"

程志远瞪着邱林,说:"不反悔?"

邱林问:"什么反悔?"

……

舒蓉一边为邱林收拾衣服,一边在抱怨。邱林的父亲坐在沙发上呆呆地看着收拾行李的儿媳,一会儿看看一旁的爱人,一会儿又看看在一边玩耍的孙女邱娟,脸上总是一副笑模样,是一个非常和善的人。

舒蓉将行李箱的拉链猛地拉上,向上使劲一提,对一旁的婆婆说:"妈,我不是反对邱林去江源,您想,他一去谁还能顾得上您二老?"

婆婆走过来,显得有些老态龙钟,每走一步都很吃力。婆婆说:"你呀就少说两句,他去也是组织上的安排,家里不是有我嘛。娟娟过两年也就大了,情况会好起来的,少抱怨多给他安慰,别因家里的事让林林分心!"

舒蓉哽咽着对婆婆说:"妈,邱林就是您给他灌输的思想,您这一辈子从事政法工作,退了也要邱林按您的思路走。可现在是什么年代了,谁不为自己争?"

婆婆有点生气了,说:"话可不能这么说,现在什么年代?"

邱林从门外走了进来,看着婆媳俩的阵势,知道是在斗嘴。邱林先是冲舒蓉一笑,接着对坐在沙发上的父亲说:"爸,您放心我有空就回来给您洗澡搓背!"

沙发上的父亲看着邱林不语。一边玩着的邱娟跑了过来,抱住邱林的大腿，撒娇地说："爸，谁接送我上学呀？"

邱林鼻子一酸扭过头去。

舒蓉拉过了女儿，将行李箱送到邱林身边，说："去吧……"

杜云海没有等邱林上任就离开了江源县。不过，杜云海在离任前给邱林打过电话，把楠竹岭电站的一些情况告诉了邱林。邱林说："我没到江源之前，别忙着离开那里，或者你到了市局，咱们见一次面。"杜云海不同意，说："事情已经给你说明白了，没必要见面。我想回江州后休息一段时间，不想见人。"

接过杜云海的电话，邱林心里不是滋味，没想到杜云海在落选后仍然坚持去楠竹岭查那件事。这让他对杜云海的作风肃然起敬。杜云海离开江源县也心有不甘，丁俊成的案子杜云海也心存疑虑。早在丁俊成的案子结案前，他同邱林交换过意见，认为这个案子不是表面上那样简单。现在他终于查出一点蛛丝马迹了，这为邱林下一步工作打下了基础。

邱林执意要去江源，除了服从组织分配外，还有另一层意思。他是带着程志远安排的任务去的，查清管苏菲投案认罪的真相！

邱林到江源任公安局政委的事，引起了很多人的猜测。其实这件事的本身就很耐人寻味，江源县公安局本来就没有局长，而从市局下来的干部本身就是一个副处级的政委，下到县里没有提拔不说，仍然只是一个政委，而且待遇还只是享受副处！于是，江源人对邱林的身份和能力产生了怀疑，这也太不正常了。

消息是从县委那边传出来的，说邱林在办理丁俊成的案子时，受到了检察机关的调查，具体是什么原因不详。否则，市委不会做出这样一个不合情理的决定。邱林只是暂时离开江州，等检察机关给了他最后结论，再考虑对他是提拔还是处理。还有一种说法，邱林在江州市局不能胜任刑侦工作，市委把他派到江源，让他在江源锻炼一段时间后再做打算，不久将会再派一位公安局局长。

刘峰问李琦："邱林的到来是不是社会上谣传的那样？"李琦看了一眼刘峰，说："邱林也好，别人也罢，与我们没有多大的关系。"刘峰不以为然，说："这关系可大了，公安局的主要领导直接关系到咱们的利益。就说那至今无法解决的楠竹岭电站占地的纠纷，丁俊成的矿场被淹，那损失多大。要是来一个权高威重的公安局长，他周杰还能这样横吗？电站明里是别人建的，暗地里就是周杰的。电站常年蓄水，采矿场被淹去了一大半，没有矿石，冶炼厂这边拿什么去生产？"

李琦问刘峰："是不是邱林来当公安局局长，周杰就同意泄水让你采矿了？"

刘峰转动着眼珠子，一笑说："那也说不准。如来一个能治周杰的，他周杰就不敢明目张胆地威胁我们，弄得我们好像欠他似的，非得比他矮一截！"

李琦瞪了一眼刘峰，说："这是在做白日梦。外地的干部都是来镀金的，他周杰是本地干部，并且在江源已是根深蒂固，纵有千军万马也难撼动他的权势。别人没有这么傻，谁又会与周杰抢剑操戈？要想扳倒周杰还得靠自己，等我们羽翼丰满了再去收拾他。"

刘峰看着李琦不语，暗想，这李琦也不是一个好惹的角色！

邱林是在全江源人对他充满揣测时来了。他一进江源就成了一个新的焦点，并且邱林还在不断地给江源人和江源的领导制造焦点，这让很多人对邱林不感冒，甚至头痛。

张跃同周杰说："杜云海临走的时候，就去过楠竹岭电站。邱林和杜云海同出市局机关，并且又主办丁俊成的案子。这邱林一回来怕要惹出一点事来。"

周杰没听明白张跃在说什么，邱林来江源与丁俊成的案子又有什么关系，丁俊成的案子与张跃和自己有什么瓜葛吗？再说丁俊成的案子不是已经结了吗？管苏菲也认了罪。两件风马牛不相及的事，莫非他……

周杰想到这里，悚然一惊，全身感到湿漉漉的，一股凉气冒上来，瞪着张跃,说:"丁俊成的死没你的份吧?"

张跃惊讶地说:"周书记,您想到哪儿去了,我好歹也是一个全市的优秀企业家,您把这事与我连在一起,您不觉得太让您失望了吗?我是说邱林办完了丁俊成的案子,他在江源就没事可干了,接下来他要找事情做。祖霄可与我们合作好多年了,这邱林怕要抓住祖霄的事不放,会扯到您的身上!"

周杰轻蔑地一笑,说:"他吃饱了撑得慌了?祖霄与我有何干?去你的,身正还怕他影子歪。再说他没事干闲得慌,你就不会给他寻点事干?让他忙上一阵子,知道江源不是他一个外来干部能左右的!"

张跃"嘿嘿"一笑:"得嘞!有您这话我就高兴了!"

周杰叮嘱道:"可不能干太出格的事!"

邱林的行李是崔达帮他提到宿舍的。郝正旗在邱林的房间里正打扫卫生,赵芮一边抹着窗台上的灰尘,一边对郝正旗说:"郝队,是不是给邱政委买束鲜花?"

郝正旗朝赵芮一笑,扮了个鬼脸,讥讽地说:"哎哎,我可警告你,邱政委可是有妇之夫了,别净想着浪漫的事!"

赵芮将手上的抹布朝郝正旗脸上一扔,拍了拍手,说:"没有一点情趣,还浪漫的事,你懂什么叫浪漫吗?"

邱林刚好推门进来,朝赵芮和郝正旗说:"关着门谈浪漫,当心隔墙有耳,吃亏的可是正旗你了!"

赵芮忙接过崔达手上的行李,说:"还是邱政委理解,郝队蚂蚁大的胆,背着嫂子谈浪漫,有胆挽着手大街上走一圈算你有种!"

郝正旗瞪眼看着赵芮,说:"我谈浪漫了,分明是你……"

赵芮将从行李箱里取出的被子朝郝正旗身前一扔,说:"铺床!"

接近下班的时候,办公室接到了县委的电话,说是晚上县委要在宾馆为邱林政委接风,到时绍书记亲自去。

邱林跟崔达说："我不想去，这种应酬对我来说是受罪。"

崔达开玩笑地说："身在福中不知福，我想去享受可没这个资格。不过话说回来，就是受罪也得去，这就是交际。不然，明天江源全城又多了一条新闻，还是头条，内容是江源县公安局新来的政委耍刁，不买县委班子的账，好高骛远！"

邱林一笑，认为崔达说得很有道理，想不到崔达在某些方面就是比自己强。特别是在处理人际关系方面，有一套说辞。他问："这么说还得去？"

崔达没正面回答，而是说："想成江源明天的头条，也可以不去！"

"这是什么话？"邱林瞟了眼正忙着的崔达。

江源县政府宾馆内。

一个宽敞的包间里，淡黄色灯光照在毛绒绒的地毯上，细细的绒丝泛着金光。硕大的圆桌前坐着一群表情不一的人，他们的脸上泛着红光。桌上有交头接耳的，也有一只手捂住自己的嘴剔牙的，饭桌上的气氛极不和谐。

周杰、李琦一个劲地向邱林劝酒。邱林说什么也不喝。一旁的绍中伟也给邱林说情，周杰就是不依不饶，说："书记偏心。当年中伟书记来江源的第一次设宴，我也推说不喝酒，到最后你猜绍书记怎么说，他说你是不支持我工作。这喝酒也成了支持工作了，上了高度啊，既然是站在有利于工作的高度，我就不得不喝了。最后喝了个烂醉，到现在还记忆犹新。所以不喝是过不了工作高度这一关的。"

周杰站起来，举杯递到了邱林的面前，说："邱林政委虽然不是第一次来江源，但这次情况不同。你不是来江源指导工作，而是来江源扎根，要在江源开花结果。这个'果'不是要邱政委在江源有男女之间的那个最后'结果'，是要在江源干出一番事业的丰收之果。要干事业得大家同心协力才行，不能各唱各的调，各吹各的号，要统一在绍书记的指挥下，图谋江源的发展。绍书记说，从喝酒能看出一个人的人品。

一年前,绍书记还说过,喝酒也是支持工作的具体表现。站在为革命工作的高度,请邱林政委把这杯喝了。这样大家才能形成统一共识,劲才能往一处使,共同开好江源这艘大船。"

邱林有点架不住了,看阵势明摆是冲着自己来的。没办法,他举杯同周杰碰杯,一口吞下。邱林顿感喉咙里像点着了一团火,火辣辣的。紧接着火球滚到了肚子里,肚内翻江倒海烈火熊熊。

邱林还没坐下,李琦端起了酒杯,一手拿着酒瓶走到了邱林跟前,为邱林的酒杯倒了酒,站在邱林的身后。他说:"邱政委今天非要给我一个面子,这不是说要邱政委支持我的工作,我才上任,没资格在邱政委面前说官话,我是以兄弟的身份来敬酒的。按江源的风俗敬酒有三:一是客为大,主当敬。"

周杰看着李琦,脸一沉,暗骂:"恬不知耻,这里轮不到你当主!"

李琦没等邱林开口,把杯子与邱林的酒杯一碰,一口干了,然后将杯子底朝天向在座的亮杯。邱林看着李琦脸露难色,在座的起哄:"喝了,喝了!"

邱林喝了。李琦再次倒酒,接着说敬酒的理由二:"入乡随俗,这句话严格来说不能成立。为什么?很多少数民族的风俗不一样,咱们的干部又有很多规矩。比如很多少数民族在远古时代是走婚制,要入乡随俗,这干部要入了乡还去随他们的俗,那是要违犯纪律的。所以只能敬邱林政委入乡,入了乡就是这里的主人,大家得相互依赖荣辱与共,共同把江源建设得更加美好!"

绍中伟第一个为李琦鼓掌,也劝邱林把杯中酒喝了。在座的都笑着说:"李副县长对'入乡随俗'很有研究,这酒一下肚,脑子里尽想的是走婚吧!"

李琦手端酒杯开始摇晃了,"嘿嘿"笑了两声,看着周杰,说:"周副书记敢走婚我就敢,他是咱江源干部的楷模,我就没看到过他随过俗呢!"

另一领导反驳李琦："李副县长,你这话就不对了,人家周副书记是和尚还是公公?他随俗能让你看到?"

这话引得全场捧腹大笑。周杰也笑了,不过这笑里藏着所有人不易察觉的阴冷。李琦离开了邱林,有人提议,李琦还有"三"没有说完呢。李琦摇摇手,说:"不说了,说多了有人会不高兴。"这话大家都能听明白,是说给周杰听的。

这顿饭吃到了很晚。离开餐厅的时候,周杰一边剔着牙,一边跟上绍中伟,嘴里含混不清地说:"不像话,太不像话了,哪有干部样!"

李琦摇摇晃晃地走在绍中伟和周杰前面,把手搭在邱林的肩上拍了拍,说:"邱林兄——兄——弟,咱们不——就就就是个俗人嘛,何必——要——要装——清高——"

绍中伟在后面叫了一声:"邱林,一起走走?"

邱林回过头,回答:"嗯!"

江源河平静优美,河岸上一排排路灯倒映在河里,把江源河打扮得波光粼粼。

邱林与绍中伟并肩走在河堤上,静静地走了好长一段路。绍中伟边走边看了一眼邱林,对邱林说:"程副市长在派谁来江源时,跟我交换了意见,没想到你竟然接受了。江源呐是与广东交界的地方。我们的地方政策和管理跟不上,这要一个过程,所以需要我们首先在社会稳定方面有所作为!"

绍中伟停下,仍看着邱林,说:"程副市长派你来江源的用意,你应该懂吧?"邱林点头。

绍中伟同邱林继续前行,他看向江源河长长地吁了一口气,然后说:"今天的晚餐你也看到了,江源就是这么一个摊子。陆晨曦书记要对江源的干部队伍进行整顿,从什么地方着手,我是一头雾水,总不能把所有干部全撤了吧?眼下快到春节了,这稳定又成了江源的老大难问题。这个时候去动他们的利益,牵一发而动全身,难啊!"

绍中伟说完站在那里，静静地看着河面。

邱林太熟悉绍中伟了。邱林的父亲在职时，绍中伟在市人大任秘书，与市检察院联系较多。邱林的父亲邱聪是分管人大提案的副检察长，这一来二往他们就熟了。邱聪比绍中伟大，老是把绍中伟当侄子看待。绍中伟对邱聪也很不错。每逢年节，绍中伟都要去邱林家看望老爷子，因此对邱林也有了解。邱林从陵郊县调到市局刑侦支队后，绍中伟与邱林的关系就更加密切了。邱林同绍中伟相互了解对方，他们的性格几乎一样，所以很投机。这次邱林调到江源与绍中伟也有很大的关系。程志远找绍中伟时问，把邱林安排到江源去怎样？绍中伟当时很激动，对程志远说，我要的就是像邱林这样的人，一是正直，工作责任心强；二邱林有江源工作的基础，丁俊成案给江源人留下了好印象，这有利于在江源开展工作。程志远与绍中伟一拍即合，就这样把邱林安排在了江源。

邱林去江源任职，不仅仅是绍中伟所说的原因。丁俊成案结案前，邱林提出的诸多疑点提醒了程志远。邱林的疑点很有逻辑。丁俊成案还有一双黑手，推着他们向一个既定的方向走。案子就这样结了，怕是对法律和历史不负责。

在杜云海没有落选前，程志远就有这样的想法，把邱林派往江源，给杜云海当参谋，其目的就是为了挖出幕后。现在杜云海落选了，邱林去就顺理成章了，谁也不会怀疑邱林进入江源的目的。程志远没想到，绍中伟同自己的想法不谋而合，这就是天意。程志远还想到了邱林与绍中伟是老相识，工作起来会很默契，邱林的工作能力让程志远很放心。邱林自己对丁俊成的案子仍不放心，也乐意去江源重办这个案子。就这样他来了。

绍中伟在想什么，邱林一下子未能读懂。但他十分清楚，绍中伟面对江源这个复杂的局面，已经有些力不从心了。

晚上，有人给周杰的老婆陈芬打了电话，把在饭桌上李琦对周杰的调侃告诉了陈芬。陈芬听了非常气愤，立马给张跃去了电话，数落张跃、周杰俩人帮了一只白眼狼，现在狼要开始咬人了，得想办法治治他，拔掉这只狼的锋利牙齿，别让他以后伤人。"

张跃说："我正要找周副书记，楠竹岭电站打来电话了，眼看就要过春节了，今年的龙灯会是否还继续？电站的职工都窝着一肚子火，想今年周姓龙灯与李姓的狮子再决雌雄。电站的职工们说了，今年就是打也得把李姓的狮子队打赢了，不然太失周副书记的颜面了。"

陈芬听到这里，眼前一亮，忙说："这事就不用请示他了，我就做主。今年的龙灯要比任何一年都搞得大，目的只有一个，杀杀李姓的威风。方法我不管，好好筹划一下，拿出十二分勇气，打败李姓的狮子队！"

周杰摇晃着回到家了，陈芬就开始数落周杰。周杰问："谁这么快就把饭桌上的事向你汇报了？"陈芬不回答，反问周杰："当时为什么不听张跃的建议？选谁都行，就是不能选李琦，还亏你当这么多年的副书记，李琦是个什么人你还不知道吗？他能与刘峰走到一起，全江源人认为他就不是好货，唯独你把他当宝，还使劲把他往上推。推上了怎样，人家开始反咬人了吧。"

周杰本来在饭桌上就受了一肚子气，回到家又遭陈芬数落，想起了饭桌上李琦对自己扮的那个鬼脸，突然火冒三丈，抓起茶几上的茶杯狠狠砸向地板。

"啪！"声音清脆，破碎的瓷片溅了客厅一地。周杰脱掉外套摇晃着走进了房间，随后"砰"的一声重重地关上了门。

陈芬呆呆地看着面前失态的这个男人，断定他今晚受了很大的委屈。这委屈以至于摔杯砸碗打烂家什，可想而知他气愤到了什么程度。陈芬本来也有一肚子火，还没说上几句话，周杰就发火，心里更不痛快，冲摔门的周杰说："有本事把李琦拿下，这才是真正的男人，在家耍什么威风？"

绍中伟让邱林多走走。邱林懂绍中伟这话的意思，要自己多接触一些群众。上次在办理丁俊成的案子时,邱林就听说过朱一来是江源的风云人物,也是多少年来底层官场的一个狠角。他能做到主动辞官,可见他对江源的情况是怎样一个态度。这是一般人很难做到的事情,需要勇气和魄力。邱林想这个人是一定要见的。朱一来是江源政法界多年的"把势",对江源有更深地了解,说不定他会道出江源的玄机。

邱林这天没有去办公室,给崔达打了一个电话,说自己先到外面走走。崔达要邱林放心,局里现在没什么案子,有事他顾着。

邱林去了朱一来的家。朱一来家是在县城大街上的一条小弄里,这条街的人没人不知朱一来是谁。因为全江源人都知道他是一个怪老头子,临退了还一气之下辞了官,只要上了十五岁的人都知道朱一来,因此他名扬江源。邱林走进小弄里,问了一个男孩,那男孩听说找朱一来,很热情地为邱林带路。

朱一来家在二楼,楼下租给了一个商家开商店。去二楼要经过商家的门脸,邱林一进店,商家就笑眯眯地问:"是不是去朱老家?"邱林点头。年轻的商店售货员向楼上扯开了嗓子喊:"朱老,有人找。"

楼上传来朱一来低沉的声音,说:"不舒服不想见人。"邱林一笑,向商家挥了一下手,示意他不用管,我自个上去。邱林上了楼,楼上有一个小阳台,面积不算很大,但在江源也算是比较豪华了。朱一来正在阳台的茶桌上沏茶,没注意楼下来人。邱林老远就叫了一声"朱老"。朱一来回头瞪着走过来的邱林,有些不快地说:"哎!不是说了嘛,身体不舒服不想会客,走吧走吧,过几天再来!"

邱林接过朱老手里的茶壶,一边倒茶一边自我介绍:"朱老,我是公安局新来的邱林,没别的事,是专程前来朱老家拜访的。"朱一来坐着,看了看邱林,满脸疑云,说:"看我?我都成江源的古董了还来看我。"

邱林一笑,说:"朱老谦虚了,越是古董就越有底蕴。这江源如没有像您这样的古董,就再也没人会顾及什么了。"

朱一来一笑，不语，端起茶杯，慢慢品了几口。邱林看朱一来对自己没有敌意，就慢慢聊起来了。

朱一来与邱林聊了一会儿，知道了邱林是邱聪的儿子，他认识邱聪，也听说过邱聪是一个一身正气的检察官，于是对邱林有了一丝好感。朱一来说："在江源要想干一番事业不是一件容易的事，我就是前车之鉴，当了另类也办不了好事。因为江源的水很浑，我怕你陷在江源的这潭浑水里，毁了前途。"

邱林一笑，说："朱老都能做，为何我就不能效仿？"

朱一来笑了，说了一个藏在心底多年的秘密……

第八章　势均力敌

江源人过春节讲究舞龙舞狮，周姓的人喜好舞龙，家族势力雄厚，每年在江源的县城广场霸占"半壁江山"，在广场耀武扬威。更让人讨厌的是，他们的鞭炮格外大，容易伤人。他们每年都要定制一批特制的"大响"，还专门安排一批年轻人燃放。"大响"的响声大，"杀伤"范围广。每逢春节，市民到广场去看热闹，见了龙灯都离得远远的，躲的是周姓的特制"大响"。

市民怕周姓的"大响"，可李姓的狮队对周姓的龙队却"情有独钟"。本来，一个井水，一个河水，谁也挨不着谁的边。但他们两姓还真的就死磕了多年，至今仍然是一个解不开的死结。

李姓在江源也是一个大姓，人口众多，占江源县人口的百分之十几。江源离广东近，什么都变了就是旧习俗没变，宗族派系仍保留着，并且有愈演愈烈之势。江源的每一个姓都有一个祠堂，逢年过节一大家族都要在祠堂里祭祖相聚。李姓的人员分布较广，但只要头人发号令，就是在百里之外也都招之即来，并且能做到一个不落地聚集在一起。李姓的族长就是李琦的堂伯，算是嫡亲。这个人有非常强的号召力。近万人的一个家族，都唯李琦的大伯马首是瞻。李琦的选举为什么能扭转乾坤，这也与李姓族人分不开。李琦为啥不买周杰的账，问题就在这儿，所以他敢说，身后有强大的人民群众在支持！

与李家相比较，周家相对显得要弱一些。但周杰在官场上混了这么多年，又是江源县的实力派人物，只要是江源本地干部都想与周杰亲近。这些干部自然而然地会影响他们的家族，所以周姓的势力也不能小觑。

周、李两姓的死结，起初是从楠竹岭与李家坡的祖坟山开始的。李家坡的祖坟山，自古以来就在楠竹岭的山脚下。由于李姓家族旺，祖坟山的面积越占越大。到二十世纪末，李姓的坟山越过了周姓山林的边界，引起了周姓的不满。一九九八年冬，李琦的村子里的一位九十高龄的老人去世，未经周姓家族同意，便在楠竹岭山坡上开井下葬，遭到周姓的阻拦。双方各召集几百人，摆出死拼的架势。姓李的认为，周姓阻拦老人下葬是依仗的是人多势众，以及周杰在县发改委的权势。姓周的说，你们强占了我们的土地。你们新开的坟山早就划为了楠竹岭村所有。这样下去，楠竹岭的山地会被你们的祖坟山不断强占。

李姓老人的棺木抬到了楠竹岭山坡上新开的坟地。周姓人排成了人墙拦着，不允许进入他们的林地。双方剑拔弩张，期间还发生了几次械斗，周、李两姓都有人受伤。李姓仍不服气，抬着棺木再次试图冲过周姓的阻拦。周姓人持刀拦在前面，做出一副谁敢闯进他们的领地，谁就去死的架势。李姓一次次冲锋，却被周姓一次次阻拦下去。

事情僵持到了第二天，江源县出动了公、检、法、司四个部门，对李、周两姓的坟山纠纷进行调解。姓李的说，人死为大，入土为安。自古李家的祖坟就是这个地方，虽然划归了楠竹岭村，但祖上有规矩，有李姓祖坟的地方都是祖坟山。在山林权属划分时，我们已经言明，林地归楠竹岭村，李姓坟山葬不下人时可以向外扩展。所以我们是可以在楠竹岭的林地里新开坟地，安葬李姓老人的。

姓周的说祖坟的边界在楠竹岭不假，但祖坟地还可以下葬，为何非要在楠竹岭的地界上开新坟地？

事情没有因政府的介入而平息，周、李两姓的坟地纠纷僵持了一周，双方仍然没有一点妥协的意思，并且双方的矛盾到了一触即发的地步，械斗即将再次爆发。

朱一来当时刚好上任政法委书记,他是当地的干部,懂得当地的风俗。老人下葬最忌讳的是第二次开井,周姓如再坚持下去恐怕会闹出人命。于是,他召集了周、李两姓在县里工作的所有干部开会,说明了此事的后果。最后,朱一来找到了周杰,希望周杰出面让周姓的做出让步。否则,出现后果,他将建议县委对他做出处理。

周杰当年正值仕途上升的关键时候,朱一来这一招还真击中了他的软肋。当天晚上,周杰给周姓的人开了一个会,第二天一早,周杰就告诉朱一来,他们答应做出让步。不过,大家有一个要求,楠竹岭的林地不允许李姓再新开坟地。朱一来考虑到不留后患,又招来了当时在乡镇担任副书记的李琦,要李姓答应周姓的要求。经过几天的工作,李、周两姓的坟山纠纷总算解决了。周姓同李姓还签了一份协议,李姓下不为例,老人就此安葬在楠竹岭的林地里。

问题虽然解决了,但那个老人的坟还是占了周姓的林地,这明摆着周姓输了一筹。周姓人这次是花了力气还输了面子,周杰对朱一来的做法很生气。从此,周杰对朱一来表面上一脸笑,心里却恨之入骨。

那年春节,周姓人为了报李姓的一箭之仇,利用正月舞龙的机会,与李姓的狮队大干了一场,周姓仍没有捞上便宜。从那个时候开始,李、周两姓就成了仇家,历年春节成了他们大摆擂台的最佳时机……

楠竹岭村三面环山,遍山翠绿。一条清澈的小河缠绕在山脚,清一色的青瓦房沿河而建,翠绿的楠竹林遮掩的青瓦房,时隐时现。

楠竹岭的民房很有特点,村民的青瓦房分两排而建。一排靠着山脚,另一排沿着河岸,中间夹着一条弯弯曲曲的石板路。整个村子近二百户人家,其中部分房屋是清末时期留下的建筑,外表斑驳,但古色古香。石板路尽头是一座高大的祠堂,祠堂的青瓦屋顶掩映在青翠的竹林中。

张跃还没有走到石板路尽头,老远就听到从祠堂里传来的男人的争吵声:"他们李姓的狮子有什么了不起,你这是长他们李姓的志气,灭自己威风！"

另一男子粗犷地说："我说的是事实！"

张跃进了祠堂，祠堂里人很多很乱，一群人正围着一个老头争吵。一男子气愤至极，说："多少年了，我们就没有占过李姓的上风，这次不打打李姓的气焰，以后就别想出这口气了！"

老头盯着发飙的男子，说："怎么打他的气焰，把自家性命也搭上？真是的！"

瘦弱的男子向其他人煽动道："哎哎，大家别听周巴子的，他就没有周姓人的一点血性，他私造炸药卖给李姓，是个大软皮蛋！"

屋里人群情激愤，冲周巴子大骂："你还是姓周吗，你不干你滚蛋，别在这拉后腿！"周巴子看了一眼愤怒的人群，然后冲着对他发飙的瘦弱男子申辩："冒崽你什么意思？我造炸药是给李姓做鞭炮用，碍着你什么了？"

周巴子气愤地瞪了眼冒崽，叹了一口气，从张跃的身边擦肩而过，走出了祠堂。

张跃看了一会儿，见满屋子的人稍微平息了，便走进了人群，拉了拉刚才与周巴子争吵的冒崽。冒崽看见了张跃，突然大声朝屋里的所有人喊："大家安静，大家安静！张总为了咱们能在今年战胜李姓，特地从县城赶来为咱们出谋划策。大家说，我们还有什么理由不拼死与李姓争一回高低？"

大家兴奋起来了，大喊："我们听张总的，要争！"

张跃朝屋内的人挥挥手，然后大声说："兄弟们哪，每年的舞龙舞狮本来就是一个娱乐，可到了姓李的那里就变味了。他们可不把这当娱乐，把这当成了炫耀他们家族势力的机会。他们每赢一次，咱们的周书记就感觉比人矮了一截。咱周书记是什么人，是咱们的骄傲，怎么能长期在他们姓李的面前抬不起头？李琦这次选上了副县长，本来这事是咱们周书记心胸宽广，不记两姓仇恨四下为李琦张罗，他才顺利当选的。

可李琦不但不记好,反而背地里说他是靠家族出力上位的,人家不买周书记这个人情。为什么?不就是他们姓李的家族大嘛。说白了,姓李的就不把姓周的放在眼里。周书记很头痛,可他是领导,又不能明说,所以啊还得靠我们在座的齐心。别的我也不能多说,这几年电站的事全靠楠竹岭的兄弟们照顾,为了感谢楠竹岭的父老乡亲,这次的舞龙我也出把大力,正月初到县城的全部开销我包了,希望大家也为周书记出把力,让他也抬一次头……"

转眼到了春节。绍中伟问邱林:"春节怎么过,是回江州还是在江源?"邱林一笑,说:"就在江源过,想把女儿和舒蓉接到江源来。"绍中伟知道,邱林放心不下春节期间江源的安全保卫工作,嘱咐邱林不能一上任就出大事,这关系到你以后的工作。邱林还是一笑。

除夕那天,舒蓉带着女儿到了江源。郝正旗说想请邱林一家到他家过年。邱林不同意,说跟朱一来老书记早有约定,今年的春节就在他家过。局里的民警家谁也不去,让大家过一个安逸的春节。

邱林给朱一来拿了些礼品,带着爱人和女儿去了朱一来家。朱一来见了邱林一家很意外,说:"我认为你当时只是说说而已,早把这事忘了,哪知你这样上心。你在江源过年,家里的老人怎么办?"邱林一笑,说:"老人早就安顿好了。"

晚饭时,朱一来高兴,与邱林多喝了几杯。朱一来有了些醉意,话匣子也就拉开了,对邱林也没了戒备。朱一来说:"我当政法委书记那几年非常难,现在江源还是这个现状我感到很痛心。江源乱的主要原因是干部乱。群众看干部,干部乱了能让群众遵纪守法?江源人都清楚,矿产、森林、水电这些集体资源是谁操控着,是他妈的那些干部。"

朱一来说到这里,非常气愤,忍不住粗口。他看了看洗耳恭听的邱林,继续说:"就说那个张跃,他是全市的优秀企业家。他是怎么发迹的?周杰!是周杰在中间为他撑腰。要是合法经商也罢,但他不是守法的人，依赖周杰的权势，干着非法的行当，不断地扩大势力，可以说是一个黑恶势力的头目。坊间传说，张跃开始不是经商的，是靠撒谎行骗起家的。我们想都不会想到，他竟敢撒弥天大谎，说什么民国时期国民党在江源设有金库，临解放时国民党走得仓促，金库里的黄金和美元仍留在江源，号召大家集资共同寻找宝藏。这事闹得挺大，连国外的新闻都上了。他做得很细没露一点马脚，公安部门查了几年，也查不出与张跃有关啊。"

邱林问朱一来："您当政法委书记时是不是就钉上了张跃？"

朱一来一笑，说："想盯，但当时的那个公安局长不争气，净想着自己发财办实体，他哪敢与张跃较劲？并且他与周杰关系很好，不久这事就被张跃知道了。张跃还找过我，说我误会了他，让我公开去查。这事一旦说开了，公安机关怎么去查？后来也就不了了之了。"

朱一来最后问："我上次说的那个秘密想通了？"

邱林点头。

朱一来一笑，说："你按着这条线索去查，肯定能查出丁俊成被害的原因。"

晚上，邱林在床上翻来覆去，望着天花板久久不能入睡。

第二天，正月初一，邱林同舒蓉一大早去了朱一来家，给朱一来拜年。吃早饭时，邱林接到崔达的电话，说情况紧急让他回局里有事报告。邱林要舒蓉带女儿坐车回江州，自己匆匆赶去了局里。

崔达说："我刚收到消息，明天周姓的龙灯准备在广场与李姓的狮子队火拼，这个预案怎么制定，等你拿主意。"邱林要崔达先拿一个初案，大家来研究。崔达面露难色，说："这大过年的，哪里还有大家研究，要研究也只是郝正旗和咱们三人，别的领导就别指望他能来。"

邱林不懂，崔达解释说："江源公安局的惯例谁值班，就是谁的事，他们才不管那么多呢，不信你打电话，看谁能赶到？"

邱林还真不信，挨个儿给其他局领导打电话，但都推说去了外地，一时赶不回来。邱林气极了，朝崔达说："刑侦队的一个都不能落下，全到局机关待命。"

县城大街挂满了大红灯笼，大街上的行人也比平时多了许多，一派喜庆气氛。不到九点，邱林就到了县城的广场。昨天制定预案的时候，他同崔达、郝正旗来过广场，查看了地形。邱林怕有疏忽，趁龙灯、狮子没来之前，要再察看一次。

广场里已经来了很多看热闹的人，他们早早就候着乡下来的龙灯狮子。广场前面扎着很大的戏台，戏台上已有一群当地的戏班子在吹吹打打，杂耍般逗着台下的看客，弄得台下人声鼎沸，把整个广场闹得一派热闹。

邱林看了会儿，回到路边钻进了警车，向司机说："回局里！"

一行锣鼓手敲打着欢快的锣鼓，从大街上向广场走来。锣鼓手队伍的后面跟着一对栩栩如生的狮子，眨巴着眼睛摇着头跑进了广场。广场的看客们起哄起来，一边为狮子让道，一边紧跟在狮子的屁股后面叫好。

锣鼓手将狮子带上了戏台，一对狮子眨巴着双眼摇头摆尾。狮子向大家鞠了个躬，前脚一提，后脚一蹬，轻松地跳上了方桌，威风凛凛。台下的观众一片叫好，掌声雷鸣般响起。

广场边，几十名壮汉齐舞双龙，在密集的鞭炮声中，向广场中央冲去。两支龙灯队伍后面跟着四人抬着两架大鼓，鼓手将大鼓擂得震天响，鼓声的节奏越擂越快。两支龙队紧随鼓声节奏，将龙灯挥舞得时而翻滚，时而相互穿梭。

戏台上的狮队鼓手看了眼台下的龙灯，高举手中的鼓槌，鼓声一声高过一声，节奏不断加快。台上的狮子全身发力，用力一转，后脚顺势腾上了一层，狮子装出很害怕的样子，一只前腿小心翼翼地按着桌子，另一只脚稳步而上。狮子站在高高的戏台上，谦虚地向观众深深鞠了一躬，然后用宽大的嘴巴一口叼下挂在最高处的红绣球，用力扔向观众。

空中的红绣球拖着彩带,翻腾了一阵之后,缓缓向台下的观众这边飘来。台下的观众一阵欢呼,个个将手伸向空中,巴望着绣球落在自己手上。

双龙队伍前,两名领头的壮年男子用鞭炮爆开观看狮子表演的人群。大家开始骚动,观众四处躲闪,为龙灯队伍让开了一条通道。

两支龙灯队伍从观众闪开的通道中,挥舞龙灯冲向戏台。戏台上的鼓声同台下的鼓声混在一起,直冲云霄。双方的鼓声开始急促杂乱起来,台下的观众预感有事发生,慢慢退向广场边缘,尖叫声从混乱的人群中传出,广场内一片混乱!

邱林带着崔达、郝正旗、赵芮等几十名民警冲进了骚动的人群,奋力疏导群众。邱林汗流满面,手持电喇叭,向混乱的人群喊话:"请大家赶快后退,快速撤离广场!快速退出广场!"

戏台下的龙灯在快速向戏台靠近。龙灯队伍前,冒崽挎着一个大挎包,手里夹着一支烟,看了看戏台,冲龙灯的鼓手挥了一下手。两架大鼓的鼓声突然加快,像指挥着战场上的千军万马,马啸人沸。龙灯队伍飞快地跑向戏台。龙灯被舞得如蛟龙出水。

冒崽从挎包里摸出了一枚"大响",抖着手点燃了"大响",嗞嗞作响的引线冒着金星般的火花。冒崽拿着"大响"的手突然高举,接着使劲一甩,"大响"喷着火苗在空中翻腾了几下后,落在了戏台上。戏台上腾出一股火光,紧接着"轰"的一声巨响,把广场上的所有人惊吓得站在了原地。戏台的方桌上,一对狮子从空中摔下来。

人群中的邱林看向戏台,手持喇叭大喊:"刑警队上!"

戏台上,狮队的鼓手扔下鼓槌,冲身边的壮汉们喊:"上!"

台上狮队几十名男子手持木棒发疯般冲下戏台,台下龙队男子挥舞长棍与冲下台来的狮队壮汉激烈交手。广场内一片打杀声,龙队与狮队的几十名男子混战成一团。广场上的人群拥向场外,慌乱地踩踏着地下的帽子、鞋子、摔倒的人,怒吼声、哭喊声连成一片……

两队的较量仍在进行,广场中央成了他们两队厮杀的战场。棍棒互击的"噼啪"声、叫骂声,还有"大响"偶尔的爆炸声,混成了一锅粥,使人听得毛发尽竖、冷汗直流。

邱林同郝正旗等人,在混乱的人群里艰难地逆向前行。邱林手持喇叭大喊:"住手!大家冷静,大家冷静!"

广场边缘的一个站台上,张跃看着远处的两队厮杀,又看了看被挤在人流中身着警服的警察,嘴角向上扬了扬,眼睛眯成了一条缝,微微一笑,然后转身离开广场。

邱林他们费了九牛二虎之力终于挤出人群,站在了战意犹酣的两队外围,继续向在拼杀的两队喊话:"住手,大家冷静!"

邱林的喊话无济于事,混杂的厮杀声淹没了他的声音。邱林抽出手枪,朝天"砰、砰、砰"连开三枪。激战中的双方停下了,广场内鸦雀无声。

一行鸣着警笛的警车在广场边骤停,数十名警察冲向了戏台下激战的队伍,形成了一个包围圈……

在局里,冒崽说:"放'大响'不是冲他们狮队的,纯粹是好玩,不带任何目的,也不针对任何人。"这话只有鬼才会信,郝正旗愤愤地骂冒崽嘴硬,说:"我分明看见你向戏台上扔'大响',那'大响'的威力那么大,怎就说你不带任何针对性?"

冒崽一笑,问郝正旗:"在江源何时有了新规定,春节不准放'大响'?几十年了,楠竹岭村人放'大响'那是民俗,春节放'大响'那有寓意,叫'响声震天晦气靠边牛气冲天',江源人都知道楠竹岭人的这个习俗。双方打斗的事不能怪我放'大响',是他们先冲下台来与我们交手的。这事要怪就怪姓李的狮子队,怎说成是我在惹事了?"

邱林从医院赶回了局里,崔达问:"情况怎样?"邱林皱着眉头告诉崔达:"情况不是很糟糕,都是些皮外伤,问题不大。"但他有些不解地问崔达:"出这么大的事竟然双方都不要求处理。"崔达说:"这不奇怪,真要处理人了,就会有人来说情,不信你就看!"

郝正旗和赵芮审完了冒崽，气冲冲地走进办公室，帽子往桌上一扔，他说："他们想把江源闹到什么地步才肯罢休？这次非得把他关了！"

崔达一笑，看着郝正旗，说："你真想关了冒崽？"

赵芮一嘟嘴，说："崔局，你是主管刑侦的，总不能前怕狼后怕虎吧，这工作还要不要干？怎就关不得冒崽了？"

崔达不语，看着邱林，问："邱政委的意思？"

邱林一咬牙："关！"

郝正旗与赵芮跳了起来，伸出双手一个击掌，同时"耶"了一声……

周巴子听到冒崽被关了的消息，在村子里说："我对这事是有先见之明的。邱林是才下来的干部，新官上任三把火，这个时候他能让大家胡闹？这不是捆他的耳光，不关冒崽才怪。大家都认为人老了就没用，还是俗话说得好，不听老人言吃亏在眼前。本想与李姓分个高低，到头来被打了板子还丢了面子，多丢人的一件事。姓周的怎就这么不争气？"

周巴子这话引起了楠竹岭人的众怒，骂周巴子是吃里爬外的东西，吃着楠竹岭地里长出的庄稼，给李家坡的人说话，要不是他姓周全村人会把他赶出楠竹岭的。

周巴子反骂道："你们就没一点见识，张跃的一句话说给周杰争面子，大家就稀里糊涂地动手，谁来收这个场？他周杰敢出面吗？这不是给周杰添乱！现在公安局关着冒崽，你们谁敢去公安局抢人，那才叫英雄，才叫有能耐。你们不敢吧，不敢就认，没人说你不中用，做事情都要有一个思前想后，那才叫能人！"

村子里的人听周巴子一说，还真没别的可说了，感觉上了张跃的当。冒崽的老婆哭着问周巴子："现在冒崽被关了，怎么把他弄出来？"周巴子一笑，瞟了眼冒崽的老婆，挖苦地说："你当初为何不拦着冒崽，现在清醒了？让他被关一下也好，才能长点记性，免得日后他冲动，动不动就打啊杀的，那是要坏事。把他关上几天张跃自己会出面，用不着大家担心。"

冒崽老婆一边哭一边骂:"死鬼的脑壳是长在别人肩膀上的,听别人的话自己遭罪。拘留所里的犯人是要打人的,他再有本事也经不起拘留所里的人折腾,回来断了骨头瘸了脚断了手的,谁来养活这个家呀?"周巴子轻蔑地看了她一眼,漫不经心地说了一句:"你就知道他要断脚断手了?他不能养活家了,那你就同他离了呗,和他一起啊准还会祸害你!"

周巴子说话总是带刺儿,从年前的大家谋划到现在冒崽被关,老是这副腔调。村里的人都说周巴子变了,变得无常了。甚至有人猜测周巴子是不是被李家坡的人收买了,一提起与李姓的争斗他就拦着。其实周巴子不是他们所想的那回事,李家坡的人也没给过他好处,谈不上被李姓收买。那他为什么说话带刺儿,总替姓李的人说话?他跟冒崽说:"从丁俊成被杀那事后,我有一种不祥的预感,怕全村人上当,中了人家的计谋。"可冒崽不信,说:"你又不是《三国》里的诸葛亮,能预知未来通晓天下。"

冒崽的话伤了周巴子的自尊,周巴子虽没到外面混过天下,可也算楠竹岭里的能人。他农闲时不打牌,除了给李姓的鞭炮厂制些黑火药,就是看书。对《三国》中的诸葛亮做了很细的研究,诸葛亮为什么足不出户能知天下事?靠的是交友广泛,关心时事。诸葛亮的一些好友都是当时很有名气的政客、学者、名士,因此可以很方便地了解到当时的政治格局。诸葛家算南阳的世家大族,诸葛亮的两个兄弟,一个在曹营,一个在吴国,都混得不错。诸葛亮在荆州的士大夫阶层也很有名气。他隐居的襄阳是一个四通八达的地方,又是荆州的首治所在地,消息比较灵通。刘表统治下的荆州,社会相对稳定,所以中原的许多知识分子纷纷去那里躲避战乱。这些人也带来了外面的信息。正是因为有了这样多的信息源,所以诸葛亮未出茅庐便知天下时事。

周巴子无心做诸葛亮,但自己的事得多琢磨。他家的林地与丁俊成的公司有了纠纷对簿公堂后，占了理但又打不赢官司。为找出原因，这样就逼着他去打听小道消息，看书久了就成了一种习惯，他也学诸葛亮广交朋友。镇里的鞭炮厂好些年前非常红火，厂长李煜与县里的领导都很熟悉，他消息多，而且很准确。后来，周巴子听说这个鞭炮厂与县发改委的刘峰也有关系，于是给厂里送黑火药时就多了个心眼，有意交了一些朋友。日后这些人就成了他的重要消息源。

楠竹岭电站的修建又让周巴子多了一些消息渠道。电站的主人虽不是官方，但张跃不是一个正经的生意人，与周杰的关系是路人皆知。加上张跃是全市的优秀企业家，电站里的消息比鞭炮厂的消息来得更过瘾。他还经常从在广东打工的儿子、儿媳那里得到消息。这样一来，他对时事的判断就更准确了。

周巴子的功夫还真没有白费。两年后，他通过各方消息综合分析，得出了一个结论，赢不了官司的主要原因，是占他林地的丁俊成背后有人！这人是谁？县纪委常务副书记李琦和发改委主任刘峰。张跃的电站修建后，周巴子曾经暗暗高兴了一阵子。因为电站蓄水淹了丁俊成的采矿场，这下有热闹看了。可事情没有像他那样想的，李琦、刘峰与周杰、张跃始终没有打起来。他很失望，认为自己还是没有研究到家，看事只看到表面。就在周巴子感到十分困惑的时候，丁俊成出事了，这又让他有了兴致。他对丁俊成的死做了一番推测，从祖霄躲藏在楠竹岭被击毙的情况分析，这案子应该是那个人的主谋，只有他才是利益的最大受益者。别看他现在还没收到好处，慢慢地就会收了丁俊成的采矿场和冶炼厂，这只是时间上的事。

最近一个插曲，让周巴子对自己的分析又产生了怀疑，李琦被选举为副县长，他还敢这么放肆地盯着丁俊成的东西吗？

春节前，张跃对村民的鼓动太有针对性和目的性了。周巴子暗骂，楠竹岭的人全长了一颗猪头，一点不动脑筋想事，别人一点火，他们就上当。与李姓的争斗是为了什么？不就是李琦与周杰暗地里较劲，他们拿全村人当牺牲品。是傻子才干这事,还说不得他们了?冒崽的老婆这时哭哭啼啼有卵用,有本事她去找那个人要人去!这火是他放的,就该由他去收场!

过了正月十五元宵节,全县就要召开经济工作会议了。在局里,崔达问邱林:"楠竹岭的冒崽拘留日期已经满了,是放还是继续关?"

邱林看着崔达,让崔达拿主意。崔达说:"关得有关他的理由,放他又便宜了这些人。放了,说不定明年还会这么干;要继续关他,怕楠竹岭的人会借这次会议到县里来集中上访。到时,惹得绍书记不高兴,对你不利。"

邱林一笑,说:"你呀,太中庸了。关冒崽还没有理由吗?他非法持有爆炸物品已经构成犯罪了,拘留期满再转刑事拘留!"

邱林的话还没说完,就接到了绍中伟的电话。绍中伟说:"我知道你关冒崽的意图,但这事不是非关着他不可,可以慢慢查,暂时放了冒崽。我收到消息,楠竹岭村聚集了几百名村民,要上县城来上访,为冒崽请愿。全县马上就要开经济工作会议了,稳定很重要,别在这个时候出乱子,又让江源成为网络上的头条!"

绍中伟的话没有商量的余地。

第九章　得意忘形

周巴子还是失算了。

冒崽在全县经济工作会议的前一天被放出了拘留所,是张跃亲自驾车把冒崽送回楠竹岭的。

冒崽进了家门,老婆抱着他痛哭。哭完后,她瞪着眼把冒崽上上下下看了个遍,见完好无损,又一把鼻涕一把眼泪地骂冒崽:"全村人没一个像你,净干那些遭人嫌弃的事。牢里的人怎么就不收拾你一顿,好让你长点记性。"冒崽刚进门,又在拘留所待了那么长时间,本来一肚子怨气无处发泄,老婆这么一数落,怒火一下子冲到了脑门,恨不得把面前的这个女人活吞了。冒崽将行李重重往地上一摔,怒瞪双眼,说:"哭!哭!哭!把老子哭死了你好改嫁!"

冒崽的老婆见男人怒了,立马不哭了,胆怯地从地上拾起冒崽扔掉的东西,回到了灶房,为冒崽烧水洗澡。老婆知道,冒崽是从什么地方来的,那地方是每个人都很忌讳的地方。所以他回来的第一件事必须得先洗个热水澡,换一件新衣服冲冲晦气。

冒崽从拘留所里出来的第一眼,看到的是张跃和他那辆豪华大奔,当场他激动地流了泪。虽然自己为大家付出了点,想想还是值得的。谁坐过张跃的大奔?从整个楠竹岭村来说,他冒崽开创了先河。冒崽心里充满了浓浓的自豪感,对全村人的怨恨也抛到了九霄云外。

冒崽怨恨村子里的人不是没有理由的。正月初二那天,他扔到戏台上的那几个"大响"并没有伤着姓李的,公安抓了那么多人,怎就关了他一个,这让他不可思议。哪一年的春节,龙灯出场不放"大响",放"大响"的时候还不都是针对李姓的狮子队?这次就怎么了?只要全村的人到县公安局一闹,他们会把自己关起来吗?肯定不会!可是全村没一人肯抛头露脸到公安局为自己说事,以至把自己关了半月。我是为全村人出气,为周姓人长脸。全村人应该为自己点赞才是,都应该到县城里来接自己,才能对得起自己。

冒崽对张跃的出现心存感激,但不代表对张跃没有意见。上车的时候,他说:"我刚被关进拘留所时,你怎不到周杰那里去,要周杰向公安局施压?"张跃一笑,说:"我找了周杰。周杰也很同情你,周杰说你为周姓人争了光,虽然被关了,但很值!"冒崽听了这话很生气,说:"周杰是站着说话不腰疼,他当这么大的干部,放我出来不是一个电话、一句话的事,可还是让我关了十多天。"张跃从反光镜里看了一眼冒崽,此时的冒崽一脸怨气。

车开到了县城的街上,在商店门前停下,冒崽有些傻眼。张跃拉他进了成人衣服店,挑了几件衣服让他试穿时,冒崽才明白过来,脸上也就有了笑意。回来的路上,冒崽的话也多了,怨言少了。张跃说:"我来接你就是周杰安排的,周杰心里还是惦着这事,他没有忘记你冒崽。周杰为什么不向公安局施压?公安局的政委邱林刚来,周杰也不好马上就与邱林作对。有些官场上的事很微妙。周杰是一个办大事的人,不到万不得已时尽量不要他出面。再说了,也就是十来天的工夫,又不是判刑坐牢,也用不着周杰给一个小小的公安局政委去低头,关就让他关呗,难不成还能让你把牢底坐穿?"

张跃这样一开导,冒崽的心里舒服了许多,感觉有点冤枉周杰了,毕竟人家心里还装着我这个人。这么大一个领导心里装着自己不容易,没有白进去,让周杰记住了自己,值当!

冒崽洗完了澡,又换上了张跃给他买的新衣服,人也精神了许多。

他站在衣柜的镜子前,伸手,偏头,低头看了看笔直的裤管,然后又将一只脚抬起,最后看着镜子里的自己,在原地转了一圈,对着镜子一笑,迈着方步走出了家门。老婆看着冒崽的背影喊:"别人忌讳这事,你就别去串门了!"

冒崽回头看了一眼老婆,说:"烦!"

冒崽并非想去串门,他想应该给村子里的人一个交代。冒崽反背着双手,昂着头目视前方,哼着曲儿,很有节奏地走在光溜溜的石板路上。要去哪里,他心里没数,他的本意是在村子里转转让大家知道他回来了。虽然不是英雄凯旋,但也要引起全村人对他的尊重。石板路上往日都是来来往往的行人,今天不知怎么回事,人很少,两边的民房里只见些小孩,没人与他搭讪。他很失落,走着走着想起了周巴子。周巴子平日里是很少出门的,这会儿肯定在家。

左边的那栋矮房子就是周巴子的,门虚掩着,冒崽推门,"吱呀"一声开了。冒崽看了看门槛上的泥巴,生怕弄脏了自己的裤子,他抬高了脚小心翼翼地跨进门里。房里传来周巴子的老婆的声音:"巴子,晚饭弄好了?听说人家冒崽是张跃用高级车接回来的呢!"

冒崽听到房里女人的声音,咧开了大嘴美美一笑,嘴角扯到了耳边。他心里美滋滋的,像喝了蜂蜜一样甜着呢!没想到自己进一趟号子,也进得让人羡慕,看来自己在楠竹岭的地位提高了不少,受到了更多人的尊重。就连向来看不起自己的周巴子的女人,也把自己还当成了英雄。

冒崽没有与房里的女人搭话,悄悄地退到了门口,再次低头看了看门槛上的泥巴,抬高了脚跨出了门外。冒崽走到石板路上,又回头看了看周巴子的矮屋,轻蔑地说了声:"脏!"

冒崽走了几步,前面的右边就是村支书的家,支书家是一栋楼房,装修也很华丽,他平时很少去。冒崽少去支书家,不是对支书有意见,而是烦支书的老婆腊菊。冒崽心里清楚,腊菊向来就不怎么待见自己。腊菊看见自己老是沉着那副苦瓜脸,好像谁都不在她的眼里。他家的男人是皇帝,她是皇后,别人都是下人,统统低他们一等。冒崽想想心里就来气,这次春节舞龙,支书就没去。没去就没去吧,可出事了他也不站出来说句硬话,就像只缩头乌龟趴在窝里看热闹。当初不是他向全村人表态,今年的春节与姓李的干,冒崽是不会向戏台上扔"大响"的。人被抓了,你却躲了,生怕这祸惹到自己头上,典型的一个不义之人。你不说话又能怎样?老子还不是从拘留所里出来了,还是张跃的大奔接回来的,比你一个小小的村支书牛,牛得多!你坐过张跃的大奔吗?没有!张跃给你买过新衣服吗?还是没有!楠竹岭村我才是第一人!

冒崽想着想着竟鬼使神差地走到了支书家门前,抬腿迈向支书家门前的石阶时,突然想起县里在开会,张跃说了,全县的村支书、村主任都去了县里开会。他收回了抬起的腿,转身向回走。

腊菊刚好出门,看着转身的冒崽,惊奇地叫了一声"冒崽"。冒崽的心里突然暖烘烘的。刚才的声音不像平时的腊菊,那声音轻柔并且带有甜味,而且温顺得使人酥麻。他从来没有听到过腊菊的这种声音。

冒崽回头,看着石阶上的腊菊。腊菊笑着,笑得很灿烂,不像是装出来的,与往日那副苦瓜脸相比判若两人。冒崽不敢相信,腊菊是在叫自己,手指自己的鼻子,有些发抖地问:"叫我?"

腊菊仍是一笑,甜甜地说:"是关傻了吧,还有别人吗?"

冒崽的脸一沉,暗骂:"老不死的老娘们,哪壶不开提哪壶!"

腊菊看冒崽突然沉下了脸,意识到自己说错话了,忙走下石阶,伸手在冒崽的上身拍了拍。冒崽忙退了几步,惊恐地瞪着双眼,红着脸冲腊菊说:"你,你,想不到你还轻浮!"

腊菊哈哈一笑,指着他衣服上的烟灰,说:"多想!烟灰!"

冒崽不好意思地低下头,看着衣领上的那片白色粉末,抬头傻傻一笑,转身朝石板路的另一头走去。身后又响起了腊菊的甜甜的声音:"冒崽,大家伙都在祠堂里等你,说是给你接风!"

冒崽不回头,心里一个劲美着。他从腊菊刚才的眼神里看到了自己受到的敬重、关注。

祠堂里有很多人，生火做饭，洗菜刷锅，切肉杀鸡鸭，大家忙个不停。大家一边忙着手头上的事，一边议论这件事儿。冒崽站在门外，屋里的人谁也没有往外看，只顾忙着谈论冒崽在外面是怎么硬气。周巴子边刷锅边同生火的人说："冒崽算一条汉子。这次他就没向公安交代咱们周姓是怎样对付李姓的事，大家应该感谢他才是！"

生火的抬起头看着周巴子，说："他交代了也没他的好处。你想，这事也是他打头，交代了问题还要严重，他能出来吗？那叫自我保护！"

周巴子将刷锅水往外一倒，突然看到了门外的冒崽，忙放下铁锅，双手在围裙上擦了几下，朝屋里的人喊："大家看谁来了！"

屋里的人齐齐看向了门外。冒崽没有进屋，趾高气扬地站在门外，看人的眼神也是直勾勾的，好像屋里没人似的。周巴子上前伸出双手，要同冒崽握手。冒崽没有理他，笑笑，走进去了。这让周巴子心里很不是滋味。周巴子跟在冒崽的屁股后面，问长问短，说冒崽这次受了委屈，全村人都记着他的好呢。又说冒崽回来换了一个人样，人也精神了，脸色也红润了，还稍微有点儿胖了，等于这次是走了一次亲戚，吃得好了，穿得也好了。

冒崽斜视了周巴子一眼，在自己的新衣服上拍了拍，生怕别人没有看到他的穿着，找了一把椅子坐在了人群中间。冒崽坐下后也不说话，看了看围着他的人，眼睛眯成了一条缝，嘴角仍挂着微笑。

周巴子觉得冒崽变了，是不是被关成了神经病了？突然周巴子像明白了什么似的凑近冒崽，满脸堆笑在他的新衣上摸了一把，说："哎呀，冒崽，你这新衣料子不错，怕要几百吧？"

冒崽还是不拿正眼看他，伸手将周巴子的手扒开，然后一笑，很得意地说："算你识货。好几百呢，张跃买的，怎样？"说完这话，他转过了头看向了周巴子，眼睛里流露对周巴子的蔑视。

周巴子拿得准，见冒崽开口故意逗自己，说："张跃给你买这么好的衣服？"

冒崽眼一瞪，说："什么意思？他还用车接我回来呢！"

全屋子的人都傻眼了，唯有周巴子不惊奇。周巴子回到了锅台边又开始忙碌了。

晚饭很热闹，祠堂里开了六桌，来的都是村子里说话算数的人，全给冒崽敬了酒。冒崽来者不拒，端杯就是一口干。冒崽本来不胜酒力，起初想不喝，但经不住村子里人的劝酒。村子里的人这么看重自己，这酒不喝，有些不识抬举。特别是听说这顿饭是人家周巴子倡议的，全村人凑钱为自己举办的接风酒，这就没有不喝的道理了。周巴子是谁？村里的诸葛先生。周巴子信服过谁？自己竟然让他服了，这还能不喝？

冒崽几杯下去就有些架不住阵势，说话的声音高了，舌头也长了一截，随后就是指责这个指责那个的。在场的人也都看着他点头，没有人去反驳他。

赵芮对崔达和郝正旗说："这几天，我发现邱政委有点不开心。"

郝正旗反问赵芮："他能开心起来吗？好不容易关了一次周姓的人，绍书记一个电话，冒崽就这样放了。早知是这样，开始就给他办刑事拘留手续，看还能轻易地释放他吗！"

崔达看了一眼郝正旗，戏谑地说："你还当了这么多年的刑侦队长，办事凭的还是兴趣，就没一点长进。邱政委放冒崽的原因可不是你所想的那样。绍书记虽然给邱政委打了电话，可绍书记不是非要放了冒崽，周副书记才是要急着释放冒崽的人。"

赵芮不明白崔达的话，说："分明是绍书记给邱政委打的电话，怎又怪上周副书记了？周副书记要放人，不亲自给邱政委打电话，他能指挥绍书记？"

崔达看了一眼赵芮，"哼"了一声走了。

赵芮伸了一下舌头，疑惑地看着郝正旗，想从郝正旗那里找到答案。

郝正旗正埋头看一本杂志，赵芮急了，走到郝正旗身边，推了一把郝正旗，问："崔副局长的话是不是真的？"

郝正旗抬头看着赵芮，很久没有说话。赵芮抢过了他手里的杂志，郝正旗不耐烦地一挥手，说："一边去！"

赵芮仍然不动，冲郝正旗笑。郝正旗迅速用双手捂住脸，说："求你别笑了。赵芮啊，你这一笑把人家的胆都吓破了，很恐怖啊！"

赵芮将手中的杂志狠狠摔在郝正旗身上，转身回到了原位，气愤地说："不愿说，我还不想听呢！"

郝正旗拿开捂脸的双手，看着生气的赵芮，然后怪怪地笑了一声，反问道："你为什么对邱政委的一举一动这么感兴趣，是不是暗恋着政委？"

赵芮朝郝正旗瞪了一眼，不以为然地说："暗恋了，能怎样？"

郝正旗无语，压根没想到赵芮竟然这么大胆，天呐，这年月的年轻人都怎么了，是不是都疯了？也太轻狂了吧。郝正旗转过头，朝门外"哈哈"大笑几声，坏坏地说："切记，只能暗恋，他可是有夫人的人呢！"

赵芮低头斜了郝正旗一眼，轻声说："管得着吗你？"

年前，邱林同崔达去了一趟楠竹岭找到周巴子，问过了丁俊成的矿场占他林地的事。周巴子说："这事都打了多少年官司，每打一次就输一次，归根结底就是朝中无人。我希望邱林政委把事情的来龙去脉弄清楚。"邱林说："我不是法官，既然双方都走了法律程序就按法律程序走。"

周巴子听了这话很生气，极为不满地说："法院一不调查，二不采信我的意见，在第一次开庭时就判丁俊成的公司没有过错。这明摆着是他丁俊成家大业大，法院收了好处，平民百姓能与他继续打下去？"

邱林劝周巴子："有些事要慢慢来，急不得，急了办不好事的。"

周巴子一笑，看着邱林，说："我现在不急了，反正电站淹着他那个矿场，他的公司占也是白占。丁俊成怎不去找周杰打官司？现在他死了，不死他也不敢在周杰面前放一个响屁！"

邱林说："这事不应该与周杰有关系，怎扯上周副书记了？"

周巴子一笑，看着邱林很得意地说："亏了你还是江源县公安局政委，电站是谁的？全县人都知道。"然后看着崔达，说："这事崔副局长早就知道吧？"崔达摇头，周巴子失望了。

崔达否认电站与周杰有关，其实他在很早以前就查过电站的事。当时是朱一来任政法委书记，崔达是奉朱一来的命令调查电站修建时民工与百姓斗殴的事，可谁也没有说电站是周杰的。到现在为止，楠竹岭电站是周杰的也只是一个传说，没有证据证明周杰在电站拥有股权。崔达对邱林来楠竹岭调查不感兴趣，因为自己反复调查了多次。就说邱林对丁俊成的案子有疑惑，那也得从祖霄与谁联系密切这方面着手，查楠竹岭是白费心机。

周巴子不在意崔达否认周杰就是电站的主人，他拿不出证据证实周杰在中间参了股。但他发现，张跃与周杰是铁哥们儿，张跃与周杰铁，周杰超乎寻常地关心电站的事，别人无法不联想到利益的问题。周巴子的林地被"稀土矿业"侵占，周杰是第一个支持他打官司的人。但上了法庭周杰就没有帮他一次。周巴子到县委找过周杰，甚至还给他送了好多乡下的特产，也收了。坐下来谈到他的官司时，周杰闪烁其词，要周巴相信法律是公平的。周巴子听了就来气，反问周杰，当初你为什么要动员我去与丁俊成打官司。周杰一笑，说这事只有通过法律手段才能解决。周巴子的心凉了一截，知道周杰靠不住，以后的几场官司他就再也不找周杰了。

邱林在回来的路上，同崔达讲："记得当初击毙祖霄时，祖霄就是躲藏在楠竹岭的。汪向龙落网，祖霄完全有机会逃出江源，而他不跑，却来到了这个地方。这使我很难理解祖霄的做法。祖霄毕竟风光过一时，见过世面，这点常识他应该懂的。"

崔达看着邱林，弄懂了这次来楠竹岭的目的了。但祖霄为什么要躲藏在楠竹岭这事他没深想过，随便答了句："可能是慌不择路吧！"

邱林接着给崔达抛出了第二个问题："在击毙祖霄的那天晚上，特警还没冲进屋里，外面就有人向祖霄的窗户上扔石头，故意弄出响声，给祖霄通风报信。"

崔达这时才傻眼了，看来楠竹岭还真是有问题，问题还不一般……

邱林开始执意要将冒崽拘留，就是为了继续查楠竹岭。他暗地里研究过冒崽这个人，这个人没头脑，做事易冲动，容易被人利用。这类人胆大不计后果，冲动时天皇老子都不怕，并且好打听事。于是，邱林做了个大胆的设想，假如那天抓捕祖霄时是楠竹岭的人为其通风报信的话，像冒崽这类人应该清楚一二。

邱林纵有千算万算还不如崔达的一算，人还是放了。

崔达对邱林说："从这次事件看清了江源有多复杂了吧？"

邱林一笑，说："你只知其一，不知其二。冒崽关有关的理由，放有放的道理。绍中伟书记要求放人，但心里有一杆秤，他不会胡乱干涉司法的。"

冒崽被关了，张跃很担心。年前，邱林去了楠竹岭，杜云海离开江源前也去过，两任公安局领导对楠竹岭都这样关注绝非偶然。他们为什么同时对那个地方感兴趣，显然耐人寻味。张跃的心里自然清楚，楠竹岭是一个多么敏感的地方。冒崽又是楠竹岭的，这被关不单单是因那天广场闹事，他想到后果就有点害怕。

正月初七那天，张跃急匆匆地找到了周杰，说："冒崽这人关不得。"周杰追问，张跃支支吾吾半天说不出理由。陈芬忙拦住周杰，说："生意上的事你用不着多问。冒崽是楠竹岭的人，于情于理你都得帮一把，这也关系到周姓的名声，不能让姓李的人看笑话，特别是李琦还瞪着眼睛看这事。"周杰感到很为难，他观察，邱林是一个外柔内刚的人，直接找邱林怕碰一鼻子灰，只能是曲线救国才行。他告诉张跃："过了十五就是全县经济工作会议了，这是一个好机会。你去一趟楠竹岭，暗地里找些人放出话，说是全村人要到县城里上访。"张跃听周杰这样一说，暗想这是一个好办法，每年的经济工作会都要强调稳定安保工作。楠竹岭近千号人，真要是进了县城，那不是又要让全天下的人知道了江源，周杰的这一招实在是高。

张跃去了楠竹岭，把周杰说的话告诉了村支书。支书说："我早就想这么干了！"张跃说："不能真干，只要向县里的绍书记反映，楠竹岭的村民说再不释放冒崽，就去县里上访，让全县人民评理，公安机关这种做法是否公正。到时绍书记会自然答应要求的。"

村支书第二天就去了县城，找到了绍书记，说是代表全村老少来向书记请愿的，请求释放冒崽。绍书记给邱林当即打了电话，问明了情况，回绝了村支书。村支书理直气壮地说："正月的龙狮事件是一个巴掌拍不响的，姓李的也动手打人了。这是许多年前的矛盾。现在公安机关只处理一方，道理上说不过去，楠竹岭的村民很气愤。如书记都不愿让公安机关放人，我拦不住村民，只是村民真进了城，书记您不要责怪我就行。问题已经反映到了书记您这里，作为村支书我已经恪尽职守了。"

村支书走后，绍中伟心里像堵了一块石头。楠竹岭的这位村支书太有胆量了，他不是来反映问题，而是来恐吓自己，拿村民上访挟持公安机关放人！绍中伟给周杰打了个电话，要周杰马上到他的办公室来。

周杰接到绍中伟的电话，一猜准是冒崽被关的事，便急忙去了绍中伟的办公室。周杰见绍中伟的脸青一阵紫一阵的，心里明白了八九分，肯定是村支书在他面前发飙了，于是装着不知情故意地问："绍书记有急事？"

绍中伟没有马上回答，深深吸了口气，平缓了语气，对站着的周杰说："坐下谈！"周杰就近坐在了沙发上，绍中伟去沏了杯茶，端在自己手上。周杰伸出双手去接，绍中伟视而不见，自己在茶杯上吹了吹，浅浅地抿了一口，然后坐在了周杰的对面。周杰从绍中伟的这个动作中，觉察到了他对自己的不满。

周杰心里暗自在骂,绍中伟你也太没有气度了,村支书气你了至于在我面前摆谱吗?我周杰好歹也是有级别的干部,你竟然如此扫我的颜面。你等着,报复你的时候别说我不留情面。周杰看着绍中伟品茶,肚子里装着委屈,但还是一副笑脸地问:"绍书记,啥事?"

绍中伟慢慢放下茶杯,同时向周杰瞟了一眼。周杰从绍中伟刚才的眼神中看到了一道犀利的亮光,亮光中暗藏着寒气,周杰不由得打了一个寒战。绍中伟抬头看着周杰,问:"楠竹岭村的村支书叫什么来着?"

周杰显得很轻松地回答:"他叫周生!"

绍中伟"噢"了一声,但声音拖得老长。

周杰好奇地问:"绍书记,怎么突然想起问这事了?"

绍中伟说:"正月初二,龙狮械斗的事,你听说过吗?"

周杰说:"听说过,并且村里的支书还到我家里说过情,想请我给公安局邱政委打个电话,放了叫冒什么的人。但我没有答应,也没给邱林打过电话,有公安局处理,我怎么会插手这事呢?怎么,莫非绍书记听说我插手了那个事件?这也太夸张了吧,我插手那件事,到头来还是处理我要袒护一方的人?笑话。绍书记您可千万别信外面的谣言,这年月他们什么都敢说,也什么都敢做,惹事不怕捅破天,想一出是一出,真是的!"

绍中伟平和地说:"没人说你插手了那件事。你刚才说的他们不会是指上次选举的事吧。说白了是指李琦,我又不傻,还不知道你这肚子里的委屈?人家杜云海都没有怨谁,你也就不要再节外生枝了。找你来是关于楠竹岭的村民说要上访的事,刚才的村支书叫什么生的?"

周杰马上补充一句:"叫周生!"

绍中伟说:"噢,周生,他来过了。这个人胆大,有魄力,敢说真话。他说公安机关再不放冒崽,全村人都会进县城上访!"

周杰气愤地站起来,对绍中伟说:"千万别听他吓唬,他们敢!他们要进了城我首先拿那周生是问,他还反了呢!我这就跟他打电话。"周杰掏出了手机。绍中伟伸手拿过了周杰的手机,说:"你这人怎么这么激动,听我把话说完。周生说的也没错,公安机关在这件事上处理得不是很合理,既然是双方械斗怎么就只处理一方?这让村民怎么想,不管周生是不是吓唬,这事还是得重新考虑!"

周杰很惊讶。绍中伟又端起了茶杯,看着周杰,说:"你有什么好的办法?"

周杰看到绍中伟端茶杯心里又来气了,忙把问题再次踢了回去,对绍中伟说:"还是绍书记拿主意吧。"

绍中伟偷偷看了眼周杰。此时的周杰正得意,从他绷着的脸上能看到笑意。绍中伟突然冷不丁问了句:"如不放冒崽,楠竹岭的村民真会上访?"

周杰点头,说:"那地方的人蛮着呢。一个很普通的林地纠纷就能同丁俊成打五年官司,花费金钱不算,来来往往的工夫您想有多少。人家就是为了一个理,誓把官司打到底。"

绍中伟叹了口气,说:"这人还是得放,不然在经济工作会议期间真上访了,江源又有丑闻了。"

周杰慌忙解释:"这不是我的意思,放不放人是公安机关的事。我不干涉这事。别让人说我是为了维护家族利益而干涉司法!"

绍中伟一笑,说:"李琦不会这么说的,去吧!"

第十章　内部整肃

李琦在全县经济工作会议后，正式上任了，分管全县的工业生产。刘峰在会后的第二天设宴为李琦祝贺，这次宴会是一个小范围的，由江源稀土矿业的副老总李煜做东，被请来的人都是争取过李琦的意见后由刘峰通知的。来的人不多，就几位与李琦要好的乡镇领导。这些人都与李琦交往了多年，李琦信得过他们。李煜就更不用说了，他是李琦的堂弟，三十几岁的样子，人很精神，西装革履，一看就是一大老板。

李煜是李家坡的人，与李琦同村，并且是同一个祠堂的，还是族长的儿子。早在几年前，刘峰拉李琦入伙丁俊成的矿业公司时，刘峰就看上了李煜，问李琦：“李煜是否可靠？”李琦说：“李煜确是经商的好材料，拉他入伙是靠得住的。李姓人再不济也不会出卖自己的本家兄弟，况且他父亲还是本族的族长，我熟悉李煜的脾性。你就大胆用他，保证出不差错。”

李煜听刘峰说，让自己加入丁俊成的公司，并且不花一文钱，这是一件好事。丁俊成的矿业公司多红火，全县人都红着眼睛盯着呢，简直是天上掉下了一块大馅饼，砸在自己头上，哪里还有不乐意的。

刘峰说："既然乐意，我们三方之间就得有一个合同。"这三方是指刘峰、李琦和李煜之间的合约，然后由李煜与丁俊成签署合伙协议。就这样，李煜一夜之间突然成了江源稀土矿业有限公司的副老总了。

李煜没花钱，但坐上了副老总的位子心里不踏实。李煜想，丁俊成这样搞稀土出口，是钻了政策的空子，拿下了江源的集体资源，不找靠山，恐怕生意做不长久。按理说丁俊成有钱，比李琦和刘峰大的领导多得是，找一个更大的靠山不是更好吗？李煜后来终于清楚了，丁俊成有把柄落在李琦和刘峰的手里。

李琦掌握丁俊成的把柄，还得从刘峰那次在省城嫖宿被抓说起。刘峰被周杰秘密举报后，对周杰怀恨在心。周杰是什么人刘峰当然知道。丁俊成办理公司的手续时，刘峰是发改委副主任，丁俊成与周杰的交易内幕他多少掌握一些。俗话说若要人不知，除非己莫为。周杰只要胃口不大，刘峰就发现不了。可周杰就是一只填不饱肚子的饿狼，把丁俊成逼到了死角上。

刘峰虽没给丁俊成办过事，但他同丁俊成也算熟悉。一天，丁俊成请刘峰喝酒，刘峰当时刚好听李琦说，自己被举报是发改委的内部人干的，刘峰顿时想到了周杰的司机和周杰本人。他没心情，也不想同周杰的人一起喝酒，于是拒绝了丁俊成，说我无功不能受禄。丁俊成听刘峰的话中有话，非拉着刘峰进了馆子。

那天，他们心情极差，两人分了一瓶茅台，不多时就有些醉了。刘峰借酒发泄对周杰的不满，哪知丁俊成大骂周杰是只恶狼。刘峰听丁俊成的话挺有意思，一边说周杰检举自己的事，一边套丁俊成。丁俊成说："我很鄙视周杰这种人，我的公司从起初的办理到现在，已经给了他不少了。可这人贪，现在提出让张跃的公司来兼并我的公司，可笑！当初争取了他的意见，也想拉他入伙，他不干。现在公司红火了，他眼红了，要张跃找我谈，同他们一起把公司做大，鬼才知道他安的是什么心呢。"刘峰听后，终于抓住了周杰的把柄。第二天，他就找到了李琦，对李琦说，我要报复周杰。

举报周杰收受巨额贿赂的信到了李琦手里，李琦没通过集体研究，就私自找了丁俊成。丁俊成当时正对周杰不满，便一五一十地把周杰索贿和要强行兼并自己公司的情况向李琦说了。李琦说："这事很严重，弄不好你和周杰都得进看守所。"丁俊成没想到会是这个结果,于是向李琦求情。李琦答应了,说:"先不向纪委汇报,等我想一个办法再说。"丁俊成害怕了,找到刘峰,说:"老弟,事情搞大了,想办法摆平李琦吧。只要能摆平这事,我什么条件都答应。"刘峰当时没想那么多,一心想出口恶气,回绝了丁俊成。丁俊成急了,又登门找到了李琦,要李琦高抬贵手放自己一马。李琦说:"我不是不放你一马,而是有举报人钉着,这事不是我能说了算的。要想把这事了了,只要找到举报人,让他不再举报了,这事就好办。"

解铃还须系铃人,丁俊成绕了一个大圈后,又回到了原地。他不得不再次找刘峰。其实在丁俊成没有找刘峰之前,李琦已经找过刘峰了。李琦说:"周杰虽然把你举报了,但这事也只在他的手里就办结了,没有谁知道这事。如果执意要把周杰拉下来,那双方就是个鱼死网破。周杰倒台进牢房,丁俊成也跟着完蛋。那时,周杰会不顾一切地咬住你不放,你的前途也到此结束了。这样的结果你不希望看到吧。"李琦给刘峰出了个主意,说:"你手上现在掌握着两个人的把柄,一个是丁俊成,一个是周杰。你想怎么样就能怎么样,并非非得将他们弄进监狱,拿在手心里玩,不是更有意思吗?"

刘峰当然能听懂李琦的意思,对李琦说:"让周杰滚出发改委。"李琦一笑,说:"周杰本来这次要被提拔副县长的。"刘峰说:"他走了,不一定让我当主任。"李琦看了刘峰一眼,说:"这要看你怎样给周杰下药了。"刘峰明白了,李琦让自己去要挟周杰,让周杰在县委面前一定推荐自己当这个发改委主任。这事很靠谱,周杰也不会横到不要自己前程的地步。

过后不久,刘峰把话挑明了,不管你的职位有多高,官有多大,我手里有随时可以把你拉下马来的证据。只要你对我和李琦动歪心,咱们就鱼死网破。周杰离开县发改委的那年冬天,县里对科局的人事进了调整。据说,周杰在研究会召开前,专门为刘峰的事做了许多功课,然后又在会上据理力争，刘峰才上了位。县委的很多领导对刘峰说，要记住周杰的恩情，周杰是你的恩人。

刘峰没想到周杰就这样轻松地把事办了，反而求着自己只要不把事情公开，对刘峰的事有求必应。刘峰尝到了甜头，也从周杰那副狼狈相中找到了快感。于是，他打起了丁俊成的主意。李琦不把丁俊成和周杰送进监狱的目的就在此。刘峰找到李琦，说："丁俊成不是答应了把事摆平，任何条件他都同意吗？"李琦问刘峰："你想从丁俊成那里得到什么？"刘峰很直接地说："周杰想得到什么，我就想得到什么！"

刘峰找了丁俊成，丁俊成说周杰也找过我了，并且扬言要报复我。刘峰一笑，要丁俊成不要怕周杰，现在的周杰虽然当了副县长，可他仍是李琦手心里的蝼蚁，想什么时候捏死他，就什么时候让他消失在江源县的官场。丁俊成对这话信，毕竟李琦掌握了他们这么多的证据，拿下周杰那不是易如反掌的事？

丁俊成清楚刘峰这次找自己的目的，他同妻子管苏菲早有了准备。管苏菲说，这一劫是躲不过去的。周杰都能忍气吞声把他扶上主任的位子，咱们破点财不算什么，也正好找他们做靠山。虽然这靠山小了点，但他们毕竟还很年轻，有发展前途，就当长期投资了，到时会有收获的。丁俊成答应李琦、刘峰入干股。丁俊成说，以后，周杰要是让张跃来兼并公司，你得出面。李琦说，这是小事，一切包在我身上。

李煜就这样成了公司的副老总。现在丁俊成死了，这公司就是他李煜一个人的了。

酒过三巡后，李琦向大家承诺，在座的都是老朋友，以后有事大家相互帮衬。别的不用多说，只要大家能用上我李琦，我会尽力而为的。

李煜看了看李琦，说："矿业公司现在处于停产状态，电站蓄水的事如不采取措施，冶炼厂无法生产，公司也无法做下去。"

刘峰借着酒兴，很气愤地站起来，说："人不能太老实，太老实了就要被人欺。楠竹岭电站是建在矿业公司之后，他凭什么说把采矿场淹了就淹了？他不清楚这会给矿业公司带来多大的损失？想着就来气，他挣钱拿我们的利益当儿戏，干脆一不做二不休，把他的电站炸了！"

刘峰的话一出口，语惊四座，大家惊愕地看着刘峰。李琦瞪着刘峰，吼道："刘峰，你醉了？这话也能乱说，像个干部吗？"

刘峰知道自己失言了，没趣地坐下。一个镇干部替刘峰解围，说："酒话，酒话！刘主任也不是全没道理，都是私人企业，楠竹岭电站为何就要高人一等？别人要建的时候，他说会淹了纳税大户的采矿场，不让建。他建就可以，还不管别人死活。这明显是谁的权大，谁就是老大。刘主任也只是说说而已，真要炸了也不足为过。"

李琦制止了这名干部，举起酒杯，说："大家今晚高兴多喝了几杯，这儿的每句话当是醉了的酒话，千万莫外传……"

刑侦大队办公室里，陈放将双脚搁在办公桌上，拿一张报纸，在看报纸，并像神经病人那样在发笑。办公室的几名民警回头看着陈放，问："突然笑啥？"陈放指着报纸说："现在的文化人还真有趣，竟然说现在的猫已经懒惰到了靠老鼠觅食的地步。老鼠最后烦了对猫吼道，有本事你自己觅食去！猫不但不生气，还真去为自己觅食了呢！"

办公室里的民警也都笑了，说："这写得深刻，一针见血，那是猫养老鼠为患呢！"

赵芮从外面风风火火地走了进来，看看陈放伸在办公桌上的双脚，又看看大笑的民警，对陈放说："陈副队，邱政委正要抓典型整顿队伍，你可千万别把自己弄成典型！"

陈放收起搁在桌上的双脚，瞪着进门的赵芮，一副玩世不恭的样子，说："我说赵芮，他吓唬谁啊，这队伍整顿年年搞，把谁搞下去了？更没见哪一届领导整出个花样米，少见多怪。我发现你倒是对新来的邱政委很关心呐。"

赵芮脸红了，气愤地瞪着陈放："你怎么说话的？"

陈放一笑，将双脚再次搁在了桌上，阴阳怪气地从鼻子"哼"了一声，头也不抬地说："别悲观别紧张，邱林是人不是圣人，整顿又能怎样？大家仍然是工资照拿，还可继续经商！"

赵芮一屁股坐在椅子上，回敬了陈放一句："你当然不怕，你有一个好姐夫怕谁呀，丢了工作还有公司呢。"

陈放放下报纸，冲赵芮说："哎哎哎，会说话吗你？不同你一般见识！"

走到门外的邱林听到这里，脸色铁青，忙折身向自己的办公室走去。进了办公室，拿起桌上的电话，拨了几个号码，然后火气很大地冲电话里说："通知机关全体民警，明天早上六点操坪集合！"邱林重重地放下电话了，心情还是平静不了，想起刚才陈放那副不屑的样子，心里满不是滋味。

陈放的来历邱林清楚，他来江源后从侧面了解过陈放。陈放是周杰的小舅子，三十岁还不到，六年前进的公安机关，开始是在一个乡派出所里当民警。两年后，周杰开始担任副县长，就把他调到了刑侦大队。接着又把陈放提为刑侦大队副队长。陈放不仅业务能力差，态度也很消极。真是朝里有人好做官。

第二天一大早，邱林就站在了公安局大院的操坪里。集合的铃声响了好几次，操坪里稀稀拉拉来了几十个人。邱林看了看手表，时间已经过了六点半，他问崔达："平时的情况也是这样吗？"崔达看了看操坪里的人，说："这样的集合还是第一次，能来这么多算很不错了。"邱林让郝正旗整队，清点了一下人数。郝正旗报告说："到了五十八人，一百零三人缺席。"邱林看了眼坪子里的队伍，然后向大家挥了一下手，冲大家说了声："解散！"

站在坪子里的民警不知邱林是何意，仍站在那里不动。崔达忙问邱林："这是何意？"邱林不说话，背着双手走回了办公室。站在操坪里的民警开始议论了，有的说神经病，这么早把大家集合起来什么事不做就要大家解散；还有人在暗骂，这人也太不靠谱了，一个人在家无聊，非把大家拉来寻开心，典型的虐待症。

上班的时候，民警都在议论邱林做事不靠谱，拿大家的休息时间不当回事。陈放说："这事不会就这么完了，大家不一起抗议，邱林会没完没了地折腾下去。"

果然，邱林连续三天都是这样，不过接下来的每天早晨到的人渐渐多了起来。

第四天早上，集合人数是一百四十六人。邱林一笑，看了看快要下雨的天，冲崔达说："把队伍分成四个纵队，我打头，带头跑十公里。"大家见邱林带头也跟在后面，从县城的大街穿过，跑向了环城公路，然后从环城公路返回到公安局的操坪。

天下起了大雨，民警的衣服被淋了个透。邱林抹了把脸上的雨水，一动不动地站在雨里。

郝正旗整好队，再报告人数。邱林吼道："入列！"

郝正旗进入了队列，邱林扫了一眼在场的所有人，情绪激动、声音洪亮地说："有人说我邱林病了，病得不轻，是典型的虐待狂，需要去看心理医生。说这话的人还真说到了点子上，不过这病不用去看心理医生，得找你们才能治好。想想，连续三天了，还有多少人没来，这叫公安队伍吗？"

邱林又抹了把脸上的雨水，继续说："同志们，公安队伍是一支特殊的队伍。特殊的队伍就要有特殊的手段来对待，只有把自己煅打成铁和钢，才能是一支钢铁一样坚硬的队伍。没有铁的纪律，就没有雷厉风行的作风！同志们呐，你们头顶上戴着的是国徽，肩负的是维护一方稳定的责任，要对得起江源人对我们的期望。"

邱林停顿了一会儿，然后再抹了一把脸上的雨水，说："我第一次来江源那是一年前，我在江源听到了一个让我揪心的故事，说江源有一个人在原木上用粉笔画一个萝卜，那里的原木就成了他的。随后，这个人尝到了甜头，他看上一片森林，干脆在山脚下埋一块石碑，石碑上画个萝卜，那片森林也成了他的。公安执法要设卡拦车，这个人名气很大，过往的车辆都说是他的车，冲关拒绝检查。我听到这里觉得脸红发烧，心在滴血。有些人认为这很正常，说哪里有人，哪里就会有矛盾。说这话的人，他没有说完下文，既然有矛盾就有斗争。摆在大家面前的是什么景象？面对如此恶劣的犯罪，有斗争吗？我们的公安民警在哪里？老百姓怎样看待我们这些拿着国家的工资，而对犯罪视而不见的警察？摸摸你们的脸是否在发烫，摸摸你们的胸口，心是否在跳动？"

邱林看看站在雨中鸦雀无声的民警，情绪激动，高亢地喊道："警察是什么？你们谁能回答我，江源的警察又是什么，你们给了江源老百姓多少安全感？"

邱林将语气稍微放得平缓些，说："我这次听到局里有人在议论，说整顿年年搞，可结果都一样，能把谁整掉？还编成了顺口溜，什么别悲观别紧张，整来整去还是工资照拿仍然可以经商！同志们，摸摸我们的良心，当江源的百姓受到不法侵害时，当你们的亲人受到不法侵害时，想想这样的顺口溜，你怎样想？"

"我知道你们对江源某些人的一些做法不满，也知道你们中间有一部分人在经商。可我们是警察，不能混同于一般公务员。人民赋予我们特殊的使命，那就是打击犯罪服务群众。我们不能有丝毫发财的心理，不能忘记了当初从警时的誓言和初心。"

邱林举起右手，说："我向大家保证，只要我在江源，就再不能让'原木萝卜'的故事重演！你们给我站直喽，记住你是江源的人民警察！"

雨越下越大，天空阴沉得如同黑夜。邱林的声音穿过密集的雨帘，响彻在公安局大院的上空。

雨中，郝正旗突然发出口令："敬礼！"

一百多名民警"唰"地举起了手，一齐向邱林敬礼……

陈放上午九点多才来办公室，听说了早上全局民警向邱林行礼，接下来又听说编顺口溜的人这次死定了，邱林政委决不会轻饶了他。听到这里，陈放心里直打鼓，在办公室里坐立不安地待了一会儿，打了个电话，就离开了办公室。

陈放急匆匆进了他姐的家门，沮丧地坐在客厅的沙发上，脸色十分难看。陈芬发现陈放的脸色不对，问："是不是病了？"陈放说："要是病了倒好，我真希望自己能大病一场。"陈芬说："你怎么咒自己生病。天塌不下来，就是天塌了你姐夫还能为你撑腰，怎么如此垂头丧气。"

陈放摇头，说："这次可能彻头彻尾地把邱林得罪了。"

陈芬吃惊地说："好端端的你去惹邱林干嘛。他要搞队伍整顿又不是针对你一个人的，江源公安局的民警又不止你一个人经商。你干吗非要与他对着干？"

陈放哭丧着脸说："我无意得罪了邱林，就是编那首顺口溜，今天早上被邱林在全局人面前点名批评了。有人说，这次邱林决不会放过编顺口溜的那个人。我想起来就害怕。姐，邱林是不是真的会把我清出公安队伍？"

陈芬看着情绪低落的陈放，问："就因这？"

陈放担心地说："姐，你是不知道邱林这人，他脸上总对人笑，心可老硬了呢！"

陈芬笑了，说："陈放，亏了还是多年警察呢，就这事邱林能把你开了？他不知道你是周杰的小舅子？他傻啊，非同老周过不去？"

陈放说："从这阵势来看，邱林这次是六亲不认，破釜沉舟了。弄不好人家就是首先拿我杀鸡给猴看呢。"

陈芬说："是吗？只要邱林敢这么干，他就别想还待在江源。"

崔达对邱林的方案很担心，说邱林的方案也太胆大了，县委那边肯定是通不过的。一是打击面太宽，九个党委成员有三人是这次要被拿下的对象。那些人都是与县委个别领导建立了多年感情的人，我们能轻易把这些人下了？二是民警经商是全县的大环境引起的，这主要责任是在县委。二〇〇三年县委出台过文件，为盘活江源经济鼓励干部经商。某些领导至今还在经商，而公安先行整治经商行为，恐怕很难得到他们的支持。再说了，全局经商的人员不少，总不能一棍子全把他们打死，给他们一个时间表，让他们自动退出，不愿退出的然后做处理。

邱林认为崔达的想法很有道理，但坚持三名党委成员必须要下，否则，就扭转不了江源县公安局的局面。既然县委那边有阻力，他想到了程志远，于是回了一趟江州。

程志远对方案很认可，说："值得一试。别管江源县委是怎么想的，首先把自己的意见拿出来，不能在没做事之前老看别人的脸色，揣测别人的心思，前怕狼后怕虎那是干不了事的。干事肯定会有阻力，这很正常。怎样减少阻力，相信你能找到方法。"

邱林说："您能不能先找下周杰。这次公安局的人员变动最大的阻力就在周杰那儿，要下去的人全是周杰多年的朋友。"

程志远一笑，说："你找到解决到了阻力的办法了。我这个时候不便找周杰，绍中伟可以找周杰先谈谈，他们能达成一致，问题就迎刃而解了。"

绍中伟接到邱林的方案后，也感到为难，一边要支持邱林的工作，一边又要照顾周杰的情绪。绍中伟知道方案中的这些人都与周杰有关，周杰会有很多理由拒绝这个方案。这是邱林给他出了一道难题，并且很棘手。九名党委成员，一下子调整三个，动作也太大了，可以说是前无先例。绍中伟想，县委常委会上能说服大家吗？邱林啊邱林，你这是把我放在火炉上烤啊！

绍中伟担心不是多余的，在常委会没召开之前，他找过了个别领导，也争求过个别人的意见。都说这样做不可行，明显是针对周副书记的，这不利于县委班子的团结。绍中伟听了感到意外，公安局调整班子怎就同县委班子的团结连在了一起？他们说，常委会肯定通不过，绍书记如一再坚持，这不就成了县委班子的团结问题了。这话也是，他不坚持，江源公安局这副摊子怎么办，让邱林一个人承担？绝对不能这样干，关键时候必须挺邱林一把，就是得罪了常委们他也决定这么干。

关于人事安排的会议开了，会场上争议很大，组织部门提出的方案，除绍中伟和几个中立派以外，到会人员几乎没人赞同。组织部门阐述了这次公安机关调整领导干部的必要性，并说这是通过考察后做出的最合适的安排方案。周杰开始并没发表自己的意见，他心里有数，这个方案在其他人那里通不过。因为太离谱了，他邱林一到江源就调整班子，凭的是什么？就凭他是公安局政委还是凭他与绍中伟的关系？就是绍中伟，他也不能一手遮天，把江源县委班子的其他成员不放在眼里。人大、政协、人事的几名领导都发表了自己的看法，也给绍中伟提了几条意见，认为公安局班子调整的时机不是很成熟，给人的感觉是邱林在拉帮结派。这样做不利于公安局工作的开展，甚至可能会导致工作瘫痪。

周杰看大家认同了自己的观点，于是，端起茶杯，慢慢品了一口茶，然后放下茶杯看了看会场上的人。他说："问题的核心不在于是否对班子进行调整，而是看这个单位的主要领导是否在那个团体中具有相当强的凝聚力。没有凝聚力的领导，班子成员、下属有时会对着干、不听话。班子出现了问题要从主要领导身上找原因，要在他们为什么不听话上找问题，不要一味地去讲客观。如果说全县一百多个科局单位都像公安局那样，动不动就撤换班子，动不动就是原来的领导有问题，那江源县还有没有好的或者是合格的干部？公安局领导班子的问题，我们大家要用公正、公平、客观的方法去一分为二地分析。这个领导班子中是有极个别的人存在或多或少的这样那样的不足，但他们没有犯过错误，我们凭什么就把人家从领导岗位上轰下来？"

周杰顿了顿，看了看会场上的人，然后接着说："邱林同志工作能力强，也很尽职，我们的干部队伍有这样的同志还是值得表扬的。但是，就是这样一位同志也有不完美的一面，他在团结班子成员的事情上就有任人唯亲的嫌疑。他要急于调整班子的目的也很明显，这就是一种搞小团体的表现。我认为这种方法不值得我们县委支持，县委也不能支持，支持了反而助长了歪风……"

绍中伟看着周杰滔滔不绝地演说，眼前茫然一片，头在"嗡嗡"作响，简直要炸裂一样。他无法听下去了，带着一丝不满打断了周杰，说："周杰同志，我们这是在谈公安局班子的调整问题，不是组织部门对邱林同志的考察评价。公安局班子成员确实存在不和谐的现象，调整一下又有什么不可以的呢？可这个会开成了对邱林同志一个人的评价会了，这样不好吧？一个集体要靠一个团结的班子带领，班子都不和谐怎样带好这支队伍？要知道面对江源复杂的社会治安形势，公安机关的领导班子不拧成一股绳，他们哪能形成拳头专门打击刑事犯罪？这次调整公安局领导班子，不是邱林的意见，而是县委组织部门通过调查考察，争取了公安局大多数民警的意见，并且是通过民主投票的方式确定下来的拟任用人员。我们不能说是邱林同志任人唯亲，搞个人团体和圈子化。我们要正确地看待邱林同志一年多来在江源打击犯罪方面所取得的成绩，要观客公正地评价公安机关这一年来所做的工作。不能因他们伤害了少数人的不法利益，而就对邱林同志进行人身攻击……"

周杰的脸色变了。会场上起初发言反对公安局进行领导班子调整的几名领导的脸红一阵青一阵。周杰看着绍中伟厚实的嘴唇在不停地开合，脑子里突然闪现了一个念头，自己又失言了！

公安局的这次人事调整会议，周杰起初并不想站在绍中伟的对立面，也不想对邱林进行什么评价。当会议开始进入个人发表意见阶段，多位领导的发言使他激动了，脑子里总是回想着陈芬说的那件事。陈芬说打狗也得看主人，邱林竟然在大众面前挑明了陈放是这次被整顿的对象，那就说明他公开要与你对着干了。邱林在江源又有何德何能，不就是一个从市局派下来的干部吗？既然不买账，那大家相互都不买账，邱林纵有三头六臂在江源也难施展。于是周杰忍不住了，自然而然地把对邱林的意见在会场上表达出来了。

绍中伟在说什么，周杰没有心思去听，眼睛直勾勾地看着会场上的每一个人。他在想，绍中伟刚才的话是带着针对性的，他在批评我没站在公正、公平、客观的立场上。周杰想到这里，暗暗骂了句："他妈的，你绍中伟帮着邱林，就是想拉一个个人圈子，还在这装个啥！"

第十一章　混淆视听

陈放给张跃打了个电话，告诉张跃："张总，你以后要想从公安局里打听消息就没有那么方便了。"

张跃忙问："出了什么事，我怎么可以帮上你？"

陈放一笑，说："这次还真帮不上了，邱林动了真格的，非要把我扫地出门。"

张跃挂上电话时，额头上冒出了少许汗珠。张跃没想到这一切竟来得这么快，也来得这样突然。更没有想到邱林会不顾及周杰的面子，毫不留情地把陈放给清出了公安局。

张跃这些年能顺利地走过来，陈放功不可没。虽然陈放不是什么高官，也不是为他出谋划策的军师，但从他那里源源不断送来的信息，使张跃躲过了一劫又一劫。就说邱林围捕祖霄那次，不是陈放事先给他提供消息，祖霄一旦落入邱林之手，就不是现在的这个局面了。现在，陈放被清出了公安机关，这很明显是邱林冲着周杰和自己来的，麻烦真是来了。这麻烦就像一场天灾，能否再次躲过只有听天由命了。

张跃手持电话愣愣地站在那里一动不动，腿像灌了铅似的很沉，目光呆滞，向来敏捷的思维一下子停止了，脑子里空空一片。张跃微微颤抖的手伸向口袋，从口袋里抽出了一根香烟，慢慢送到了嘴边，拿打火机的手怎么也不听使唤，只是冒了几下很小的火苗，便瞬间灭了。张跃突然愤愤地将打火机往地上一摔，"砰"，打火机在地上炸裂。他将嘴上的香烟扔在地上,锃亮的黑色皮鞋狠狠地踩在香烟上,咬着牙,使劲地蹍着地上的香烟。他不相信这就是自己的宿命,他要与宿命来一场你死我活的抗争,哪怕就是一丁点希望,或许是头破血流……

张跃经过一番激烈的思想交锋之后,稍稍冷静了下来。他在手机上拨了个号,给周杰打去了电话。

张跃在电话里有点失态,问:"陈放的事是怎么搞的?"

周杰在电话里只是一笑,不正面回答张跃,说:"是不是吃了枪药,火药味很浓啊!"

张跃突然意识到自己失态了,忙换了话题,说:"今天是周末,我请您去舜帝陵。"

周杰爽快地说:"正好我也有事找你。"

张跃的大奔载着周杰,在空旷的陵园的坪子里停下。舜帝陵位于距江源县城三十公里处,是中华民族始祖"五帝"之一——舜帝的陵庙。舜帝陵分为两个自然院落,三面宫墙环绕,气势恢宏,是我国始祖陵中最高最大的陵,被称为"华夏第一陵"。两人下车,沿石阶而上,走进了拜殿。

拜殿里,舜帝铜像正襟危坐在正中,右手持剑,气宇轩昂,铜像背后为万山朝舜的浮雕。

周杰、张跃从主持的手里接过了几炷香,点燃插在了铜像脚下的香炉里。他们双膝跪地,对着舜帝铜像三叩首。

张跃闭着眼,说:"听陈放说,邱林把他扫地出门了?"

周杰说:"公安局的人事调整方案通过了,绍中伟力挺邱林。陈放向来在邱林的眼里就是一颗钉子,他被扫出来不足为怪!"

张跃睁开眼,看着前面的铜像,说:"他这样做就不怕得罪你?"

周杰站起来,张跃跟着站了起来。两人离开拜殿,顺石阶而下。周杰看了看天空,说:"这是绍中伟的意思,醉翁之意不在酒,他是想削弱我在政法这一块的势力。"

张跃说:"绍中伟也太小看了江源干部的能力了吧。"

周杰转头看着张跃,然后又看向了远处,叹了口气,说:"此一时彼一时。现在有李琦和邱林给他撑着,我变成了孤家寡人!"

张跃一笑,说:"您也太悲观了,李琦不见得就是邱林的人。他跟着绍中伟情有可原,绍中伟是书记;跟邱林就没有道理了,邱林在江源算豆大的官,有必要跟他吗?除非只有一个原因。"

周杰停下,问:"什么原因?"

张跃看着周杰,说:"想通过邱林查你。"

周杰"哈哈"大笑了几声,接着说:"他李琦也好,邱林也罢,他们还没这个资格。我是市管干部,他们查,不符合组织程序。再说了,我有什么可查的?一没犯罪,二没犯政治错误,他们异想天开吧。"

张跃说:"坏就坏在将李琦推上了副县长的位子。他现在可是名副其实的县领导了,在县委班子里能说上话。他为邱林说话的目的是什么,估计还想着丁俊成的事呢,就这点他能同邱林一拍即合。"

周杰说:"别老想丁俊成的事,这事与咱们没有关系。他们为什么要为这事联合起来,想对付谁呀?再说了,丁俊成的事已经结案了,邱林也没说这案子有问题,就是有问题也是邱林办的,责任在他,难不成李琦认为是我把丁俊成害了?可笑!"

张跃的嘴角抽搐了几下,顿了顿,说:"问题的根源还是在祖霄那儿。因祖霄与咱们走得近,容易让人产生联想。再说了,陈放在这件事上多少沾了边,邱林开了陈放,定是冲着丁俊成的案子来的。"

周杰惊愕地看着张跃,说:"你胡扯!"

张跃申辩道:"这事也怪不了陈放,祖霄没出事前他老找陈放,我就知道会坏事。事情出了,总得想办法过了这一关再说。我早说过给陈放弄一个大一点的位子,你总是不干,现在好了,任人摆布。"

周杰看着张跃,感到情事不是张跃说的那样简单,身边的这个人恐怕也陷在了这件事里。周杰沉默了许久,问:"是陈放帮祖霄逃的?"

张跃一惊，愣愣地看着周杰，过了许久才回过神，说："你怎么这么想？陈放就是给祖霄提供了点信息！"

周杰被气得直翻白眼珠子，说："嗨，你们呐——"

张跃见周杰这样生气，不敢乱说话了，但又怕引起周杰更大的误会，忙说："邱林是小题大做，陈放没有教唆他逃跑。他既然抓住这事不放，我们就给……"

周杰瞪眼看着张跃，严厉地说："张跃你可别胡来，还嫌事儿不够大是吗？"

张跃仍不服气，理直气壮地说："可也不能任他们摆布！"

邱林的这次队伍整顿在公安局内不亚于一场暴风雨，不仅公安局内部产生了很大的反响，在社会上也产生了巨大的影响。周杰对公安局的领导干部调整仍不死心，找了绍中伟，说："绍书记，我保留公安这次人事调整的意见。邱林是在胡搞，这样搞下去，江源的社会治安只会越来越糟糕！"

绍中伟说："周副书记，你不要带着个人情绪嘛。"

周杰见绍中伟根本没把他的意见当回事，有些激动地说："绍书记对邱林的这次人事调整明显带着偏见。调整下来的都是多年的公安局领导副职，他们没有功劳也有苦劳，并且没犯过错误，也不违纪，凭什么把他们都免了？这只能是把江源的稳定搞得更糟，这还要不要人搞工作了？"

绍中伟一笑，说话的声音很轻，但字字句句落得很重，说："江源的公安局领导干部有没有错误，不是我们这次任免领导的主题，周副书记未免有些过于敏感了。他们虽没有错误，但也没有功绩。江源这几年的社会治安状况你是最了解的，也最有发言权，能说他们都尽职尽责？既然邱林决心要改变这个现状，我们为什么不支持他？我们没有理由否定他的方案！"

周杰说："绍书记，我这是替您考虑。我担心这样做会不会影响到江源的稳定？"

绍中伟拍了拍周杰的肩膀，意味深长地说："江源的干部队伍只要纯洁了，就会有一个美好的明天。"

周杰与绍中伟交流后，心里很不爽。绍中伟没有听取自己的意见，反而对自己进行了不轻不重的批评。这种批评明显带有倾向性，他在维护邱林的权威。周杰现在已经认可了张跃的话，邱林就是冲着自己来的。

夜已经很深了，江源县城的大街上失去了白天的繁华和喧嚣，街灯也突然变得昏暗了，有些压抑。

幽暗的街灯下，一高一矮的两个男子手提圆桶，沿着县城大街的人行道匆忙地走着。高个子的男子不时回头张望。矮个子的男子提着一只圆桶，把脖子缩进竖着的衣领里，样子十分猥琐。高个子的男子看矮个子有些紧张，头从衣领里伸了伸，说："你也别太紧张，这都凌晨三点了，谁还出来在大街上闲逛。你这样把我也弄得心里没底！"

高个停下点了根烟，深深吸了一口，然后对着天空吐了一口浓烟，接着将一根香烟送给对方，说："冒崽，张跃平时对你不薄吧？"

冒崽放下手里的圆桶，接过高个子送来的香烟，"嘻嘻"一笑，说："这还用问，他啊是看在你姐夫的面子上呢。"

冒崽低头点烟，猛抽了一口，看着高个，说："哎，这贴几张大字报就能……"

高个瞪了冒崽一眼，冒崽很知趣地说："多嘴，多嘴！"

高个瞧了瞧对面的商店，冲冒崽说："你把那边多贴几张，白天那儿人多！"

冒崽提着圆桶走过了大街，在商店门边的墙上刷上糨糊，然后动作麻利地把几张大字报贴在了墙上。高个子看冒崽已贴完，冲他喊了一声："回吧！"

二人各走一边人行道，沿着相反方向离开了县城的大街。

冒崽回到楠竹岭时，东方已经发白了，但村里的人仍赖在被窝里没起床。冒崽进屋推门的声音惊醒了他的婆娘，她问："昨晚，张跃找你去干什么了？"冒崽掀开被子，光着膀子钻进被窝，支支吾吾地回了句："男人的事少管！"

老婆在被子另一头叹了一口，不再吱声。冒崽折腾了一夜，感觉很累，但躺下后怎么也睡不着，在被窝里不停地辗转反侧。老婆用脚在他的屁股上蹬了一脚，然后她披衣下床，冲床上蒙着头的冒崽说："你啊，总有一天得把自己送给张跃！"

江源河面泛起层层白雾，如潺潺流水，顷刻间又化成缕缕白丝向天空升腾。山脚下的江源城被山岚缠绕，高高的屋顶在山岚中若隐若现。晨曦铺洒在远处的屋顶上。江源城成了一幅美丽的图画。

晨雾笼罩着江源县城的大街，熙熙攘攘的市民穿梭在大街上。街边小贩吆喝声、汽车鸣笛声混杂一起，江源城又开始了一天的喧哗。

街边，张贴在墙上的两张大字报引来无数人围观，人群中有人在愤愤地怒骂。陈放站在人群中看了看周围，然后一笑，接着掏出手机拍了墙上的大字报转身悄然离开了杂乱的人群。

崔达手里拿着几张大字报匆匆走进了邱林的办公室，将大字报往邱林的办公桌上一放，气愤至极地骂了一句："猖狂之至！"

邱林打开大字报，看了一会轻蔑一笑，说："狗急跳墙！"

崔达指着大字报，说："你还能沉住气，这是典型的挑衅行为！"

邱林站起来，走到崔达身边，浅浅一笑，轻轻地说："坐不住，又能如何？"

邱林其实早上一上班就接到了绍中伟的电话，说江源县城的大街上贴满了攻击副县长李琦的大字报，要他立马去自己的办公室说明情况。邱林去了，并遭到了绍中伟的一通数落，要邱林对这事要尽快查处，并报结果给他。

看到崔达很气愤，邱林问："对这事你有什么看法？"

崔达不请自坐，从口袋里抽了一支烟点上。邱林知道崔达是很少抽烟的，每每遇到疑难问题时，他不得不靠抽烟来帮助自己思考。崔达吐了一口烟，看了一眼正在沉思的邱林，说："这事是对李琦有成见的人干的，要查得从李琦的对立面查起！"

邱林疑惑地看了一眼崔达，说："李琦刚上任，他能有多少对立面？刘峰虽没选上，但他与李琦好得跟一个人似的，不可能去干这种下三烂的事。再说了，刘峰攻垮李琦他捞不着什么好处。"

崔达瞪着邱林，说："您有想法？"

邱林一笑，说："我又不是神！"

崔达很失望，再次低头吸烟，沉思。

邱林转过身，又看了看桌上的大字报，突然笑了，说："要想解开这个谜团，从打字店里做文章。"

崔达抬头看着邱林，说："既然我们能想到这事，对方肯定早就想到了这一点，查也是徒劳。对方不会在江源这个小地方打印这样的大字报，这也太显眼了。"说过之后，仰头看着邱林。

邱林一挥手，说："先查了江源城再说！"

李琦是接到刘峰的电话后，才知道县城里发生了对自己不利的事。刚上班，他神情沮丧地去了绍中伟的办公室，向绍中伟解释说，自己感到很委屈，想不到刚上任就遭人诽谤，声称自己绝没有像大字报上说的那样，大字报上所说的纯属子虚乌有。

绍中伟并没有责怪李琦的意思，安慰李琦说，事情已经出了，怨天尤人没有用，只有积极配合公安机关查清这事，才是还你清白的最好方法，希望你不要因这件事背上包袱。

李琦听绍中伟这么一说，心情自然好了许多。他离开绍中伟的办公室时，还向绍中伟表了态，不会因为这件事而影响到自己的工作。

贴在大街上的大字报究竟写了什么，为什么让这么多人紧张？

大字报的标题格外引人注目："一个贪官为何可以接着连升？"正

文如下：

　　江源县人民政府副县长李琦，实属县内的一大贪官，然而他不但不被查处，反而接连升职，从一个乡镇副书记到县纪委常务副书记，再到人民政府副县长，一路贪婪一路提升，并且在人代选举上弄虚作假违背民意，拉选票搞贿选达到他从政的目的，严重损害了江源县人民政府和我党的形象。

　　李琦任江源县委纪委常务副书记期间，利用手中职权，以查处违纪干部的名义，向有问题的干部索贿。二〇〇三年，李琦以查处江源最大的民营企业江源稀土矿业有限公司的丁俊成向领导干部行贿为由，违背组织程序，单独与举报人丁俊成接触，并将丁俊成非法拘禁在江源大酒店内，要其交代问题。丁俊成与李琦协商，答应将江源稀土矿业有限公司的股份的百分之三十划给李琦个人，李琦才答应对丁俊成的行贿行为不予立案。二〇〇三年七月，李琦要其堂弟李煜出面，以李煜的名义与丁俊成鉴定了一份股份转让协议。就这样，李琦凭手中人民赋予的权力轻而易举地豪夺了稀土矿业公司的部分资产。从此，李琦成了江源稀土矿业有限公司的保护伞，为丁俊成充当大佬。丁俊成有了李琦的加盟，对集体的矿业资源大肆掠夺，公然乱采乱挖，严重损害了集体利益，而当局者却不管不顾……

　　绍中伟对攻击李琦的大字报的内容早有所闻。李琦是不是丁俊成的保护伞，是否拥有稀土矿业百分之三十的股份？绍中伟早就想查清这个问题了。但由于江源的情况特殊，还没来得及查，丁俊成就遭谋杀。本想通过选举把李琦从纪委副书记的位置上拉下来，再查他的问题。哪知陪选变成了当选，反倒促成了李琦的升职。绍中伟被打了一个措手不及，万万没想到李琦真的当选了。现在查他的问题就是打自己的嘴巴，一个刚刚上任的副县长，竟然带病提拔。这失察之责自己是脱不了干系的。

绍中伟想将李琦的问题压一段时间，等一年之后，再启动纪委的谈话程序，可偏偏在这个时候问题暴露出来了，真是怕什么就来什么。是谁在这个关键时候捅了李琦一刀？又是谁清楚这种内幕，竟然如此大胆地公开站出来与李琦对抗？看来江源还真不是一般的复杂，简直复杂得像一团乱麻，理也理不清，越理越乱。他只有把希望寄托在邱林身上，希望邱林能帮自己找到正确的答案！

大字报的出现给李琦以致命打击。李琦离开绍中伟的办公室后，给刘峰打了一个电话，要刘峰通知李煜立即到千红茶楼会合！

刘峰早上起床时，就听说县城贴了骂李琦的大字报。这是妻子亲口告诉他的。他听后，认为事情非常严重，立马给李琦打了电话。这时李琦这么急地要见李煜，是不是事情到了火烧眉毛的那样？

刘峰接了李琦的电话后不敢怠慢，挂上李琦的电话，用另一部手机给李煜打去了电话，吩咐李煜立即赶到千红茶楼。

李煜想问刘峰，刘峰没等李煜话出口，说："少问！事儿挺急！"刘峰挂断电话，离开办公室，直奔千红茶楼。

千红茶楼是在江源县城的闹市中心，装饰十分讲究。茶楼的临街处是块硕大的招牌，招牌是用黑色的铝塑钢板着底色，"千红茶楼"几个大字是黄铜镀金，大字的外框镶嵌着一圈彩灯，不论是白天还是黑夜，千红茶楼的这个招牌在江源县城都很显眼。茶楼内采用现代时尚与古典相结合的装饰风格，既不失古典韵味又彰显了现代时尚。

李琦每次进茶楼都要对这个极具特色的地方观赏一番。然而这次例外，他没心情感受这里的富丽堂皇，一门心思想着今天发生的事，也没注意到迎面微笑打招呼的女服务员，低着头匆忙走进了预定的包间。

女服务员为李琦倒上茶，恭敬地站在了对面，始终朝他微笑着。李琦靠在沙发上，端起桌上的茶杯，像才发现站在对面的美女一样，微笑一下，算是对面前美女的回应，然后朝美女说："去吧，有事叫你！"

女服务员微笑着退出了包间,随手轻轻地将门带上,包间里恢复了死一般的寂静。

包间外,急促的脚步声朝这边走来。李琦能听出这是刘峰和李煜的脚步。

门外,李煜很慌乱地说:"刘哥,我敢打赌,除了张跃,江源没第二个人敢干这事!"

刘峰愤怒地说:"他敢干,咱们也不能光吃素!"

刘峰推开门看到坐在沙发上的李琦,急促地问:"哥,怎么了?"

李琦招呼二人进来先坐下,然后将茶杯推到了刘峰和李煜的面前。李煜急了,冲李琦说:"哥,这明摆着是张跃不让咱们过日子了!"

李琦品了口茶,看着李煜,没有急着回答李煜的问题,而是愠怒地问:"是不是把丁俊成与你签订协议的事说了出去?"

李煜瞪圆了眼,手摸着头迟迟不回答。

刘峰推了李煜一把,说:"你倒说话啊!"

李琦心里有数了,叹了口气,很是无奈地说:"你啊,坏就坏在你这张嘴上,说话的嘴总是不把门。"

刘峰怒瞪李煜,气愤地骂:"这么大年纪的人了,祸从口出的道理你不明白?"

李煜顿感委屈,不知究竟惹了多大的事儿。李琦的责备、刘峰的怒骂让他六神无主。但他清楚这事非同小可,不然李琦是不会这样板着脸对自己说话的。

李琦见李煜仍不吭声,拖着长长的腔调催了李煜一句:"都这个时候了你瞒着谁呀,还是不是兄弟?"

这话的分量够重的了,李煜还从来没有听到过李琦对自己说过这样的话。李琦都说到了这个份上,可见是被逼急了。李煜看了一眼坐立不安的刘峰,刘峰正用愤怒的目光看着自己。

李煜低头,声音很轻,就像六月间的蚊子一样"嗡嗡"几声:"几个月前,同陈放喝酒时不小心说了这事!"

李琦猛地从沙发上站起来,抬手在李煜的脸上"啪"地狠抽了一记耳光,颤抖着说:"什么?你个猪头!"

李煜摇晃了几下,捂着被抽的脸。刘峰怕李琦再打李煜,忙拦在了中间,一边劝李琦冷静,一边骂李煜害人不找时间!

李琦颓废地跌坐在沙发上,不断地喘着粗气。刘峰从桌上端起茶杯,将茶杯递给李琦。李琦接过茶杯狠狠往地上一摔,"砰",碎片溅了一地,冒着热气的茶水缓慢流向四周。

刘峰摇头,说:"事情已经发生了,就是打死李煜也挽不回了。大家都得冷静,一起想办法应付才是当务之急。"

李琦从鼻子里"哼"了一声,然后冲李煜骂道:"知道捅了多大的娄子吗?从陪选到当选这个副县长,知道全县有多少双眼睛钉着咱们?你这是把我往死里整的节奏!"

李煜仍然觉得很委屈,有些不服气地说:"那是喝了酒同陈放吹牛不小心说漏了嘴,也不至于那么严重吧。大不了老子不要这条烂命,把陈放做了,我怕他个屁!"

李琦气得发抖,手指着李煜,说:"你——你——"

刘峰愤怒地举起了手,但手悬在空中,迟迟没有落在李煜的脸上。举着的手在空中停留了片刻之后,缓慢地落下搭在了李煜的肩膀上,眼神很蔑视,嘲讽地说:"你真英雄,可别拉着我和你哥垫背。愚蠢!愚蠢至极!"

李琦喘着粗气,懒懒地靠在沙发上,呼吸急一阵慢一阵,像刚刚经历了一场激战,身心疲惫浑身乏力。包间里的气氛瞬间凝固了,刘峰也感到胸闷得有些喘不过气来。

李煜看着他们垂头丧气的样子,自己倒跟什么也没发生那样安逸。他鄙夷地想,你们平时那种捅破大天都不怕的劲都到哪儿去了?再说了,不就是一张大字报吗,能把大家怎样了?丁俊成早已成了九泉下的冤鬼,死无对证，他们真要查又能如何？李煜想到这里，他的胆子大了，对坐在沙发上的李琦说："这明摆着是张跃设的局。"

刘峰瞪了眼李煜，说："你这么肯定是张跃？"

李煜不再顾及李琦的威严，一屁股坐在沙发上，有些得意地冲刘峰说："明眼人一看就知道，张跃是搅浑水呗！"

李琦愣愣地瞪着李煜，疑惑地问："他搅浑什么水？"

李煜见李琦开口说话，洋洋得意地看着面前的李琦，心里涌出了一丝自豪感，说："这陈放被邱林开了，周杰能那么心甘情愿地忍着，指不定这是陈放、张跃对邱林的报复！"

刘峰"哈哈"一笑，这一笑使李琦更为疑惑。刘峰笑完，对李煜说："李煜，你是三岁小孩还是脑子有问题？张跃与陈放要报复邱林，用李哥能起作用，你真能扯！"

李煜看了一眼一言不发的李琦，申辩道："这你就不懂了，陈放说琦哥是邱林和绍中伟的人……"

李煜还想继续往下说，被李琦制止了。李琦冲刘峰说："哎，李煜说的有道理，他们就是找一个人撒气！"

刘峰气极了，大骂："妈的，张跃、周杰也太他妈的不是人了，刚要你坐上副县长，又要拿你说事！"

李煜见他们认可了自己的判断，更来精神了，说："哥，他们要搞浑水，我们也不能吃素，把事搞大点，反正有人收场！"

李琦瞪了一眼李煜，说："你是嫌事儿还不够乱？谁会为你收场？你想得美！"

刘峰急了，在包间里来回踱步，烦躁的李琦见刘峰在面前晃悠，无奈地说："能不能不晃悠，真是的！"

刘峰停住，低下头看着李琦，说："李哥，李煜的想法是对的，干脆把事儿弄大。"

李琦怒了，瞪眼："你……"

崔达带上赵芮几个人在县城的各家打印店查了一遍，所有的打字店都说没承接过打印大字报这事。查了几天就是没有一点线索，这事让崔达很头痛。

绍中伟再次将邱林找到了办公室，说："邱林呀，江源大字报的事闹得沸沸扬扬，网络上也开始对炒作了。这对江源的形象的影响很坏，市委对这事也很关注。不管是维护李琦的个人形象，还是江源的干部群体形象，这件事非要下大力气查清不可。要根治江源动辄就是大字报、网络诽谤他人的恶习。"

邱林听绍中伟说完，问："绍书记，大字报上的事不会是空穴来风吧。当然，这种用大字报攻击他人的行为我们要打击，但群众反映的问题我们也应该足够重视才行。不然就是打击了这种不法行为，而反映的问题得不到处理，以后还会有其他形式的。"

绍中伟心事重重地看了一眼邱林，叹了一口气，说："我何尝不想对反映的问题做出处理，问题是这个时候能查这个问题吗？这很敏感。李琦刚上任，我们就去查他的问题，这不是打县委自己的嘴巴。还是缓缓吧，等过了这一阵再查！"

邱林还没离开绍中伟的办公室就接到了崔达打来的电话，崔达说，大字报的事有了新情况，刘峰到公安局反映，陈放有重大嫌疑！

绍中伟点头，说："这不是不可能的事，陈放被清出公安队伍后，他一直就怀有报复之心，说不定他是用这种方式来泄私愤。"

邱林要崔达根据刘峰提供的线索，对陈放的近期活动范围展开调查，争取早点破了这个案件。

刘峰从茶楼出来后，认为有必要将李煜所说的事向公安局反映。一是让公安机关抓住陈放不放，给陈放以警示。不管他做没做这件事，使他知道李琦也并非是好欺的。其次是变相地给张跃和周杰点颜色看看。

除此之外，刘峰有一个大胆的计划，这个计划已经与李琦、李煜商量好了，弄一件震惊江源的大事情，把江源人对大字报的注意力转移开，冲淡大字报的影响。所以他给崔达打了电话，举报了陈放有张贴大字报的嫌疑。

邱林回到局里找来了崔达，一同分析刘峰的举报。崔达说："刘峰的举报虽然带有某种目的，但既然敢举报就有一定的证据。至于是不是陈放所为，这要看对陈放的调查结果。我对陈放还是十分了解的，胆子大，又有周杰和张跃给他做后盾，贴几张大字报对他来说不过是小菜一碟。问题是他对李琦进行攻击，目的是什么，他能从中得到什么好处？这是个无利不起早的家伙，没有利益他冒这么大的风险干吗？从这件事来看，看不到对他有什么好处，这损人又不利己的事陈放能干吗？"

邱林点头，然后又摇头。崔达被邱林的举止搞得一头雾水，问邱林是不是有新的想法。邱林一笑，说："你只说对了一半。从这件事上看，陈放或者说张跃确实得不到好处。但反过来思考，从丁俊成死到祖霄被击毙，我们一直被人牵着鼻子走，像钻进了一个迷宫，怎么也走不出来。丁俊成被害的当天晚上他妻子打出的那个电话，在抓捕祖霄时那个奇怪的石头，还有李琦与杜云海的竞选，等等，围绕丁俊成的死发生的一系列奇怪现象，构成了一个很大的谜团，我们至今仍在猜谜。要解决这些事情，不能用常规思维去思考。大字报事件表面看，行为人得不到好处，但往深层一想，这件事最终对谁有利？"

崔达一拍大腿恍然大悟，说："就从陈放查起！"

江源大字报攻击李琦以后，坊间对李琦众说纷纭，闹得江源城满城风雨。

周杰一进家门，陈芬就问周杰："老周，大字报的事不会是你指派人干的吧？"

周杰瞪了眼陈芬，问："我为什么要这样做？这事像我干的吗？"

陈芬说："我很担心，在这当口咱们绝不能去干这既没技术含量也没好处的事。李琦虽当了副县长，对我们并没有太大的威胁。这样做反而让邱林和绍中伟产生更多的不满。再说了，就是几张大字报能把李琦怎样？把李琦查出问题了，丁俊成生前的那些事都会扯出来，对谁也没好处。"

周杰往沙发上一靠，像突然记起了什么，问："这几天怎么没看到陈放了？"

陈芬本来就对陈放被邱林清出公安机关的事非常不满，这时周杰提到陈放，她的气一下子蹿了上来，怒气十足地说："你这时想到陈放了，早干吗去了？"

周杰无奈地叹了口气，说："你啊，还真是妇人见识！我担心这鳌李琦的大字报说不定就是陈放那小子干得呢。"

陈芬更来火了，说："周杰，你什么意思？陈放落到今天，你是不是有责任？哦！现在城里出了问题你就说是陈放干的，这哪是一个做姐夫的说的话！"

周杰见陈芬蛮不讲理，长叹一声："你这个弟弟啊，有你这个好心姐姐惯着，迟早会出事的！"

陈芬气愤地瞪了一眼靠在沙发上的周杰，摔门而去。

第十二章　心怀叵测

近几天，高晓敏又听说江源出了一件稀奇事，竟然有人敢在大街上贴大字报诽谤副县长，这说明江源的社会治安状况并不乐观。高晓敏去了局长程志远的办公室，为邱林去喊冤叫屈。

邱林去江源已经两年了，组织就是不给他落实局长的职务。江源县公安局局长的位子仍然空着，就是不给邱林任命，老是让邱林以一个政委的身份主持全局工作，从情理上说不过去，也不利于工作。虽说邱林的局长职务任命程志远没有决定权，但可以向江源县委吹风，让江源县人大尽快做出对邱林的任命，他不能把邱林扔到江源就不管不顾了，这事程志远是有一定责任的。

高晓敏进办公室时，程志远正在接市委的一个电话，只看了一眼高晓敏，用手指了指旁边的沙发。高晓敏坐下后，程志远仍在接电话，时不时地"嗯"一声。

程志远放下电话，挨着高晓敏坐下，接着就数落高晓敏："你这人还真执着，告诉你邱林的任职并非我说了算，怎就没完了呢！"

高晓敏朝程志远一笑，愣愣地看着程志远不语。程志远被高晓敏搞糊涂了，无奈地叹了一口气"唉"，然后瞪着高晓敏，说："能不能不用这种眼光？"

高晓敏扭头看向门外，怪怪地说："反正您不能不管不顾！"

程志远说："废话！谁不管不顾了？"

高晓敏看着程志远,说:"还能有谁!"

程志远急了,说:"你呀!邱林在江源还没站稳脚跟,像电影里的主角一样,还没到他上场的时候,你要我怎么着?"

高晓敏说:"程局,这也太夸张了吧,邱林都去了两年了,还轮不到他上场?全市有这个先例吗?"

程志远"哈哈"大笑,拍拍了高晓敏的肩膀,意味深长地说:"有些事你不懂,放心吧,邱林的问题会得到解决的!"

高晓敏离开程志远的办公室后,对程志远并不满意,甚至怀疑邱林与程志远有什么不对付的地方。但从自己多年来对他俩的了解,都是不拘小节的人,没有什么冲突。这就怪了,邱林去了这么久,为何就坐不上杜云海的位子,江源真是一个铁桶子,一滴水也渗不进去?杜云海离开江源在市局短暂地停留了半年,又去了临近县当了局长。都是市局下去的干部,邱林怎就这么背?

高晓敏不知程志远的葫芦里装了什么药,想到这里,给邱林打去了电话,说:"邱林,是否考虑一下到程副市长那里走走?"邱林一笑,说:"你什么时候也变得那么世俗了?"高晓敏没好气地顶了一句:"我世俗?你一点也不为自己考虑,亏你还笑得出来!"

程志远站在窗前,俯看着走在大院里的高晓敏,心里一点也不好受。高晓敏说得很对,他确实有些亏了邱林。

其实,程志远不是不想动用资源把邱林的职务问题解决了。不管江源的情况怎么特殊,也不管江源有多么复杂,于情于理他都应该站出来为邱林说几句话。市委那边程志远提了几次,也跟绍中伟沟通过,绍中伟答复马上办,但最终还是没结果。两年了,就像高晓敏说的,全市没一个像邱林那样,主持工作两年职务却得不到落实。

程志远在两个月前,就向市委那边提了建议,建议市委组织部、市纪委、市人事局对邱林的任职问题组成联合考察组,希望能尽快解决邱林的职务的问题。市委也同意按程序对邱林进行考察。但就在这个节骨眼上江源又出了问题，副县长李琦被大字报攻击了。生活再次跟邱林开了一个玩笑，考察工作再次被搁置。

市委对邱林也有看法，江源的社情很乱，你作为负责一个地方治安的公安局主要领导是负有责任的。个别领导甚至对邱林的能力产生了怀疑，认为邱林就不具备担任局长的能力。程志远为邱林申辩，说这样的认识有些片面，江源的情况非常特殊，不是凭邱林一个人能在短期内解决的。这就要求我们要用哲学的思维去思考江源的问题，一分为二地去评价邱林在江源的工作。不能江源一出问题把责任就推给邱林，这对邱林很不公平，也对我们的干部成长极不负责。他认为，江源治安混乱是多年遗留下来的顽疾，县委班子也有一定的责任。再说，我们的公安局主要领导没有操控维稳全局的权力，仅凭一己之力很难在短期内达到我们市委的要求。

程志远的力争几乎是徒劳的，市委的主要领导说，江源的问题不仅仅是治安混乱，还有干部拉帮结派、搞小团体、明争暗斗。江源的少数干部对邱林就有这样的反映，他把江源县公安局的原副职领导一次免掉了三个，中层领导也免了不少，这江源能稳定吗？

这位领导说到这里有些激动，甚至是气愤。他还说，改革要搞，可不能以改革的名义搞任人唯亲，搞个人小团体，也不能打着"能者上庸者下"的幌子，达到提拔自己人的目的。

程志远从这些话语里感觉到邱林不但不能任职，反而应该从政委的位子上撤下来的意思。高晓敏"抗议"他不为邱林着想，实在是有些冤枉他了。

程志远深知，邱林的职务任命迟迟不能下达，对邱林来说是一个不小的打击。某些人在干亲者痛仇者快的事，正中了江源个别领导的下怀，只要邱林成为第二个杜云海就达到了他们的目的，丁俊成案中的疑点永远无法揭开。程志远理解邱林现在的处境，好在绍中伟在力挺，不然邱林的尴尬处境就可想而知了。

邱林对任命的事有自己的想法,自己来江源两年了,虽然社会治安有了好转,但离市委的要求还差那么几步。自己又不是圣人,也并非一无所求。官场的事复杂,自己又不善于经营前途,目前江源的局面还是那样糟糕,一波接一波压得喘不过气来,哪有心思去想个人得失?任不任命由着组织,工作可不能放松。

崔达、赵芮正在争论,郝正旗不阴不阳地说了句:"陈放怎就不能贴大字报了?我看他的可能性很大!"

赵芮说:"郝队,这不是怀疑谁就是谁了,就是他也得要证据啊!"

崔达说:"瞎争!把争论的工夫用去查他呀!"

赵芮吐了一下舌头,做了个鬼脸,冲郝正旗一笑。郝正旗白了赵芮一眼,抓起办公桌上的公文包,冲赵芮一挥手,说:"还待在这干嘛,去查呀!"

郝正旗刚转身,与迎面进来的邱林刚好相撞。郝正旗不好意思地说:"邱政委!"

邱林问:"大字报的事有眉目了?"

崔达看着进来的邱林,说:"正查呢!"

赵芮走了几步,回头对邱林说:"政委,郝队说这事是陈放干的,可就是没有证据!"

邱林看了眼面前的三人,说:"有线索?"

三人同时摇头,令邱林很失望。邱林坐下长吁了一口气,向郝正旗和赵芮摆了摆手,说:"去吧!去吧!"

崔达看到邱林的情绪很低落。最近县里、市里对大字报事件追得很紧,目前又没有像样的线索,作为主持全局工作的政委压力大,难免会心情不佳。但事情就是这样,破案这事急也没用,尽管你踏破了铁鞋也无济于事,指不定一个灵光、一个不起眼的线索这案就破了。

崔达给邱林倒了一杯开水,坐在邱林旁边,说:"我认为,大字报这事不是郝正旗想得那么简单。"

邱林端着杯子,在杯子上轻轻吹了吹,品了一小口,然后看着崔达,说:"说说你的想法!"

崔达说:"大家都认为是陈放干的,但陈放好歹在公安机关工作了这么多年,他不知道这样干会是什么后果?他很愚蠢吗?"

邱林"嗯"了声,仍然看着崔达,说:"接着说!"

……

正当邱林和崔达他们为县城大字报事件发愁的时候,楠竹岭村又出了一桩大事。

天刚开始透亮。浓密的白雾锁住了楠竹岭山顶,松竹翠绿的楠竹岭山脚下,周巴子屋前的一片楠竹林的叶子上不断向下滴着晶莹的露珠。丝丝白雾,像跳跃在纸上的五线谱,缠绕着屋前的那片楠竹林,忽上忽下地飘浮着。

周巴子起了个大早,囫囵地洗了把脸,从地上拾起一把柴刀,匆忙拉开屋门,一头扎进了白雾茫茫的屋背后的竹林里。

晨露滴在周巴子的脸上,凉飕飕的,竹林里的寒气一阵阵向他袭来,他不禁打了一个寒战,手中的刀在遮盖着小路的杂草上不停地敲打着露珠。竹林中的浓雾清新湿润,夹杂着丝丝冰凉,使林子略显阴森。

周巴子一边敲打着杂草上的晨露,一边凭着记忆摸到了小桥边。小溪的潺潺水声,使阴森的林子多了一丝生气。周巴子站在桥边,望着溪对岸几棵大树下绿叶遮盖着的一栋小屋,诡异地一笑。

这个小屋是周巴子几年前盖的。楠竹岭很少有人知道周巴子盖这个小屋的用途,就连他老婆也弄不清楚为何要在这个林子里盖这么个小屋。老婆说:"黑火药是送给镇上鞭炮厂的,咱家造药用不着瞒着乡里乡亲,谁叫他们没那个本事。"周巴子听女人说这话就来气,说:"不懂时务,连什么叫暗地发财都不明白,枉来了人世间一回。"

周巴子把小屋建在林子里自有他的道理,自古以来官方就不允许不经批准而私造危爆物品。他要用这个小屋生产黑火药,一这里隐蔽不易使人发现;二就是出了问题也不会殃及邻里。几年里,就是这个小屋,给周巴子一家带来了丰厚的回报。

周巴子走在小桥上,侧耳听听了小溪哗哗的流水声,又抬头望了望参天大树。林子里袅袅的水汽,从大树粗壮的根部缓慢地向空中升腾,穿过稠密的树叶飘向湛蓝的天空。周巴子脸上露出一丝贼笑,暗骂了一句:"老子怎么才发现这么美!"

周巴子无心继续观赏这里的美景,将柴刀插进屁股后面的刀匣子里,从口袋里抽出了一根烟点上,"吧嗒吧嗒"抽了一阵,然后扔掉烟头,匆忙走向了那个小屋。

小屋是用土坯砌成的,土墙上已长满了青苔,两扇腐朽得掉木屑的木门敞开着。周巴子站在门前,抽出屁股后面的柴刀,在木门上敲了敲,探头打量屋里。

屋里一片狼藉,炒药的锅台上到处散落着黑色粉末,地上的木屑和配药的原材料凌乱地铺了一地。墙脚处,遮盖黑色火药的木板被扔在灶台下,墙脚处空空一片。周巴子看到这里,心里"咯噔"一下,掠过一丝恐慌,魂不知吓飞到哪儿去了。四袋火药不翼而飞!!

周巴子脸色铁青、失魂落魄地飞奔过小桥,穿过阴森的竹林,一头扎进自家屋里,质问老婆:"你去过小屋?"

老婆见周巴子慌里慌张,又没头没脑地问这话,眼睛瞪得跟圆珠子似的说:"说啥啊?"

周巴子一屁股坐在木凳子上,两眼无神地望着天花板,说:"完了!完了!"

老婆见周巴子像魔怔了似的,忙过来问:"一大早怎么了?"

周巴子仍望着天花板,嘟嘟囔囔。老婆在周巴子的耳边大吼:"你疯了!"

周巴子突然回过头,看着面前的老婆,突然吼了起来:"你才疯了呢,咱家的药没了！"

老婆在周巴子的头上狠狠敲了一下，责怪道："没了就没了，能值几个钱？别在这一惊一乍的！"

周巴子一拍大腿站起来，大吼："你懂个卵！"

老婆见周巴子生气了，知道这不是钱不钱的问题，忙对周巴子说："要不去报案？"

周巴子听老婆说报案，打了一个寒战，朝老婆的脸上"啪"就是一个耳光。女人挨了打，捂住脸，眼泪流了出来，疑惑地看着面前的男人。

周巴子咬牙，瞪着女人，发抖的手指着对方，怒骂："这辈子怎就摊上你这么个女人？"

女人放下捂脸的手，回敬周巴子道："这也不是那也不是，不就是百把斤黑火药吗，至于吗你？"

周巴子指着女人，喘着粗气说："你——你——"

周巴子颓废地坐在凳子上，胸膛剧烈起伏。女人停住了哭声，抹了一把眼泪，看得出周巴子这回是遇到过不去的坎了。

周巴子的老婆是很了解自家男人的。他向来很乐观，做事不易冲动，对自己还从来没伸手打过。村子里的人都说周巴子怕老婆。周巴子说那不是怕，是对女人的尊重，两口子一起生活有什么不能说清楚的，非要动手才行？可这次周巴子竟然动手打人了，只有捅破天的娄子，他才会这样生气。女人靠近周巴子，轻轻地说："这案也不能报，生气有啥用？"

周巴子看了眼老婆，深为刚才的一时冲动而内疚。但他是男人，男人是有男人的尊严，再不济也不能丢了男人的尊严，打就打了呗。他长叹了一口气，看着妻子畏惧的眼神，毫无表情地问了句："痛了吧？"

女人别过脸"嗯"了声，算是原谅了他。周巴子点了一支烟，"吧嗒吧嗒"抽了一阵，快要烧到手指的时候才扔掉烟头，踩在烟头上蹑了蹑，抬头看着女人,说:"你呀跟了我这么多年,怎么就不长点脑子?这私造火药的事能去报案吗?真妇道!"

女人听周巴子说话的语气平和了许多,搬来了凳子坐在周巴子的对面,将身子向前倾了倾,轻声说:"不报就不报吧。用不着这样愁眉苦脸的,又不是丢了生命。"

周巴子见女人还是不懂得其中的利害,显得十分无奈,但又不得不向她解释:"这私造爆炸物品是要坐牢的!再说了,贼的目的是干吗,咱们一概不知,这万一要……"

周巴子说到这里,又打了个寒战,实在无法估计失去火药的后果会怎样。他冲女人说:"明白?"

女人脸色微青,朝男人点了点头,忽然又摇了摇头。周巴子不理面前的女人,不管她懂不懂,这会儿没心情去理她。他在想是谁偷了自家的黑色火药。

一早上的工夫,周巴子就坐在堂屋里抽烟,一支接一支。一百多斤的火药不是一个小数,它的威力不亚于十公斤 TNT 炸药的当量,周巴子是懂得这个威力的,一旦偷火药的人用于干别的违法事,那他……

想到这里,周巴子再也坐不住了,起身走出去了。老婆在后面喊。周巴子全然不理,低头反背双手朝石板路东头走去。

周巴子去哪里其实自己也没定数。他琢磨了一个早上,假如这火药是村里人偷了,没有不透风的墙,村子里的人总会向自己说的。平日里村长的婆娘最好这事,总是人前人后地议论家长里短,说不定她会知道这事。周巴子最不放心的是村里的冒崽了。他的手就像从娘胎里出来那会儿,父母没有给他捆扎过一样(在当地,父母用布条象征性地捆扎新生儿的手脚,寓意长大后不偷别人一针一线),手脚老不干净。真要是村里人偷了,嫌疑最大的要数冒崽了。

周巴子又想,冒崽偷火药有什么用?冒崽盗亦有道,从不撬门扭锁,也不偷大宗物品,只是顺路捎带,不专门行窃。冒崽就是偶然见财起意他也能想到自己会查出这桩事，到时他的脸面往什么地方搁？一个村子里的人，低头不见抬头见，想必冒崽也不是这样的人。可火药被盗了，这是一个不争的事实，并且这事还不能张扬出去。周巴子想，自己一生遇到最难的事，怕就是这次火药失窃的事了。

周巴子信马由缰地走着。冒崽蹲在路边屋门前的地上刷牙，嘴角沾着白沫朝石板路上的周巴子打招呼，声音含混不清："巴子哥这么早！"

周巴子扭头看了看蹲在地上的冒崽，"噢"了一声，然后停下看着冒崽。冒崽见周巴子停住，忙将含在嘴里的牙刷抽出来，在水杯里胡乱地搅拌几下，倒掉杯里的水站起来，热情地招呼："进来，坐坐？"

周巴子摆了摆手。冒崽上前拉着周巴子，说："巴子哥，上次你为我举办接风宴，还没来得及感谢你呢。全村子的人只有巴子哥把我当人看。"

冒崽说完，碰了碰周巴子的口袋，周巴子当然会意，抽了一根烟给了冒崽。冒崽像三辈子没抽过烟一样"呼呼"地狠抽了一阵。周巴子试探地问："这阵子去哪了？"

冒崽看着周巴子，说："还能去哪？从里面出来后就一个字'背'，他妈拉屎都能碰上尖岩顶屁股。脚崴了一下，在家待了整整一个月呢！"

周巴子一笑。冒崽急了，说："笑啥？你没赶上这事，真晦气！"

周巴子像兄长那样在冒崽的肩上拍了拍，然后向东头继续走了。冒崽冲巴子的背影喊："真不进屋坐坐了？"

周巴子头也不回地说了一句："不了！"

冒崽很失望地看着离开的周巴子，朝他的背影"呸"狠狠地吐了一口唾沫，暗骂了句："你雄个屌？等老子发财了才懒得理你呢！"

周巴子边走边想，冒崽崴了脚那是很早的事了。自己早知道了这事。村子里的事不过夜就能到自己的耳朵里，谁也瞒不了自己，要不全村说自己是孔明呢！

周巴子继续往前走，走着走着又停了下来，站在原地，抽了一支烟，转身往回走。他此时不想去试探村长的女人，这女人何等聪明，一大早去她家定让她产生怀疑，认为自己有事找她。他不想让这个女人识破自己的心思。

回来的路上，周巴子的心情稍有好转。他确信冒崽不是偷火药的人，这使他心里舒服了许多。在周巴子的心里，全村人都可以把他的火药偷了，就是冒崽不能。冒崽是全村一个糊不上墙的稀泥巴，如此一个烂人，怎能沾染自己的东西？那明摆着就是欺心！

还有一个不想让他对火药失窃的事继续追查的原因，就是谁也不知自家的火药被盗了，只要自己不说，事情过去就过去了，不外乎自己遭受点经济损失而已，没必要那么较真。管他偷火药的人用在什么地方，管我鸟事！

周巴子火药失窃的事，由于他的大意最终酿成了大错，给江源带来了极大震动……

崔达同郝正旗对陈放的事查了一段时间，但找不到一点破绽。郝正旗说，这样查下去可能是枉费心机。赵芮讥笑他们就不该把目光盯在陈放一个人身上，陈放刚从公安机关出去，他懂侦察手段，难不成会留下痕迹让公安机关抓住他的把柄？

崔达清楚这个道理，但这就是一个无头绪的案件，只有把可怀疑的人查一遍，从中哪怕找到一丁点线索也算成功。可事情偏偏与他们作对一样，只是一场徒劳。

邱林被县委绍书记的一天几个电话，催得头发开始冒青烟了，本来一桩非常容易侦破的案子，怎就这么难找出头绪来。他吩咐崔达和郝正旗，对陈放采取非常手段，进行二十四小时监控。

邱林要崔达对陈放进行二十四小时监控，是不得已而为之的事。邱林是想把对陈放的工作做得扎实一些，不相信陈放做了，会露不出马脚。

事实上，陈放与冒崽贴了大字报后，就一直关注着公安机关对这事的调查。他不断收到信息，说公安机关已经被这事逼急了，而又束手无策。

陈放知道崔达从县城打字店里查大字报时出处时，就笑崔达的智商有点低。明白人是不会干糊涂事的，好歹自己干过多年警察，会去一个并不隐蔽的打字店去打印那个东西吗？去他妈的，见鬼去吧。

但过了一段时间后，陈放觉得自己干了一件十分愚蠢的事。就为了报复邱林，把自己抛了出去，用几张大字报宣泄自己的心头之恨，真是愚蠢至极。尽管自己千小心万小心，崔达还是把注意力集中在了自己身上。

陈放与崔达在一起的几年，他摸不透崔达的心事。从表面看崔达对自己还是有好感的，最起码对自己目前的遭遇还是怀有同情心的。既然他们盯上了自己，何不大大方方地去探一下虚实？

陈放想到这儿，便给崔达打了一个电话，邀请崔达和郝正旗晚上聚一聚。

崔达推了一阵之后，执拗不过陈放，答应了。

邱林听说陈放要请崔达和郝正旗吃饭，兴趣来了，说：“这是一个试探陈放的大好机会。”

郝正旗不解，说：“政委，既然陈放有的放矢请大伙吃饭，他不会在饭桌上露出马脚的。”

邱林一笑，说：“这就需要你们在饭桌上花点功夫了。”

郝正旗还是不懂。崔达也笑了，说："我理解邱政委的意思了。"

晚餐是在县城中心最好的林格力大酒店。这个酒店据说是张跃同陈芬合伙开的，陈放也有股份。酒店的规模很大，集餐饮、休闲于一体，名义上是四星，其实具备了五星的标准。

大堂里，一架硕大的水晶吊灯悬挂正中，亮晶晶的。锃亮的浅色大理石墙壁能当镜子。整个大堂金碧辉煌。左边是一排十分宽大而又质底柔软的真皮沙发。沙发的背后是用仿古的木栅栏隔开的一个开放式茶室，艺术品似的茶桌归置得井井有条。茶室地面铺着毛茸茸浅灰色地毯，质地柔软。

大堂的右边是用透明玻璃隔开的一间商务间，几名服务生正在几台电脑前忙碌着，大型打印设备发出"嗡嗡"的叫声。

陈放站在大堂的门口，同走进来的崔达和郝正旗握手，双方寒暄了几句，陈放将他们引上了电梯。郝正旗在进电梯的瞬间，向那个商务间瞟了一眼，露出了一丝不易察觉的微笑。

餐桌上已经上了几道菜，都是崔达和郝正旗叫不出名字的，单看花样就能让人食欲倍增。

陈放要崔达坐上座，崔达也不推辞，坐在了陈放的对面，郝正旗挨着坐在陈放的身边。陈放冲服务生打了个响指，服务生走近了陈放，轻柔地问："陈总，还有什么吩咐？"

陈放看着崔达，手指餐桌，说："达哥，这一桌的菜好像欠一点味道吧！"

陈放转过头冲身边的服务生说："去！叫阿英快点！"

正说着，一位个子高挑、胸挺腰细的年轻女子，迈着模特步，扭着浑圆的臀部从门口进来了，声音嗲嗲得使人肉麻。女人在陈放的身边坐下，陈放不失时机地将身边的女人介绍给他们两位。这是阿英，是我一个生意上的伙伴。

崔达看了一眼陈放身边的女人。这女人也不躲避崔达审视自己的目光，直勾勾地对视着崔达。崔达被对方瞪得脸一阵发热。他转移开了自己的目光，借品茶来掩饰自己。

陈放开始要服务生倒酒了。崔达仍在想对面女人的那张似熟非熟的脸。他坚信，这个女人自己应该在某种场合见过。但搜遍自己的整个记忆，仍然没有找到。

服务生在崔达的身边拿起桌上透明晶莹的高脚杯倒酒，一股浓郁的香味扑鼻而来，这是茅台特有的醇厚浓香。崔达抬起头看向了对面的陈放。陈放把酒杯高高举起，手伸向了崔达，说："达哥，感谢多年来的照顾。

来！为了我们的友谊干了这杯！"

桌上的人端起了酒杯，碰杯声清脆悦耳。

大家放下了酒杯，崔达对陈放说："老弟，我无功不受禄，实在受之有愧。虽说你离开了公安局，但我们还是兄弟。"陈放连忙站起来，从服务生那里拿过酒壶，冲服务生做了个离开的手势。服务生知趣地退出了包间。

陈放走到崔达的身边，为崔达倒上了酒，然后依次给郝正旗和阿英倒上才回到了原位。陈放放下酒壶，又端起了酒杯，冲郝正旗和崔达说："达哥这话我爱听，我离开公安局可咱们的友谊还在。你放心，这事我不怪邱林，就是邱林让我在公安和经商之间选，我也会选现在这个样子。来！"

郝正旗喝了杯中酒，在陈放的肩上拍了拍，说："放啊，你还是这么直爽，你看你现在多自由。我要有这个本事，咱早就出来了！"

陈放一笑，冲郝正旗说："玩笑！你舍得？"

郝正旗瞪眼看着陈放，说："你这是在嘲笑老兄没这个能耐吧？"

陈放"哈哈"笑了。

酒过三巡，陈放朝身边的女人使了个眼神。阿英端起酒杯朝崔达走过去，嗲嗲地说："陈总都叫你达哥，那我也就不客气了，叫你达哥不反感吧？"

崔达站起，举杯迎着这个既不妖艳而又令人心仪的女人。酒杯相碰的时候，崔达一笑，说："有你这样如花美女叫哥，那是一个爽！"

崔达把酒一口干了，将酒杯底朝天亮向了陈放。陈放鼓掌。

崔达坐下，趁陈放与郝正旗举杯时，他再次打量从身边离开的那个女人，细腰，圆臀，一双修长而均匀的大腿，白净的皮肤泛着红晕。再次坚信，自己见过这个女人！

陈放放下酒杯长叹了一口气，说："达哥，这年头公安也不好干，就说江源吧一个案子接一个案子，弄得人心神不定。最近，听说江源城里前段时间出了个大字报攻击李琦,是不是有这么回事?"

郝正旗点头,问陈放:"老弟,是不是你听到了什么消息?"

陈放摇头,说:"哎,我已经跳出了三界外不在五行中了,对这事不感兴趣。"

崔达暗笑,心里骂:"他妈的,终于谈到正题了。"

崔达借着陈放的话题,向下引。他说:"兄弟,你是老公安了,又是江源城里的能人,怎么能听不到什么消息?"

陈放矢口否认,并说一有消息会在第一时间告诉他们。

崔达端起了酒杯,走到了陈放跟前,说:"为了咱们的友谊,我敬老弟一杯。"

陈放说:"这使不得。您是大哥,理应我来敬您。"

崔达将酒杯与陈放的酒杯一碰,自己先干了。陈放看着崔达有些感动,一饮而尽。

崔达想,该是利用邱林说的反思维方法的时候了。崔达不满地说:"放啊,你说他妈李琦凭什么比杜云海还牛屄?"

陈放一笑,眼神里流露着轻蔑,说:"牛屄个屄!他何能何德,没我姐夫他能上位?是人都知道是怎么回事!"

郝正旗推了推陈放,说:"哎哎,是不是酒喝高了?"

陈放看了一眼郝正旗,说:"你呀,就没达哥那样直爽,我看大字报骂李琦那是活该!"

崔达摇头,用筷子指着陈放,说:"放啊,话不能这么说,大字报上说李琦的那些事都是些子虚乌有,咱不能凭空诽谤人家!"

陈放有些激动地说:"哥啊,你还真是实诚到家了,江源的干部谁都可以当副县长,就是李琦不配!"

郝正旗瞪大眼睛,疑惑地看着陈放,说:"兄弟,这话可不能乱说!"

陈放将手里的筷子一丢,说:"我说哥哥们啊,你们什么时候才能活个明白?李琦早就与丁俊成签了合作合同,现在丁俊成死了,那个企业不就是李琦的了吗?"

崔达摇头,说:"你是道听途说。李琦的事,丁俊成死的时候就已经查过了,李煜同李琦不是一回事,他是他,李琦是李琦,不能说李琦是公务员,就不能让他堂弟经商!"

陈放"哈哈"大笑几声,说:"你们哪还真是人间'奇才',全江源人都清楚,就是你俩糊涂。我还真不是道听途说,那是李煜亲口对我说的。"

阿英见陈放有点喝高了,忙劝陈放:"陈总,你晚上不是还要与我谈那笔生意吗?少喝点!"

陈放看了眼阿英,四目相对,阿英向陈放使了个眼神。陈放自然领会了阿英的用意,忙说:"一高兴竟把这事给忘了!"

崔达瞧了眼阿英,阿英正向陈放眨巴着眼睛。崔达心里有数了,这个女人是在制止陈放继续议论李琦与周杰的事。崔达冲对面的女人一笑,端起酒杯朝郝正旗眨了眨眼。郝正旗会意忙站起来,双手举杯伸到了陈放的面前,对陈放说:"放啊,来日方长别耽误了正事,哥还指望你发大财呢,发了财才有哥吃的喝的。来,我和崔局敬你俩,祝你生意兴隆!"郝正旗一仰脖子,咕嘟一声,向陈放和阿英亮了空杯。

陈放哈哈一笑,很开心。

崔达、郝正旗、陈放三人都摇晃着走出了大堂。在离开林格力大酒店时,郝正旗借陈放与崔达说话的当口,多瞧了几眼商务间里的那几台还在运行的大型打印设备……

邱林吃过晚饭又回到了办公室,他琢磨陈放怎么在这个时候想起请崔达和郝正旗吃饭来了。凭自己的了解,陈放同崔达、郝正旗之间的交情并不深。陈放在岗时不把刑侦大队的任何人放在眼里。陈放有他姐夫周杰这个后台,压根就瞧不起刑侦大队这帮人。多年来,陈放没少花天酒地,但从来没有请过队里的任何人。他今天抽什么羊癫疯,突然请客了?特别是在县城发生大字报事件的敏感时期,主动找上门来,这是什么意思?

在邱林沉思的时候,崔达和郝正旗回来了。

邱林给他们沏好了茶,对二位说:"醒醒酒吧。"

崔达一笑,说:"您还真把我俩看成见了茅台就不要命的主?"

崔达喝了一口茶,放下杯子,说:"有戏!"

邱林一笑,说:"陈放请客定有猫腻。"

郝正旗说:"酒店商务间的打印设备,具备打印对开纸张的功能。"

邱林一惊,疑惑地看着郝正旗,说:"你是说他那里可以直接打印大字报?"

"不仅如此,陈放酒后失言,李琦的上位与周杰有关系!李琦通过李煜顶名拥有丁俊成稀土矿业公司的百分之三十的股权。这料够猛吧!"崔达很得意地看着邱林。

邱林没有回答,而是长吁了一口气,心情舒坦多了。崔达和郝正旗看到,邱林放在桌上的那只手,四个手指不停地轻轻弹着桌面。突然,邱林弹着桌面的手指停了,抬头看着满是狐疑崔达和郝正旗,冒了一句:"查李煜!"

郝正旗一愣,疑惑地问:"政委,我们查的是大字报事件,他李煜绝不会上街贴李琦的大字报吧!"

崔达在郝正旗的肩上一拍,嘲讽地一笑,说:"反查你懂不懂?"

郝正旗看着面前的两位领导,惊愕地张大了嘴……

第十三章　剑拔弩张

江源县城坐落在江源河岸。

晨雾裹着湿漉漉的水分，飘忽在江源县城的大街小巷，大街上能见度很低。邱林走在大街上，湿润的白雾迎面扑在脸上，让他感到很惬意。

邱林与绍中伟约好了，上班前去一趟邵中伟的办公室。调查李煜的事，得跟邵中伟去汇报，这事马虎不得。如果陈放说的是事实，那么李煜的背后就是李琦。本来邱林还不想惊动绍中伟，是崔达的一句话提醒了邱林。崔达说，要动李煜不是那么简单，他的身后是副县长李琦。这关系到江源县人民政府新一届领导班子。绍中伟不清楚这事，恐怕绍书记以后会有说辞。邱林不怕绍中伟会有说辞，但觉得这事应该让他知道。他对绍中伟是信得过的，现在告诉他，是让他有一个思想准备。邱林坚信有关李琦拥有江源稀土矿业有限公司股份的传言不是空穴来风，查李煜可以一石二鸟。不与绍中伟沟通，从情理上说不过去。再说，绍中伟已经被大字报事件弄得焦头烂额了，他也正想听这个事件的追查进度。邱林打电话预约时，绍中伟说也正想找你。

江源县委大院是与县人民政府共用一个院子，是二十世纪八十年代修建的。院子不大，坪子也显得窄小。两边的办公楼不高，最高的就是三层。大楼墙体的瓷砖大部分已剥离，墙体斑驳一片，一派破烂景象。

离上班时间还有半个多小时，县委大院里冷冷清清的，稀稀拉拉几个干部模样的人匆忙从坪子里走过。邱林在大院的坪子里稍站了一会儿，看了看手表，七点二十分，离绍中伟约自己见面的时间还差十分钟，不知这会绍中伟是否去了办公室。就在这时，邱林的手机响了，绍中伟打来的。邱林挂了电话直奔绍中伟的办公室。

绍中伟要立即去江州开会，让邱林直说重点。邱林汇报了收到的线索和自己的想法。绍中伟听完邱林的汇报，脸一沉，说："就是天皇老子也要追究到底！"

邱林从县委大院刚回公安局办公室，崔达风风火火地闯了进来。邱林惊奇地问："查了李煜？"

崔达摇头，说："没呢！"

"那你还待在办公室，他会自动送上门吗？"邱林有些不高兴。

崔达不在意邱林的态度，讪讪一笑，神秘地凑近邱林，说："陈放在宴请时，有一个年轻女人我好像在哪见过！"

"很稀奇是吧，江源城里的女人你见得还少吗？大惊小怪！就为这事就不查李煜了？"邱林瞪了眼神神秘秘的崔达。

崔达不理邱林，继续说："我觉得不对劲！"

邱林不清理办公桌了，说："这很正常，陈放身边能少了女人？真是的！"

"哎哎哎，我是给您汇报正事呢。"崔达见邱林不想搭理自己，强调自己并不是无聊。

邱林看着崔达神秘兮兮的样子很想笑，但忍住了，用疑惑的眼神盯着崔达，说："说说，有什么不对？"

"她不是江源人！"崔达摇头，手摸了摸不长的头发，像自言自语，又像是在对邱林说话。

邱林转过身子，自顾整理桌子上的文件，轻描淡写地回了一句："陈放找女人能找江源人？他不怕老婆？什么思维？"

崔达急了，说："哎，你别不信，直觉告诉我，她有问题！"

邱林放下手上的文件，两手叉腰站在崔达的对面，看着崔达认真的样子，说："直觉？那你去查啊！"

赵芮同郝正旗去了江源稀土矿业有限公司。按照崔达的安排，他们先从李煜的外围入手，从侧面对李煜进行调查。赵芮同郝正旗说："崔副局长是在脱裤子放屁，多费工夫。查一个李煜还用这么神神秘秘的，他又不是县领导，完全没必要这么遮遮掩掩的。"

郝正旗瞪了一眼赵芮，"哼"了一声，问赵芮："什么叫策略？"

赵芮回敬了郝正旗一个"哼"："跟这些人还讲策略？"

郝正旗一笑，说："你不懂。"

赵芮说："你们怕李琦吧。"

其实关于李琦涉及江源稀土矿业有限公司的股份问题，在丁俊成遇害不久，公安机关就对此事已经做了调查，没有发现李琦涉及这个公司的股份利益分配问题。李煜是李煜，李煜拥有股份那是正常的经商行为。李煜是平民百姓，这与李琦无关，不能说李琦是政府官员就不允许李煜经商了。社会上对李琦的传言不是现在才有的，丁俊成还没遇害前就有了，就是查不出来，没有直接证据证实李琦参与了江源稀土矿业有限公司。

江源稀土矿业有限公司的冶炼厂在离县城五公里的郊区方家沟。那里三面环山，原本绿油油的大山因冶炼厂的污染，变得满山枯黄。

山脚下，一块大坪上几座大厂房沿小溪而建，高高的烟筒与山顶齐平。工厂里偶尔传出的铁器碰撞的"哐当"声，整个山沟显得十分萧条寂静。

郝正旗早上就在城里打听到了李煜在这个地方。据了解，自从楠竹岭电站建成后，这个冶练厂就处于半停产状态，李煜也很少来这个地方。工人被李煜裁了大半，留下少部分工人在对工厂里的机械做维修。

郝正旗同赵芮在江源稀土矿业有限公司也没直接找李煜，郝正旗怕找到李煜会打草惊蛇。但赵芮不认可郝正旗的做法，她说不直接找李煜，问题还是不能查实,既然他与陈放说过这事,那就得查他。反正查他的外围就已经暴露了我们的意图。"

郝正旗一想,这倒也是,于是决定直接找李煜。

李煜在办公室里正同几名工人在商量着工厂里机械维修的事,见郝正旗同赵芮进来,忙迎了过去,十分热情地为他们让座沏茶。几名工人见来人了,便知趣地离开了李煜的办公室。

李煜倒茶的时候手在抖。这细微的动作被郝正旗收入了眼里。李煜忙完坐在了郝正旗的对面,红润的脸上肌肉在微微颤抖,双手放在膝盖上不停地搓着。

郝正旗先同李煜聊了一会儿工厂的经营情况,李煜此时的情绪稍有了放松。接着郝正旗话锋一转,直击正题,问:"李总与陈放是否有交情?"

听了这话,李煜心知定是因自己酒后透露的事,他们才来找自己。于是他的情绪再次起了波动,过了一会儿,勉强一笑,很不自然地说:"二位警官,陈放这个人很善于交际,这是全县城公认的事。警官,您是否因李琦被大字报攻击一事而来?"

赵芮笑吟吟地对李煜说:"李总既然知道我们的来意,大家就不必多绕弯子。李总,是不是在很久前同陈放一起喝过酒?"

李煜点头,说:"那是三个月前的事了。这有问题吗?"

赵芮又是一笑,染有一层红晕的脸上露出两个浅浅的小酒窝,说:"没问题,不过酒桌上你同陈放说过什么?"

李煜的脸上红一阵白一阵,想了许久,然后又看了看郝正旗,自言自语地说:"说什么,说了什么呢?"

郝正旗端起茶杯故意不看李煜,知道李煜在装,让他装吧,看能装到什么时候。

赵芮补充了一句:"仔细想想!"

李煜突然摸了一下头,然后将手放在抖动的膝盖上,说:"哦!我记起来了，那次酒喝高了，两人吹牛。他说他是靠张跃给他接济勉强过生活。我说谁不知道陈大公子的后台？陈放说彼此彼此，说我的公司有李琦罩着。"

郝正旗一笑，说："就这些，完了？"

李煜一摸头，眼珠转了转，说："警官，就这些！哪知陈放那小子借题发挥，这城里的大字报肯定是他干的！"

赵芮看了一眼郝正旗，然后说："凭什么这么肯定是陈放干的？"

李煜轻轻一笑，说："这不是明摆的事嘛，谁能和李琦过不去？找陈放没错……"

赵芮和郝正旗在离开方家沟的路上，郝正旗问赵芮："哎，你对李煜的话有什么看法？"

赵芮说："李煜肯定避重就轻了，他肯定与陈放说过李琦就是公司的一个股东，不然他怎么肯定大字报的事就是陈放干的？"

郝正旗不语，脑子里把陈放那天请自己和崔达吃饭的场景再过了一遍。林格力酒店的大型打印设备，酒桌上的那位美女阿英，陈放那得意忘形的言谈举止迅速在脑子里闪过。

突然，郝正旗脑子里的画面定格在美女阿英身上，窈窕的身材，明亮的眼眸，浑圆的臀部，修长雪白的大腿，说话过后微翘的嘴角。这一切郝正旗似曾在什么地方见过，然而他搜尽了所有记忆，可最终还是想不起来了。

赵芮看着发呆的郝正旗，用胳膊碰了一下他，朝郝正旗一笑，说："哎，你说这丁俊成遇害都两年多了，李煜也没完全拥有这个公司的股权，这是怎么回事？"

郝正旗被赵芮一碰，回头看了一眼赵芮，脑子里灵光一闪，丁俊成遇害的那个晚上，歌厅里的那个女人！

郝正旗在赵芮的肩上使劲拍了一下。赵芮怒瞪郝正旗，说："干吗？神经病啊。"

郝正旗突然意识到自己失态了，但仍然很兴奋，又在赵芮的肩膀上拍了一下，说："快！回局里！"

赵芮疑惑地看着匆忙而去的郝正旗，摇头，然后苦笑一声，跟在郝正旗的后面。身后冶炼厂里传来的铁器碰撞的"哐当"声，渐渐变得遥远了……

陈放第二天酒醒过后回想昨天的场景，意识到自己犯了致命的错误：千不该万不该带阿英与崔达、郝正旗见面；不该将吃饭地点放在林格力酒店。凭他对崔达和郝正旗多年的了解，他们是何等角色，不可能在那次宴请时察觉不出蛛丝马迹。

陈放为自己的一时莽撞惊出了一身冷汗。他急忙从床上爬起来，整理了一下自己的衣服，匆匆去了张跃那里。

张跃听陈放说请了崔达和郝正旗，并且是在林格力酒店里请的，还让阿英同他们见面了，顿时气得说不出话来，铁青着脸扬起了巴掌，可最终拍在了自己的大腿上，恨恨地说："亏你白当了几年警察！"

陈放因自己的失误不敢与张跃顶撞，哭丧着脸求张跃想想办法。张跃仍然很生气，一时半会儿平静不下来，这关乎着生死存亡，哪能一下子平静下来？张跃扔掉烟头朝陈放大吼："你认为你是谁啊？你能捅破大天没人敢管你是吧？"

陈放第一次见张跃发这么大火，平日里张跃对自己是百依百顺，这次真是把娄子捅得太大了。事已至此，不管他发多大火，也得把目前应该做的做了。陈放的脸红一阵白一阵，厚着脸皮求张跃："是我欠考虑，事到临头骂也没用，快替我想想办法吧！"

张跃喘了一会儿粗气，放缓了语气非常无奈地说："你啊真是愚蠢至极！快让阿英离开江源吧！"

陈放看着张跃，对张跃这话有些狐疑，说："送哪儿去？她是会说话的动物，到哪儿他们都能找到她！"

张跃叹了一口气,说:"先送出江源,以后的事以后再说!"

陈放站起来,朝张跃看了看,张跃说:"快呀,还愣着干吗!"

陈放走时还回了一次头,张跃那双鹰一般的眼睛正愤怒地瞪着他。

陈放离开后,张跃的心情仍然不能平静,本来只是让陈放把李琦的事捅出来,给邱林制造一点麻烦,哪知这个陈放画蛇添足,反倒把麻烦带给了自己。张跃想起了那句俗话,聪明反被聪明误。如果邱林真从阿英身上找到了丁俊成一案的突破口,一切全完了!

张跃感到事情已经到了一发不可收拾的地步了。他想将这事告诉周杰,但周杰对丁俊成案一直存有怀疑,并且连攻击李琦的大字报这事也被蒙在鼓里。此时将这事捅开,周杰又会对自己是一个什么样的态度?他恨陈放,不是看在周杰的份上,才懒得与陈放交往。早知陈放做事如此不靠谱,邱林虽然开了他,自己也不会去为他叫屈。

张跃认为应该给周杰打个电话,或者亲自上门去找陈芬,把这事说给陈芬,让陈芬拿主意。对!就找陈芬,毕竟陈放是陈芬的亲弟弟,她不可能不管。

张跃给陈芬打了个电话,问:"陈姐,这会儿在家吗?有十万火急的事找您。"

陈芬说:"现在正是关键时期,尽量少往这里跑,免得给老周惹下麻烦。"

张跃听陈芬把自己当成了惹事的主角,心里很不痛快,但碍于他们之间的情面不好发作,只是板着脸非常柔和地说:"我的大姐啊,你家的那个宝贝老弟又干了一桩惊天动地的事哟!"

陈芬听说是陈放惹了大事,立马说:"那还不赶快过来?"

张跃挂上电话,骂道:"什么他妈东西!"

陈芬在家急得在客厅里来回走个不停。陈放老是不让她省心,隔三岔五地惹点事,让周杰不停给他擦屁股。这次不知又惹谁了,听张跃的语气事儿不算小,心里暗骂:"该死的鬼崽子!"

张跃进门的瞬间,看出了陈芬在为陈放的事着急上火。平时,张跃进她家门时,陈芬的第一句话就是换鞋。这次不同了,张跃在门口正要脱鞋时,陈芬一把将张跃拉进了屋里,急切地问:"出什么事了?"

张跃把陈放请崔达吃饭的事说了出来。陈芬的身子立马变得僵硬了,瞪着诧异的眼睛,痛苦地扭曲着脸,两片艳红的嘴唇大张着,露出两排洁白但不规则的牙齿,张开的嘴很久没能合上。

陈芬的表情使张跃感到惊讶,看上去她显得束手无策,很慌乱惊恐。张跃问她这事是否要告诉周副书记,陈芬沉思了一会后摇头⋯⋯

邱林和崔达、郝正旗几人确认了阿英就是丁俊成出事前在歌厅里出现的那个女人。但已经晚了一步,赵芮和同事寻遍了江源城没找到她的踪迹,像人间蒸发了一般。

邱林要崔达从档案室找来了歌厅门前的那份录像资料,进一步确认这个女人,郝正旗一看肯定地说:"就是她!"

邱林在桌子上捶了一拳,说:"挖地三尺也要找出这个女人!"

赵芮说:"邱政委,怎么找?要不把陈放抓来一问不就明了了!"

崔达瞪着赵芮,说:"简单!"

阿英的出现给邱林带来一丝短暂的惊喜之外,还带给了他不安。阿英的失踪,又使整个事件变得复杂了。邱林感觉那个神秘的对手,挑衅似的操控着江源的一切,能轻易把自己得之不易的线索再次掐断,然后使一切风平浪静。但这平静的下面暗藏着一股汹涌的暗流,惊涛骇浪般前进,势不可挡。

邱林眉头紧锁,炯炯有神的目光盯着窗外,湛蓝的天空被忽然飘来的乌云覆盖了,天突然阴下来。呼啦啦的北风裹挟着枯黄的树叶在半空翻腾,大颗雨滴斜射而来,疯狂地击打着窗户上的玻璃。

邱林长吁了一口气,望着灰暗的天空,不由感慨道:"江源又要经历一场暴风骤雨了。"

阿英自陈放请吃饭后的那天起，就忐忑不安了。那天，陈放请客没有说是请崔达和郝正旗，早知是请他俩，自己是不会抛头露脸的。现在麻烦来了，在她还没打算离开酒店时，就被一男子钉上了。

阿英摸不清盯梢男子的来路，有可能是那天陈放带来的那两位警察派来的，但那人的做派不像警察。或许是他？真是他，那麻烦就大了。阿英闻到了一股火药味，感到这里充满杀机。

阿英惶恐地给陈放去了一个电话，把被人盯上的事说给了陈放。陈放不以为然地一笑，说她过于敏感了，说不定是因她长得太漂亮了才被人钉上的。随后告诉阿英，让她观察观察，看看盯梢人的来路。

阿英本想让他帮忙解决掉自己身后的尾巴。她相信盯梢的男子绝不是那天的警察派来的。她没有把柄落在他们手上。再说事情都过去好些年了，如果真是警察派来的，那她早就成阶下囚了，还能等到现在？她面对陈放的不以为然，显得很无奈，可又不能向陈放说，自己与那个势力强大的男人在背后干过的那档子事。当陈放在电话里肯定钉她的不是警察后，她无比恐惧，甚至想到了自己的末路。这太可怕了，分明是想灭口！

阿英站在楼道的拐弯处，那个男子离自己不是很远，怕身后男子听到自己与陈放的对话，用一只手捂住嘴，低沉而急促地说："我对盯梢的人做过几次测试，千真万确是被盯梢了。"此时的陈放在电话里停顿了许久，然后问："老板答应给那笔钱了吗？"阿英心里一颤，忙回头看了眼身后的男子，急切地说："什么时候了还钱不钱的，快想办法让我安全离开江源，后面的事再想办法！"

陈放想了一会儿，说："你明天一早离开酒店。"

酒店的客房里，阿英匆忙收拾好行李，在衣镜前整理了一会儿自己的装束。然后取下挂在衣帽架上的那顶黑色大檐太阳帽，把帽檐边垂下的那方黑色镂空纱巾搂进帽子里戴上。一切准备停当，她十分留恋地环顾了一下客房，毫不犹豫、非常决绝地拉开房门，疾步走向电梯。

在阿英拖着行李箱跨出电梯的那一刻，她的心再次猛烈地跳动起来。大堂透明玻璃墙左侧坐着的男子，正用老鹰觅食般的眼神盯着电梯口。她慌忙转身面对墙壁，匆匆从小包里摸出一个薄薄的粉红色小方盒。她揭开小方盒，脸对着方盒里的镜子，佯装整理脸上的妆。她的注意力并不在自己的脸上，而是在镜子里的另一角观察大堂左侧的男子是否仍在看她。这是她出门前事先设想好的。遇到这个情况，第一时间必须做出的第一反应。幸运的是，大堂玻璃墙下的那个男人此时正低着头看手机。阿英长吁了一口气，稳定了一下自己的情绪。她判定，男子扫向电梯口的那一眼，只是一个偶然。对，千真万确只是个巧合，他并没认出自己来。

阿英合上小方盒，将盒子放回了挎着的小包里，整理了一下衣服，把头上的黑色太阳帽帽檐向下一拉，从帽子里理出黑色镂空纱巾，双手抓住纱巾下方的两角扯了扯。她料定大堂里那个该死的男子没认出自己来，才神情自若地转过身来。为躲开男子的视线，避免双方对视，她低头尽量背对大堂，侧身挪动着步子朝大门移动。她怕行李箱轮子的滑地的响声过大，引起他的注意，在离男子不远的地方，她干脆收起了行李箱的拉杆，吃力地把行李箱提了起来。

阿英为应付这一刻，几乎花去了整整一个晚上的时间，她反复做了很多套预案，她把生平看过的所有侦探小说、谍战影视剧里的所有反跟踪手段的细节，统统在脑子里过了一遍。从化妆到服装的颜色、款式和太阳帽的选择，全做了精心策划。把一贯的浓妆改变成淡妆，淡到了几乎接近自然肤色，连脸上的几个小痘痘也不去掩盖。她的裙子是那种宽松肥大的黑色直筒裙，完全不是平时自己热衷的胸领很低、坦露深深乳沟的那种掩饰缺陷的裹身短裙装束。黑色的大檐太阳帽足够遮挡她的整个脸，她还加了一方黑色镂空面纱。就连平时弥补身高的十二厘米的高跟鞋，也换成了六厘米高的中跟。黑色宽松肥大的直筒裙，罩住了她窈窕的身材。自认为最为突出的重点部位——那对挺翘的乳峰，雪白修长的大腿，在黑色的筒裙里顿失优势，她的体态略显臃肿。没人能想象出黑色太阳帽下，是一张讨人喜爱的十分乖巧的瓜子脸。她的身高也少了六厘米。她相信这样的装扮足够颠覆先前的形象，盯梢男子纵有孙悟空的火眼金睛也无法认出来。

虽然做足了准备，在走出电梯的那一刻，由于她的高度紧张和疏忽，在不经意间还是出现了失误，竟然忘记将黑色面纱放下遮住自己的脸，以至对方扫向电梯口的那一眼，看到了自己的这张瓜子脸。但她很庆幸，那个男子并没有在那一瞬间认出自己。

阿英提着行李总算绕过了大堂左侧的那个男子。她从男子身边经过的刹那间，从镂空面纱后瞥了他一眼，男子仍低头看着手机。但她的心依然在突突直跳，她以最快的速度离开了大堂，在接近大堂门口那道感应门时，她再次从黑纱巾后面瞥了那个男子一眼，他依然盯着手机。她头脑一热，慌忙地抬起头迈开大步，一脚跨过感应门。接下来，她迫不及待地一路小跑。离车的距离充其量不到二十米，但她感觉非常远。"呼哧呼哧"的急促呼吸，弄得她那高耸坚挺的"双峰"起伏不定。随着她的小跑，那对硕大的双峰在一抖一抖地颤动。她总算接近了小车，慌乱地将行李箱拉杆塞在惊讶地看着自己的司机的手里。她迅速拉开车门，钻进了小车里，车门瞬间被关上了。她的屁股一接触到车座，就无力地瘫坐在车里，头靠在车座上，双目紧闭，轻轻拍打着起伏的胸脯。

车窗玻璃是透明的，透过酒店大堂的玻璃墙，能一览无余地看到小车里的情况。阿英将头往后靠了靠，利用车窗的边框挡住了半个脸，确认酒店大堂里的男子无法从大堂里看到自己后，忙催促刚关上车门的司机开车。

小车启动了，阿英如释重负地轻蔑一笑，扯掉遮脸的镂空黑纱，身子向前倾了倾，转向车窗，带着一丝不易读懂的微笑和嘲讽的眼神瞟了一眼酒店大门。她的眼神里充满了鄙视，微笑中隐藏着成功逃脱后的惬意和自豪。然而这一眼打消了她所有的侥幸，本以为神不知鬼不觉地安全逃离了，摆脱了盯梢。门前那张熟悉的脸，使她的心跳又加快了，心跳到了嗓子眼。

大堂里的男子不知何时站到了大堂门口，他盯着小车，分明是要从小车里寻找到目标。显然他发现了自己的目标跑了！阿英看向大门的那一眼，正好与那人四目相对。那人顿显惊讶失措。他那犀利的目光和意欲追赶小车的细微动作，告诉阿英，他认出了对方！

阿英暗道："该死！"

小车载着阿英绕过门口两根灰色溜光的大理石柱子，缓缓驶离了酒店。车内的阿英扭头，从车尾挡风玻璃看向酒店大门口。那男子仍懊悔地站在那里，无奈而愤怒地指着渐渐远离酒店的小车大骂。阿英听不到那男子的怒骂，看得出他歇斯底里了。

小车在火车站入口处停了下来。阿英警惕地张望了一下四周，攒动的人群中没有发现那个可恶的男人。她确信没有被人跟踪，开门下了车，再次戴上黑色大檐太阳帽，下拉了一下帽檐。从后备厢里匆忙提出行李箱，慌里慌张地挤进人流，朝进站口走去。

阿英惶恐地过了闸门，进入了候车厅。在候车厅里，她仍心有余悸，不敢抬头张望，太阳帽依旧遮着她的半个脸蛋。直到列车开动，她才取下太阳帽，懒散地靠在沙发上，眼神游离地盯着窗外……

早饭刚过，陈放就接到了阿英的电话。阿英说："我已经摆脱了尾巴，安全上了回江州的火车。"陈放仍不放心，嘱咐阿英："你就是回了江州也不能掉以轻心。"

陈放感觉阿英对自己的态度变了，这个变化是从丁俊成出事后开始的。她不再是冷若冰霜，充满狐疑，面对面时，她开始专注地听自己说话了。

阿英的失踪，把邱林重新带到了丁俊成的那起案子上。窗外的大雨肆无忌惮地冲刷着眼前的玻璃，他的脑子里再次闪现出丁俊成遇害时的一幅幅画面。迪豪歌厅里陪侍丁俊成的那个妖艳女人，管苏菲至今仍未承认拨出的那个电话，抓捕汪向龙时那个天外飞来的石头，等等，这一切究竟隐藏着什么？他们像江源城里清晨山腰间腾起的飘浮不定的山岚，摸不着还看不透。整个事件恰像一个空旷而又复杂的迷宫。邱林在迷宫中四处乱撞，找不到出口。

邱林目视着窗外的倾盆大雨，握着铅笔的手在慢慢用力，手腕上粗壮的青筋高高凸起，铅笔突然间"啪"的一声折成了两截。收回望向窗外的目光，邱林朝过道的尽头看了眼，抬手将折断的铅笔丢到了雨里，迈开矫健的步子朝刑侦办公楼走去。

邱林的敲山震虎，把李琦惊得坐立不安。李琦每天晚上都在做着同一个噩梦，自己戴着一副冰冷的手铐被带上了警车。车外，周杰和张跃怪异的眼神中充满了得意，脸因狂笑而扭曲。

自江源县城大字报事件后，李琦每天都生活在恐惧中，面对众多蔑视的眼神和讥讽嘲弄的玩笑，他的心脏简直要爆裂了。但他又不得不接受这些现实给自己带来的一切，无法躲避面前的各种挑战，苟延残喘地支撑着。

李煜被调查，这又是李琦的噩梦的开始。在丁俊成遇害当初，李琦就预感到这一天早晚会来，他不遗余力、不计成本尽力处理了丁俊成遗留下来的各种麻烦。当他在为自己的杰作得意时，李煜给他制造了一个无法挽回的弥天大祸，纵有千万能耐，也回天无术。

李琦怀疑周杰与自己就是一对天生的冤家，就像《三国演义》里的周瑜和诸葛亮。这次周杰是把自己逼到绝路了，看不到回头的希望。

李琦粗暴地怒骂李煜一顿之后，将他往外赶。临走前，李煜红着眼问李琦："哥，真的有这么严重吗？"

李琦抓住茶杯往地上使劲一摔，怒喝："滚蛋！"

李琦重重地将门关上，颓废地坐在沙发上，呆滞无神地看着沉默不语的刘峰。

刘峰将快要燃尽的烟头扔到烟灰缸里，拇指按住烟头，在烟灰缸内使劲地摁了几下，然后拍了拍沾在手上的烟灰，抬头看着李琦，说："李哥，朝李煜发火不值，周杰才是咱们的对象！"

刘峰此时不得不在李琦面前为李煜申辩，因为李琦失去理智痛恨李煜，使刘峰顿感兔死狐悲。他的心里很堵，无法平静。

李琦长长地叹了一口气，俨然一副绝望的样子，扶着沙发的手，一会儿握成拳头，一会儿又伸开。恰像他在做着一个艰难的选择，犹豫不定而又无法放弃。扑朔迷离的目光，游离于窗外和刘峰之间，充满了恐慌和无奈。

屋子里的气氛很沉闷，李琦与刘峰谁也没说话。墙上挂钟"滴答滴答"的声音清晰悦耳，刘峰似乎还听到了李琦"怦怦"的心跳声。

刘峰瞟了一眼李琦，李琦脸色铁青，胸脯正剧烈起伏着。他抓狂般将沙发垫布攥在手心里，然后又放开。他不断地重复着这个动作，把罩在沙发上的垫布弄得皱巴巴的。

刘峰从茶几上端起仍然冒着热气的茶杯，凑到了杯口，轻轻地吹了吹，很是斯文地抿了一口，然后将杯子放回原处。他偏头再次看了一眼李琦。

刘峰长时间沉默后，找到了一个解决目前现状的办法。李煜虽然失策了，但周杰等人并不能致他们于死地，他想起了绝地逢生，用最后一搏彻底扭转现在的被动局面。其实刘峰早就预留了这个手段，没同李琦商量只是考虑还没到这个时候。现在应该是重拳出击的有利时机了，他们不能坐以待毙，主动出击才有生还的希望。

刘峰点了根烟，猛吸一口，声音轻得只有自己能听到，语气平和，跟没发生任何事情一样，说："哥！不能这样等！"

李琦看着刘峰，无神的目光中透着期盼，并且带有一线让人可怜的悲切。

刘峰掐灭烟头，盘算着怎样才能说服李琦。从李琦投来的那无奈、等待、期盼的眼神里他发现了新的希望,李琦一定会同意自己的做法。不,是自己和李煜早已商量好了的办法。

刘峰试探地对李琦说:"这事不一定就是坏事!"

李琦疑惑地看着刘峰,低沉地说:"你很乐观?"

刘峰阴森地一笑,笑容隐藏着狡诈。李琦感觉面前这个人有些高深莫测,又咄咄逼人。

刘峰一本正经地说:"没有退路,只有破釜沉舟一试,或许能绝地而起反败为胜!"

李琦并没有把刘峰的话当真。多年的朋友,李琦对刘峰太了解了,他的话有多少值得自己相信,自己都不确定。况且在这个生死攸关的关键时刻,刘峰真能想出反败为胜的计策?李琦收回瞪着刘峰的目光,望着天花板等刘峰给自己惊喜。

刘峰说:"这事不一定就是坏事的理由很充分,周杰也不愿看到这个局面发生。邱林揪住陈放不放,然后查李煜,真正的目标是落在陈放的身上,明眼人一看就能猜出个八九不离十。既然邱林的醉翁之意不在你身上,周杰是何等人也,他还不知道邱林的用意?恐怕周杰和张跃早已坐不住了,他们比谁都急,怕邱林抓了陈放带出他们那摊子事。"

李琦听刘峰一分析,突然发现刘峰的脑子比以前好使多了,自己怎么没有往这方面去想?心情自然好些了,眉头也舒展开了,迫不及待地让刘峰接着往下说。

此时的刘峰见李琦迫切想听下文,他停下了,慢慢地品着茶,然后才诡异地一笑,不紧不慢地问:"这个分析不错吧?"

李琦点头"嗯"了一声,急着问:"那接下来怎么办?"

刘峰叹了一口气,重重地说:"做大!"

李琦惊奇地看着刘峰,脸露疑云,问:"什么做大?"

刘峰很得意自己的话起了作用,故意轻描淡写地把要说的事藏了起来,而是绕了个大圈子,让李琦听得云里雾里。李琦实在等不下去了,再次催促刘峰,说:"他妈少扯,说正题!"

刘峰说:"怎么做保你满意……"

李琦听刘峰把话说完,额头上冒出了豆大的汗珠,太阳穴上的青筋凸得老高,脸色死灰,使劲摇头。

刘峰知道李琦听了自己的计划会是这样的结果。但他仍不死心,面对即将来临的狂风暴雨,他们不能没有作为,横下一条心殊死一搏铤而走险,不失为一妙招。

刘峰说:"哥!这事可不能妇人之仁,李煜已经准备好了,人也请了,就等您的一句话。成咱们就动手,迟早是有您没他,有他就没……"

李琦抬手制止住刘峰,十分痛苦地低下了头。

刘峰急了,说:"哥!这是最后的机会了,迟了什么都没了!"

李琦抬头看着刘峰。刘峰读懂了李琦的眼神,得意地一笑,说:"放心吧哥,万无一失!"

绍中伟从江州市委开会回来,心情特别爽,这次会议绍中伟收获不小。市委对绍中伟稳定江源目前的形势给予了肯定,同时也对下一步继续治理江源进行了安排,并高度支持绍中伟要大刀阔斧地治理江源的治安乱象,充分肯定了邱林在江源所取得的成绩。会后,市委组织部郑军向绍中伟透露了一条使他兴奋不已的信息,市委决定对邱林进行考察,促使江源县人大解决邱林的局长职务的任命。

绍中伟听到这个消息时,激动得差点掉下眼泪,这个本该早到的信息却像步履蹒跚的老人,挪动着沉重的步子,蜗牛般爬行了三年,才姗姗来迟。

激动过后的绍中伟一阵悲伤涌上心头,为这个迟来的消息感到惭愧,也为邱林即将面临的考验感到担心。

绍中伟在离开江源前往江州时一再嘱咐邱林,陈放的事先放一放。可邱林执意说,这是一个难得的时机,这个时机稍纵即逝,只有穷追猛打才能还江源一片蓝天。过去几天了,这事发展到了什么程度?绍中伟的眉头锁成了一个"川"字,他急于想知道这件事的进展。

绍中伟抓起办公桌上的电话,匆匆拨打了几个号码,接通了邱林的电话。绍中伟从电话中感觉到邱林的心情不错,看来自己的担心是多余的,陈放的事肯定有了进展。他对邱林说,来一趟我办公室,有重要消息告诉你!

绍中伟放下电话,嘴角向上微翘,双手叉腰,望着窗外的蓝天。

邱林没有敲门径直进了绍中伟的办公室。进门的当口,邱林发现绍中伟的情绪有些异常,这是自己来江源第一次看到绍中伟这么开心。他不想惊动前面的这位长者,轻手轻脚地在离绍中伟不远的沙发上坐了下来,看着绍中伟的背影,听着他轻哼着曲儿,就像欣赏一道风景。

绍中伟回过头,猛然看到坐在沙发上微笑的邱林,停下了,指着邱林,说:"你啊,总是出其不意!"

邱林"呵呵"一笑,说:"您总是那么专注投入!"

绍中伟忙坐在邱林身边,急切地问:"怎样?"

邱林说:"有进展!"

绍中伟在邱林的肩上拍了一下,异常兴奋激动地说:"我就说嘛,你肯定有办法!"

邱林忙说:"绍书记,不能高兴太早,这事比我们想象的更复杂!"

绍中伟突然沉下了脸,惊讶地看着邱林,说:"不是说有了进展?"

邱林一笑,说:"这不是正来给您汇报嘛!"

绍中伟起身沏了一杯茶放在邱林面前,然后又坐回了原处。他脸色微沉,目光凝重,语气里夹杂着丝丝不安,说:"江源就是江源,想不到你邱林在这里也是这样艰难。"

绍中伟停顿了片刻之后,说:"不过,这次真是给你带来了一个好消息,市委决定对你进行考察。不管怎样,你的局长任命很快会得到解决!"说完,长长地吐了一口气,像轻松了许多。

邱林浅浅一笑，说："又是您和程副市长在游说奔走吧！"

绍中伟急忙解释："听你这话太悲观了，你要知道，在这个世界上真理是没有谁能抹杀的。正义只会迟到，但不会不来！"

邱林说："我不是这个意思，局长不局长的我不在乎，只要有您的支持，能把江源的治安彻底扭转，就不枉为江源的公安民警了。"

绍中伟说："可是总有些人对你这样的想法不赞同，不但不支持，反而千方百计地阻挠。就说这大字报的事，明摆着是想把江源搅成一潭浑水，他们好浑水摸鱼！"

邱林很有信心地对绍中伟说："这样的局面不会太久了。"

绍中伟叹了口气，声音拖得老长："但愿吧！"

邱林告诉绍中伟，公安机关通过这段时间的工作，丁俊成案又有了新的突破，关键人物阿英再次出现在江源。敲山震虎的计划进展十分顺利，过不了多久，疯传一时的江源大字报事件就画上句号了。

绍中伟听了这些，并不感到欣慰，越发觉得有些担心。看来江源面临着一场暴风骤雨，等待着血与火的洗礼。

陈放按张跃的吩咐送走了阿英，但这并不保证没人发现。事情过后，陈放认为自己的这一做法太业余了，蔑视了他曾经工作过的公安机关。这事能隐瞒多久，陈放自己心里也打着问号。纸是包不住火的，总有那么一天会水落石出，那时自己将会是一个什么结局？陈放为自己的前途感到担忧。

周杰确实不知道陈放背着自己干了哪些见不得人的事。陈芬也说不清，她还被蒙在鼓里。当陈芬在枕边谈起陈放，周杰转过身背对着陈芬，气愤地说了一句："劝劝你那不省心的老弟吧，该收敛些了！"

陈芬从鼻孔里"哼"了一声，说："他不是你的老弟？说我，你平时是怎么对他的？"

周杰说："你呀，他迟早是要出事的！"

陈芬一骨碌从被窝里坐起来，生气地说："你是巴不得他出事！"

周杰不再理陈芬。陈芬预感到事情不像自己和张跃所想的那样，周杰的话让她惴惴不安，毛发直立。

陈芬红着眼冲周杰说："他出事对你有啥好处？你有啥乐的？"

周杰索性坐起来，说："我乐？他出事我跟着倒霉，这总算可以了吧！"

陈芬说："那你为啥不为他想想，把这事给平了？"

周杰看了一眼身边的女人，说："妇人！这是我说平就平了的事吗？愚蠢！"

陈芬失掉了往日特有的矜持，在周杰面前开始撒泼，喊道："我不管，不能让咱们这个家这样散了！"

周杰叹了一口气，掀开被子下床，从床头柜里抽出了一支香烟点上，一阵猛吸之后，脑子里突然冒出了一个大胆的设想，也许这个设想可以救他们。

第十四章 命运多舛

阿英安全离开江源，陈放的心稍许放下些了。但陈放搞不懂，阿英为何在事先没有征得自己同意就突然来江源了，真是因为与张跃的经济纠纷吗？恐怕没有那么简单。

自从知道阿英被人钉上了以后，陈放就后悔那天请崔达和郝正旗时，不该带上她。是谁钉上她了？是崔达的人还是张跃的人？他想给张跃去个电话问问究竟怎么回事。他拨通了张跃的电话，在电话刚接通的瞬间，陈放又突然掐断了。陈放认为这样冒失地去问张跃，张跃是不会承认的。据自己了解，阿英没做过违法的事，警方还没闲到见人就盯梢的地步。剩下来就只有一种可能了，那就是张跃。张跃派人盯梢的可能性最大，因为他不想支付给阿英那笔巨款，也只有张跃才能使得出这样下三烂的手段。

真是张跃拒付阿英生意上的巨款吗？从那天自己告诉张跃，阿英来江源了，张跃惊慌的神态和简直发疯的动作，远不是他们之间经济纠纷那样单纯。接着，张跃要自己立刻将阿英送出江源，一刻也不能耽搁。陈放从整个过程中已经看出了点猫腻，他们之间定有一桩大事瞒着自己。

这是张跃第二次要陈放把阿英送出江源了。陈放记得张跃第一次要自己送走阿英，是几年前丁俊成出事后的第二天。张跃给自己打了个电话，要自己去做阿英的工作，尽快离开江源，并嘱咐自己把她送得越远越好。陈放却留了个心眼，把她安排在了江州。好在阿英听话，这几年没有骚扰过张跃。隔了这么些年，这个女人是不是疯了，竟然一个电话不打突然出现在江源。早知道阿英这么麻烦，当初就应该听从张跃的安排，把她送出江州才是。

陈放隐约感到认识阿英是一个错误。这是一个厉害的女人，从张跃将她介绍给自己后，她的每一句话都很强硬，颐指气使。

当自己第一次将她送出江源时，就决意不再让她回到江源。他要让这个女人彻底忘掉对这座城市的记忆，让她干净、彻底地放弃对江源的所有印象，特别是有关她与张跃的一切故事。当然，这些都是张跃特别嘱咐过他的。

列车在"呜呜"的长啸中，慢慢停在一个不知名的小站。车厢内一阵骚动之后，一行人提着行李推推搡搡地拥向车门。稍稍安静之后，门口方向传来呼哧呼哧的喘息声。五六个中年男人扛着大包行李，左右摇晃着从过道上走了过来。从门口过道那边吹来的风，混杂着一股浓烈的汗臭味。扛着行李的男子们唯恐别人占了行李架上的空位，呼呼喘着粗气，颤抖着双手举起沉重的行李，一个劲地将行李往架子里的空位塞，跐着的双腿跟打摆子一样不停颤抖。他们的后背湿了一大片，浓烈的汗味弥漫了整个车厢。一个留着杂乱胡须、头发蓬松的男子，操着纯正的土话，冲身边的同行者一边骂骂咧咧，一边推着架子上的行李。大概是同行者的行李占据了太多的空间，而他的行李无法塞进去。身边的男子并不理会头发蓬松的男子的训斥，以胜利者的架势一屁股坐在了座位上。头发蓬松的男子尽管铆足了劲，仍然塞不进硕大的行李。他把自己的行李压在黑色皮箱上。行李架下，戴着银色边框眼镜的年轻人突然站了起来，伸手将压在皮箱上的行李向外一拉，大包行李呼地掉在了过道上。

头发蓬松的男子怒瞪着"眼镜男"，拳头紧握，恨不得朝那张斯文的脸上砸一拳。他的拳头没有举起，而是握拳的手慢慢松开了。他弯下腰从过道上拾起行李，再次将行李塞进架子里，操着地道的四川话气愤地说："啷个你摆得，我啷个就摆不得？"

"眼镜男"顿时失去了斯文,站起来,双手护着皮箱,朝头发蓬松的男子说:"你毫不讲理,谁要你的行李压住我的皮箱!"标准的北方口音,字正腔圆,着装打扮与他的声音很匹配。

头发蓬松的男子的几名同伙一下子围拢过来,看架势想打架。列车员从过道另一头走了过来,骂骂咧咧地训斥着那几名男子。他一边骂,一边依次整理着架子上的行李。列车员在架子上腾出了一个空位,把头发蓬松的男子的行李塞进去了。头发蓬松的男子冲列车员嘿嘿一笑。列车员例行公事般很职业化地微微一笑,说:"出门在外讲究和气生财,屁大个事吹胡子瞪眼睛,值吗?"头发蓬松的男子仍是嘿嘿一笑,看得出他很满足。

车厢里暂时平静下来了,窗外的景物一晃而过。阿英想自己这几年的生活恰像这趟高速列车,在不知不觉中错过了许多风景。自己同这趟列车上的所有乘客一样,只是一个匆匆而过的路人。而自己仍无目标,浑然不知要到达的终点。

"呼噜呼噜"的鼾声,从过道那边刚上车的那几名男子那里发出来,节奏感非常强,声音特别大,高音部分还带有很长的修饰音,活脱脱一个五重唱。寂静的车厢内,因几人的鼾声而多了点生气,不是那么单调乏味了。无数双眼睛投向鼾声打得正欢,而并不自知的男子们。车厢里又有了小骚动,打扮时尚略显高贵的女人,低声埋怨着那几位粗犷的男子鼾声打得太响了。

阿英向过道对面的那几名男子瞟了一眼,他们睡觉的姿势十分难看,仰着头嘴巴大张,口腔里发出混浊沉重的声音。唾液从他们的嘴角边流成了一根细细的丝线,滴在了他们的衣领上,湿漉漉一大片,与汗渍浸透前胸的那块融合到了一起。坐在对面的北方男子,两只耳朵塞着耳机,貌似专心听着音乐。但深度眼镜的镜片背后是一双瞪得鼓鼓的眼睛,充满愤懑。

阿英收回了瞟向对面的目光,闭上双眼想静静地眯一会儿,她一上车就感到发困。但对面过道的鼾声如雷，她怎么也进入不了睡眠状态。她转了一下身，背对着过道，强迫自己入睡。可这一切都枉然，她索性坐直身子，再次看向了对面过道。她叹了口气，真是人生百态。

想到人生，阿英感觉命运在不断捉弄自己，本已决意不再回江源，但鬼使神差又回去了。只要一个电话，她完全可以把张跃叫到江州，在江州她完全可以与他撕破脸面，威胁他兑现对自己的承诺。看来自己还是六根未净、心存杂念，没能把江源的那些人和事忘干净，以至努力了好些年仍然无法拒绝回到江源。踏上这趟列车，她就想起了江源的人和事，与张跃在一起的那些日子，回想最多的自然要数丁俊成出事前的那几天。

其实阿英最不想回忆的就是那段日子。回忆是一件十分痛苦的事情，特别是张跃对自己的承诺最终变得虚无时，留下的只有沮丧和颓废。丁俊成出事后，她几乎被击垮了。好长一段时间，她过着行尸走肉般的生活，甚至开始怀疑人生。她曾经想努力地振作起来，快点结束这段近似梦魇的痛苦，可现实再次把她拉到了不堪回首的往事中。

邱林面临着两难选择。

绍中伟带来的消息虽然姗姗来迟，可毕竟来了。这不仅是一个简单的任职问题，而是上级党委对自己在江源的工作的肯定，听了很是兴奋。但这种兴奋只在脑子里暂作停留，紧接着便是莫名的惆怅。

组织对他的考察会是一帆风顺吗？

邱林深知，绍中伟说的"这是一次来之不易的机会"的含意，并且也清楚绍中伟要自己做什么样的选择。这个选择对自己来说太难了。不能因个人得失，而暂停对丁俊成的案子的深查和对江源县城大字报事件的追踪，更不能因一己私利而愧对江源百姓。他没有权力将手中的职权作为与少数人交换的筹码，使党纪国法受到侮辱。

邱林离开绍中伟的办公室时，心情比任何时候还要糟糕，以至他上车的同时，郁闷地骂道："卵大个官！"

司机惊讶地看着邱林，邱林偏头朝司机吼："开车！"

市委要对邱林在江源的工作进行考察的消息不胫而走，很快在江源县委大院传开了。这消息犹如一枚重磅炸弹，在江源县委、县政府领导层引起了不小的震动，掀起了一场轩然大波。

周杰对这个消息感到很吃惊，压根没想到这个时候市委会做出这个决定。特别是江源正处于混乱时期，江州市委怎么能把江源的治安管理交给邱林？

周杰为什么不想让邱林上任，自己说不清，反正当他听到这个消息时很纠结。尽管他的内心波澜起伏，表面却平静如水，逢人脸上仍然一副谦逊的微笑。

周杰心有不甘，心里有一团烈火在熊熊燃烧着他的血液，涌动的血像一匹奔腾的野马。周杰再也坐不住了，从宽大的办公桌前站起来，转身，双手扶住窗棂，望着空旷的天空，无限感慨涌上心头。他不停地在内心问自己，为了什么？是为了报复邱林对陈放的仇视；还是为了巩固自己在江源的地位？这一切的一切都那么微妙，不可言说。他想从空旷无边的天空中找寻一个答案，浇灭快将自己烧成灰烬的那团火焰。

天空沉默不语。周杰的脑子像锈住了，一点也不转。扶在窗棂上的手使劲握成拳，向窗户的边框上砸了一拳。扎心的疼痛使他胡乱地抖着手，左手慌忙去抚摸右手那紫红的肿块。

周杰左手托着右手，懊恼地坐在沙发上，目光呆滞地瞪着办公桌上那张新一届选举出来的县政府领导班子成员的合影。照片上的李琦神采奕奕，像在嘲笑自己的无奈和落魄。他"呼"地站起来，伸手将桌上的照片扣下，把无端的怒火发泄在李琦身上。

一阵狂躁之后，他的情绪稍稍得到平静，办公室里死一般寂静，从鼻子里喷出的"呼呼"的粗气，有些刺耳。

周杰拉开办公桌抽屉，拿出了一包香烟，抽出一支点上，"吧吧猛吸一阵,鼻孔里冒出两股浓烟。不知是在深思还是在体味香烟中的尼古丁,他的眼神是游离的。

搁在膝盖上的手,夹着快要燃尽的香烟,好长一段银灰色烟灰的末端一点点火星在一闪一闪。大概燃烧的烟头烧到手了,他的手突然抖了一下,涣散的目光看向了被烫到的手指。咬牙,两指使劲一捻,把烟头扔进了烟灰缸。在收回手的瞬间,他再次瞟了一眼装着李琦的照片的那个相框,灵光一闪,纷乱的思绪突然理顺了。

周杰想,李琦听到邱林即将出任公安局局长的消息应该会与自己一样,大敌当前能不能与李琦形成统一战线?周杰阴云密布的脸上突然露出一丝笑容,但有些阴森。

县政府召开全县各乡镇主要领导会议,安排部署当前工作。李琦刚出会场,周杰却少有地主动迎了上去与李琦打招呼。周杰给李琦递了根烟,李琦一笑不接。周杰突然记起李琦是不抽烟的,忙赔笑说自己太健忘了。李琦见周杰变化这么大,预感定是有事找自己,于是看着周杰仍不吭声。

周杰吸了一口烟,神秘地低声说:"哎,你听说了吗?"

李琦真不知道周杰想说什么,反问:"听说什么?"

周杰瞪着李琦,惊讶地说:"你啊别装!记住,咱们好歹都是江源的本地干部!"

李琦对周杰说的这没头没脑的话,虽有疑问,但还是听出了其中的意思。李琦在心里暗暗骂了句:"老狐狸!"

李琦顿了顿,一副坦然的样子,说:"周副书记,莫非又听到了我李琦背后说你了?"

周杰扔掉烟头,带着愠怒,一挥手,有些责备地说:"你是真不懂我的意思,还是故意在装?告诉你吧,下周市委要对邱林的任职进行考察了,我想这下你应该明白了吧?邱林可是好干部,考察时大家都应该说说好话!""说说好话"说得很重,说完后,很干脆地走了。

李琦看着周杰的背影，心里五味杂陈。他并非听不懂"说说好话"的用意，他是在揣摩周杰此时为何要把自己与他捆在一起形成统一战线，这个战线是临时的还是永久如此？

李琦暗自骂周杰是只老狐狸。"说说好话"这几个字蕴含的信息量太大了……

李琦不是傻子，周杰要他在考察时做什么，清楚得很。李琦暗叹自己不如周杰，不愧为官场上的老油子。李琦看着快要消失的周杰的身影，摇头苦笑了一声。

周杰回到办公室，对自己刚才的"杰作"非常满意。之所以不把话说得透彻，那是因为李琦并不傻，往往就是这个半遮半掩的话，才会引起他足够的兴趣。在周杰的经验里，为人处事都不能过于直白，一旦赤裸裸地把一切暴露给对方，失去了神秘，那就失去了主动。只有这样恰到好处地点缀，才是绝妙的画龙点睛之笔。

周杰相信李琦已经领会了自己的意思，并且有十足把握李琦站在自己的一边。

邱林的出现确实对李琦是一大威胁。丁俊成被害后，李琦就像被套上了枷锁，一双眼睛在背后死死盯着，好像一双强有力的手在他的脖子上慢慢收紧，浑身上下总是不自在。

大字报事件并没平息，接踵而来的事情把他与丁俊成的公司的股份联系在一起。公安机关开始把这些陈谷子烂芝麻翻出来了。正是邱林的这种做法，使李琦感到了浓浓的威胁。

其实，李琦早已经从领导口中听到了这一消息。以自己对邱林多年来的观察，他一上任将会是什么样的结果，李琦预料得到。李琦开始焦虑、彷徨、恐惧，甚至歇斯底里。

李琦望着周杰的办公室，长长地叹息一声，然后摇了摇头。

刘峰不同意与周杰结成临时统一战线。李琦自然知道刘峰的顾虑，与周杰为伴等于与狼共舞。当周杰利用完他们拿下邱林的时候，就会回过头来反戈一击，把自己的地位巩固得固若金汤。

李琦深知，此时周杰主动找上门来向自己示好，说明周杰的处境同样不利。双方能否结成临时统一战线，事关他们的生死存亡。在此危难时刻，应该大局为重，首先要渡过这个难关，阻止邱林上任！

刘峰固执得让李琦头痛，坚持不与周杰合作，防止周杰过河拆桥，让他抓住阻碍考察的把柄，回头出卖李琦。刘峰建议，就是阻碍对邱林的考察，方法也有很多，不一定非要与这条毒蛇合伙，自己可以天衣无缝地给江源制造混乱，使邱林的任职成为泡影。

李琦明白刘峰的话。刘峰早就说过，我们的对手是周杰，在江源有了周杰就没有他李琦。毕竟他们的利益大于周杰的利益，周杰对这始终没放下。

在荒野中，饿急了的狼会始终窥视着眼前的猎物。一旦有了时机，它会拼命扑向猎物，用锋利的爪子把猎物撕扯得遍体鳞伤，直到猎物死去，然后朝天嚎叫宣示自己的胜利，接下来肆无忌惮地绕猎物一圈，欣赏自己的战利品。随后就是撕咬充满血腥的尸体。饱餐之后，带着胜利的喜悦回到自己的领地，站在高高的山头，守护着征服来的领地！

动物尚且如此，周杰与狼相比有过之而无不及。

李琦对刘峰的做法很担忧，刘峰虽说可以做得天衣无缝。但世上的事哪有不透风的墙，若要人不知除非己莫为。这么大一件事，上级肯定会抓住不放，就是自己死了也会受到追究。这与阻碍对邱林的考察相比，那是一个在天上，一个在地下。

李琦看着满不在乎的刘峰，一个劲地摇头。刘峰有些生气地说："哥，这事你就当不知道，我干！"

李琦慌忙制止，说："不能乱来，让我想想。"

刘峰急了，站起来，俨然一副为李琦赴死的姿态，一拍胸脯，说："哥，你信不过我？"

李琦拉刘峰坐下，说："你的好意我领了，但哥不能眼睁睁地看着你去送死!"

刘峰看着忧郁的李琦,说:"哥,不至于像你说的那样,就是如此,我刘峰也绝不连累到你!"

李琦表面上愁眉苦脸,实则暗自窃喜。不过,他仍然伪善地说:"哥不是不相信你,这事太冒险了!"

刘峰说:"富贵险中求。我们从丁俊成那儿要来的股份同样是冒险,但还不是过来了?怕啥?有我和李煜扛着,就这么定了!"

李琦不吭声,算是默许了。刘峰离开时,朝李琦一笑,说:"等我的好消息。"

刘峰走后,李琦体味了一番刘峰的话。刘峰说得对,在当下什么事情不冒险?周杰找自己示好也是一种冒险,不到威胁他的利益时,周杰哪愿低头?周杰都认为到了危急关口了,自己怎能坐视不管?刘峰说要在考察组到江源时,做一件大事,把江源的水再次搅浑,让上级对邱林失去信心。这么做是一箭三雕,救活了采石厂,打击了周杰,又影响到了邱林的任职,使他无法理清自己与丁俊成的关系。

李琦想到这里,轻蔑地一笑,看着刘峰走出大门口的身影,暗暗叹息了一声:"好兄弟,这就看你的了!"

一周后,市委考察组进驻江源,这也太神速了,周杰根本来不及准备。看来考察邱林是一个过场,邱林这次怕是要志在必得了,不然市委怎会这么急来江源,打自己一个措手不及呢?

考察组又是市委组织部的郑军带队。一进江源,绍中伟亲自驾车去了高速公路路口迎接,回县委后就进了绍中伟的办公室。据秘书说,他们在办公室里长谈了近四个小时,快到晚八点时才离开办公室去了县政府的食堂吃饭。

夜已经很深了,周杰仍没有一点睡意,他想知道李琦这会在干什么,于是他给李琦打了个电话。

李琦"呵呵"一笑,说:"听你的。"

周杰说:"我的态度是不会改变的。"

李琦仍然笑,嘲讽地说:"邱林是好干部,应该为他说说好话!"

周杰听出了李琦是在捉弄自己,脸沉了下来,很平静地说:"是吗?我还是那句,别让外人看笑话!"

周杰挂上电话,愤愤地骂:"你奶奶的李琦!"

周杰的电话使李琦失眠了。本来就为刘峰的行为感到恐惧,周杰又像催命鬼这个时候打来电话,他的心开始慌乱了,预感到会有一场灾难发生。李琦慌忙从床上坐起来,掏出枕头下的手机,拨了刘峰的电话。

刘峰揉着眼,懒洋洋地拖着长腔,说:"哥,这么晚还没睡?"

李琦急了,大声说:"我能睡得着吗?"

刘峰不在意地一笑,说:"你太多虑了。"

李琦急得跟火上房似的,说:"快让李煜停手!"

刘峰"噌"地一下从床上坐起来,说:"哥,开弓没有回头箭,箭在弦上不得不发呀。"

刘峰看了看墙上的挂钟,说:"这会儿他们都已经出发了!"

李琦歇斯底里地叫道:"我不管,就是追也得追回来!"

刘峰仍然一头雾水,李琦深更半夜地发什么神经,说好了不管这事,怎么突然间变了卦,莫非……

刘峰硬着头皮想问个究竟,说:"哥,这不合适吧,人都去了,又把他们招回,这日后就没有秘密了!"

刘峰在电话里听到李琦"呼呼"喘着粗气,情绪几乎失控,声音大得炸耳,刘峰的耳朵里只有"嗡嗡"的声音。李琦失去了往日的斯文,急得大骂:"刘峰你给老子听着,出了事你自个承担!"骂完,挂上了电话。

刘峰彻底蒙了,目光痴呆,举着手机的手停在半空迟迟没有放下。被窝里的老婆推了把刘峰,刘峰才梦中般惊醒似的,急匆匆打了李煜的电话。

　　李煜说:"我们的人已经去了一个多小时了,这会儿可能已经到了。过不了多久,那里将会是一声巨响。可惜呀,江源城离那儿太远,不然地动山摇会惊醒多少人的美梦!"

　　刘峰疯了似的大喊:"快给我追回来!"

　　李煜一愣,嘴张得很大,久久不说话。

　　刘峰听不到李煜的声音,再次大吼:"李煜你个王八蛋,这是你哥的死命令!"

　　李煜感觉到事情突变,刘峰不是半夜里跟自己开玩笑,于是轻声地问:"出啥事了?"

　　刘峰没好气地说:"废话,别问,快!"

　　李煜挂上电话,又拨打了另一个号码。电话打不通。李煜脸如死灰,事情已经到了不可逆转的地步。他匆忙下床,胡乱找了一件上衣裹上,再一次拨打刚才那个电话,电话里传来:"您拨打的电话不在服务区,请稍后再拨!"

　　李煜无奈地看着漆黑一片的室外,脑子里炸了般"轰隆隆"作响,不知道刚才发生了什么,只是隐约记得刘峰那怒气冲天地吼叫。李煜推开门蹿到屋外,迅速启动了停在坪子上的小车,风驰电掣般驶出院子。

　　李煜一手握方向盘,一手拿着手机,对电话里的刘峰说:"峰哥,恐怕来不及了!"

　　李煜不用想,电话那端气氛是何等糟糕。刘峰捶桌子骂娘,顿足大吼的场面快速在他面前划过,鬼哭狼嚎般的嘶哑声里,透着绝望。电话里,只是重复着那句:"就是用直升机也要截回他们!"

　　李煜放下手机,换了一个挡位,将油门踩到了底,车再次提速,飞驰在杉树林里那条弯曲的土路上……

　　夜空下,平静的河面上山峰倒映。山脚下的一条小路上,两名男子各背着沉甸甸的一大包东西,在小路上低着头缓慢地走着。后面的男子拽了拽背上的大包，喘了口气，说："这火药又不是炸药，他能炸了这大坝？"

前面的人停下了，将背上的大包放下，说："这也太沉了，快到了，休息会儿！你还别瞧不上这玩意儿，撕开一道口子不成问题！"

后面的男子给前面的递了一根烟，然后自己点上。前面的接过烟的同时，疑惑地看着后面的男子，说："能抽？不是说了不能抽吗？"

后面的男子吸了一口，美美地吐了一股浓烟，喉结上下抽动了几下，好似前辈子没抽过。他"呸"地向地上吐了一口唾沫，很在行地冲前面的男子说："没事，抽吧，抽了把烟头扔到河里，谁能找到？"

前面的男子"啪啪"打着了打火机，一串火苗照着一张方形粗眉的脸。香烟点着了，亮起了一闪一闪的火星。

山谷间除了江源河"哗哗"的水声，寂静得能听到他们的心跳声。

后面的男子将手中的烟头向河里一扔，一个小小的火星晃悠悠落向河面，站起活动了一下腰肢，冲蹲在地上的方脸粗眉的男子说："走！"

方脸男子稍一用力，地上的大包背上了，向前走去。

一条截断楠竹岭河的大坝隐约可见，白绸般的河水从大坝下急流而下，"哗哗"的水声在山谷中清脆悦耳。河两岸山脚下升腾着雾气……

两名男子站在坝下，方脸在一块大石头前放下包裹，然后接住后面的男子肩上的大包，说："就这里！"

后面的男子抬头看了看天，身子不由自主地抖了抖。方脸粗眉的男子说："怕了？"

后面的男子说："你不怕？"

方脸一边将大包塞进坝体上的一个洞里，一边朝后面的男子说："怕！但没用。来都来了，就差点火的工夫，一咬牙一声响就过去了，咱们什么也没干。"

后面的男子"嘿嘿"一笑，连说："说得对，什么也没干！"

方脸男子将导火索试着拉了拉，把它压在一块石头下，然后冲身后的男子说:"点吧!"

身后的男子战战兢兢地看着方脸,说:"我点?"

方脸男子双手高举,说:"手湿了!"

身后的男子的火机"啪啪"响了几次,冒了几点火星子。方脸的男子朝身后的男子一笑,说:"瞧你熊样,别怕!"

身后的男子再次"啪啪"打着了打火机,拿着打火机靠近了导火索,导火索突然"刺刺"地冒出了一串火焰。

方脸男子拉了一把身后的男子,说:"快走!"

李煜紧赶慢赶地到了大坝上方的山头。停下车,向山下的那条河望去,估计方脸他们应该在装药了,于是急忙沿下山的路奔去。

"轰"的一声惊天巨响。

一股火光带着浓烟呈蘑菇状升腾而起,火光映红了天空、两岸的山峦。密集的水珠夹杂着石块凌空乱舞,飞向百米外的山腰。

巨响惊傻了李煜。李煜呆立在半山腰,看着河坝上空的火光和凌空飞舞水珠、石块。他一拍大腿,颓然一屁股坐在地上,不停地说:"晚了!晚了!完了!完了……"

公安局大院的坪子里,邱林向奔跑的民警使劲挥手,急促地喊:"上,上,快上,快!"然后,邱林迅速钻进了车里,车门"砰"地关上,多辆警车疾驰而去。

弯曲的山道上,警车呼啸一路飞驰。车里崔达对邱林说:"你今晚不应该去现场。"邱林问:"为啥?"崔达一笑,说:"明知故问。"

邱林不是装傻,他不理解崔达说这话的意思,自己是政委,又是从市局刑侦支队下来的,怎就不应该去现场?这是多大的案子,不去现场就是失职,自己可不想做一个昏庸的政委。

崔达说:"明天,市委考察组就找你谈话,总不能因为一个案子把自己的前途给毁了。"

邱林回头看着坐在后排的崔达，说："哎哎！当官是为了啥？"

崔达迟疑着，支支吾吾地说："这要看当官的人是什么追求了。"

邱林板着脸，说："啥追求？这才是正事！"

天已经放亮。

邱林带领的刑侦人员赶到了大坝现场。

大坝静静地躺在河里，湍急的河水从裂开的坝口直泻而下，冲击着大坝下的乱石，冒出洁白的浪花，咆哮着奔向远方。

邱林同崔达、郝正旗、赵芮走向了大坝裂口处，技术员正在紧张地勘查现场。

郝正旗从乱石堆里的石头上摸了一把黑色粉尘，对邱林说："从爆炸点的现场遗留物来看，案犯用的是自制黑火药！"

湍急的水声淹没了郝正旗的声音，邱林抬头，看着郝正旗，说："你说什么？"

郝正旗指了指手上的黑色粉末，凑到邱林的耳边，说："现场遗留物应该是自制黑火药！"

郝正旗指着现场，说："您看，就在那！"

邱林向不远处的崔达招手，崔达从乱石堆上走了过来。赵芮指着乱石堆中的黑色粉末，说："这里应该就是爆炸点！"

邱林看了眼乱石堆中的黑色粉尘，对郝正旗点了点头，冲忙碌的民警说："哎，哎，这里！注意提取现场遗留物样本！"

江州市内的大街上车水马龙，人来人往，高大建筑物墙体上的大型户外电子屏正播放江州新闻。女播音员清晰悦耳地说："昨晚，江源县楠竹岭电站发生一起爆炸案，电站大坝被炸出裂口，目前警方正在全力侦破此案……"

江源楠竹岭电站被炸，一时间传遍了全江州。江州大街上行人匆匆，各色男女低着头看手机，网页上刺眼地标着"江州江源电站被炸，警方全力追查疑凶"。大家议论纷纷。

江源县委会议室里气氛异常沉闷，在座的人表情不一。

副县长李琦看了看刚发完言仍怒气难消的周杰，说："周副书记也太危言耸听了吧？电站被炸就是黑恶势力猖狂了？媒体怎么说我们不管，但我们江源人决不能往自己脸上抹黑！"

周杰愤怒地说："江源就是这个情况，江源人自己说脸不黑他就不黑了？一个电站说炸就炸了，这还不严重？"

李琦放缓了语气向周杰解释，说："我不是说江源没有问题，但不是他们说的那样就是黑恶势力。你又不是外地来的领导，你对江源的风俗很了解，我认为就是一起刑事案子，什么黑恶势力了？"

周杰见平时从不与自己争高低的李琦，居然在众多干部面前与自己争论，并且还毫不示弱，他站起来指着李琦，说："李副县长，你是什么意思？"

绍中伟看着二人争得脸红脖子粗，这样下去两人很有可能动手。会开到这个份上是绍中伟想不到的。平素他们两人虽有矛盾，但总是笑脸对弈。今天的情形大不相同，就连市委考察组在场也不顾及。绍中伟伸手制止了李琦，然后对会场的所有人说："江源有没有黑恶势力不是我们讨论的问题，这由法律说了算！但大家切记，党和人民的利益要高于一切，我们要全力配合公安局专案组的工作！"

李琦将目光投向周杰时，周杰正瞟了一眼绍中伟，嘴角微微动了几下。李琦轻蔑地一笑，然后冲绍中伟和市委考察组的郑军等人说："绍书记，我认为应该暂缓对邱林的考察。大家想想，江源的治安是一个什么状况，这与公安机关打击不利有很大关系。说轻点是邱林的工作不力；说重点那就是邱林的失职。周副书记说江源有黑恶势力，话虽说得过了点，但江源的治安确实让人担忧。楠竹岭电站被炸，就足以说明江源的治安有问题，这难道与邱林的工作没有关系？治安出了问题就是一个地方的大事,没有稳定的局面,哪有人民群众的安居乐业?人民没有安全感,就是负有打击刑事犯罪职能的公安机关的问题。我们在座的试想一下,在这个时候市委和县委要将邱林任命为江源县公安局局长,恐怕江源人民是不会答应的!"

此时的周杰因为愤怒而显得特别激动,李琦的异常表现正中了他的下怀。然而,能够为自己带来长久的巨大利益的楠竹岭电站,是自己与李琦多年矛盾的焦点。因为这个电站着实损害了江源稀土矿业有限公司的利益,确切地说是损害了李琦和刘峰等人的利益。现在电站被炸了,受益的是李琦他们,他们应该感到高兴才是。李琦现在却反行其事,帮着自己极力反对对邱林的任命。这是怎么一回事?是自己事先给他打的招呼起了作用,还是他也有不可告人的目的?他揣摩不透李琦此时的用意,更摸不清李琦究竟是站在哪一边。

让周杰感到欣慰的是,李琦在这个时候,在这种复杂的环境下能够同自己形成统一战线。从这一点上,就应该感激李琦对自己的声援。尽管电站被炸,周杰只有把这个苦果闷在心里,自己正处在一个十分尴尬的境地,不能过多地把楠竹岭电站的事强加到邱林的头上。

周杰看了看李琦,李琦正好看着周杰微微一笑。周杰从李琦的这一笑里读懂了他的意思,是在向自己证明,他李琦敢说敢干,在大是大非面前是一个有着大局观念的人,在关键时候是不会把内部问题张扬给外人的,大家是一个坚不可摧的堡垒。

李琦的观点十分明确,把现行突发事件——楠竹岭电站案件抛出来,佐证自己的观点,可谓恰到好处,把前面为邱林大放赞美之词的一些干部惊得瞠目结舌。

会场上一阵议论,过后又死一般寂静,使人喘不过气来。

周杰向会场内的所有人扫了一眼,最后将目光落在李琦身上。他嘴角上扬,眼里流露出对李琦的赞赏。李琦冲周杰一个眨眼,暗示他:适可而止吧!

其实李琦在会场上发表的这番言论是言不由衷的,他并不想成为周杰的棋子,更不想去得罪邱林,说实话他佩服邱林的执着和那身浩然正气。如果不是涉及江源稀土矿业,不管周杰怎么恩威并施,他是不会公然站出反对邱林的。

说白了,冻僵了的蛇是不可救的,一旦苏醒它会咬人。现在的周杰就好似冻僵了的毒蛇,只要他一苏醒,就吐出尖细的芯子,露出尖利无比的牙齿,在你毫无防备的情况下,猛咬你一口。

李琦看到周杰的得意相,并不后悔在这个会上做了一次周杰的棋子,为周杰摇旗呐喊。参会者听了他的发言,随后沉寂无声,使他感到了一丝惬意。

李琦想到这里,瞟了一眼周杰,心里暗骂了一句:"别以为老子是为你说话,呸!老子是在为自己开脱!"

会场沉默了片刻之后,与会者投向李琦的目光慢慢移向了正中的绍中伟。此时的绍中伟脸上阴云密布,透着焦躁、苦闷。

李琦突如其来的异常,打了绍中伟一个措手不及。他万万没有预料平时到与周杰死磕的李琦会突然同周杰联合起来,假惺惺口口声声为了江源人民群众的利益而针对邱林。

绍中伟胸口沉闷,想大口大口地喘一会儿粗气,但会场的情形又不允许他表露出无奈,只得把闷气憋回肚里。他想此时应该发声了,自己要为邱林说几句公道话!绍中伟看了一眼会场上所有沉默不语的人,然后借着咳嗽的机会,吐了一口气,嘴角动了动,但没有发出声音。

与绍中伟一样,憋得太久的郑军看到绍中伟这时的举动,他站起来,对在场的所有干部说:"我认为对邱林的考察要一分为二地看待。邱林在江源三年,他的工作大家有目共睹,江源的治安比以前还是好转了许多,这是全江源人看到的。我们也听百姓反映过,说江源有些人就是不想让邱林留在江源,怕他在江源查出一些问题。是什么问题怕邱林查?我想我们在座的一些干部不会是这个想法吧?如果是这个想法就大错而特错了。刚才绍书记讲了，我们要把党和人民的利益放在首位，要相信邱林能治理好江源！"

郑军刚说完，李琦就站了起来，冲会场上的干部有些激动地说："郑副部长，请你别误会我的发言。就我个人而言，我对邱林是认可的。但这是考察江源的干部，既然是考察就得让我们发表自己的观点。我的发言可以党性担保，绝无他意和个人恩怨，完全是从为党和组织负责的角度提出来的。你刚才所说的话就带有明显的针对性，要这样组织部门就不用听下面的意见，直接任命不就完了，何必还要多此一举呢？"

李琦说完，脸憋得通红，坐下后，他谁也不看，低头看着桌上的一份文件，翻文件的手在轻微地抖动。

周杰接着李琦的话开始发挥。不过没有李琦激动，表达的方式也十分委婉，他说："我想这个会也只是发表与会者个人对邱林同志的意见，大家也没有诋毁谁的意思。干部要想成熟，是要从不断地听到各种意见开始的。大家只是给考察组提供意见。是否任命邱林为江源县公安局局长，这主动权还是在上级手里，我们不必在这里相互指责。党的优良传统就是民主集中制，最终的决定权不在刚才发言者的手上，所以说，郑副部长没必要把李副县长的话想得太……"

周杰同李琦走出会议室，在县委办公大楼前的石阶上，周杰向李琦竖起大拇指。李琦一笑，也向对方做了一个同样的动作。

第十五章　欲盖弥彰

邱林近几年的运气很差，只要是在他的命运即将发生转折的节骨眼上，总有一件事把他给卡住。这次又是一样，好不容易等来了一次转换身份的机会，楠竹岭电站爆炸案不早不晚在组织考察时发生了。

崔达私下里跟郝正旗说："看来，这次对政委的局长任命有点悬。"

郝正旗不同意他的观点，说："案子是案子，与邱政委是否任职局长无关。政委名不正言不顺地主持全局工作几年了，俗话说多年的媳妇熬成婆，不能因一个案子就把他的任职给黄了。"

崔达一笑，说："正旗呀，你太天真了，是个江源人都能看清此时的形势。平时里就是没有这档案子，上面要任命邱林都难，何况现在爆炸案给了他们一个口实，正好他们可以借题发挥，整出无数个理由。"

郝正旗回了崔达一句："就您看得清。"郝正旗心里其实也为邱林的这次任职捏了把汗。崔达的担心不无道理，他只是不愿相信罢了。凭自己对邱林的了解，这个时候邱林决不会因为职务的事去上下求人，况且这个案子确实让邱林感到头疼，案子发得太不是时候了。

邱林从楠竹岭电站的现场回来，就接到了绍中伟的电话。绍中伟说对你的考察情况并不乐观。邱林一笑，说我早已料到会是这个结果。绍中伟叹了一口气，十分委婉地提醒邱林，不能因暂时得失影响爆炸案的侦破工作，要在短时间里破了这震惊整个江州市的大案。

邱林挂上电话，心情十分复杂地呆立在那里，抬头望了一眼天空。

绍中伟传递的信息对他打击不小,命运似乎很不公平,一个政委名不正言不顺地连续三年主持全局工作。到头来,县委对自己的任命意见仍然不一致,他扪心自问:"邱林你究竟做错了什么?"

邱林每当心情苦闷时,都会仰望天空来平复自己的心情。此时不是他计较个人得失的时候,绍中伟的提醒使他低落的情绪很快被执着的信仰占据了上风。他低头苦笑一声,看了看不远处的刑侦楼,崔达他们还在等着他去研究案情。于是,他匆忙进去了。

邱林一进门,崔达从他的脸上读到了什么,他向郝正旗瞟了一眼。郝正旗会意,知道猜中了邱林任职的结果了。郝正旗瞪了一眼崔达,然后装作什么也没发生一样将讲解棍递给了邱林。崔达看到了郝正旗瞟自己的那眼,感到脸上火辣辣的,心说:"就你郝正旗一人为邱林担心?"崔达朝邱林笑一笑,对在座的全体民警说:"唉唉,大家都不要太紧张,这案子有邱政委在,破案只是时间问题。"

邱林看了一眼崔达。崔达一笑,指了指画好了的现场示意图的黑板。邱林看了看等着自己的民警,停了停,然后从容地站在黑板前,讲解棍指着黑板上的图,向在场的民警说:"这里就是炸药安放点,大坝的厚度为四米,高八米,被炸开的裂口是四米。"

讲到这里,他从桌上拿起一个装有黑色粉末的塑料袋,说:"这是从现场提取的疑似黑火药物。我们想,一公斤黑火药的当量是 0.6 公斤 TNT 炸药的当量。据计算,炸开这道口子需要 TNT 炸药约为五公斤,如用自制黑火药应该不少于十公斤。"

邱林转向听得入神的民警,说:"大家明白我的意思?"

民警面面相觑。郝正旗突然一笑,说:"您是说从黑火药来源入手?"

邱林严肃地对大家说:"据我所知,江源能自制黑火药的人不多吧……"

周杰从会场出来没有感到一丝轻松,做梦都无法想象楠竹岭电站会在一夜之间成为轰动整个江州的一件丑闻。这件丑闻还让自己说不出口，甚至会随着案件的调查深入，自己的政治前途将被葬送殆尽。

周杰想到这里，给张跃打了电话，问："你看，谁最有可能干这事？"

张跃说："从利益来看，李琦最有可能。"

周杰骂了张跃一句："蠢猪！李琦有可能干这事？他是想把头让给邱林吗？"

张跃问道："除了李琦还有谁想毁了这个电站？"

周杰沉思了许久，确实找不到第二个人。

张跃说："周书记，这事不用想就知道是李琦他们干的。电站修建后对谁的利益有损害？他们早就发出话了，说要炸了电站，事情有这么巧吗？"

周杰听着张跃滔滔不绝的话，脸色阴沉，看着远处的办公楼，心里暗骂："李琦，给老子玩阴的，你等着瞧！"

张跃没有听到周杰说话，问："周书记，你在听吗？"

周杰从愤怒中回过神，说："嗯，在听呢！"

张跃皱着眉头，沉思了一会儿后，说："我想到了一个让李琦跳出来露出原形的好办法……"

周杰边走边听，眉头渐渐展开，嘴角上扬，说："值得一试！"

张跃忙说："那得见面细细谋划一下！"

周杰突然停住，疑惑地问："现在？"

张跃很肯定地说："现在！"

周杰过了很长时间才说："让我考虑一下。"

周杰挂断电话，匆忙向前走去，心事重重。

郑军想在离开江源时见邱林一面，自己毕竟是代表市委下来考察邱林的，不管这次考察结果怎样，从惯例上得见邱林。绍中伟给邱林打了电话，邱林说正忙着研究案情脱不开身。绍中伟知道邱林的性子，此时就是天王老子来了只怕也难请动他。别说这案子压头，邱林压根就没把这次考察当一回事。三年了，对邱林的任职确实有些不妥，换了谁心里都会有意见，何况他现在也没心思去想这个问题。绍中伟劝郑军，还是尊重邱林本人的意见，等市委的意见明确了再找邱林也不迟。郑军摇头，叹了口气，心有感触地说，好同志啊！

邱林也并非不想见郑军，郑军代表的是市委考察组，这几年来他也有一肚子委屈想找人说说，当然不仅仅是对自己的职务安排有意见，更想反映的是江源县干部的问题。当邱林看到崔达、郝正旗、赵芮他们一团忙碌时，打消了去见郑军的念头。邱林自问："刑侦队里这么多人加班加点地忘我工作，他们是为了自己的职务升迁吗？"邱林苦笑一声，摇头，然后冲郝正旗说："通知临街的大排档快餐馆，给大家送三十个大碗饭来。"

郝正旗半开玩笑半认真地调侃道："大碗饭也吃出瘾来了。"

程志远被市委书记找去谈话了。回到市局时他愁眉苦脸，能看出来，挨批了。

江源的爆炸案使江州市委很恼火。全市民众对江源的案子和江源的治安形势议论纷纷。短短三年内，江源就连续发生两起特大案件。省委对江州市委有看法，对江源刚发生的爆炸案做了明确批示，在限定的时间内拿不下这起恶性案件，江州市委的主要领导是要被追责的。市委书记在找程志远谈话时，给程志远下了一道死命令，一个月破不了楠竹岭电站的案子，市委主要领导受到追责，他程志远第一个会被处理。

程志远听了书记的话，感觉这案子像是他程志远干的一样，脸通红，窝了一肚子火。他找来刑侦支队的高晓敏，先是对高晓敏数落了一通，然后问高晓敏："邱林是怎么搞的，去江源都几年了，怎么就没看到江源治安有什么起色？"高晓敏知道程志远正在气头上，没敢与程志远争论，只是淡淡地说："程局，江源的情况大家都清楚，能有现在的局面，邱林已经付出了常人难以想象的牺牲。我相信邱林能在短时间内破了爆炸案。"

程志远没看高晓敏，仍带着余怒责问高晓敏："江源的治安你就没有责任了？江源也是江州市公安局的管辖，江源出了问题你脱不了干系！"

高晓敏听了程志远这话感到很委屈，自己并没有把责任推给谁的意思，他可能是被市委气急了。高晓敏停了片刻，看了看表情严肃的程志远，请战似的说："是不是要支队下到江源去？"

程志远回过头，说："你们昨天就应该去江源了！"

高晓敏不是没有这个敏感性，自己手里的案子也很大。再说邱林就是从支队下去的干部，领导能力、业务能力与自己不相上下，就是带人下到江源，又能给邱林帮上多少？高晓敏心中有数，自己去与不去江源，对邱林来说影响不大；就是去了，很大程度上也得依赖邱林。邱林能把这个案子拿掉，只是一个时间问题。

现在，程志远把自己不在第一时间去江源看成是对电站爆炸案不重视，未免有些不近情理了。案子发生的当天晚上，高晓敏与程志远沟通过，谈了自己的看法，这个案子虽大，但没有伤到人，对电站的损失也不是很大，就是性质恶劣了一点。先让邱林办着，江源认为需要市局支队协助时，再派人参加。程志远也同意了。

高晓敏不想多说，他说："我今天就赶去江源，不折不扣执行程局的命令。"

程志远瞪了一眼高晓敏，说："这是你们的义务和责任。"

上午十点钟左右，邱林收到一条信息：楠竹岭村几十个村民在来公安局的路上，要来讨说法，公安局没把炸掉电站的凶手绳之以法。

这真是一波未平，又掀一波，一波比一波来得凶猛，甚至是防不胜防，真是伤透了脑筋。谁是凶手？案件没一点眉目，楠竹岭村民凭什么就说公安机关不将凶手绳之以法了？看来事情不仅是电站被炸那么简单。

邱林急忙将崔达、郝正旗和赵芮等人召回了局里，紧急制定应对措施，同时把情况向绍中伟做了汇报。

绍中伟对这事非常生气，他指派周杰，一定要把楠竹岭的村民拦在路上动员他们回去，通过组织程序与当地村民沟通，平息上访行为。

绍中伟的这个安排太理想化了，江源的群众集体进县城上访，哪一次通过组织程序就能解决？周杰深知，这是绍中伟在给自己施压，自己是从楠竹岭出来的干部，让自己去阻止楠竹岭的人，这方法用得再恰当不过了。

楠竹岭的人要来县城上访，周杰早就知道了这事。张跃说让李琦他们自动露出原形，就是指这事。村民把矛头直指李琦，李琦肯定会做出反应，是不是他在电站案上做了手脚，水落石出，所以周杰默认了张跃的做法。现在，绍中伟将阻止上访群众的任务交给了周杰，他又怎能去做这些群众的工作？绍中伟也太能算计了。

绍中伟既然这样安排了，周杰就得执行，官大一级压死人。自己劝不了群众，谅绍中伟也不会拿这个说事。谁说从楠竹岭出来的，就能说服他们。电站被炸，损害了村民的利益，仅凭一张嘴就能把人打发了，那才叫奇才呢！

公路上，两辆卡车载着几十名村民被一辆小车拦停在路中间。周杰带着秘书上前，要所有人下车。车上的村民见到周杰，情绪激动，大骂周杰忘记了自己是哪里人了，忘恩负义。

上访的村民为首的就是冒崽，这人还真认为事多不压身。他一见周杰，就煽动村民，说周书记也就是做做样子，既然来都来了哪有半途而废的道理。冒崽朝村民们大喊："我们冲过去，直奔公安局，别听他们当官的！"

两辆卡车上的村民在冒崽的煽动下群情激愤，纷纷下车把周杰围在了人群里。卡车驶过周杰，村民拥上了车。卡车向县城驶去了。

冒崽看了一眼站在路上的周杰，微笑了一下。周杰虽脸布阴云，但嘴角上扬,竖起了大拇指。冒崽看到了周杰的这个动作,坚信,这次周杰又得表扬自己了。

周杰望着远去的卡车,眼里透着无奈和迷茫。当卡车从视线里消失的时候,周杰才想起得立即给绍中伟报告。周杰摸出手机,很长时间才把电话打出去。

接到邵中伟的通知,邱林、崔达他们已经站在了大院的坪子里。

卡车的轰鸣声和众人的怒吼声从大院门口传来了,紧接着卡车冲进大院,在邱林等人的身前停下了。几十名村民从车上跳了下来,一窝蜂似的围住了邱林。

"你们公安局是干啥子的?电站被炸了还不让群众说话?"

"电站是我们的活路,公安局咋不给我们一个说法?"

"你们放着凶手不抓,还在那装模作样查来查去,什么意思?"

"这事还用查吗?不是李琦他们干的还能有谁?"

"他们查个屁!都是官官相护!"

……

崔达急了,急忙向围着邱林的村民说:"你们这是怎么了?谁看见是李副县长指示干的?说这话是要负责任的!"

一村民情绪激动,冲到崔达身边说:"负责任?那我们的电站被炸了,谁站出来负这个责任?"

崔达说:"你这是强词夺理。我们公安机关不是正在破案嘛,凶手是谁得有证据。你们说是李副县长,证据在哪?"

另一村民说:"证据?证据是你们的事,别拿那些不中用的话来搪塞我们。"

邱林见崔达与村民僵持住了,忙上前向大家解释:"乡亲们,你们总得容我们把事情弄清楚再来兴师问罪嘛。现在是法治社会,谁有罪得由证据来定,不是凭你一张嘴我一张嘴说了算。你们这样是违法的,大家都要遵守法律。在法律允许的框架里活动,才是公民申请权力的基本原则。你们这样不但不为公安机关创造破案的条件，反而制造麻烦，延误公安机关办案，给犯罪分子提供规避打击的时间，这是违法啊。大家伙都放理智一点，公安机关会给大家一个满意的答复的！"

冒崽见邱林说话后，大家没声了，他急了，大声说："别听他的，我们还违法了？炸电站的成了正义的了？"

数十名村民的情绪被再次点燃，开始骚动了。

一中年村民指着邱林说："你别站着说话不腰痛，那是我们集资修建的电站，损失不说，我们现在又回到了原始社会！"

另一中年村民说："就是，别指望这些官老爷能查出什么名堂来！"

一男子高喊："他们炸我们的电站，我们把他的冶炼厂砸了！"

大家再次起哄："走！砸！"

村民拥上了卡车，车开始启动了。崔达带着几名民警站在了卡车前，拦住了往外行驶的卡车，崔达对车上的村民大喊："大家别冲动，你们这是犯法！"

卡车慢慢强行冲过了崔达等人，向大门外驶去。

大门外，一个中等身材的中年男人，看着这一幕嘴角上扬，眼睛眯成了一条缝。

崔达、邱林他们呆呆地看着远去的卡车，邱林突然大声喊道："快去拦住他们！"

一间装修豪华的密室里，陈放站在张跃的面前。陈放显得有些紧张，他挪动了下身子，急促而略显慌张地说："他们真砸了冶炼厂，那不是把事情搞得更复杂了。"

张跃跷起二郎腿，黑皮鞋擦得锃亮，一只脚在左右晃动，见对面陈放很焦急，伸手在灰色西裤上弹了几下灰尘，漫不经心地说："怕什么，那厂子不是李琦的吗？他们这一闹让李琦也有口难言，这叫以其人之道，还治其人之身！"

陈放说:"可你不该把冒崽放在前面,他是最不靠谱的人。让他去这是冒险!"

张跃突然停住了晃动的脚,略带责备地说:"你呀,还亏你干了这么多年的公安,他再不靠谱能把我们怎样了?他要栽了,我们来个死不认账,谁能奈何我们。你呀,怪不得你姐夫都说你没脑子!"

陈放听张跃这么说,心里很别扭,可又不好发作,只是轻声地说了一句:"总有点不踏实!"

高高的烟囱,厂房边堆积着如山的废弃料渣,这些都证明这个工厂曾经辉煌过。厂房里没有机器的轰鸣声,破烂不堪的窗户残留着尖利的玻璃碎片,空旷的坪子里长满了茂盛的杂草,整个厂区荒凉萧条。

李煜接到刘峰的电话后,急忙召集住在附近的几十名李姓工人。他们手持木棒,站立在没过膝盖的杂草丛生的坪子里,俨然如临大敌,李煜站在最前面。看这阵势,非要与对方拼个你死我活。

其实李煜心里很虚,毕竟事情是自己挑起的,当时没考虑会是这样一个结果,想不到对方会用这种很明显、很蠢的方法来报复自己。刘峰在电话里强调了,在这关键时候绝不能掉链子,就是硬撑也要证明没做过对不起对方的事,哪怕是流血,甚至是被对方打死。只有这样才能保住李琦,才能从危局中转危为安。

李煜看了看精神抖擞的工人,然后对大家说:"厂子虽然不是很景气,但也是我们的厂子,不能因为不景气就由着别人来糟践。别人糟践了,那是我们全厂子人的耻辱,也是我们李姓人的耻辱。与他们周姓几十年的过节,李姓就从没输过。这次也要像过去一样,把冒犯我们的人赶出厂子,别让李姓蒙羞。"

李煜言语不多,但有很强的煽动性。工人明白,这厂子他姓李,容不得外姓人来欺负,这是给李姓争气的时候,就是死也要护住李姓的脸面。

山脚下那条简易公路上,高高地扬起了尘土,响起了汽车的轰鸣声,汽车向工厂这边驶来了。群情激愤的高喊声渐渐清晰了。车上,村民紧握拳头,振臂高呼:"砸了冶炼厂……"

汽车离工厂越来越近,扬起的沙尘已经飘到了李煜的脸上。李煜感到非常压抑,很紧张。他打了一个寒战,再次看了一眼手持木棒的工人,朝工人喊:"大家别慌,要让他们有来无回!"

车在坪子里停下,冒崽第一个跳下车,非常彪悍,向车上的村民一挥手,大喊:"砸了这个厂子!"

李煜大喊:"大伙上!往死里给我打!"

吼声、怒骂声、哭喊声、棍棒击打声在空旷的山谷里骤然响起,场面一片混乱。

随着互殴的持续,李姓工人并没像李煜先前预想的那样勇猛顽强,尽管李煜声嘶力竭地为厮打中的工人助威。冒崽的边喊边打,为周姓的村民鼓了士气。周姓村民越战越勇,把李姓的工人逼到了墙角里。嘈杂声逐渐小了。"战况"很明显,李姓工人败局已定。李煜喊破了喉咙也无济于事,工人躲在了墙角里,只有招架之功,没了还手之力。

李煜见势不妙,停止了叫喊,一边打着电话,一边朝厂房后的山上走去。

周姓村民见李姓工人像缩头乌龟一样躲在墙角,无形中给了他们继续奋战的勇气。冒崽看着墙角里那群手脚发抖的工人,脸露奸笑,朝那群人吐了一口唾沫,转身振臂高呼:"推倒厂房!"

周姓村民一拥而上,众人双手撑墙,冒崽使出吃奶的力气高喊:"一、二、三!"

"轰"的一声巨响,厂房院墙突然塌了,空中扬起一团灰尘。

冒崽看了几眼瞬间化为废墟的冶炼厂,成就感涌上了心头,他是这场恶战的指挥者,自豪地朝大家竖起了大拇指,为他们的勇猛点赞。随后,他拍了拍衣服上的灰土,朝村民又一挥手,告诉村民该是速速离开这里的时候了。大家好似被培训过一样,非常迅速地上了卡车。

远处一阵刺耳的警笛声响彻了山谷的上空。冒崽朝司机喊:"快!朝山后那条路走!"

江源县委周杰的办公室。

李琦急匆匆地走进办公室,气愤地对周杰说:"这是明目张胆地犯法,是一起背后有人操纵、有组织的行为!"

周杰拍了拍李琦的肩膀,说:"你呀要冷静,他们要闹一闹有些过激行为这是可以理解的。再说了,他们是为维护他们电站的利益,都是私营企业,又没伤害到国家、集体利益,不妨让他们闹去!"

李琦不服,看了一眼周杰,说:"周副书记,你这就不对了,什么是他们电站的利益?这电站不是你——"李琦突然意识到自己失言了,真是气晕了头,怎么就跑到他的办公室来撒野了,这不是此地无银三百两吗?

周杰暗暗一笑,看来李琦真是忍不住了,赶来向自己示威。既然他上门示威,那就别怪自己不客气了。周杰声音不高,但他说的每一个字都透露着强硬:"你呀太盛气凌人了,你是刚上任的副县长,任何事都得讲究一个上下之分,可不能因一时冲动自毁前途。谁说电站是我的?是我的你就可以炸了它?行了,别在这里此地无银三百两了。我告诉过你,咱们都是江源的本地干部,如果还是不懂的话,下次咱俩认认真真地坐下来,把话摊开了说!"

周杰说完不容李琦反应,把手一挥,让李琦离开。

李琦瞪了眼周杰,叹了口气转身走出了办公室。周杰站在那里不动,看着李琦离去的背影,轻蔑地摇头一笑。

周巴子已经好几天睡不着觉了。那天晚上的一声巨响,他担心已久的事终于发生了。第二天一早,他随村里看热闹的人去了电站大坝,警察和村民都走光了,他仍然蹲在那里"吧嗒吧嗒"地抽着烟。他压根没想到自家失窃的黑火药是用来炸这大坝的。早知如此，自己不如早去报案，宁愿判刑坐牢，也不愿承受这般煎熬。大坝上的遗留物已经被确定为黑色火药，是自家生产的黑火药吗？

前几天，周巴子还同老婆说过，这几天右眼皮老是跳个不停。老婆说男人右眼皮跳是在跳财。周巴子骂老婆，娘们儿的话总是反着来的，古人说的都是男左女右，男人左眼跳才是跳财呢！他心慌，预感会发生一件大事，这大事定与自己有关。果然，自己真是摊上大事了。

周巴子从大坝的现场回来，就像变了个人，很少与村里的人说话。冒崽向他描绘大坝被炸的现场时，周巴子仍一声不吭地蹲在石阶上抽烟，呆呆地看着地上的蚂蚁。冒崽说得津津乐道，周巴子的鼻孔像炭窑的烟囱喷着浓烟。很久过后，冒崽才发现周巴子的注意力没放在自己身上，他推了把周巴子，说："唉，你在想啥呢？"

周巴子抬头，用异样的目光瞪着冒崽，愤怒地回敬了一句："大坝炸了与我何干？"

冒崽很惊诧，张着嘴许久说不出话来。讨了没趣的冒崽并不死心，自从那次从拘留所里出来，村里就没有人这样同他说过话。全村子的人都公认他是楠竹岭村的人才，见了他都是满脸堆笑，十分友好，还带着千般敬意与他招呼。你周巴子在楠竹岭算得了什么？周杰副书记连斜视你一眼的工夫都不会给你。他见了我还给点烟倒茶呢，你却在这对我大吼大叫，也太不识时务了。

冒崽压根儿瞧不起面前这个熊包，但又不甘被面前这个保守且又自以为是的家伙数落，他阴阳怪气地调侃道："你不是会算嘛，算算是哪方妖魔胆敢炸了周副书记的大坝？"

周巴子将烟头狠狠地扔在地上，站起来，使劲踢了几下，瞪了一眼冒崽，"哼"，双手拍了拍屁股上的灰土，转身朝屋里走去。

周巴子这个举止大扫冒崽的颜面。本想逗他一下，反倒自己扑了一脸灰，好不尴尬。冒崽朝走进里屋的周巴子说："你？等下次你找我的时候我才懒得理你呢！"

冒崽朝周巴子瞪了一眼，怏怏不乐地离开了周巴子的家门，朝石板路上走去。冒崽很纳闷，周巴子怎么一下子变成这样一个人了？

这事刚过两天，冒崽又来找周巴子了，他说不是村子里集体研究，我才懒得来找你呢。周巴子仍然像上次一样，对冒崽不冷不热。冒崽这次是带着"尚方宝剑"来的，由不得周巴子那倔脾气，于是冒崽向周巴子下达了"命令"，说全村人到县城去，弄不好还要去李琦的冶炼厂，把冶炼厂给推了！

周巴子哆嗦了一下，看了一眼趾高气扬的冒崽，毫无无表情地反问："推厂？"

冒崽得意地说："你怕？"

周巴子一扭头回到了屋里，朝身后站在石阶上的冒崽甩了一句话："你能耐，找死去吧你！"

全村的人都去了县城，而冒崽没有执意要周巴子去。周巴子早有了打算，不想去蹚这趟浑水。这是周杰、张跃他们与李琦之间的争斗。他们把全村人当成了棋子，任由他们来排兵布阵，自己才不干呢。早年修建电站时，张跃怎不考虑给被淹掉山林的村民一些补偿呢。这时想到了要村里的人为他助威，村子里的人看不清，我周巴子必须看清，否则浪得诸葛孔明的绰号。

下午，冒崽带着去县城的村民惶恐不安地逃回了楠竹岭村，看阵势定是受到了警察的追赶。回家后的村民，像躲猫猫那样一个个藏到了后山的竹林里。周巴子自然很高兴，在楠竹岭风光一时的冒崽也有怕的时候。此时冒崽怎不到他面前说三道四了？人无远虑必有近忧。冒崽就是这样一个人，巴结上了周杰，别人就不在他眼里了。去他妈的，真是木脑壳不想事，亏他还是一个人！

周巴子很愧疚，那被盗的黑火药到哪里去了？周巴子从大坝的现场看，心里自然明白得很呢。残留在大坝上的黑火药告诉他，大坝就是那火药炸的。他家的黑火药有一个特征，就是木屑多了点。在给李煜的鞭炮厂送药时，李煜多次提过这个意见，但周巴子就是不改。木屑多又不影响鞭炮的响声，为节省成本周巴子仍然多拌了木屑。

大坝上的火药周巴子仔细看过，正是他家的黑火药。所以他魂不守舍地闷在家里好几天了，对冒崽的到来非常反感，这个时候他不希望有人来打扰他。他要想好，是主动到公安机关去说清，还是观望等待？

周巴子之所以在村子里受人待见，就是他喜欢思考事情。村子里经过的大大小小的事情，经他谋划很多次都安然无恙地度过了，要不村民们怎叫他诸葛先生呢。

周巴子的老婆观察周巴子好几天了，自家的男人变了，做事情老不上心，丢三落四，做了东忘了西，一副丢魂的样子。问他为啥，周巴子也不搭理，老是"吧嗒吧嗒"地抽烟，脚下的烟头堆了一堆。知夫莫如妇，她与他生活了多年，她断定这次巴子是遭了过不去的坎，摊上了大事。

周巴子掐灭烟头，叹了一口气，然后问老婆："冒崽他们从竹林里回来了？"老婆把头伸向门外，石板路上仍然冷冷清清的，没一个走动的人影。她回过头，朝自家男人摇头，说："冒崽聪明得很，他这时回家不等于等着警察来抓他？"

周巴子"嘿嘿"一笑，这一笑点醒了面前木讷的女人。周巴子的老婆脸突然沉了，眼神里透着惊恐，慌忙问："哎，老头，咱家的火药该不会是用在大坝上吧？"

周巴子火了，伸手就是一巴掌，吼着："你懂个屁！谁家有药？"

女人捂着被打的脸，愤怒地看着男人，大吼："长本事了你，出了事别连累一家大小！"

女人捂着火烫的脸，"砰"地关上了房门，房里传出"呜呜"的哭声。

周巴子凶狠地冲房里的女人说："你给我记住这巴掌，什么事该说，什么事不该说。我家哪有火药？"

房内的女人不服，朝堂屋里的周巴子说："别人说你是诸葛，自己还真把自己当回事了？不趁早说清，迟早有你后悔的时候！"

周巴子瞪了眼房门，点烟，走到了门外。

高晓敏到江源时，天已经断黑了。

邱林说，江源街上的大碗饭值得你去试试。高晓敏清楚邱林抠，自己也没有想要邱林请吃饭的意思，但邱林不至于用一个大碗饭把自己这个副处级干部打发了。这事要是传到支队，让高晓敏多没面子。崔达说："还是去餐馆里炒几个菜，别搞得跟叫花子似的。"高晓敏看了一眼邱林，邱林不语。郝正旗接过了话，说："我去餐馆去报餐吧。"高晓敏用嘴朝邱林努了一下，然后一笑，说："还是听邱政委的吧！"

邱林抬头看着高晓敏，说："你认为我舍不得供你一顿饭？大碗饭香，并且方便省时！"

几人笑了。

晚上九点多，赵芮带人回到了刑侦大队。她告诉邱林，说李煜在厂房被推倒后，就一直没有露面。赵芮问遍了参加这次械斗的李姓工人，谁也说不清李煜的去向。

邱林反复问自己，李煜去了哪里？按理，李煜此时应该坐在公安机关提要求，他是受害方啊！他失踪了，这不合常理。莫非他……

高晓敏与邱林的判断一样，李煜有问题。什么问题他们说不清，反正违背了常理。从多年的办案经验来看，李煜有秘密。找到李煜，从他的鞭炮厂查起！

邱林与高晓敏同时做出了这个决定！

第十六章　如期而至

江州市委常委会议室。

常委会议室里异常沉闷，参会人员都在看手里的复印件，一片翻阅文件的"哗哗"声。

陆晨曦书记将手里的一份文件往桌上一放，满脸愤怒地看了一眼会场上的所有人，突然站起来，在桌上"砰"地砸了一拳，说："江源的问题如此严重！"

程志远是列席这次常委会议的，他看了眼陆书记，说："陆书记，我看，从楠竹岭电站被炸这起恶性案件，折射出江源利益集团相互争斗的后果，他们已经形成了一股黑恶势力，严重危害到了江源的社会稳定！"

陆晨曦说："前几天，市委考察组不是去了江源吗？对邱林的反映不是很乐观，这反映了什么问题？这说明江源有问题，明知邱林是一个好干部，却以各种理由阻碍他的任命。我看这是极端利益的表现，是一股歪风，他们怕邱林同志继续查他们的问题！"

陆晨曦停顿了一会儿，继续说："志远同志，江源的问题我看你们市局要加派力量，够上打击的要坚决予以打击，绝不能心慈手软。邱林同志的任命，我看组织部门不能再拖了，要实事求是嘛，不能只听那些少数人的，把邱林的职务问题立即解决到位。江源干部有什么意见要他们直接来找我。解决不好邱林的职务，告诉绍中伟，我拿他是问！我不相信江源的少数人能翻了天！"

程志远说:"陆书记,高晓敏支队长昨天已经去了江源,配合邱林同志的工作。有您这样的态度,我们就可以放心大胆地治理江源了。"

陆晨曦看了大家一眼,说:"要铁腕打击黑恶势力!"

李琦已经像热锅上的蚂蚁了,尽管刘峰说电站的事做得天衣无缝,但他隐约感到有一种不祥的征兆。从鞭炮厂里传来消息,说公安局已经开始对鞭炮厂使用的黑色火药进行核查了,这说明公安局已经把电站案子的侦破方向对准了他们。炸大坝的火药是出自鞭炮厂吗?李琦一概不知。

李琦给刘峰打了个电话,问道:"作案的那两人还在江源?炸大坝的火药是厂里面提供的吗?"

刘峰说:"您的担心有些多余,您是对李煜不信任。李煜是一个做事严谨的人,不可能留下漏洞。楠竹岭村民在推倒冶炼厂那天,李煜就带着那两人离开了江源,去了江州。他们是李煜的铁杆兄弟,只要他们没被抓,邱林纵有千里眼顺风耳,也难抓住这案子与您有关的把柄。李煜不是傻子,他能把厂里的火药用来炸电站吗?"

刘峰最后对李琦说:"你就放心当你的副县长吧,万一李煜和方脸他们有什么不测,也不会把你卖了。他们都清楚,能救他们的只有李副县长了。"

李琦张了张嘴,还是不放心,想继续问,但对方把电话给挂了。李琦挂上了电话,心有余悸地坐在沙发上发呆。

刘峰刚才的一番话虽有道理,但这毕竟是一起不同一般的大案,就是李煜再严谨周密,也会露出破绽。李煜不是神,他做不到不留痕迹,只要李煜露出蛛丝马迹,就足以把自己从天堂打入地狱。现在面临的不仅仅是公安机关的邱林,和市公安局专门前来协助的高晓敏他们。周杰、张跃、绍中伟,甚至是市委的陆晨曦书记,全聚焦在这件事上,李煜就是神仙也难逃这一厄运。一旦用于炸掉大坝的炸药被公安机关查清,自己的路也走到尽头了。

李琦阴沉着脸,他那饱满富有光泽的脸因紧锁眉头,皱起了小丘样的疙瘩。他突然感到自己做了一件非常愚蠢的事,听信了刘峰的话,把自己弄得如此不堪。平心而论,刘峰提出报复周杰的点子并不高明,为什么默许了刘峰和李煜这么做,那是自己实在无法忍受周杰和张跃的嚣张了。本来丁俊成的事已经平息了,张跃他们为何还掀波澜,将江源搞得鸡犬不宁?没有县城大字报事件,也许一切就这样悄无声息地过去了,邱林也不会抓住丁俊成的公司的股份的事纠缠不休,自己就不会答应刘峰和李煜他们去冒这个险。

李煜去了哪里,真的能躲过公安机关的追查吗?李琦的脑子里连续出了几个问号。他双手撑着下巴,无神的眼睛瞪着办公室的门,思绪飞向了天外……

邱林的局长职务任命很快下来了。绍中伟终于轻松了许多,担心了几年的事总算有了结果。尽管这个任命来得太晚,但总归来了,也算给邱林、给程志远有了一个交代。绍中伟在电话里告诉邱林这一消息时,邱林的反应异常平静,甚至发出了一声哀叹。这一哀叹也影响到了绍中伟的情绪,满是欢心的绍中伟陪着邱林长出了一口气,就连他自己也不知是同情,还是对江原的复杂形势表示担忧。双方沉默了许久,绍中伟想对邱林的未来说点什么,可不知从哪里说起。要说的话太多了,哪一句是重点,哪一句又能关乎江源全县的治安大局,绍中伟理不出头绪。最后不得不很官方地说,这是上级组织对你的信任,也是上级对你工作的肯定。要相信我们的党组织,要经得起组织对你的考验。最后,绍中伟总结了一句,该来的总会要来!

绍中伟的这句话是一句双关语,一是对邱林工作的肯定;二是要邱林相信,江源的现象只是暂时的,这种现象维持不了多久,总会有晴天。邱林知道绍中伟的这句话是有一定针对性的,所指的应该是周杰、李琦他们,语气中充满了对他们的愤恨和厌恶,祈盼着对周、李他们的报应!

高晓敏看着邱林,从邱林不易察觉的神色上,看到了他的些许轻松。高晓敏一笑,在邱林的肩上拍了拍,说:"绍中伟的电话?"

邱林点头。

高晓敏看着邱林那张板着的脸,说:"应该高兴,别板着苦瓜脸!"

邱林一笑,抬头看了看已近晌午的天空,拉了把高晓敏,说:"赶紧忙我们的正事吧!"

郝正旗与崔达的想法有一些细节上的分歧,谁也不能说服谁。他们都是江源的老侦查了,这样的争执是常事,没有确切的证据任何一方是不会向对方妥协的。崔达提出从李煜的失踪查起。郝正旗说崔副局长是越来越胆小怕事了。以我多年的刑侦经验分析,李煜的失踪一定跟电站案有关。很明显,冶炼厂被毁,受害者是他。他为什么要玩失踪,这就很耐人寻味了。李煜一定有秘密,并且这个秘密比他的冶炼厂更为重要,为保住这个秘密所以才失踪。崔达没否定郝正旗的推断,但非要郝正旗拿出李煜失踪与电站案有关的证据。他批评郝正旗,刑警不是靠推断给犯罪嫌疑人定罪的,法律要讲究证据。这里不是十九世纪的英国爱丁堡,谁也做不了柯南道尔笔下的福尔摩斯。实际点,把心思花在查找证据上,既然有怀疑就得沿着线索进一步去查,不能用纸上谈兵证实自己的想法。

赵芮对崔达的观点持不同意见,想为郝正旗说两句话,但她还是忍了下来。在刑侦这个职业上,特别是在郝正旗和崔达之间产生争议时,她的发言就显得很轻了。一个是老刑侦出身的副局长,一个是从事多年刑侦工作的队长,他们都有各自的道理。郝正旗的推断没错,崔达要郝正旗找证据证实更没有错。

高晓敏、邱林站在门口,看着郝正旗与崔达争论,他们对视了片刻,然后一笑。赵芮看到门外的二人,忙冲争执的郝正旗和崔达说:"别争了,我都替你们脸红!"

郝正旗、崔达同时看向了门外。高晓敏冲室内的几人说:"特好消息,你们的政委终于成了江源县公安局局长了!"

郝正旗、崔达、赵芮"呼"地站起来,惊讶地看着邱林。邱林扫了一眼表情异常的几位,又看了看自己,然后风趣地说:"是不是不够这个职务的格?"

郝正旗在赵芮的肩上使劲一拍,说:"我就说嘛,该来的总会要来!"

赵芮推开郝正旗的手,瞪了眼郝正旗,说:"实至名归!"

高晓敏坐下,看着崔达,说:"你们的争论很有道理,办案子可不能光有推理,李煜的鞭炮厂的火药流向没有问题,不等于他的进药渠道就没有问题,这方面怕是没有引起你们注意哟。"

崔达一拍脑门,说:"靠!光顾着查他的火药流向了。您是说……"

邱林说:"再查他的进药渠道!"

周杰对邱林被任命为江源县公安局局长感到心有不安,几年来花费的工夫仍未阻止他担任这个职务。一旦邱林上任,对自己是什么样一个影响,他心里没底。邱林是一头犟驴,但凡有一丁点线索就会抓住不放。这种人周杰就很少见过。可张跃不这么认为,虽然电站被炸了,但损失不是很大,就一个口子,再堵上也无大碍。这样一来,邱林一直追查的大字报事件可以暂时放下了,有了电站案哪能顾得上那些小事。张跃对周杰说,有得就有失,塞翁失马焉知非福,说不定电站被炸是一件好事呢。张跃这是宽慰,其实他们心里都清楚,邱林待在江源,对他们来说就是一个最大的隐患。虽说丁俊成的案子过了几年,难道邱林就这样轻易地放过了?他可是全市出了名的刑侦一根筋,上次陈放把阿英带到宾馆公开露面,险些让邱林抓住把柄,幸好出了电站这档子事,不然不知会有什么发生。

说起丁俊成案,周杰至今仍未得到张跃的肯定答复。丁俊成被杀,无疑是张跃授意的,那是心知肚明的事,他也无须深究。事情发展到了这个地步,张跃承认了又能怎样?自己照样脱不了干系。恨只恨自己交友不慎,上了张跃的这只贼船,说什么也晚了。唯一能帮他的就是尽量瞒住这事,为张跃出谋划策。现在他担心的是,陈放送走的阿英身在何处,阿英是否系丁俊成的案子中的关键人物?一连串问题使周杰的脑子快要炸了。好不容易把丁俊成的案子抹平,可陈放给他们来了这么一出,让崔达他们察觉出了蛛丝马迹。这个陈放就是一个专惹事的种,不惹事就会死一样。俗话说,不作死就不会死。可陈放偏要一心往死里作,哪有这样的小舅子,还真服了他了。陈放纵然作死,自己不能不管。自己回去得过问一下阿英的事,千万不能在这节骨眼上出了差错,让阿英落在邱林的手里,那就功亏一篑了。

周杰离开县委大院时,正好碰到了李琦。李琦的脸色沉得吓人,周杰连叫了几声,李琦也没反应,只顾埋头走路。周杰上前拉了把李琦,李琦受了惊吓般回头看着周杰,张着嘴没发出声音。

周杰很惊讶,他怎么会是这样魂不守舍。他看了眼李琦,说:"想什么?"

李琦慌忙回答:"没——没什么!"

周杰驻足站在原地,自语又像自嘲:"想不到呀想不到!"

李琦停下,皮笑肉不笑地问:"什么想不到?"

周杰停顿了一会儿,打着打火机,点着了烟,慢悠悠地吸了一口,弹了弹烟灰,说:"还是没有拦住邱林!"

李琦瞪了一眼周杰,暗骂:"老狐狸,你也有失算的时候!"接着李琦抬头,指了指天空,说:"这叫人在做天在看。有句话怎么来着?"

周杰说:"什么?"

李琦拖长了腔调,说:"那叫公道在人心!"

周杰的脸一沉,扔掉了烟头,很不满李琦的这个做派,瞪着李琦气愤地问:"合着你什么时候站在邱林那一边了?他妈的什么公道在人心,江源就没有好干部了?你这叫吃里爬外,邱林上了对你有什么好处?"

李琦不理周杰,向前走了。

周杰看着李琦的背影,低语:"你呀,就等着他收拾你吧!哼!"

晚饭的时候,周杰当着陈放的面拍桌子摔碗,弄得一家人不欢而散。陈芬第一次看到周杰发这么大火，定是陈放又在外头惹了大祸。灶房门关得紧，饭前周杰与陈放在客厅里的谈话，她一概不知。陈芬收拾好碗筷，给坐在沙发上喘着粗气的周杰倒了一杯开水，问："老周，陈放又怎么惹你发火了？"周杰接过陈芬递来的水杯，朝地上一摔，冲着陈芬大吼："这个家被你们姐弟俩毁啦！"

周杰拿起沙发上的外套，气呼呼地出门了。

崔达同郝正旗他们再次进入李煜的鞭炮厂总算有了不小的收获。鞭炮厂购进的黑色火药从账面上看没有问题，购进数同生产用药数量持平。也就是说，购进的黑色火药用于炸毁大坝的可能性很小。但他们从工人那里得到了一条线索，楠竹岭村的周巴子给这个厂子长期供应过黑色火药。同时还听工人反映，冶炼厂出事那天，鞭炮厂的两位工人也同时失踪了，一个是外号方脸，另一位叫春生。

高晓敏说："案子有眉目了。"

邱林一笑，说："这只是个开头。周姓与李姓结了几十年过节，周巴子不可能把黑色火药给李煜他们去炸掉大坝，这对他没好处。况且大坝的利益多少与周姓有关，抓了周巴子充其量他就是个自制危爆物品，再说周巴子也不可能与李煜他们搞到一块。周巴子是什么人，人称诸葛亮，他不知道炸了大坝是什么后果？倒是与李煜同时失踪的那两名工人，值得我们注意。"

高晓敏懂了邱林的意思，说："查人不是不可以，李煜他们决意要躲藏，一时半会可能查不出他们的方向，就是现有的刑侦技术手段全用上，恐怕花的时间也不会短。市委书记陆晨曦会给我们这么多时间吗？省里的一天几个电话早把陆书记弄得焦头烂额，就是陆书记不催，程副市长也不会等着我们一步一步来。现在唯一的办法是多条腿走路，查找李煜和调查周巴子同时进行。"

第二天，高晓敏带着郝正旗去了江州，从各种信息分析，李煜他们应该在江州。

周巴子已连续几个晚上失眠了，躺在床上翻来覆去，看着天花板，每翻动一次身子，床板就"咯吱咯吱"地响。几个晚上下来，把老婆也弄得特烦，骂他是更年期。周巴子心里有事，老婆又唠叨，他干脆开了灯披衣坐在梳妆台前"吧嗒吧嗒"不停地抽烟。烟雾很快弥漫了整个房间。老婆被浓烟呛醒，咳嗽了几声后，看到幽灵般的周巴子蜷缩在梳妆台前，忙下床抱怨说："你呀，是哪样鬼迷心窍了？白天魂不守舍，晚上神魂颠倒，这日子还过不？"

周巴子本来就烦，老婆的抱怨使他更烦，瞪了眼老婆，重重地骂了一句："你不说话没人把你当哑巴，去睡你的！"

老婆这回胆子大了，她估摸着男人这次是遇上大事了，好端端的人咋就变成人不人鬼不鬼的了。都是一家人，男人有事她哪能不管。再说周巴子白天黑夜不分，她哪里还能安心睡在床上？她干脆披了一件外衣，挨着周巴子坐了下来。她推了推周巴子，说："哎，我说心里装着事就别掖着。"

周巴子又吸了一口烟，看了看身边的老婆，重重地叹了口气："唉，你呀——"

老婆一笑，半调侃半认真地说："你是谁呀，楠竹岭里的诸葛亮！还有难着你的事？"

周巴子看着老婆，几十年了，第一次发现老婆会宽慰人了。他抓住老婆爬满青筋的手，一阵抚摸，忧伤地说："这次真是遇上大事了。"老婆说："这不是好好的，哪里有大事了，净疑神疑鬼地吓唬自己。"周巴子长叹一声，说："几个月前被盗的火药出事了。"老婆一笑，说："这火药是被别人偷走了，别人拿它去干了坏事与咱们家又有何干？再说了，还没人说咱家的火药出事呢，用不着这样唉声叹气。"

周巴子见老婆不明个中利害，突然火了，骂："你猪脑子，不会想事。就按私制危爆物品这条也够判刑的，这还是小事？"老婆被骂，突然开窍了,周巴子这样愁眉苦脸,说明问题已经是不可逆转了,怪不得整天愁眉苦脸失魂落魄。老婆低声问:"不是还没出事嘛,你慌张个啥?"

周巴子怒了,说:"你晓得个屁!那炸电站的火药就是咱家的!"

老婆的身子晃了几下,差点没倒在地上。周巴子扶稳老婆,在老婆的背上拍了几拍,安慰着说:"事情已经出了,急也没用,想想或许还有好办法。"

老婆眼巴巴地看着周巴子,她相信自家男人是有真本事的。他说有办法就是有办法,村子里许多难事,都是他想办法解决的,她不信男人就过不了这个坎。男人诸葛亮的称号是村民起的,大家信服他的能力。好多次,男人的话都很灵验。所以村里遇事总是先听他的意见,就连村长也不例外,大小事得说给他参考。

但这次她不懂,还没查出是他们家的火药惹了事,男人凭什么就说肯定要出大事,是不是他又预料到了什么?

周巴子知道自己的女人头发长见识短,也不经吓,所以很多事不同她说,自己装在心里。既然女人现在看出了心事,也该是同她说清利弊的时候了,免得事到临头她束手无策。周巴子看着面前焦虑的女人,说:"这坎是横竖过不了的,就是一个死结。大坝被炸的那天,我去了现场,现场留下的火药就是咱家的。这事虽不是咱干的,但火药是咱们家的,现在出了这么大的事,上面肯放过?私造炸药这一条就该判刑坐牢。何况这火药产生了严重后果,这是一个解不开的死结。还有明知自家的火药被偷了,咱们没有去报案,几十斤火药失窃那是什么后果?隐瞒事实知情不报,所以才产生了大坝被炸的后果,这是要罪加一等的,这个坎能过吗?"

老婆听了周巴子的话有些不服气,说:"这话有些吓人,公安机关没有查到是谁,他们怎么追究责任?别先把自己吓垮了。"

周巴子说了半天见老婆还不明白,急了,说:"你他妈还真是猪头一个,这时没查出来,不等于以后就查不出来。捅破天的事,他们就这样不了了之？这几天，他们已经在调查鞭炮厂的火药了，你啊——"周巴子叹了口气，失望地看着面前的女人。

老婆一时心急，想宽慰一下周巴子，哪知反而激怒了自己的男人。于是她挪了挪身子，怯怯地问："你有想法了？"

周巴子不语，起身扔掉披着的外衣，对老婆说："睡觉！"

清晨的楠竹岭是迷人的。阳光从对面的山头上升起，一缕光线穿过周巴子屋前的竹林，从破旧的窗棂上偷偷溜进了他的堂屋。

周巴子换上儿子从广东寄回而舍不得穿的新鞋，整了整深蓝色上衣，拍了拍裤子上的尘土，向房里环视了一下，踏出门槛，拉上大门，向片石铺就的那条村道走去。脚下石块的表面上，是时间留下的坑坑洼洼的纹路，而且永远都有一些湿润的水汽沾在石板路上。此时，周巴子踩在上面，感到很惬意。

清澈的楠竹岭河从石块铺成的小道边缓缓流过，留下了温柔而迷人的身影，带给人无限遐想。高耸而奇特的青山以各自不同的姿态独自屹立在小村四周，共同守护着这人间仙境。两岸青山苍翠。远处还有未蒸发的雾气缠绕在山间。这里远离尘世的车马喧嚣，只有宁静平和。隐身竹林的村庄升起了袅袅炊烟，把楠竹岭定格成一幅乡村油画。

周巴子感觉自己正走在十里画廊里，看不够沿途的奇峰美景和田园秀色，就连常常看过的云雾弥漫的高远的青山，也还是那样美丽迷人。他在思考，这种惬意来自哪里，是放下包袱的轻松，还是对即将离别的眷恋？

刘峰告诉李琦一个重要信息，公安局已经钉上李煜的鞭炮厂了！李琦听到这一消息惊出了一身冷汗，说："你们成事不足败事有余。不是说李煜做得天衣无缝吗，怎么让邱林钉上了鞭炮厂了？"刘峰感到委屈，说："怪只怪李煜自己太不争气，好端端的受害者为什么要逃走，明眼人一看就能猜出李煜出逃是怎么回事，何况更为厉害的邱林，他们不瞅住李煜才怪呢。现在相互责怪毫无意义，得赶快想法子，挽救这个被动的局面。"李琦余怒未消，骂道："你做事就是一个小混混的方式，不计后果不说，生怕事情做小不引人注意。你又不是看热闹的，戏台不够大看不过瘾吗？这个时候才想到想个办法，你自己去死吧，邱林现在正为你腾出牢房候着你呢！"

刘峰想，再不济我刘峰也为你鞍前马后效劳过，当初李煜的想法也得到了你的默许，现在把责任推给我一个人，这太不公平了。邱林腾牢房不仅仅为了我刘峰，你李琦的那间我刘峰是占不去的。刘峰强压心头火，劝道："再大的怨气解决不了问题。假如李煜被抓了对谁也没有好处。别太天真了，咱们都是过了天真年纪的成年人了。李煜不会死守咱们之间的秘密，到时谁也不会顾及谁的。我看咱们还是冷静地想想，找到一个万全之策，渡过这个难关。"

李琦问刘峰："邱林他们从鞭炮厂查出什么了吗？"刘峰摇头，接着补充了一句："现在不查出不等于以后不查出，邱林要查有的是办法，何况现在还多了个市局来的高晓敏。"李琦继续问："李煜真的联系不上？"刘峰支支吾吾，李琦气得直骂刘峰是猪。

沉默了好一阵，李琦的语气稍有些平缓，他告诉刘峰："唯一的办法是找到李煜，让李煜主动到公安局把电站的事背下来，这是上策。"刘峰迟疑地看着焦急的李琦，说："这恐怕不是什么好办法。李煜这人大家都了解，就是一个直肠子，经不住公安机关的问话，要他主动投案就等于把自个卖了，倒不如自个上门去。"

李琦再次忍不住了，说："刘峰啊刘峰，我不知怎么说你才好，说你蠢你还不服，李煜他是我老弟，就这事他判不了死刑，前面还有那两个替罪的，你怕什么？找到他我来说！"

刘峰呆呆地看着李琦，问："这行？"

李琦无奈地说："还有好的办法？真是！"

周巴子万万没想到自己这次彻底失算了。

公安局机关并没有关他，不是他想象的那样把自己关进大牢里审问，虽然时间花得长了点，但警察问他的时候轻言细语，在材料上摁了手印，邱林就让他回家。周巴子对眼前发生的一切简直不敢相信，认为自己是在梦里。

"就这样完了？"周巴子看着邱林。

邱林一笑，挥了下手，说："去吧，其他的事以后再说！"

周巴子心里一沉，事情还是没完，这事不会这样轻松过了。毕竟电站的案子太大，张跃如果知道是自己的火药惹得事，就是公安机关不抓，他也会不依不饶的。不过现在的结局他很高兴，起码此时他是不会被关进公安局牢房里的。想到这里，周巴子跟喝了几斤蜂蜜似的，心里头美滋滋。邱林的态度使他感动得痛哭流涕，一个劲地说感谢邱局长。

周巴子投案了，压在邱林身上的担子顿时轻松了许多。周巴子认定炸大坝的火药是他家的自制黑色火药，而他们家的火药又在几个月前被偷了，这就解决了炸药的来源的问题。尽管周巴子不是嫌疑人，顺着这条线破案，难度大大地降低了。

崔达对邱林放走周巴子不解，周巴子的行为分明构成了犯罪，虽是主动投案，在案子没有查清之前应当予以采取强制措施，防止他串供。邱林看出了崔达的不解，推了推崔达，看着远去的周巴子，说："放他自有放他的道理。"

崔达问："局长是否有方案了？"

邱林一笑，骂了句，"马屁精！局长的任命文件还没到呢！"

崔达讪讪地一笑，摸了摸头，浑身有些不自在。

邱林接着说："你和赵芮再去趟鞭炮厂，查清失踪的方脸和春生在那个厂干了多长时间，去过哪些地方，最好能弄来他们俩的照片。"

崔达恍然大悟，邱林是在不显山不露水地做实电站案与李煜有关，太高明了！

崔达在去鞭炮厂的路上话也多了。他问赵芮："邱局长的意思你能理解吗?"赵芮"扑哧"一笑,说:"崔副局长,邱局长的用意一般人是摸不透的,要我去查我就查,有什么好揣测的。"

崔达也笑了,说:"你人很聪明,但做事有点傻,这么一个局你还看不清,枉为了刑警。"

赵芮说:"邱局长设的局不见得您能解开,恐怕也只是一知半解罢了。"

崔达瞪了眼赵芮,说:"这个局我懂。"

赵芮说:"您说来听听,帮您分析分析是否正确。"

崔达又是一笑,说:"你也在设局,就你也能分析分析?想听就想听何必非说是帮我分析,太不够味了。"

赵芮斜视了一眼得意的崔达,说:"爱讲不讲,我还懒得听呢。"

崔达还是没忍住,主动跟赵芮说了。

崔达不得不承认邱林棋高一筹。要按自己的设想,周巴子是绝对回不了楠竹岭的。周巴子私制危爆物品构成了犯罪,这类案子不同于一般的刑事案件,是打击处理的重点。况且周巴子生产的火药已经造成了严重后果和恶劣影响,刑事拘留一点也不过分。然而邱林就这样轻易地将他放了,这步棋确实走得漂亮。电站案作案的工具基本可以肯定就是周巴子的火药。谁偷了周巴子的火药?是周巴子贼喊捉贼,还是另有其人?以崔达对邱林的了解,邱林不会怀疑周巴子,崔达自己也不相信是周巴子去干这损人不利己的事。周巴子聪明,楠竹岭的事他很少插手,也没有暗地里出谋划策。周巴子说造火药没有别的目的,只是为了钱。这一点崔达相信。五十多岁的人了,他能带着别的目的去造火药?

邱林放了周巴子是为了不打草惊蛇,现在嫌疑人在暗处,民警在明处,假如是李煜他们作案,抓了周巴子等于给李煜他们通风报信。江源县就这么大,早上发生的事,中午就全知道了,保密措施再严也守不住这个秘密,这是有教训的。想想李煜的身后有李琦,李琦的对立面是周杰、张跃。周巴子是楠竹岭人。关了周巴子,他的老婆会寻死觅活地找周杰或是张跃，这一传十、十传百，不用一天，江源城就有了周巴子被关的新闻了。这样的话侦破工作会陷入被动。再者，周巴子投案前肯定做过多种设想，给他老婆也留过什么话。所以最好的办法是暂不拘留他，让他回到楠竹岭，兴许还有意外收获。邱林在赌，赌周巴子自己会主动找线索，为自己减轻罪责。

赵芮听了崔达的分析，问崔达："这是邱林局长的意思还是你的猜测？"崔达瞪了眼赵芮，说："你高估了我的能力，我有这样的谋略早就不是现在的崔达了。"

赵芮听了这话感到别扭，"哼"了一声。

江源属南方的高山地区，尽管是晴天，空气中仍夹杂着湿漉漉的水汽。飘忽不定的山岚在山腰间不停游走，把裹着的水分洒在墨绿肥厚的树叶上，阳光照在晶莹的水珠上折射出星星点点的光芒。温润的空气使人感到丝丝惬意。

李煜的鞭炮厂是在半山坡上，前不着村，后不着店。几栋平房被茂密的树林遮住，一条简易的盘山公路弯弯曲曲地从山脚向半山坡延伸，半山坡平房前的空坪子就是这条路的尽头。

这个厂规模不大，是二十世纪九十年代末建的。因效益不佳，李煜把这个镇办企业接管成了个体作坊。这个作坊前几年还红火过一段时间，后来因李煜参加了冶炼厂，这个厂慢慢开始衰落了，处于半停产状态。

崔达在平房前的空坪子里停好了车，坪子里有位老头看到崔达和赵芮下车了，极不情愿而又无奈地走上前去，说："崔局长，你都是第三次上山了吧？"

崔达一笑，冲老头说："哎，合着你还给我记着来的次数，谁要咱吃这碗饭呢！"

老头"呵呵"地笑着，将崔达两人领进了屋里。

这老头姓李，是李煜同院子的，按辈分李煜应该叫他叔。此时是鞭炮厂停产阶段，李煜留了他看厂。这老头实在，崔达前几次来都是这个老头接待。因为与崔达熟了，说话也很随便，还没等崔达和赵芮坐下，他直截了当地问："崔局，莫不是这厂真惹什么事了？"

赵芮看了一眼老头，说："没！我们想找方脸和春生落实一件事，他们可是这厂的老工人了吧？"

李老头看了看崔达又看了看赵芮，指了指墙上安全生产栏里的照片，说："他们呀，是老工人不假，可在前不久他们同时不干了，不知啊到哪个天边云外去了呢。"

崔达问："是什么时间离开的？"

李老头想了半天，仍然回忆不起来。他走到了里间，从屋里拿来一个记事本，翻了翻递给赵芮，说："上面记着工日。"赵芮粗略翻了几下，记事本上记载，方脸和春生最后上班的时间是两个月前的中旬。赵芮指着记事本上的时间，递给崔达。崔达接过看了看，把本子塞进了公文包里，然后问老李："老李，他们平时负责什么工作？"

老李一笑，说："这厂小，分工就没那么细。李煜知道他们俩懂点爆破技术，就安排他们专管火药的采购和厂内的安全巡查。工作很轻松，可责任大，厂子里出不得事，一出事就是大事，他们管的可是几十人的生命。"

崔达打断老李，问："这火药除了公安机关批准的进货渠道外，还进过别的地方的火药吗？"

老李摇头，肯定地说："这年月公安查得很紧，就是给我们一个胆也不敢乱来。"崔达向赵芮使了个眼神，冲墙上安全生产栏里的照片看去，赵芮领会了崔达的意思。崔达起身，拍了拍老李的肩膀，说："老李，我想看看你们厂子！"

老李一笑，说："转转？"

崔达跟在老李的屁股后面走出去了。赵芮掏出手机，对准了墙上的照片……

周巴子神不知鬼不觉地回到了楠竹岭。当他再次站在村头的那个山坡上,看着被余晖浸染的那片竹林里飘起的袅袅炊烟,与早上出发时的情景大不一样,他感觉村庄就是一幅画,自己就住在画里。

周巴子很轻松,步子也迈得快了。他第一次感到心无旁骛带给自己的解脱。推开了自家的大门,老婆在灶房里刷锅洗碗,见了周巴子就埋怨:"一天死到哪儿去了?"

周巴子"嘿嘿"一笑,很开心。这是自电站出事后老婆见到的周巴子的第一个笑脸。周巴子笑完,冲灶房里的老婆说:"男人有男人的事,你一个妇道人家问啥?"

老婆丢掉手上拿着的吹火筒,拍了拍围在胸前的抹裙,说:"回来就好,我怕你真是被那事吓着了呢。"老婆揭开锅盖,一边用铲子翻着锅里的米饭,一边说:"是福不用躲,是祸躲不过,这该来的总该要来,还不如放下,过活一天是一天!"

周巴子看着灶屋的老婆,没想到,老婆越来越乖巧,也越会宽慰别人了。周巴子兴冲冲跨进灶屋,门外突然传来了冒崽的声音。周巴子冲门外的冒崽吼了一句:"叫魂啊,阴魂不散!"

老婆盖好锅盖,说:"他候你一天了。"

周巴子转过身,又跨过灶屋门槛站在堂屋中间,朝石阶上的冒崽瞪眼吼道:"叫啥?"周巴子此时并不待见他,想到冒崽平时得志时的情形就来气,这会他来不会有什么好事。

冒崽看到周巴子生气的样子一笑,冲周巴子一招手,带着不容拒绝的口吻说:"过来!有隔着这么远说话的吗?我还吃了你不成?"

周巴子无奈地从堂屋走出来,下了几级石阶站在冒崽跟前。冒崽挨近周巴子神秘兮兮地压低声音说:"听说了没,公安局钉上了李琦的鞭炮厂了!"

周巴子脸一沉,瞪着圆鼓鼓的眼睛,张大了嘴,停顿了好长时间,然后又合上了嘴轻蔑地一笑。冒崽从周巴子的表情中,没有得到自己想要的那种效果,很失望。更没想到周巴子听到这个消息会这样平静,没起一丝波澜。冒崽心里狠狠地骂了句:"麻木!"

周巴子的眼睛一直没离开过冒崽的那张脸。他从冒崽的脸部表情的不停变化中,知道冒崽极力想得到自己对他的赞赏。接下来,周巴子的回答更让冒崽大失所望,并且憋了一肚子火,而又无处发泄。

周巴子再次轻蔑地一笑,语气很平和,调侃道:"冒崽,吃饱了撑的吧!这与我有关吗?李琦什么时候办鞭炮厂了?"

冒崽脸上的肌肉微微颤动了几下,翻了几下白眼珠子,失落和被愚弄的感觉使他顿生怒火。他冲周巴子白了一眼,几乎从牙缝里挤出每一个字:"好心当成驴肝肺!鞭炮厂是他们李家的,不管是李琦,还是李煜,他妈的都是他李琦的。公安局钉上鞭炮厂与你没干系?哼!你没给他们卖过火药?你啊摊上了大事了!哼!"

周巴子见面前的冒崽急赤白脸地怒了,顿感舒坦了许多。他伸手在冒崽的肩上拍了拍,做出一副长者的样子,声音很低,几乎只有他俩能听到:"你啊,还真是狗嘴里吐不出象牙。去远点!"周巴子再次拍了拍冒崽的肩膀,转身快步跨过几级石阶,朝屋子里走去。

冒崽讨了个没趣,瞪着圆鼓鼓的眼睛看着周巴子的背影,惊愕地张着大嘴,一时哑然。

周巴子跨过门槛转身关上大门的瞬间,将头伸在两扇大门中间,朝冒崽挤了一下眼,随后"吱呀"一声关上了大门。

冒崽愣愣地站在石阶上,看着紧闭的大门,很久才合上张着的嘴巴。他朝地上"呸"吐了一口唾沫,愤愤地骂道:"你奶奶个熊,还真把自个当成诸葛亮再世了?"转身反背着双手,优哉优哉地朝石板路的西头走去。

石板路的西头是村支书家。冒崽是上午到县城里赶集,中午陈放请他吃饭时说电站的事有眉目了,公安局已经钉上了李煜的鞭炮厂了。这是一件好事,他得告诉支书,告诉村子里的所有周姓人,这事关乎周姓人的利益和荣誉。之所以要把这事第一个告诉给周巴子,是因为周巴子曾经给鞭炮厂卖过火药,电站又是火药炸的,这难免让冒崽有些担心。周巴子也姓周,说不定三百年前是一家人,鞭炮厂出了事,他终归是要受到牵连的。哪知周巴子对他的一番好心不领情,反对自己嘲讽一番。真他娘的憋屈!楠竹岭谁人不知他自制火药卖给鞭炮厂?到时出事了,给他判个一年半载,看他还有这股傲气?

周巴子前几年给李煜的鞭炮厂卖火药,全村人都有意见,说周巴子竟为五斗米折了腰,缺了周姓人的骨气。李姓同周姓已经水火不容了,他不顾众怒,同李煜来往密切。支书也曾警告过他,如果再与鞭炮厂有往来,便将周巴子私制火药的事向公安局告发。周巴子才收敛了一些。可暗地里周巴子是否仍与李煜的鞭炮厂有往来?鬼才知道,只有周巴子自己心里明白。周巴子还这副德行,想想就来气。去支书家一并把这事捅了,让支书来教训他。周巴子怕支书吗?冒崽心里没底。多少年了,支书很听周巴子的话,每次大的决策,支书都说要请周巴子到场,周巴子简直就是他的军师。这个支书也当得叫个差劲,怎就少不了周巴子的份?支书敢不敢教训他是另一回事,说不说是我的事。

冒崽想着走到了支书的门前,支书的婆娘腊菊正在屋前石阶上择菜。冒崽笑眯眯地冲石阶上的腊菊喊:"弟妹,支书在家吗?"

腊菊抬头见是冒崽,忙停下手里的活,说:"有事?"

冒崽一笑,说:"好事呢!"说着就往石阶上走。

腊菊不乐意让冒崽进自家的门,从石阶上走下去,挡住了冒崽,说:"他还没回,啥事我转告他!"

冒崽见腊菊挡住自己,知道这是腊菊在下逐客令,于是站在石阶上,仰头看着腊菊,心里在骂:"狗眼看人低!"冒崽勉强一笑,说:"前阵子电站被炸的事,这会儿公安局钉上李煜的鞭炮厂了。我说的没错吧,一定是李煜那王八蛋干的!"

腊菊看着得意的冒崽,说:"哟,消息挺灵通的,谁说的?"

冒崽更得意了,说:"陈放!陈放的话没假!"

腊菊转回身，说："好事，他回了我告诉他，快回吧！"

冒崽看这女人转身，急了，说："哎，我还没说完呢。"

腊菊不回头，仍踏着石阶往上走，说："听着呢！"

冒崽摇了下头，苦笑一声，说："周巴子可给李煜的鞭炮厂卖过火药呢！"

腊菊蹲下择菜，头也不回地说："巴子那是为了挣钱，他卖火药都是好几年前的事了，这有什么稀奇的？冒崽，巴子可是老实人，别把这事往他头上栽，都是一个院子里的人。"

冒崽一惊，心凉了半截，这女人分明是护着周巴子呢。他奶奶的，今天是怎么了，四处遭受白眼？他向腊菊狠狠地瞪了一眼，轻声骂了句："狗日的，男人不就是个村支书吗，有什么了不起？"

冒崽走下石阶，反背着手走在小路上，心情很沉重。这村子里的人怎么了，明明是一件好事，却都装着与自己无关？电站给村子里带来了光明，带来了实惠，咋就不记得张跃和周杰副书记的好处了？这人呐人心隔肚皮，各是各的心，说句好听的话就要了你们的命吗？他奶奶的，真他妈下作……

崔达回到局里还没坐下，邱林就把他叫到了办公室。崔达说："鞭炮厂确实有问题，李煜同方脸、春生的失踪一定与电站案有关。"邱林一笑问崔达："你不是做过推理吗？试试说来听听！"

崔达不好意思地说："推理的是郝正旗。不过，我可以把他的推理复述一遍。"

邱林点头。

第十七章　恰逢其时

邱林从县里的最基层派出所，到市局机关，又从市局机关下到基层，几乎没有碰到过称心如意的事，总是在磕磕绊绊的逆境中艰难跋涉。好在他把这些权当生活给自己的磨砺和积淀。他感谢生活赋予自己这些磨砺，使自己一步一步走向成熟。

一晃几年，邱林从江州来到江源县，经历了太多的坎坷。从丁俊成的被害，到县城大字报、楠竹岭电站被炸，每一起案子都关乎着江州市的形象，多年努力仍没有摆脱江源的这个尴尬局面。邱林在扪心自问，这究竟是什么原因？

崔达借用郝正旗的推理，说电站的案子可以这样设想："李煜对楠竹岭电站淹没了他的采矿场而怀恨在心，早有报复之意，只是条件没有成熟而未实施。丁俊成在时，丁俊成胆小而不让李煜报复电站，致使李煜未能得逞。丁俊成被害后，采矿场和冶炼厂易主为李姓，李煜又是李埼的堂弟，李琦的上位给李煜增强了报复电站的信心。县城大字报针对的是李琦，这件事就像一根被点燃的导火索，终于引发了李煜决意报复张跃的念头。失踪的方脸和春生，就是李煜实施报复的具体行为人。李煜利用方脸知道周巴子生产火药这个条件，偷了周巴子作坊的黑色火药。作案后，因楠竹岭人把矛头直指李煜他们，唯恐事情败露，李煜同方脸他们同时逃离江源。"

邱林对这个推理表示赞同，从某种意义上来说，这个设想应该是成立的，现在关键就是证据！

邱林安排崔达和赵芮去了楠竹岭，再次找周巴子调查是否认识照片上的方脸和春生。邱林还一再嘱咐，在看周巴子的生产作坊时一定要仔细，不能漏了细节。

邱林接着给江州的高晓敏和郝正旗打了电话，把自己的想法与他们进行了沟通。高晓敏认同邱林的观点，电站案李煜作案的疑点最大，现在的关键一步是找到李煜。

高晓敏说："市局技侦部门已上了多种技术手段，几天过去了就是没有反映。江州四十多万人，靠人力找出李煜他们显然是不现实的。"

邱林沉默了好一会儿，然后对高晓敏说："是不是请示一下程志远副市长，把李琦的通讯方式也列入技术部门的侦控范围？"高晓敏一笑，说："这怕不合适吧，毕竟他是副县长，他再没觉悟也不会参与李煜他们犯罪，这不是自毁前程吗？"

邱林也笑了，说："高看了李琦这个人。我对李琦了解，自打来到江源认识李琦的第一天起，就隐约感到这人并非善类。从宾馆的接风宴，到副县长选举，江源民众对他的评价，等等，种种迹象表明，李琦是放不下李煜的，我坚信李琦会联系李煜。"高晓敏听邱林这么一说，答应去找程副市长汇报，但结果不敢确定。邱林说他一定会同意的！

中午的时候，邱林接到了高晓敏的电话，说："你真是很了解程志远，他竟然同意了对李琦上手段！"邱林一笑，说："这只是个意外，我之所以敢开这个口，是因为江源的治安形势不得不采取非常手段了，程副市长每天接到的电话，都压得他喘不过气来。现在只要对破案有利，他哪能还顾及这么多？"

邱林钉住李琦，把李琦列入了侦控范围。但他万万没有想到，他忽视了与李琦一丘之貉的刘峰。事实上，李琦并不同李煜联系，而是通过刘峰向李煜传话。

崔达、赵芮是在下午快下班前才赶回局里的。一下车，崔达就进了邱林的办公室，告诉邱林有收获！接着他把周巴子认识方脸和春生的事汇报给了邱林。据周巴子反映，早在两年前，周巴子给鞭炮厂送火药时，是方脸验货。因周巴子的火药木屑成分过多，方脸拒收。周巴子知道这是方脸在为难自己，自己生产的火药与外地购进的火药混合后，不影响效力。于是周巴子使了个小手腕，给方脸送了几百块钱的小礼，方脸才收了他的火药。过后，方脸再没为难过周巴子，只要是周巴子的货他二话没说。

三个月前的一天，方脸突然对周巴子说，现在公安机关和安监部门对安全生产查得很严，你的小作坊出不得事，一出事会连累我们的鞭炮厂。方脸要去实地查看一下周巴子的作坊，如果达不到安全要求，就不再收购周巴子的火药。周巴子同意了，但周巴子有个条件，说楠竹岭的人对李姓反感极了，要去也只能说是我亲戚。方脸答应了周巴子，带着春生去了楠竹岭。周巴子带着他们二人看了竹林中的作坊。方脸说不错，可以继续生产，还问了周巴子一个月能出多少火药。

方脸去过作坊后的一个月，周巴子发现自家的火药被盗了！周巴子回到楠竹岭后，冒崽找过他，说电站案很快就要破了，公安局已经钉上了李煜的鞭炮厂了，现在的李琦和刘峰就像热锅上的蚂蚁。周巴子问过冒崽，说李琦急这情有可原，他刘峰急什么？冒崽骂周巴子是猪脑壳，江源人谁不知刘峰与李琦的关系？冶炼厂就是刘峰和李琦的，李煜只是个顶名的。

崔达说到这里，邱林打断了崔达，问："冒崽同周巴子说，李琦同刘峰有……"

崔达一笑，说："邱局，这事早就不是什么秘密了！"

邱林一拍脑门，指着崔达，说："差点把这事给忘了！秘密钉住刘峰！"

赵芮一脸茫然，说："邱局，他可是……"

邱林打断了赵芮："他不是天皇老子！"

崔达同赵芮对视了一眼，赵芮扮了个鬼脸。

晚饭过后，邱林给绍中伟打了个电话，说是有重要事情要汇报。绍中伟说，我也正要想见你，来我办公室。

天擦黑的时候，邱林去了县委大院。大院里的灯光不够明亮，但很安静，安静得能听到虫鸣。

邱林从大院里几棵古松柏下穿过，踏上了进入县委办公大楼的石阶，"噔噔"几步进了大门。突然，邱林的胸口一阵紧似一阵，揪心的绞痛袭来，他的额头上冒出了豆大的汗珠。他蹲下身子，双手使劲按着胸口。身体的突然不适，使邱林全身痉挛，按着胸口的双手不由自主地慢慢松开，双腿软绵无力地缓缓跪在地上，"咕咚"的一声，邱林倒在了光滑的地上。

邱林试图从地上站起来，但几次都是徒劳。他的双腿不听使唤，撑在地板上的双手麻木僵硬。

过了好一阵，邱林的胸部绞痛才稍稍得到缓解，双手不再是那么麻木和僵硬了。邱林挥动了一下右手，又来来回回地将手伸出收拢，确定恢复自如后，勉强站起来，抬头看了看向上延伸的楼梯，拖着酥软疲惫的身躯，艰难地扶着楼梯护栏缓慢地一步一步走上去。

邱林推开绍中伟的办公室的门时，吓了绍中伟一跳。绍中伟忙上前扶住摇晃不定的邱林，急切地问："怎么回事？"邱林摇头，说："过一会儿就好了。"绍中伟忙给邱林倒了一杯水，看着邱林说："这可不行，你看你脸都白了，衣服全被汗水浸湿了。这是大病，得马上去医院！"

邱林抓住绍中伟打电话的手，说："绍书记，我现在好多了，真的不用。"

绍中伟看着邱林，疑惑地问："能行？别硬撑！"

邱林点了点头，绍中伟才在他身边坐下。

邱林喝了一杯水，说："绍书记，电站的案子有了新发现……"

绍中伟的第一反应就是震惊，然后摇头。可他相信邱林，邱林所说并非空穴来风。大量事实证明，李琦与刘峰在丁俊成的公司的股份上是有牵扯的。从炸毁电站谁是最大的受益者这个角度分析，邱林说的应该成立。绍中伟感到不解的是，这次周杰为何如此平静。谁有作案嫌疑，周杰心里有本账，实际控制电站的周杰，这次倒是沉默了，没有跳出来指责公安机关，这有点让他琢磨不透。

邱林说："绍书记，对李琦已经实施了侦控手段，事前没有给您汇报，还得请您谅解。"绍中伟一拍邱林的肩膀，说："放心大胆地去干吧，江源这个地方再也不能按常规方法出牌了，只要能治好江源，绝对支持公安机关！"

邱林来时有顾虑，怕没有争得绍中伟的同意，就对李琦上手段，绍中伟会怪自己。看来是多虑了，想不到绍中伟没有丝毫责怪的意思。于是，邱林说，要对刘峰上手段。绍中伟考虑了一会儿，问邱林，这个不会走漏风声吧？邱林点头，说这是绝密。

绍中伟起身离开邱林，沉重而缓慢地说："邱林哪，他们这些人就像疯了一样，胆子也大得惊人，什么事都敢干，他们为了什么？你说他们为了什么？"绍中伟转身，看着邱林。

邱林微微一笑，说："利益！"

"嗯！你们啊要加快破案进度，尽早还江源宁静！"说完，绍中伟端起桌上的茶杯。

邱林起身。绍中伟对邱林说："案子要破，但也要注意自己的身体，别把自己撂倒在江源，我可无法向老爷了交代！"

邱林说："绍书记，放心，还没到那个地步！"

晚上十点左右，邱林接到崔达的一个电话，说："邱局，刚接到省厅一个电话，要你明天下午赶到省厅。厅领导要听江源案子的汇报。车已经安排好了，明早七点就走，不用准备材料。我也陪你一起去，案子的细节由我来说。"

邱林问崔达："市局是不是也去人？"崔达说："省厅说了，市局不去人，领导是要听您的汇报，与市局无关。"邱林纳闷，这次省厅有点出乎寻常，怎么一下子插到了县里？是不是江源的案子惹怒了厅领导，这是要问罪的节奏！谁要他邱林无能，几起案子都没破，省厅有火也在所难免。管他呢，明天再说。邱林倒在床上，不一会儿工夫打起了呼噜。

山城的天亮得迟一些，早上六点多仍然能见度很低。远处，迷雾夹杂着雨点，带着丝丝凉意，从窗户上的玻璃缝袭进房里。湿漉漉的空气弥漫了整个屋子，窗户玻璃上贴了一层白霜般细绒绒的水珠。

邱林推开窗户，伸了个懒腰，深深地吸了一口湿润的空气，感觉轻松了许多。

崔达的车在房子下面响了几声喇叭。邱林匆匆收拾了一下行李，将工作笔记塞进包里，匆忙下楼。

几年的时间里，邱林健壮的体魄日渐消瘦，红润的脸变得黯淡了。早在几个月前，崔达偶然在邱林的房间里看到了邱林的体检报告，结果为高血压和心肌梗死。这是一个要命的情况，崔达提醒过几次。邱林不在乎，说是在长期服药，没事。

崔达下车为邱林打开了车门。邱林冲崔达风趣地一笑，问："带纸巾了吗？"

崔达上了车，朝挡风玻璃前那盒纸巾一指，说："有呢！"

邱林严肃地说："不够！"

崔达启动了车，随便答了句："是不是肚子不舒服？"

邱林"嘿嘿"一笑，说："你啊，这次咱们得多备些纸巾擦眼泪！"

崔达回过头看了眼邱林，轻轻地说："未必吧！"

邱林靠在座位上，说："还看不出来是去接受批评教育的？"

崔达不语。

周杰心里窝着火，可又无处发泄。电站的案子分明是李琦要与自己摊牌了，早知李琦如此不计后果，就不该想尽办法让他上位。李琦这样不但暴露了他，也暴露了张跃和自己。该死的李琦就不能省一点事，消停一会要他的命吗？周杰现在宁愿电站的案子不破，也不能让李琦栽了进去。李琦进去了，自己的末日就快了。

张跃说公安局已经钉上了鞭炮厂，这分明是钉上了李琦，这帮猪头早晚是要出大事的。周副书记要找李琦彻头彻尾地谈一次，这个时候不能再摆架子了，就算是为了自己。周杰给李琦的办公室去了电话，问："李副县长，中午有什么安排？"李琦说："也没啥安排。"周杰说："中午就去茶楼吧，有事找你！"李琦问："带上刘峰吧？"周杰强压住怒火，淡淡地说了句："你啊，别老带着刘峰！"说完，挂了电话。

中午时分，周杰早早来到了茶楼。一杯茶工夫，李琦居然来了。他还是听了周杰的话，没有带刘峰。周杰为李琦倒了杯茶，然后以长者的口吻问李琦："听说了吧，公安局钉上了你的鞭炮厂了！"

李琦吃惊地看着周杰，一时说不出话来，过了好一会儿，才吐了口气："唉，周副书记，这可不能乱说，鞭炮厂是李煜的，怎就说成了是我的？别人可以这么说，他们是猜测。可您这么说就是定调了，把那鞭炮厂硬塞给我了。"

周杰等李琦把话说完，然后重重地说了句："我说李琦，你也是副县长了，做事用点脑子好不？张跃的电站被炸了，我说过什么吗？今天找你是给你透个信，这事一旦搞清楚我们都得玩完！"

李琦仍然坚持说："这与我无关！"

周杰平缓了语气，说："你啊就是煮熟的鸭了嘴硬！祸到临头了还不知是谁惹起的。醒醒吧，别在窝里斗了，邱林不是一般的人，赶快把屁股擦干净，保住自己才是正事！"

李琦沉默了，听周杰这话，像公安局已经查到了什么。李琦又想，周杰诡计多端，是不是来套话，从中收集电站案的证据？这不是不可能的，电站被炸了，对他是损失，再说案子破了对他不是一件高兴的事？他有必要来告诉我公安局钉上了鞭炮厂吗？李琦猛然意识到，周杰是在试探。他太狠毒了，竟然连下三烂的手段也用上了。不行！必须反戈一击，打掉他的优越感。

李琦端起茶杯，十分轻松地在杯口上吹了吹，然后慢慢地品了一小口，又放下茶杯。他抬头看着周杰，冷淡地说："周副书记，谢谢您的好意。我猜得不错的话，刚才的一席话是在为自己开脱吧？不过您放心，我什么也不知道。"

周杰真的火了，猛地站起来，指着李琦，说："李琦，你……"

李琦这时变被动为主动了，笑着对周杰说："哎哎，别这样激动嘛，我不是说了嘛，我什么都不知道！"

周杰气得手乱抖，指着李琦，说："李琦你给我听着，别认为我不晓得你背后在说鬼话，丁俊成的案子是已经结案了的，我与那事无关，你猖狂什么？"

李琦也不示弱，说："我没说过你与丁俊成的案子有关啊，别做贼心虚！"

周杰一个劲地指着李琦，但说不出话来。最后，他放了句狠话："你这样我们无法谈下去。我告诉你，你的日子到尽头了！"说完，转身，气冲冲地摔门而去。

李琦一笑，抿了口茶，暗骂："老子又不是被吓唬大的！"

周杰愤然离去，李琦慢慢地冷静下来。他在思考，周杰为什么要试探自己？如果他所说的是事实，自己会面临着什么？周杰的这个消息是哪儿来的？公安局对周杰早就有了提防，这消息肯定不是出自公安局内部！无风不起浪，周杰既然已经明确提示要自己把屁股擦干净，就当他掌握了这个秘密，自己早做打算为佳。人无远虑必有近忧，趁早把方脸他们赶得远远的。

李琦靠在沙发上，闭目静思了一小会儿，突然睁开眼睛拿出手机，拨通了刘峰的电话……

崔达将车开进了省人民医院，在一间车库里停下，然后推了推熟睡的邱林，说："邱局，到了！"

邱林揉了揉眼睛，钻出车，伸了个懒腰，看了看四周，疑惑地问："崔副局，你搞什么鬼，这是哪？"

崔达从座位上拿出邱林的提包，一笑，说："省医院！"

邱林严肃地说："开什么玩笑，咱们要去省厅，走！"邱林又钻进了小车。

崔达拉开车门，说："下来吧，这是绍书记的命令！"

邱林愣愣地看着崔达，说："什么，绍书记？他什么时候下过这样的命令？少扯！"

崔达无奈地说："邱局，您别为难我，这来都来了，绍书记亲自联系的医生，不信您自己给绍书记打电话！"

邱林钻出车，半信半疑地看着崔达，说："那省厅的事……"

崔达一笑，说："骗你！走吧！"

邱林整理了一下衣服，说："你啊，什么时候才有一句实话！"

崔达说："别怪我，这是绍书记的意思，不这样怕请不动您！"

邱林说："胡扯！"

一个下午的时间很快过去了，邱林支开崔达，自己去了医生的办公室。医生说："邱局，您需要住院观察一下。"邱林缠着医生先开药，住院的事往后放一下再说，稍晚几天就来。医生说："绍书记嘱咐过，病情严重就把你强留在医院。生命可不是开玩笑的，没命还能干什么？"邱林急了，哄着医生说："大夫，就等几天，等我回去把事情安排妥当就回来住院，保证五天内到医院报到！"医生摇头叹息，给邱林开了五天的药。

崔达刚好回到大厅，见邱林在取药，急了，说："您好了？"

邱林一笑，说："大惊小怪，虚惊一场，小事！"

崔达看了看邱林，从他的脸上看不出异样。邱林看着崔达怀疑的眼神,"扑哧"一笑,风趣地调侃道:"是不是不如你所愿,医生查不出问题你很失望?"

崔达挠挠头,接过邱林手里的药,说:"没事就好,没事就好!"

邱林说:"饿了吧?"

崔达点头,说:"有点,您请?"

邱林说:"走,对门的那个大排档不错!"邱林大步上前。崔达看着邱林的背影,无奈地站在原地。

邱林感觉崔达没有跟上,回过头看着呆立在原地的崔达,说:"怎么?"正在这个时候,邱林的手机响了。崔达从邱林的包里取出手机,电话是市局高晓敏打来的,崔达忙将手机递给了邱林。邱林接了电话,很惊讶!接着他对高晓敏说:"这次可不能让他们溜了!"

邱林的脸上带着笑容挂了电话,对崔达说:"走!回江源!"

崔达迟疑了一会,问:"这饭还……"

邱林已经走了很远,回头说:"路上再说,赶时间!"

在回江源的路上,邱林说崔达真是"近山知鸟声,近水知鱼性",你提供的思路这么快就有了收获。刘峰终于与李煜联系了,并且已经查清了李煜躲在江州市的一个工业园区里。

临近深夜十一点,崔达同邱林的车在离江源不远的高速公路服务区停下。崔达说肚子在抗议了,再不进食恐怕难以交代。俩人在餐厅里草草吃了点面,又上车了。

李煜在胡乱地收拾着东西,同时还在吼着方脸和春生。春生很紧张,手在不停地哆嗦,在收拾东西时,不停地抱怨方脸,说是方脸把自己给毁了。方脸说,你是李煜亲自找的,现在李煜在,可以当面问,究竟是谁把你给毁了?

李煜停下了,看着他们,脸色很难看。他冲春生说:"你这时知道后悔了,当初你拿我李煜的钱时怎不后悔?你这人啊,还说为朋友两肋插刀,一点点风吹草动就怕了,你是被抓进班房了还是要坐牢了?我看你这人在抗战时期准是个叛徒!"

春生干脆坐下了,看着方脸和李煜,说:"话不能这么说,这是抗战吗?一天挪好几个窝,人不人鬼不鬼的,还像人吗?"

李煜愤怒地说:"你走不走?等过了这个坎,由你去,谁也不拦你!"

方脸放下手里的东西,靠近春生,说:"你他妈就是一头蠢猪,悔也晚啦!这电站你不是也去炸了,有胆你去自首,别在这怨天怨地的!"

方脸的话把春生给镇住了,春生哭丧着脸,慢腾腾地站起来,重新收拾起床上的行李。

方脸的愤怒倒使李煜冷静了许多。下午刘峰的电话确实使他紧张了很久,从刘峰的电话分析,公安局钉上了他们。这是一件要命的事,容不得他松懈。他立即做出决定,离开江州!照刘峰的意思越远越好。当然,这也是李琦的意思。但他想不通,这么长时间了,李琦就是不给自己打个电话,安慰一下。这躲藏的滋味不好受,也怪不得春生发牢骚。落在谁的身上,谁也受不了。

春生的情绪使李煜对自己所做的一切进行了重新思考。在与李琦、刘峰的合作过程中,自己充其量就是一枚棋子,在利益上也只是得到了一小部分,可承担的风险与所得不成正比。李煜后悔过,悔也悔不了,恨只恨自己一时冲动,出了这个主意。刘峰当然不怕把事情搞大,极力支持。刘峰现在是推着自己,挟持着李琦,把他们兄弟俩给"强奸"了。李煜越想越来气,但现实不允许他有过多的想法,当务之急是先逃出江州。

李煜起身,提了行李,对方脸和春生说:"出了江州再说!"

"砰、砰、砰",房外响起了敲门声。方脸与春生面面相觑,恐惧袭上了他们的心头。

"谁呀?"李煜丢掉手里的行李,朝房门外问。

门外说:"交水费了!"房东的声音。

李煜看着方脸，问："上午没交？"

方脸拍了下头，说："忘了！"

李煜瞪了眼方脸，无奈地上前开门。门刚拉开一条缝，六名身着制服的警察冲了进来。春生看着进来的警察，一屁股坐在了地上……

早上，邱林给绍中伟去了电话，说："绍书记，电站案子很复杂，性质也很恶劣，李煜咬定是自己同方脸他们谋划的。"绍中伟第一反应，问："你现在在哪？"邱林说："谢谢绍书记的好意，昨晚我就回到了江源。"绍中伟叹了口气，说："不仅仅只有你能破案，身体是自己的。你可是上有老下有小。"接下来，绍中伟说："李煜既然已经落网了，并且交代了是他们炸了电站，后面的事慢慢去查，总会弄明白的。"

邱林有些急，说："刘峰还真是为李煜通风报信的角，如果案子有进展，公安机关很有可能要对刘峰采取措施。"绍中伟停顿了片刻，长长地吐了口气，说："到时再说！"

邱林挂了电话，对绍中伟最后的这句话不能理解。邱林摇头，接着给高晓敏去了电话，告诉高晓敏，李煜他们就关押到市看守所，不能向外透露半点消息。

邱林忙从办公室去了刑侦大队，要崔达带上赵芮马上去江州。

李煜面对郝正旗，他不抵赖，说电站是我指挥方脸和春生炸的，火药是方脸和春生从楠竹岭周巴子那里偷来的。方脸和春生也交代了详细的作案过程。李煜、方脸、春生三人的口供非常吻合，与发案现场一致，案子总算可以破了。

中午的时候，邱林与高晓敏简短地沟通了一下，邱林谈了自己的想法，说："李煜他们交代得太出人意料了，几乎接近了完美，这不符合犯罪的心理逻辑。"高晓敏肯定地说："他们是在欲盖弥彰。李煜为什么不敢承认他收到过刘峰的电话？这中间大有文章，他还幻想着他的后台来救他，所以隐瞒了事实，把作案过程完完全全地交代了，目的就是让我们尽快结案，别拔出萝卜带出泥。"

邱林沉思了一会儿,问高晓敏:"你有什么方法,使他们交代出幕后主使。"高晓敏摇头,说:"唯一方法是用证据说话,方脸和春生是不知道李煜与刘峰他们的内幕的,只要李煜坚持这是他的个人行为,就很难找到刘峰和李琦的破绽,除非有佐证。"邱林看了会高晓敏。高晓敏一笑,说:"我脸上没有答案,要找答案还得去审问李煜。"

邱林一笑,说:"刘峰打给李煜的那个电话,足以说明刘峰与此案有关。"高晓敏也笑了,说:"大家都心知肚明,可李煜就是不认。刘峰的电话说明了什么?不就是让李煜快点离开江州嘛。刘峰可以编造出若干个理由,他可以说是怀疑电站案是李煜作案,也可以说他听到了传言为李煜通风。这能怎样?不就是一个为犯罪提供逃跑条件嘛,两害相权取其轻,他认了这一点,说穿了就是一个轻罪!关键是李煜死不开口,还是从别的地方打开缺口,找到刘峰、李琦与此案有关的证据吧。"

下午,邱林、郝正旗再次提审了李煜、方脸、春生。三人除已经交代过的,没有新的交代。

下班时,程志远要邱林去一趟他的办公室。程志远从邱林迈进自己的办公室起,就一直盯着邱林。他给邱林端来茶杯后,先让邱林坐下,不问案子,而是非常严肃地批评邱林:"你一天跑一千多公里,从省城往返于江源,这是要命的节奏。"邱林一笑,说:"程副市长,我年轻没事,能扛住。"同时在心里说,绍中伟就像一个婆婆,什么事都要捅到程副市长这里。程志远看出了邱林的心事,说:"哎哎,别把事老往中伟那儿想,是崔达说的!"

邱林一笑,说:"谁说也不能让您担心啊!"

程志远收起了笑容,对邱林说:"今晚可不能回江源,再忙也得回趟家,看看老爷子,有一个月没见着了吧?"

邱林点了点头,说:"但每天一个电话!"

程志远说:"嗯!这样就好!"接着,程志远询问了楠竹岭电站案的进展,听完后,轻松了许多。

邱林向程志远说出了对这个案子的担忧。程志远了解邱林，邱林的怀疑很有道理，这个案子就这样结了恐怕放纵了罪犯，继续查下去，能有结果吗？不管结果如何，既然邱林提了就得支持。于是，程志远说："暂时封锁楠竹岭电站案的所有消息，不得向外宣传破案情况。破案的内容仅限于专案组和绍中伟、陆晨曦知道，谁泄密追究谁的责任。"

赵芮同郝正旗他们当天晚上回到了江源，崔达一脸不高兴。郝正旗问，崔达叹了口气，说："邱局长太拼了。"郝正旗一笑，说："没有邱局长的打拼，电站这案子就没这么快破了。"崔达瞪了眼郝正旗，问郝正旗："没发现邱局长最近的身体变化？"郝正旗哑然，追问了一句："他病了？"

崔达说："差点就没了！"

赵芮、郝正旗同时瞪大了眼睛。

管苏菲对丁俊成的父亲丁仁宗说，就这样过一辈子心有不甘。祖霄死了虽死无对证，但我收到的那些材料表明有人早有预谋的，这材料还做得天衣无缝。好在公安机关和检察院、法院看出了破绽，才捡回了这条命。沉默了多年，丁仁宗一直关注公安机关的邱林。江源的一桩桩案子，哪一桩不是在阻力中办的？唯独就是丁俊成的案子还没有进展。儿子不能不明不白地死了，该是为丁俊成申冤的时候了。丁仁宗考虑了很久，一再让儿媳等等再说。他想找到一个合适的途径，把手中的一些材料送出去，但又怕石沉大海。更为担心的是，李琦居然还当上了副县长。这人模狗样的，想想就来气。早在两年前，丁仁宗就听说过邱林查过丁俊成的公司的股份的事，起初老丁也就认为他们只是查查而已，官场上的话不可全信。一帮外来干部，他们说走就走，就是查出来了又能怎样？

几年了，丁仁宗看到邱林仍是那样执着，于是同儿媳商量，到出手的时候了。管苏菲说："可以先找下朱一来，他同邱林的关系不一般。江源的人都晓得朱一来是邱林的后盾。"

丁仁宗点头，说："过几天就去趟县城，把这事同朱老书记说说，看看朱老书记的态度。"

丁仁宗去了县城，找到朱一来。朱一来听了丁仁宗的话感到很吃惊。他问："事过这么多年了，怎么现在才说？"丁仁宗说："这人呐就是与人不一样，丁俊成在的时候我听他说过，江源这水太浑，不敢轻易出手。"朱一来说："邱林不比其他干部，他会认真对待这件事的……"

第十八章　山雨欲来

江源县委大院里出现了少有的平静，被炒得沸沸扬扬的楠竹岭电站案也突然平息了，似乎与这里的人毫不相干，不再有人议论这件事。这种平静并非好事，里面一定隐藏着某种玄机，等着暴发。周杰想从大院里的每张熟悉的脸上中读出点什么。然而大家与往常一样，彬彬有礼，笑容和善，并无异常。唯有李琦见到他时有点张紧，笑得不那么自然。

千红茶楼是李琦与刘峰他们的一个据点。然而就在这个平静的时期，他们却频频出现在那里。更让周杰感到不安的是，有人看到丁仁宗去了朱一来家。这平白无故的他去朱一来家干吗？

种种迹象让周杰坐立不安。把这一系列的事联系起来，周杰得出了一个可怕的结论：江源要出大事了！

周杰认为电站案的暴发，给了大家暂时的平静。但有朝一日李煜落网，邱林是不会放过李煜炸毁电站的动机的，只要沿着这条线索查，纸就包不住火了。于是周杰约了张跃，要他下午下班后去一趟郊外的农家乐一聚。

郊外的农家乐距县城三公里，沿河堤而建，是由几栋木质楼构成，四周是茂密的楠竹，一条水泥铺就的小道从公路边延伸过来，穿过竹林直到这个庭院前的空坪子。坪子很宽敞，能容纳十多辆小车。庭院的背后是清澈见底的江源河，哗哗的水声，给这个庭院增添了几分幽静。

说是农家乐，其实是为了避人耳目。庭院里的各种物件都非常讲究，就连从坪子进入大堂的台阶也是汉白玉的。大堂就更为讲究了，大堂的地板是白色大理石，天花板也是白色的，而且为了有所区分，天花板上还有复杂的暗纹若隐若现。据说这是主人找江州最有名的设计师设计的。大堂中央硕大的水晶吊灯，倒三角形从天花板一直垂到二楼的楼梯扶手以下，让人感觉伸手就能摸到一样。这样的水晶吊灯整个江源只有这一个，是主人从省城花高价拍来的，至于价钱有多高，别人无法考证，但至少够买好几套普通人家的房了。所有的这一切，使这个酒店成了江源的亮点。

周杰匆忙上了二楼，钻进一个包间。

张跃与周杰有一些日子不在一起聚了，所以点了一桌菜，难得周杰主动出来。张跃从电话里感到周杰的声音很轻松，这说明他们已经度过了危险期。可周杰进门的瞬间，张跃有些哑然，周杰的神态与自己想象的大相径庭，阴沉的脸上写着一脸的不悦和焦躁不安，也没有往日那份绅士风度，刚放下包，就麻利地端起桌上的杯子，一口喝完杯中水，重重地将杯子放在了原处。

张跃从周杰的一连串动作中，感觉到了不正常，如临大敌般看着周杰。周杰似乎看出了张跃的心事，出奇地平静，只轻声说了一句："太平静了！"

张跃突然一笑，悬在心头的石块总算落了下来。他忙给周杰面前的小杯里倒上酒，然后回到自己的座位上，说："平静是好事，足以说明邱林也不过如此！"

周杰疑惑地看着张跃，有些忍不住想大骂面前这个看似精明，而实则蠢笨如牛的家伙。他刚张开嘴，没说话，就又合上了，轻蔑地斜视了一眼面前的这个男人，从双唇的缝隙间挤出了硬邦邦的几个字："你啊，怎么就不思考点事儿？"

张跃夹菜的筷子停住了，目光呆滞地看着周杰。周杰仍然是那副阴沉的表情。张跃把菜放回了盘子里，放下筷子，用桌上的湿巾擦了擦手，挪动了一下凳子，靠近周杰，讨好般问："周书记，您莫非听到什么了？"

周杰叹了口气，不置可否地问："县城大字报是你同陈放干的？"

张跃顿时失语，惊慌地看了一眼周杰，然后胡乱地答了一句："这事不是已经过去了嘛！"

周杰说："哼！你呀，李煜失踪，这明摆着他就是电站案的元凶。他一旦落网，邱林腾出手来必查大字报事件。这个你不清楚？"

张跃说："您这就多虑了，李煜不是还没被抓嘛。邱林如果有能耐早就破了这个案子了，还能等到今天？"

周杰说："说实话，这事是你们干的吗？"

张跃的脸色变了，非常委屈，说话的声音带着哭腔："周书记，我哪知道是谁干的，您都问了好几次了。我问了陈放，他嘴紧，什么也不说，要不您回家再问问陈放？"

周杰瞪眼看着张跃，分明把责任推给了陈放，自己没有估计错，这个张跃还真在背地里干了些事。张跃见周杰不语，认为周杰被蒙住了，又补充了一句："就是陈放做了，也是为了大家！"

周杰的容忍到了极限，他一拍桌子，说："张跃，你这话什么意思？陈放是陈放，我是我，你少拿陈放来说事。你们背后的事我一概不知，我今天约你来是告诉你，丁仁宗找朱一来了，这可不是一件小事！"

张跃见周杰发火了，知道惹上了麻烦，更为麻烦的是丁仁宗找到了朱一来。这话里话外，透着周杰觉察到了自己与陈放的一些事。张跃忙向周杰解释："周书记，并不是我拿陈放说事，一些事只有陈放清楚。"周杰反问张跃："丁俊成被害的事陈放也清楚？"张跃再次哑然。周杰起身，离开了包间，给张跃甩下一句话："好自为之吧！"

刘峰这几天很急，连续几天没有打通李煜的电话。按照他们之前的约定，李煜到了安全的地方后，要给刘峰报一个平安。可这都过去四天了，刘峰仍然没有收到消息。李煜是不是出事了？刘峰也有一种不好的预感，他担心李煜真的出事了！

李琦责怪刘峰做事欠考虑。刘峰说:"在当时的情况下,谁也挽救不了那个局面。如果你能在炸电站前的一个小时发火,也不会是这个结果。现在说什么也晚了,况且事先得到了你的默许呢!不管事情是什么结果,我不后悔,人为财死。张跃骑在我们头上好几年了,李煜为我们出了口恶气,这很值!"

李琦气愤地说:"值个屁!真要是李煜被抓了,我们俩就被这点蝇头小利给害了,会遗恨终生。"

刘峰不与李琦争论,劝李琦凡事往好处想,或许李煜的状况没有我们想得这么差,只是不方便给我们报平安而已,咱们都耐着性子再等等。

其实李琦这几天也在想,如果李煜被抓,县委大院里还会这样平静?起码邱林他们会向外公布电站案告破,或者会找自己了解李煜的情况。然而一切都是那样平静,平静得像一潭死水。目前,只有按刘峰说的那样耐着性子等等,但愿能等来一个好消息。

郝正旗对李煜的几次提审,都无疾而终。李煜一口咬定没有别人插手这件事,炸电站是自己一手策划的。崔达说要想审好李煜,还差一点火候,这才被关几天,能轻易地吐口?郝正旗一摸脑袋,"扑哧"一笑,有理!那就再关他几天看呗!

李煜不愿意开口,不单是关押时间短的问题。自李煜落网那天,邱林就对李煜的心理做了分析,这个人的心理防线不彻底垮掉,是不会交代所有问题的。方脸文代李煜是因县城的大字报事件才起了报复楠竹岭电站的念头,大字报事件与李煜又有何干?方脸同春生都答不上来,方脸说只有李煜心里清楚。

在案件分析会上,邱林同高晓敏的意见是一致的,李煜愿不愿交代,对整个案子的侦破工作没有影响,方脸和春生已经给了答案。崔达和郝正旗他们感到迷惑,方脸同春生什么时候说了答案?邱林看出了在座的疑惑,解释说:"方脸和春生两人同时提到了李煜是因县城大字报一事,而起了报复楠竹岭电站的念头。大字报与他有何联系？大字报的内容是冲着李琦而来的，李煜为何要上演这一出？"

赵芮突然说了句："欲盖弥彰！"

邱林看了看在座的各位，接着说："他们不但没有掩盖掉事实，反而把自己暴露在江源民众的视线中。电站案告诉了大家一个真相：他是在为李琦喊冤叫屈！"

崔达懂了，问："这个案子是不是又回到了一个原点，一切从丁俊成的案子开始？"

邱林不语，冲崔达点头。

郝正旗说："邱局长的分析为这个案件的侦破工作提供了一个新的思路，把案子拉回到几年前的丁俊成的案子上，这是一个复杂的系统工程。但方脸和李煜不开口，线索从哪儿来，我们从哪儿入手，大家还是一头雾水。能不能把现有的证据用活，迫使李煜开口，从刘峰打给李煜的那个电话上做文章，或许能事半功倍。"

高晓敏制止了郝正旗，说："如果这样就彻底暴露了我们的侦破意图。惊动了刘峰就等于惊动了李琦，紧接着张跃等人都会有所戒备，到时想打开缺口就十分困难了。"

邱林听了大家的意见，心里在想一件事。丁俊成遇害、大字报事件、电站案、冶炼厂事件等等，全是围绕着一个利益核心，这个利益核心的人物——张跃。虽然不是直接，但总与他有着千丝万缕的关系。

迷雾笼罩了多年，但谜底仍没有揭开。李煜和方脸他们的落网，使邱林产生了一个很大的设想，李煜、张跃他们之间有不可告人的秘密！要揭开这秘密，只有突破李煜！

分析会后，李煜被晾在了看守所。邱林同高晓敏商量，把工作重点转移到张跃和李煜的社会关系上，有必要时把周巴子再次请来。高晓敏点头说这是一步好棋！

朱一来对丁仁宗说的话心存疑虑，事情毕竟过去了多年，这老头现在把一些材料交给自己，让自己去找邱林是否还有别的用意？朱一来想了几天，仍没有想明白，但他坚信一条，邱林是不会办错案的。可丁仁宗的材料提到的一些事，从没听邱林提起过。但朱一来还是给邱林打了一个电话，要邱林有空到他家去一趟。邱林有段日子没有去朱一来家了，怕朱一来是想见自己，便说，案子正处在关键时候，我抽不开身。朱一来一笑，说，去我家也是工作，说不定还有想不到的收获。邱林听朱一来话中有话，心想这老头有货，便不好意思地告诉朱一来，晚上去你家。

朱一来提供的材料使邱林为之一震，没白来，这老头确实有货，并且货真价实。朱一来看着邱林兴奋的样子，知道自己的顾虑是多余的，丁仁宗的材料帮邱林大忙了。邱林问朱一来材料的来源。朱一来说任何人都不会想到丁俊成的父亲还保留了这么一手。邱林听完朱一来的讲述，再也坐不住了，站起身说，我得现在就走。朱一来没有强留他，用充满期待的眼神，目送着那个日渐消瘦的身影。

高晓敏是在半夜里被邱林叫起来的。邱林说我看了朱一来送给我的材料就睡不着了，帮我分析一下这个材料的真伪。高晓敏太了解邱林了，案子到了最关键的时刻，又收到了一条石破天惊的线索，他哪里还有睡意？换了自己也是一个样。高晓敏看了看邱林，邱林确实很兴奋，嘴角总是向上扬着，眉宇间也透着一股喜气。

邱林将厚厚的一沓材料递给高晓敏。高晓敏接过材料，问邱林："你认为材料的真实性怎样？"

邱林给高晓敏倒了一杯水，然后坐在高晓敏的对面，说："看完就知道了！"

高晓敏斜视了邱林一眼，一头扎进了材料里……

楠竹岭的雄鸡开始打第二遍鸣了，周巴子躺在床上瞪着天花板还是睡不着，时不时地翻身，把床板弄得"咯吱、咯吱"响。他每翻一次身，老婆就用脚在周巴子的腔上蹭一脚，接着声音尖细地说："你是杀了人还是放火烧了人家屋？怕哪样你！"

每当老婆骂自己时，周巴子只能低沉地叹一口气。

周巴子上次去公安局自首，不！那不是自首，是去说明情况。他从来没有认为自己是去自首，犯了罪那才叫着自首，有罪就得关押。从上次去公安局说明情况后，已经这么久了，中间是赵芮他们找过自己一次。虽说邱林在自己离开公安局时说过，你有自首和立功的情节可以在量刑时从轻，但终归是要受到处理的。如果说再有立功表现，是不是就可以不受处理了？周巴子想了几天，也找了法律书籍，像自己的这种罪行如再有立功是可以免刑的。于是，他在想前几年的一桩事，拿不准汇报了那件事是否算是立功。

周巴子翻了一下身子，索性起床，将半个身子懒懒地靠在床头上，从床头柜上的烟盒里抽了一根烟，"啪啪"打着打火机，狠狠抽了几口，然后用脚碰了碰熟睡的老婆。被碰醒的老婆满肚子牢骚，说："深更半夜干啥？"

周巴子叹了口气，埋怨老婆："你啊，还真认为平安无事了你。"周巴子老婆一听，忙爬起来靠了床的另一头，揉了揉眼，打了个哈欠，说："你平时给别人掐算的劲哪去了，还真有事？"

周巴子掐灭了烟头，用脚在老婆的大腿上碰了碰，说："哎，上次我给你说过，公安打死祖霄的那个晚上，冒崽去过现场。这事记得？"

老婆想了很久。周巴子急了，催促说："就是祖霄被打死的第二天早上，我不是说冒崽从后山下来了？"

老婆突然回忆起来了，说："是有这么回事。"但她对周巴子提起这事反感，骂道："这可不是一般的事，不能乱说人家冒崽！"

周巴子瞪了眼对面的老婆，轻声地骂了句："蠢猪！"接着，问道："如果冒崽真要是参与了那个事，我说出来是不是算立了一大功？"老婆停顿了一会儿，说："那肯定是立了大功。"周巴子大喜，老婆与自己想的一样。周巴子老婆又打了一个哈欠，然后缩进被窝里，噪音尖细地说："你啊是男人，好汉做事好汉当，别扯那些不相干的事，让人把你看扁了！"

东方开始发白，从玻璃窗户向外看去，隐藏在一片山岚中的远山，只能看到几处小小的山尖。飘荡的山岚缠绕在山腰。

高晓敏合上材料，站起来走到窗户前，伸了个懒腰，双手推开窗户，深深吸了几口，湿漉漉的空气疾速涌入了肺里，让他浑身顿感少有的舒坦。他凝望着远处的山峦，背对邱林说："李琦与刘峰在丁俊成的公司都有不少的股份，而楠竹岭电站淹没了丁俊成的采矿场，使丁俊成的公司成了名不符实的空壳公司，这就是李煜要炸毁电站的动机！"

邱林向前走了几步，挨着高晓敏，也看向了窗外，说："县城的大字报事件一语中的地道出了李琦的秘密，这就是电站案的导火索。"

高晓敏回过头，看着神情严肃的邱林，说："丁俊成的城府很深，他早就料到会有那么一天。所以把张跃想吞并江源稀土矿业有限公司的草案留了下来，他预料以后能派上用场。"

邱林说："有了这些，我们对管苏菲打给丁俊成的那个最后的电话就不难理解了！"

高晓敏眼前突然一亮，惊讶地看着邱林，说："你是说那个电话是早就有预谋？"

邱林一笑，反问道："假如我们现在找管苏菲，她会是什么表情？"

高晓敏把手一挥，说："管她呢，走！"

崔达和郝正旗他们暂停了对电站案子的调查，把工作重点放在了李煜和张跃的社会关系上。崔达又想起了那次在宾馆里发现的那个女人。他问郝正旗："上次布置的那个专项特情人员后来怎么没消息了？"郝正旗说："这阵子不是忙着电站案吗，哪有时间去管那些？"崔达指了指郝正旗，说："不能只顾一头，要学会多条腿走路才行呀。"郝正旗一笑，调侃地说："我只有两条腿，要多几条腿那是怪物。"崔达瞪了眼郝正旗，骂道："没一点正行。尽快联系那个特情人员，务必找到那个女人。"

早在半月前，郝正旗找过特情人员，特情人员说那个女人可能还在江源，最远也不会离开江州。但我与陈放过去没有交往，贸然接触陈放怕坏大事，所以还在围绕打进那个圈子做文章。现在又过了两周时间了，说不定那特情那里有收获了。

郝正旗给那个特情人员打了个电话，特情人员说："我正在江州，事情有点眉目了。"郝正旗很高兴，说："马上赶回江源。"特情人员说："郝队，现在回江源肯定不行，好不容易才找到点线索了，人还没见着，不能让到手的奖金又泡汤了。"郝正旗不放心，追问道："确定那个女人在江州？"特情人员一笑，说："不信过两天就见分晓！"郝正旗放下电话，在赵芮的肩上拍了一巴掌。赵芮瞪了眼张嘴大笑的郝正旗，说："神经病！"

郝正旗回了句："姑娘家说话别那样带刺儿，否则没男人喜欢！"

赵芮"扑哧"笑了，骂了一句："你管得着吗，又不是我妈！"

郝正旗去了崔达的办公室。听了以后，崔达说："这是一个值得高兴的消息，特情信息可靠，这江源的案子可就轻松了一大半。"正说着，邱林、高晓敏走进来了，崔达想把这个消息告诉邱林。可邱林先说话了，要崔达和郝正旗、赵芮立即动身赶往高阳询问管苏菲。郝正旗一时蒙了，万没想到，邱林与自己想到一起了。崔达忙向邱林说："邱局，正有一件事想向你们二位汇报。郝正旗前段时间布置的特情有了反映，在江源宾馆里出现的那个女人阿英出现在江州！"

高晓敏瞪直了眼看着郝正旗，咧嘴笑了，拍了一下郝正旗的肩膀，然后看着邱林，说："邱局长，这是怎么回事，好事成双啊！去，找到那个女人！"

事情的发展总是出人预料，丁俊成的案子就像一块巨大的石头压在邱林的胸口上，长期以来他感到胸闷气短，多少个不眠之夜在寻找答案；

多少次梦见丁俊成在向自己哭诉。当这两条有关丁俊成的案子的消息突然到来时,就像堵住的洪水突然被泄闸,他的心里骤然轻松了许多。尽管这些只是线索,尽管这只是一种可能,但他坚信,真相越来越近了。

邱林抑制不住内心的激动,对高晓敏说:"晚上我请你喝两盅!"

高晓敏惊讶地看着邱林,一时说不出话来。邱林见高晓敏反应异常,补了句:"不是大碗饭,是去酒店!"

高晓敏看了看窗外,回头一笑,指了指窗外的天空,说:"邱林,太阳还是从东边升起的,没错吧!"

邱林在高晓敏的胸口上擂了一拳,说:"你说呢?"两人同时笑了。

周巴子心里一直就没踏实过。公安局不找自己并不代表自己不会有事,法律上说了,投案自首要毫不隐瞒地交代问题。几年前,冒崽从后山下来的事是不是问题?如果冒崽真与那件事有关,这就是问题,不向公安交代也是隐瞒问题的一种,到时公安找出了证据,自己又多了一项罪名,包庇罪!老婆说别把没影的事扯出来,冒崽与你都是一个院子的,早相见晚相逢,万一传出去两家人就结仇了不说,张跃他们也不会就此饶了咱们。但这事非同小可,周巴子猜测,那天晚上冒崽定是去了那个现场,如果在现场,他是怎么知道祖霄就在那个地方,甚至还知道警察那晚就要行动?别看冒崽平日里的那副猥琐相,其实心里鬼名堂蛮多,楠竹岭里别人看不清,他周巴子心里一本账。从种种迹象分析,冒崽那晚定是有鬼。不然那么早从后山下来,后山上还能藏着他的情人?谅他也没那个能耐!

周巴子抽了一阵烟,思前想后地想了个遍,觉得冒崽那天太不正常了。还有后来村子里的人每说起祖霄那天被击毙的事时,冒崽总要躲开,并且眼神和脸色都与平常不一样。能看出来,冒崽不想听这事。

周巴子蹲在门前的石阶上,一支接一支地抽着烟,石阶上的烟头不知不觉地堆成了堆。周巴子看了眼屋里的女人,站起身拍打了几下身上的尘土,碎步沿石阶而下,朝石块铺成的村道上走去。

早在十几年前,石块路两旁全是一色的木结构的房子,金黄色楠竹装饰的壁板,每户门前都是石匠精心细整的石阶,看起来很土气。就是这种土气与楠竹岭茂密的竹林相融,形成了少有的田园风光。周巴子很怀念那个时候的楠竹岭,虽然房子土了些,但人心向善,一个村子就是一条心,大家见了都是笑呵呵的。现在房子好了,一切都变了,人与人也变得陌生了,人心与人心相隔了几千里。今天相见脸上挂着笑容,明天说不定就指着你的脸骂你八辈祖宗。

周巴子理解不了这究竟是因为什么,是环境改变了人心,还是人心改变了环境?不管是谁改变了谁,村子里没有了以往的和谐,每家的屋顶上少了那几缕袅袅炊烟,也少了一道美丽的风景。石块路还是原来的石块路,但走起来不如原来那样舒坦。周巴子看了一眼路两旁的建筑,叹了口气,仰头看了眼天空,然后旁若无人地走着,又想起了祖霄被击毙的那件事。他想,这会冒崽应该在家。

冒崽家在石块路的西头,与村长家相隔不远。屋前是一条十几级的石阶,屋后是整片的楠竹林。冒崽家的房子是前年才新修的,地基没变,属原拆原建。村里人说冒崽这几年不知行了什么狗屎运,不见他外出挣钱,房子却不声不响地新修了,比原来的宽敞了一倍,装饰也与村里的房子格外不同。懂行的人说,他家的装饰材料比别人的都要好。周巴子对这行不懂,也很少议论这事。但自己是看着冒崽长大的,他有啥能耐谁不清楚?从冒崽一家的吃穿住行看,他家的收入就是一个谜。这年月村子里的人心散了,谁也不愿多说闲话,怕给自己惹事。他冒崽哪弄来的钱与别人无关,混江湖是他的事,总有一天是要还的。

周巴子走到了冒崽屋前的路上,冒崽正蹲在门前刷鞋,看到周巴子老远打招呼。周巴子应了声装着继续向前走。冒崽停下了,朝石块路上的周巴子喊:"巴子哥家里坐坐。"周巴子停住脚,仰头看着冒崽"嘿嘿"一笑,说:"我满身灰土怕脏了你家的地板。"冒崽从那次周巴子为自己操办庆功宴后,就对周巴子改变了看法,说周巴子为人和善,最懂人情世故。周巴子此时说出这话,不是故意激他吗?冒崽忙丢掉鞋刷,跨过石阶跑下来,一把拉住周巴子,非得拉到他家里。

周巴子在冒崽的屋门前坐下,冒崽忙从兜里掏出一包很精致的香烟给周巴子递了一支。周巴子看着冒崽手里的烟,冒崽一笑,很自豪地说:"陈放送的。"周巴子接过冒崽递过来的打火机,打着了点上,美美吸了几口,连连夸"好烟!"冒崽得意地说:"城里的兄弟看得起我,给送了两条。"周巴子叹了口气,说:"我活了一辈子就没活明白,同是一个村子,这人与人怎就相差这么远,你冒崽总算活出个人样了!"

冒崽有点不好意思,说:"不能这样说。我哪能和你比,你做事稳重,脑子又灵活,村子里的人哪个不羡慕你?"周巴子又吸了口烟,说:"羡慕归羡慕,那有卵用,又不能当饭填饱肚子。"冒崽傻傻一笑,在周巴子肩上拍了一下,说:"你啊总算是活明白过来了!"

周巴子对冒崽的口气很反感,扔掉手里的烟头,故意顶了句:"我还不明白呢!"

冒崽又是一笑,说:"现在的人呐都讲究实在,时髦的说法叫现实,虚的东西不管用。比方说,陈放对我为什么这么好,就是看我为人实在,肯帮张跃做事,所以愿意对我好。"周巴子"扑哧"地一笑。冒崽不服地说:"你别笑,这就是现实。"周巴子说:"这是哪跟哪?你肯帮张跃哪挨着陈放的边了?"

冒崽也笑了,说:"你呀就是一根筋,确实还没活明白讨来。张跃同陈放是啥关系,天底下的人都晓得,就是你周巴子不晓得。"周巴子一拍脑门,说:"看看把这事给忘了。"冒崽说:"周杰是咱们村子里的人。张跃是楠竹岭电站的法人。法人这东西你懂吗?说简单点那个电站就是他的。陈放是周杰的舅子,周杰又是电站的后台,这个明白?帮张跃是不是在帮周杰?那陈放作为周杰的舅子,能不同我好?真是的!"

周巴子瞪眼看着口若悬河的冒崽,冒崽停住的当口,他问了句:"你能帮他什么？他们可是上层人物呢！"

冒崽一笑，说："这你就不懂了，有些事他们做不来，需要我这样的人呢！"

周巴子把头转向一边，做出不屑一顾的样子。冒崽见周巴子这个样子，太伤了自尊了，想极力挽回自己在周巴子面前的颜面，说："你还别不信，有些事不能说，他们根本办不了！"

周巴子点头，然后一笑，嘲讽地说："他们呀办不了的就是杀人放火。"

冒崽吓得一下子坐到了地上，爬起来的时候脸色苍白，说话也开始打结："你——你——这话——什么意思？我杀过人，放——放过火吗？"

周巴子斜视了冒崽一眼，暗自好笑，见冒崽急了，忙说："你还当真了？"

冒崽一笑，说："你不是不信嘛！"

周巴子心里有底了，这小子一定是帮了那事！遂起身走下了石阶。冒崽的声音不像先前那么响亮了，瓮声瓮气地从鼻子里喷出一句："哎，咱喝两盅再走！"

第十九章 最后一搏

张跃那天在农家乐与周杰分手后,他们之间就再也没联系过。又过去了半月,江源还是原来的江源,并不是周杰所说的那样风起云涌,周杰是在危言耸听!

可这种平静并没有维持多久,就在张跃以为天下太平时,陈放告诉他说,阿英向他们索要巨额封口费。张跃听到这个消息差点晕了过去,真他妈是活见鬼了!一个文弱的女子竟然如此大胆,把手伸到太岁头上了。这个陈放还真是他妈像周杰说的一坨狗屎,带着一股臭味,走到哪里臭到哪里,他压根就没把心思放在处理这件事上。上次一再嘱咐把这个女人弄远些,可他就是不听,非要把她留在江州,果不其然,现在她狮子大张口了。

张跃后悔当初让这个女人掺和进来。现在拿她没有丝毫办法,留不得也做不掉。但这女人胃口实在太大,开口就是一个惊人的数字,也不怕撑破她的肚皮。可当务之急是要封住她的嘴,怎么封?张跃想不出好办法。苦思冥想了一阵之后,突然开窍了,这事还得陈放去想办法,只有陈放才是合适的人选,谁要他做事不干脆。再者陈放去做了就等于把周杰牢牢拴住了,到时不愁周杰不出手相救。

张跃约见陈放。陈放以为张跃答应了阿英的要求,早早在茶室里等着张跃。陈放对阿英是否参与了丁俊成案,并不清楚。但他隐约觉得阿英直接参与了谋害丁俊成的事,不然怎会要如此一笔封口费?

张跃来了。陈放看到张跃的第一眼心里就凉了一截。张跃与往常大不一样，板着脸一声不吭坐在沙发上。陈放尴尬地收回伸出的手，暗自骂了句："你牛屄卵！"

张跃端起茶杯，吹了吹杯口上的茶末，轻轻抿了一口，在放下茶杯的当口斜视了一眼站着的陈放，伸手指了指对面的沙发，示意陈放坐下。陈放后退了几步坐在了张跃的对面。张跃叹了口气，然后带着责备的口吻说："这不是讹诈嘛！"

陈放从张跃进到这个茶室的第一眼起，心里就特别不舒服。平日里把自己当成座上宾的张跃，竟然摆起谱来了，耷拉着脸，显摆自己。你算个屄，没周杰能有你今天的张跃？

陈放跷起二郎腿，悠然地点了支香烟，吸了一口后缓缓地吐着烟圈儿，一副玩世不恭的样子，说："哎，你别认为是我在从中作梗，她讹诈，你可以不理她呀！"

陈放这话把张跃的嘴可堵住了，既然阿英是讹诈，你张跃为何要理她？张跃翻了两下白眼珠，没提防陈放会来这么一手对付自己，一时竟说不出话来。陈放没看此时张跃的表情，他对张跃太熟悉了，不用看，定是一副恨不得把自己活吞的模样。陈放对着窗户又吐了一个烟圈儿，挥手把飘向窗户的烟圈儿搅散。

张跃生气了，茶杯重重往玻璃茶几上一放，"当"的一声，陈放回头盯着张跃。张跃正用带血丝的眼睛怒瞪着对方，整个屋子的气氛顿时紧张起来。双方剑拔弩张，丝毫没有要向对方妥协的迹象。

屋子里静得出奇，双方能听到彼此的心跳声。张跃第一次看到陈放在自己面前如此狂妄。这种狂妄近似于公开挑衅，陈放这是怎么了？难道知道了丁俊成案的内幕？一连串问号在张跃的脑子里闪过，突然发现自己十分愚蠢，忽视了陈放的身份。

张跃收回了瞪着对方的目光，动了动嘴，可没发出声音，不知道此时应该说什么。张跃清楚，此时的状况不宜维持太久，绝不能把陈放逼到死角去。一旦陈放撒手不管,或在阿英那里稍微动些手脚,这事就难办了。说什么陈放才能接受?张跃在快速寻找打破这个僵局的办法。

张跃咳嗽了一声,想打破这个尴尬局面。他声音很低,并且平静得跟没发生过任何事情一样,说:"兄弟,没人说你从中作便,只是你把她留在江州就留了个隐患!"

陈放突然一笑,笑声有点吓人。陈放蔑视地斜了一眼对方,说:"喂,你要搞清,腿是长在她身上,怎说是我要把她留在江州?我能做到这一步已经很不易了。"陈放站了起来,冲张跃说:"这事我还真管不上了,你自己看着办吧!"

张跃见陈放动气了,忙起身拉住陈放,说:"你这是干嘛。咱们不是在商量嘛,不能因这个女人就把我们的关系都不要了吧?"

"关系,我们什么关系?别他妈拿关系来说事!"陈放听张跃说到这里就窝火。在陈放看来,张跃从来就没把自己当成铁杆哥们。还有周杰,从来没拿正眼瞧过自己,他们都把自己当成了一坨臭狗屎,在他们眼里自己就是一个不成事的小混混。前几年,张跃对自己好过,但那是利用。周杰和张跃就是把自己当成了一枚棋子。现在说关系,他妈扯淡!

陈放的发火倒使张跃冷静下来,他拉了一把陈放,让陈放坐在自己身边,以一副老大哥的口吻说:"陈放啊,做哥的什么地方做得不够可以说嘛。你刚才说的是什么话?这让周书记听到会寒心的!"

陈放仍然余怒未消,说:"张总,他寒心?你问问他,他什么时候把我当他自己的兄弟?"

张跃"嘿嘿"一笑,在陈放的茶杯里续了水,然后递了根烟,讨好地把打火机凑到陈放的嘴前。陈放看了眼张跃,点燃了香烟。张跃灭了打火机,平和地说:"兄弟,你说得有道理,我同周书记平时对你关照不够,我这给你赔不是行吗?可你也得想想,周书记是你的亲姐夫,再怎么也是你一家人,看在你姐的分上,你也不能撂挑子。这个阿英处理不好,会给你姐夫,给我带来很大麻烦。所以——"说到这里,张跃停下了。

陈放扔掉烟头,说:"所以什么?我就不明白了,这个女人到底为你们做了什么,她狮子大张口?"

张跃说:"陈放,你千万别往歪处想,她只不过就是与丁俊成见了几面,丁俊成遇害她认为我们在利用她,所以——"

"所以就讹诈你?"陈放还是没有得到张跃的实话,欲起身。张跃一手摁住陈放的肩膀,冲陈放阴险地一笑。

陈放打了个寒战,疑惑地问:"怎么?"

张跃拿下了摁在陈放肩膀上的手,说:"你非得想听实话?"

"废话!"陈放没好气地顶了句。

张跃停顿了一会儿,叹了口气,说:"既然你想弄明白,我不妨把这事就直说了……"当张跃把为何要撵走这个女人的来龙去脉说完后,陈放倒吸了一口凉气,额头上开始冒出了豆大的汗珠。陈放沉思了好一会儿,强打起精神,问:"你是幕后?"

"瞧你说的,人是祖霄杀的与我何干?"张跃对陈放的直白很不高兴,弹了弹烟灰,侧脸看着窗外,说话的声音不大,但句句像刀子一样扎在陈放的胸口上,"现在清楚了,这个女人你还不管吗?"

陈放做梦般回过神,紧张地说:"张总,你们的事我可没有参与过,你可别血口喷人,这可不是闹着玩的!"

张跃笑眯眯地看了一眼狼狈不堪的陈放,心里在骂,你娘个软蛋!不就是把一个女人弄走,至于这个熊样吗?张跃推了推陈放,说:"谁说你参与了?放心,说谁也不能说你参与了这事,把女人送得远远的,大家都相安无事,这不是一件好事吗?"

"怎么送?她可是胃口大得惊人,我怎送得了她?"陈放妥协了。张跃的话说到了点子上,不管周杰参不参与丁俊成的事,自己总是脱不了干系的。看在姐的分上,此时自己应该冲锋陷阵去摆平这个多事的女人,除去后患。

张跃见陈放终于改变了口气，拍了拍了陈放的肩膀，说："老弟是何等聪明的人，这能难倒你？送些钱把她送去国外，或香港、澳门都行，只要不让邱林他们找到她就万事大吉了！"

"她能走？我看未必！"陈放说。

张跃站了起来，倒背双手低着头在屋子里来回踱步。片刻后，张跃停下，说："先给她一笔钱，你帮她办好护照，告诉她只要离境，我们把她所要的余款打给她。记住这是条件，否则双方都不好过！"

"能行？"陈放说。

"由不得她！"张跃阴险地一笑。

邱林跟高晓敏说："等郝正旗和崔达找到那个叫阿英的女人，丁俊成案就接近真相了。"高晓敏担心地说："崔达去江州能找到那个女人？"邱林说："他们说有希望，这事就算有了眉目，况且这是郝正旗布置的特情人员反馈回来的信息，这事我看有把握。咱俩当务之急是尽快找管苏菲和丁仁宗谈一次，把丁仁宗提供的线索落实一下。"高晓敏指着邱林，摇头说："真是急性子！"

高晓敏出去开车，邱林却被一个中年男子拦在了办公室门口。一支烟的工夫，邱林又把高晓敏叫了回去。

把邱林拦在办公室门口的是周巴子。

周巴子见高晓敏进了办公室，看了几眼面前的陌生人，不再吱声。邱林一笑，知道周巴子的担心，忙将高晓敏介绍给了他。周巴子看了两人几眼，然后冲着高晓敏说："高同志，你是市里的大领导，我说的这事并不是捕风捉影，祖霄被击毙的那天早上，冒崽就是从那个地方下的山。这是我亲眼看到的。他这人一向爱睡懒觉，唯独那天他起这么早？后山又不是村子，也没有他的亲朋好友，他去那干啥？我早就想把这事向公安局报告，可怕误会了冒崽。前两天我故意试了他一次，他对那事非常敏感，这前因后果联系起来，我越想越不对劲，就来了！"

"除了这些，冒崽还有别的反常情况吗？"高晓敏问。

周巴子摸了几下头，又看了看邱林，然后摇头。邱林提醒周巴子说："他同陈放关系咋样？"

周巴子眼睛一亮，"嘻"地笑了一声，说："这事领导都晓得啊，他同陈放的关系可不一般了。前天，他还拿陈放给他送烟的事在我面前炫耀呢！他与张跃的关系更铁呢。他自己还吹嘘，周杰那里他想去就去。"

"噢，这就对了！"邱林接了一句。

周巴子支吾着问了句："这算立功表现吗？"

高晓敏点头，对周巴子说："如果我们查证，你反映的这个人确实有问题，你算是立了大功！"

周巴子忙站起来，向面前的二人鞠了个躬。邱林起身将周巴子送出门外，嘱咐道："今天的事别往外传。"周巴子一个劲地点头，说："晓得，晓得！"

邱林回到办公室，对高晓敏说："这事就合乎逻辑了。"高晓敏一头雾水，追问："什么逻辑？"邱林一笑，说："祖霄被包围的时候，突然有块石头飞向窗户。这个不解的谜一直藏在我心里，现在终于有了答案。"高晓敏问邱林："石头是不是冒崽扔的？"邱林说："应该是他！"高晓敏纠正邱林道："哎哎，你是老刑警了，什么叫应该是他，法律上是不认定'应该'两字的。"

邱林说："我有个大胆的推理，如果没有意外，这个推理应该成立。"高晓敏问："是不是根据刚才周巴子的反映，才有了这个想法？"邱林摇头，说："早在几年前，我就把这件事做了一个推理，只不过当时没有其他信息为做支撑。现在周巴子反映的情况使推理更严密了。"高晓敏急切地说："说说。"

邱林沉思了一会儿，整理了一下思路，说："那得从丁俊成被害后，发现祖霄的隐藏地点开始。丁俊成被害后，从确定犯罪嫌疑人为祖霄的那刻起，侦破工作就进入了别人事先设计的圈套里。首先是一个打给公安机关的匿名举报电话，举报了祖霄的隐藏地点。当公安机关着手围捕祖霄时，却莫名其妙地飞来一块石头砸在了窗户上，惊了祖霄。祖霄被当场击毙，本可以画上句号的案子，突然出人意料地来了个管苏菲投案自首，管苏菲承认雇请祖霄杀害丁俊成。从整个案子看，条理十分清晰，逻辑严密，没有丝毫破绽。"

邱林看了看正听得入神的高晓敏，突然说："你当时也同意结案！"

高晓敏点头，说："没错，当时所有证据表明，管苏菲与这起案件有关系！"停顿了一下，又说："你不是也没公开提出案子有问题吗？"

邱林"嘿嘿"一笑，说："当时没判管苏菲就说明了疑罪从无这个原则。"高晓敏突然发现他们的讨论离题了，忙催了句："哎，别扯远，说你的推理！"

邱林喝了一小口茶，放下杯子接着说："现在，周巴子为我们提供了一个重要信息，那就是冒崽这个人！由于这个人的出现，使这个推理变得十分真实。首先，我们把冒崽假设为给公安机关打匿名电话的那个人。冒崽举报了祖霄藏匿的地方后，便快速地回到了楠竹岭后山，当抓捕民警赶到与祖霄处于僵持阶段时，冒崽向祖霄隐藏的木屋扔去了一块石头。听到响声，本就处于高度警觉的祖霄误认为民警开始强攻了，便准备杀害人质。为保证人质安全，狙击手开枪击毙了祖霄，事情就是这样简单。你可能对这个推理有疑问，疑问一，冒崽举报完以后，用什么交通工具先赶到楠竹岭的？疑问二，冒崽这么做是受谁的指示，或他能从中获得什么好处？"

高晓敏"嗯"了一声。

邱林没有急着回答高晓敏，而是问道："你认为，丁俊成的死对谁最有利？"

高晓敏寻思了一阵之后，说："这个就多了。一是管苏菲。她能得到丁俊成的所有家产。从年龄、生活环境、相貌等诸多方面，管苏菲与丁俊成很不般配。加之丁俊成之前有过外遇，管苏菲自己也说了，她很早就有了要置丁俊成于死地的念头。二是张跃。从丁仁宗现在提供的材料分析，他对丁俊成的矿业公司觊觎很久。丁俊成如果消失，对他兼并矿业公司将会减少很大的阻力，轻而易举地独揽江源整个稀土资源。三是李琦。江源早就疯传丁俊成的矿业公司李琦是他的合伙人，丁俊成没了，他自然能得到最大的利益。"

邱林提醒高晓敏，说："你的这个推理是建立在冒崑这个人物之上的。如果抛开冒崑，你的几个怀疑都不能成立。"高晓敏一拍脑门，自己却是忘了这个。

于是，邱林接着说："要想推理成立，首先得弄清冒崑举报后，他是怎么快速赶到楠竹岭祖霄隐藏的那个地点的。冒崑没车，这是全村人都知道的，那是谁为他提供了交通工具？还是周巴子给我解了疑惑，冒崑与周杰、陈放、张跃他们关系都不错。事实上如此，这就排除了李琦、管苏菲与冒崑的关系。通过调查，冒崑与管苏菲、李琦，甚至李煜、刘峰他们都没有联系。记得，冒崑被拘留那次，是周杰在为他说情。这就让我联想到他与张跃、周杰的关系。当然，在丁俊成这件事上，周杰有可能被蒙在鼓里，他不可能愚蠢到直接参与到这起谋杀案。以上管苏菲、李琦、刘峰、周杰的疑点均被排除了，唯独只有张跃。张跃与陈放、冒崑的关系怎么也排除不了。在后来的一些案件中，例如县城的大字报事件就是一个很好的例证。虽然这案子未破，但从种种迹象上分析应该是陈放和冒崑所为，如果他们作案成立，那么，冒崑赶往楠竹岭祖霄被击毙的现场交通工具就不难解释了。"

高晓敏打断了邱林，说："是谁？"

邱林肯定地答道："张跃！"

高晓敏说："说说看！"

邱林说："刚才周巴子把问题已经解决了。"

高晓敏还是不懂，推了推邱林，说："别卖关子。"

邱林一笑，说："这很明显。冒崑吹嘘张跃和陈放都很器重他，连周杰也很关照他。冒崽在楠竹岭算是一个懒散的人,又无正当职业。丁俊成的案子没发生前,他家的状况在楠竹岭最差。而事过两年,冒崽家的变化是一个翻天覆地,这收入是从什么地方来的?唯一的解释是冒崽发了横财,这横财就是张跃的资助。世界上没有人无缘无故地施舍,那么冒崽必定要付出才能得到张跃的资助,怎么付出?冒崽给张跃他们办了大事!"

高晓敏突然打断了邱林,说:"你的推理有一定的逻辑,冒崽一定是坐了张跃的车去的楠竹岭现场。还有一点不懂,既然是张跃驾车,那他的车总归有人发现。在过去的调查中,没发现有车辆去过楠竹岭现场?"

邱林一笑,说:"正因为当时没人提供这个信息,而忽略了是谁扔的那块石头。我们也没查过张跃当天的去向,现在要去证实这点就更难了。那个匿名电话是从县城的一个公用电话亭打的,那个地方刚好是监控盲区,只要冒崽打完电话,张跃把他载到楠竹岭,然后神不知鬼不觉地离开,一切就都成了谜团。"

高晓敏说:"就是张跃用车送冒崽,那他不怕抓捕民警中途与他相遇吗?"

邱林说:"那条路从楠竹岭后山可通往临近的广东,路虽不好走,但小车勉强能过,五公里后就是省道,沿途没有监控。祖霄选择那里是十分安全的,张跃可以大摇大摆地进出,而不被人发现。"

高晓敏沉思了许久,说:"丁俊成的案子确实做得很精细,一般人是无法做到这样的。但他们没想到,李煜会去炸掉他们的电站。"

邱林摇头,说:"这事还得怪张跃。他为了得到丁俊成的矿业公司,不惜一切手段,而这个矿业公司李煜也有股份,李煜是被张跃逼急了才反戈一击。这就是李煜不如张跃高明的地方。"

高晓敏站起来,望着窗外,说:"邱林呀,你这只是推理,很多地方还是有些说不通。要想完全弄清,但愿那个阿英快点现形!"

邱林也站起来，说："现在该是你这位老将出马的时候了！"

"去哪里？"高晓敏回过头问。

"找管苏菲呀！"邱林指着高晓敏，说，"瞧你这记性！"

崔达和郝正旗去江州的第三天，特情人员便联系了郝正旗，说在江州市内的一个高档住宅小区发现了阿英。郝正旗同特情人员再次去了那个住宅区。经特情人员指点，郝正旗记下了门牌号码。下午，崔达同郝正旗再次前往了那个小区的物业中心，从物业中心的登记来看，户主是江州市人，两口子均在外地打工，但租房的信息上显示陈放是租户，这使郝正旗喜出望外。郝正旗立即给崔达打了个电话，说有重大发现，请他立即过来。

崔达听说有重大发现，立马来了精神，拦了辆的士去了那个高档小区。崔达看到郝正旗的第一眼，心里踏实多了。郝正旗高举着手向他招手，笑得夸张的嘴将嘴角向上扬起。崔达有一段时间没看到郝正旗这样笑了，这一笑把崔达的心笑得暖暖的。郝正旗拉了把崔达，急促地对崔达说："有了，这房子是陈放租下的！"

崔达十分惊讶地问："是陈放？"

郝正旗说："想不到吧？"

两人看完了物业的登记，郝正旗说这事还是先报告邱局。崔达制止了郝正旗，说还是把证据落实了再告诉邱局不迟。郝正旗点头。物业的监控视频被全部调出来了，他们看了很长一段时间后，终于发现了阿英，接着从上月中旬的一天中午，再次发现了陈放出入这个高档小区。崔达看完视频，一阵兴奋，在郝正旗的肩膀上一拍，说："可以汇报了！"

这又是一个让人兴奋的消息，邱林对高晓敏说："我的推理完全可以成立了。"高晓敏提醒邱林，说："还不是得意的时候，越是在这个时候就越是要冷静。"邱林告诉崔达："暂时不动阿英，先把陈放的通话控制住，争取固定更多的证据，等时机成熟再捕阿英。"

阿英和陈放的暴露，使整个案件迎来了全面转机，也无疑给调查案子的民警注入了一剂兴奋剂。在去高阳的路上,邱林跟高晓敏说:"刑侦办案就要办这类案子。"高晓敏骂了一句:"你就是一个疯子。刑警最好是没有案子办才是好事,哪有像你这样盼着有复杂疑难的案子办!"

邱林一笑,问高晓敏:"这案子特刺激吧?"高晓敏瞪了一眼开车的邱林,说:"刺激?还心跳呢!不是程志远和绍中伟在暗地撑着,你还能刺激?"

邱林严肃地回敬高晓敏:"这是两码事。这案子错综复杂,可以说是案中有案,我佩服这个案子主谋的智商。如果这案子的主谋把他的智商放在正道上,定能做出一番惊天动地的事业来。"

高晓敏呵呵一笑,说:"你的脑袋是专想歪道理的。根据我的经验,拥有这类高智商的人,别指望他能办好正事,他的智商只能特定在犯罪上,干别的就不见得如此了。"

邱林说:"别像印度电影《流浪者》里的法官判定拉兹一样,贼的儿子永远是贼。"

说话间,他们的车到了高阳镇。

高阳镇是江源县的一个大镇,离县城几十公里,交通和信息不是很闭塞,早在十几年前,这个镇还是全县的首富镇。后来全县开始引进外资,与县城郊区的几个镇相比,它就显得逊色些了。好在当地村民比较富裕,一排排红砖瓦房为这个镇子增添了几分亮色。

车在派出所门前停下。中午所长接到局办公室的电话,便早早地候在门前。他见到邱林和高晓敏下车,急忙几步上前与高晓敏、邱林握手,边将二人引进派出所,边向高晓敏说:"稀客稀客。你是我到高阳任所长后接待的第一个市局领导。"

所长很健谈,就连为邱林他们沏茶的工夫也不想放过,一个劲地说这说那,像他长时间住在深山里没人与他说话一样,终于逮着说话的人了,瞬间变成了话痨。

邱林没等所长坐下,问所长:"最近有没有看到管苏菲?"所长摇头，说："不是最近，就这几年我也很少看到管苏菲露面。"然后，所长问："你们专为她来的？"高晓敏看了看这个话痨所长，问："你能找到她吗？"所长想了一会儿，说："这要碰运气！"

邱林说："把她给我找到派出所来！别太张扬！"

所长疑惑地问："是不是她……"

高晓敏说："去吧，她不在，找他的公公丁仁宗也行！"

"好嘞！"所长转身离开了派出所。

陈放没把张跃的话当真，认为张跃是在唬自己。凭自己多年从事刑侦工作的经验，阿英真要暴露了她还能在江州待这么长时间？笑话，他张跃算老几，几句话就把我打发了？门都没有！但张跃着急不是没道理，阿英在江源的时间长了，终有暴露的时候，送走阿英才是最保险的办法。不管阿英在丁俊成的案子上参与了多少，绝不能把她留在江州。怎么把她送出江州，陈放心里没底，与她几次接触，发现这个女人不简单，说话做事都有自己的主张，并不是张跃所说的就是一个普通女人。把她送出国外，这手续谁来办？陈放可不是傻子，阿英如若是丁俊成的案子的成员，只要他一沾手，这责任他就难以推掉。再说阿英不见得就听他的，送几个钱就把她打发到国外了？

但张跃说得够明白了，不送走阿英对他，对周杰都是一大隐患。这句话陈放相信张跃没有撒谎，也不敢拿这事来撒谎，因为他是周杰的内弟。究竟周杰与张跃做了什么？是丁俊成？陈放想到这里心里就发怵。周杰也太让人失望了，不就一个副书记嘛，什么事也敢干。

陈放躺在床上，深夜十二点了，可他怎么也睡不着，张跃的话在耳朵里"嗡嗡"作响。他十脆坐在床上，呆呆地瞪着天花板。过了好一阵，他拿起手机打给了陈芬，问："姐，睡了？"陈芬说："你呀，都几点还能不睡？"陈放这才意识到这是深夜，于是又说："我有一件事想不明白，姐你知道张跃有一个生意上的伙伴，女的，叫阿英？"陈芬说：

"听说过,但从没见过,你姐夫可能见过这个人。"

陈放停了一下,试探地问:"你肯定姐夫见过她?"

陈芬突然意识到自己说漏了嘴,马上否认:"不!不!我是猜。你想张跃生意上的伙伴,你姐夫谁没见过?"

陈放不说话了,陈芬没听到对方回答,追问了一句:"陈放,怎么了?大半夜的怎想起问这事了?是不是听到了什么风声?"

"姐,你别多想,我是随便问问,姐夫不认识更好!"说完,陈放马上挂了电话。

陈放彻底明白了,张跃的话没错,必须得送走阿英!

凌晨一点半,崔达与郝正旗睡得正香,"铃铃铃",床头上的电话铃声格外刺耳。崔达懒洋洋抓起电话,揉着惺忪的眼睛,问:"谁?⋯⋯"接着崔达说:"你马上赶到技侦处。"崔达放下电话,下床推了推睡意正浓的郝正旗。郝正旗一下子坐起来,问:"怎么,有情况?"

"穿上衣服去技侦处!"崔达边穿衣服,边催郝正旗,"陈放给阿英打了个电话!"

郝正旗匆忙下床,三下五除二穿上衣服,开门下楼。

技侦处的同志说,凌晨一点十分,陈放给阿英打了一个电话。技术员将那段录音放了出来,是一个男中音,崔达和郝正旗一听就是陈放的声音。郝正旗骂了句:"狗东西,真是狗改变不了吃屎的习惯!"

"少废话,听!"崔达瞪了郝正旗一眼,接下来室内很安静,只有电脑里"咻咻"的响声。

一个女人在问陈放:"你还不睡?"

"睡不着,老板两天前找我说,江州不再安全了。"

"是吗?要答应我的条件我马上离开。"

"哎呀,你的条件也太高了吧,就是他答应也一下子拿不出这么多现钞!"

"我不管,又不是一两天了,都几年了,谁要他不守承诺。"

"哎，我说呀你也别太较真，趁着现在大家都没事儿，还是把事了了！"

"那你的意思就是别找他们了？"

"别误会，我不是他们的说客，要不我给你找个出路？"

"你说！"

"出国怎样？"

"当然好事，可钱谁给？"

"当然老板给！"

"这不就完了，答应了钱的事什么事都好商量。"

"可你也不能狮子大开口，先给你付一半，等你离境了余下的打到你的账户上！"

沉默了很久，突然女的说："陈放，老板说的？"

"没，他没找我，是我担心你，只要你同意我去做他的工作。怎样？"

"哈哈哈，我可不是十几岁的小姑娘，不是哄几句就打发了的。谁能保证他兑现承诺？"

"这个你就不用管了，有我陈放在，他不会不给的。"

"你当你是谁？根本驾驭不了他的。"

"多虑了，虽然我不清楚你们之间有什么合作，我也不想多问，既然我说了，我就得为你负责。"

"是吗？"

"不用怀疑，出境手续我来办，想去哪个国家？"

"先付一半现金，然后再说去哪。"

"办手续与现金不矛盾！"

女人停了许久，可能被陈放的话打动了。

陈放问："在听吗？"

"嗯。"

"其实你也不用考虑那么多,就是你去了国外,老板不兑现承诺,你照常可以采取你的办法。"

"出了国就由不得我了,谁信一个在国外的人的话?"

"如果事情很大,我谅他也会息事宁人的。"

女人叹了口气:"好吧,按你说的,咱们明天见上一面,不过要保证那一半到位,否则免谈!"

"那是,不然我掺和在你们中间也难逃干系!"

第二十章　云开雾散

邱林得到崔达的消息，兴奋了一个晚上。

清晨，邱林把高晓敏叫了起来，说是立即回江源。高晓敏知道邱林此刻的心情，忙洗漱好，带上行李匆忙上了车。车在公路上飞快地奔驰，公路两旁的白杨树在车窗前一晃而过。高晓敏几次提醒邱林开慢点，邱林只是一笑，说你现在的心情比我还要激动。

这话不假，高晓敏自昨晚深夜接到技侦处的电话，一个晚上没有合眼。阿英终于露头了，这是他们期待了多年的结果。他现在恨不得一下子飞到江州，等陈放的出现。高晓敏说："你现在是什么心情？"

邱林手握方向盘，看着前面的公路，轻松地说："同你一样！"

两人同时笑了。

邱林和高晓敏的高阳之行真是没有白来，管苏菲能顺利地说出真相，这出乎他们意料。从管苏菲提供的情况看，丁俊成被害后，她就一直被人控制着，这个人有一双无形的大手，主宰着他们一家人的命运。更让高晓敏和邱林没有想到的是，李琦居然趁火打劫，公开地打起了矿业公司的主意。

车在江源公安局大院的坪子里停了下来，高晓敏说："要不要先给绍中伟书记汇报？"邱林一笑，嘲讽道："你顾虑太多，这破案是公安机关的职责，案子还没破给他汇报什么？"高晓敏瞪了眼邱林，骂了一句："一根筋！你不想想这案子牵涉到谁了？"

邱林伸手拉了一把高晓敏,将高晓敏从车上拉下来,说:"你呀,等抓了陈放和阿英再汇报不迟!"

高晓敏无奈地摇摇头,跟着邱林去了刑侦大队办公室。

邱林并不是不想给绍中伟汇报,只是县委大院人多眼杂,他们双双去绍中伟的办公室会引起很多人的关注。江源县平静了一段时间,正因有这种平静才带给了他们机会。邱林要吸取以前的教训,这时去县委大院别人猜都能猜出几分。何况李琦、刘峰、周杰对自己的活动非常敏感,这时去县委不等于给他们报信?

邱林回到办公室还没坐下,就叫来了赵芮,安排赵芮带人立即监视陈放。只要陈放离开江源,赵芮就立即带人前往楠竹岭把冒崽请到公安局来。赵芮没听明白,她对邱林用"请"这个字感到怀疑。冒崽在这个案子里已经挂上号了,还得把他"请"来?

赵芮看了眼正忙着的邱林,又看看高晓敏,说:"邱局,这要是'请'不来呢?"

邱林抬头正好看到赵芮在坏笑,指着赵芮,说:"你啊你,像不像个刑警?请不来我找你!快去!"

赵芮本想与邱林开个玩笑,哪知遭到邱林的数落,她嘟着嘴叫了一声屋里的小李,匆匆而去。高晓敏走近邱林,推了推低头翻看记录的邱林,问:"你对冒崽参与祖霄案件有几成把握?"邱林抬头,用十分陌生的眼神打量着高晓敏,将手中的笔一丢,反问了一句:"你觉得呢?"

"不好说,毕竟事情过去了多年,他的心里早就有了防备!"高晓敏显得非常担心。

邱林"嗯"了一声,说:"你分析得也有道理,现在请冒崽来并不指望他交代问题,而是要给他造成心理上的压力,交不交代无所谓。陈放和阿英落网后,把这个消息透露给冒崽,他自然就明白是怎么回事了。现在的关键是能否拿住陈放的把柄,拿住了陈放和阿英,一切都会不攻自破。"

高晓敏还想说点什么，刚张嘴，邱林的手机响了。一看来电显示，是崔达打过来的，便用了免提接听。崔达说："早上，陈放给张跃通了话，陈放告诉张跃，阿英终于同意出国了。张跃让陈放立即去趟江州，尽快给阿英办好出国手续。"

高晓敏听完后，一阵兴奋，拍了拍邱林的肩膀，说："老伙计，看来鱼儿上钩了，我得赶去江州！"

高晓敏离开时，邱林感到一阵不适，浑身无力，紧接着胸口像压了一块巨石，喘不过气，随后就是一阵阵绞痛。邱林从包里取出药瓶，倒了水将药片吞进了肚里，按着胸口在凳子上坐了好一会儿。他感觉能勉强支撑，便给赵芮打了电话。赵芮说人已经被钉上了，只要郝正旗那边有消息，我就立即带回冒崽！

陈放是在早上八点左右给张跃打的电话，陈放在电话里同张跃因阿英索要的那笔钱还发生过争执。陈放公然对张跃说："我不是看在我姐夫的面子上，才懒得管这个费力不讨好的闲事。"张跃知道陈放这话的分量，可这不是一笔小数目，这事还不能与周杰商量，怎么办？他一时也没有主张。张跃想了一会儿，叹了口气，说："你立即去江州为阿英办手续，钱会打在她的账户上的。"

陈放想，如果自己不去，已忍了多年的阿英难免会做出格的事，到时就有十个周杰也收不了场。去了，就等于把自己卖给了张跃。事实上自己已经被张跃绑架了，要想与他划清界限除非杀了他，否则仍然是一条船上的。最后，陈放说："我可以去江州，也可以为阿英办好出国手续。但钱的事不到位，我不承担后果。"

张跃笑了，他说："老弟，这后果你自己也承担不起，因为这是咱们大家的事。"

陈放与张跃通完话，就出了家门。上车时，他给陈芬打了电话，告诉她，自己要去一趟江州。陈芬问是昨晚说的那个阿英的事？陈放沉默了一会儿，说了句，这事你最好装不知道！

陈放的车驶向了去江州的高速公路。赵芮在高速路口再次确认以后，才离开监视点，带着小李驾车赶去楠竹岭。路上，赵芮向邱林汇报了，说确认陈放已去江州！高晓敏开心地笑了，说我也该去"接客"了。

周杰最近心里老堵得慌。陈放昨晚深更半夜给陈芬打电话，他隐约听到了陈放的说话内容，这触到了他的敏感神经。其实，周杰早就从阿英与张跃的接触中觉察到了他们的关系不一般。特别是丁俊成死后，周杰在他们面前提起丁俊成这几个字时，他们紧张慌乱的神态，和极力想掩饰的故作镇静，一览无余地暴露在了周杰的面前。从那时起，周杰就断定这个女人不是一个善角。张跃与这个女人有瓜葛不足为奇，可陈放又怎么与她混在了一起？难道陈放也上了张跃的船了？周杰感到痛苦，也感到后悔，自己不知何时变得这样贪婪、无可救药了。他坚信，长期平静的背后一定会有某种事爆发。县委大院很长时间了非常平静，恰似一潭死水。历来处在针尖麦芒环境里的周杰，对这种平静很害怕。他怕在平静中失去敏锐的嗅觉，从而捕获不了对方的信息；怕在平静中对方悄无声息地进行着某种勾当。他怕出事，但预感到这次真要出事了。他心烦意乱，在办公室里坐立不安，想给陈芬打电话，问问陈放在哪。突然他的手机响了，铃声使他一惊，打断了他纷乱的思绪。周杰站起来，不愿接这个人的电话，可又必须接听这个电话。

电话是张跃打的，张跃说："周书记，我担心的事终于来了！"这句话把周杰惊得跌到凳子上，凳子摇晃了几下。周杰胸口沉闷，额头上冒出了汗水，在额头了抹了一把，胡乱将沾满汗水的手在桌上的抹布上来回擦了几下，狠狠骂了句："你少拿事唬人！"

张跃几乎在哭诉，说："周书记，阿英开口了，索要一笔巨款才肯离开。"周杰缓了口气，明白了张跃的意思，气愤得几乎要摔掉电话，说："阿英与我毛关系，她想怎么由着她？"

张跃急了，在电话的另一端几乎在哀求："周书记，这可不行，这个时候我也不瞒你了,她就是丁俊成的案子的参与者!"

周杰惊慌地看了眼门外,放低了声音,顾不得往日的斯文,牙齿咬得嘣嘣响,说:"张跃我肏你祖宗!这时你给老子说丁俊成的案子是你们干的,你什么意思?"

周杰的气愤使张跃反倒平静了下来,他淡淡地说:"周书记,这时骂谁也不顶用,很多事我们还是坐下来说吧!"

周杰无奈地挂上了电话,颓丧地坐在办公室里,神情恍惚,双眼无神地看着门外,脑子里一片空白……

陈放的小车刚进江州市里的阿英住的小区大门,手机收到一条信息,信息显示,张跃打给他的钱已经到了。他轻蔑地一笑,心里骂了一句:"老子没那么好玩的!"他一踩油门,车进了大院。

郝正旗有些急了,说:"陈放进入阿英的家里就是一个很好的抓捕机会。错过了这个机会,万一陈放与阿英离开了江州,事情就变得复杂了。"崔达拽住欲下车的郝正旗,说:"这个时候动手为时过早了。"郝正旗不解,问:"咱们的任务就是把陈放和阿英一起端了。现在他们在一起了,不是正好?"崔达仍钉着小区大门口来来往往的人群,头也不回地骂了一句:"就这么沉不住气了?"

崔达此时不抓陈放和阿英有他的顾虑。陈放虽与张跃、阿英通过电话,这些通话也可以作为证据,但他们并没有谈到丁俊成的案子,只是说阿英索要一笔巨款,张跃也只提到过把阿英送国外,况且陈放还没给阿英办出境手续。此时,抓了陈放实际上给了陈放狡辩的机会。所以他要沉住气看看接下来陈放还会干什么,哪怕就是多一点点能证明陈放犯罪的证据都行。这不仅是崔达想要的,高晓敏、邱林在电话里也说了,最好是等陈放给阿英办好手续后,在回小区的路上拦住他们。

技侦处那边传来消息,张跃已经将钱打入了陈放的账户。陈放什么时候转给阿英,这是陈放帮助阿英出逃的有力证据。这个证据环节不能少,现在陈放和阿英都在他们的严控范围里。他们就像两条死鱼,纵有万般本领也难逃撒下的大网。

崔达安排郝正旗带人去小区的物业中心,盯住陈放租住的那套房子的视频监控,只要陈放和阿英离开房间,就通知大门外的蹲守点做好跟踪准备。郝正旗点头。

陈放在小区尽头的一个空坪子里泊好车,下车整理了一下时髦的西装,理了理被风吹乱的头发,环顾了一眼四周,确认没有异常后,"噔噔噔"上了楼梯。陈放不知是亢奋还是紧张,他巴望在敲开那个女人的房门的那一瞬间,伸开双臂毫无顾忌地把那个垂涎已久的肉体揽在怀里,接着吻遍她的全身,直至她全身战栗发出低沉的呻吟声。但他对亢奋过后的后果又心生惧怕,毕竟这不是一个简单的女人。自从第一次见到这个女人时,他就想到了她身后的张跃,想到了张跃的一些事。他努力克制着自己,压抑着对这个肉体的占有欲。他很早前就动过把这女人送出江州的念头,然而她那高挑的身材,纤细的小蛮腰,浑圆的臀部,白皙里浸着红润的皮肤,顾盼的眼眸,摇摆飘逸的步子,时刻在挑逗着他的每一根神经。陈放动了心思,把她留在了江州。接下来的几年,他们彼此在若即若离的状态中,比拼着耐力。天下没有免费的午餐,他要利用张跃给自己的机会,拿下这个女人。

在陈放的眼里,阿英算不上顶级的美人,也说不清自己究竟喜欢她什么。往往就是这种无厘头的想法,使自己对她欲罢不能。反正,在陈放的心里,他发誓要占有她!

从江源出发的那时起,陈放就有了占有她的想法。这次他没有任何心理负担,这是与她最后一次相处。他相信此时的阿英就像落水者,遇到了一艘能使她从绝望中重生的小船,她别无选择。自己要抓住这个最后的机会,占有她!

陈放再次整理了一下自己的着装,深深地呼吸了几次,回头看了一眼楼道,十分犹豫地抬起了右手,在门上"咚咚咚"轻轻敲了三下。

"谁呀？"屋里响起绵软的女人的问话。这声音既不造作也不嗲气，很动听。他的心"怦怦怦"地跳起来，觉得十分舒坦。

陈放不答，门仍然关着，屋内有拖鞋轻微摩擦地板的响声。他再次抬手，准备敲门。门拉开了一条缝，门缝里露出半个白皙的脸蛋和一条白玉般修长的大腿，一股淡淡的清香袭进他的鼻孔。陈放不由自主地颤抖了一下，全身一阵酥麻，浑身的血液像积压已久的火山岩浆蹿到了山顶，顷刻间就要爆发。他再也无法抑制冲动，猛地推开了虚掩着的房门，闪身进去了，一把搂住身着细软睡裙的阿英的细腰，脚一蹬房门，"砰"地关上了。他厚实的双唇在略施脂粉的白皙脸蛋上，疯狂地吻着。粗壮的双手铁箍般揽住了她的细腰，那柔软细嫩的身子紧紧贴在他胸前。雪白的肌肤，女人特有的体香混杂着脂粉的淡淡幽香，猛烈刺激着陈放的荷尔蒙，使他越发疯狂。阿英感到他的心脏在剧烈跳动，呼吸一阵紧似一阵，鼻孔里喷出的气息带着灼人的温度扑在她的脸上。他那烫人的舌头抵达了她紧紧咬着的牙齿，妄想从双齿间探出一条缝隙，深入进去。她的双唇不断被他肥厚的嘴唇嘬弄，温润的舌头游向了她的耳根，再游向了她了的颈部，很快游走在了双乳之间。

阿英的身子像触电般变得绵软无力，内心像钻进了细小的虫子，极力渴望着。在猛烈的攻击下，她把被动变成了享受，感到全身舒坦，血开始沸腾，她张开了双唇，迎合着对方，紧贴对方的下身感到一个温热坚硬的东西顶着了私处。她的身子颤抖了一下，但马上意识到不能轻易让对方得逞。她修长的双手抓住了陈放的头发，奋力地扯开疯狂嘬弄她胸部的嘴巴，娇喘地喊着："别这样，别这样！"

一切都是徒劳，阿英的反抗带给对方更为猛烈的刺激，一只粗壮有力的手，撩开了她的睡裙，抚摸着细嫩的肌肤，从她的大腿缓慢向上。"啪"一记耳光狠狠地扇在陈放的脸上。陈放猛地松开了双手，捂住脸，吃惊地看着对方。阿英在离开的那瞬间，又抛了一个媚眼。陈放"嘿嘿"一笑，带着疑惑问："怎么？"

阿英指了指陈放身旁的沙发，让他坐下。接着，故意撩了撩肉色的睡裙，露出一双玉腿，瞬间将睡裙扯了扯放下。然后，阿英看着陈放，说："哎，就这样占我便宜？"

陈放有些失落，熊熊欲火当场被泼了冷水。但欲火仍未全熄，他带着一丝希望，问道："你想怎样，难道你还为他守身如玉？"

"屁话！你们不是都巴望着我离开江州吗？"阿英甩了一下头发，然后抿嘴一笑，说："其实，我早就看出来了你是一只馋嘴猫。别说是你了，就是他现在在，我也得看到实惠呀。"

陈放突然明白了阿英刚才的反常，忙掏出手机，说："你呀，我说过的，我就得兑现承诺。分文不少地转给你，如你愿了吧！"

阿英"呵呵"一笑靠近了陈放，将胸挨在陈放的肩上，嘴凑到了陈放的耳根。陈放一手搂住阿英的腰肢，另一只手伸向了她的大腿。阿英顺势倒在了陈放的大腿上……

一个多小时过去了，郝正旗在监控室里仍没发现陈放和阿英出门，唯恐出现意外，给崔达打了电话，请示要不要冲进去抓了他俩。崔达说再等等，不用怕。这个小区没有后门。况且陈放和阿英没有发现我们在跟踪，一定要等陈放给阿英转了现金，办完出国手续才能行动。郝正旗无奈地放下电话，心里骂："一对骚货要玩到什么时候？"

在看着监控的支队民警碰了碰郝正旗，指着监视器上出现的一男一女问："是他们吗？"

郝正旗摸了一把头发，说："奶奶的，终于出来了！钉住他们！"接着，拨通了崔达的手机。

一辆银灰色小车在大门前停了一会儿，陈放向门卫出示了证件，然后向院外驶去。银灰色的小车后面跟着一辆黑色越野车。

黑色越野车上，崔达收到了技侦处的信息，陈放向阿英转款成功。崔达微微一笑，心里踏实多了。他想，现在应该通知赵芮把冒崽带回公安局了。

刘峰已经连续一个星期联系不上李煜了,事情不是自己预想的那样简单,一定是出事了!他火急火燎地赶到了李琦的办公室,对李琦说:"哥,情况太不对头了!"李琦说:"你不是说万无一失吗?"

刘峰此时不想与李琦争论,这样已经毫无意义。他低着头不敢正视李琦,轻声说:"我们还是早做打算吧!"

李琦"呼"地站起来,愤怒得像一头发疯的狮子,说:"还早做打算,你认为现在还早吗?你就等着挨收拾吧!"

刘峰实在无法忍受李琦的这种态度,也站了起来,说:"你吼什么吼?问题又不是出在我身上。我早就说过李煜他不适合,可你坚持说他是你的化身,现在怪我。"

李琦哑了,愣愣地看着发怒的刘峰。刘峰见李琦不语,试探地说了一句:"哎,要不找找周杰?"

李琦叹了口气,有气无力地说:"找他?请鬼号脉。他不把你往死里整就很不错了。"

"他敢!他的事还少吗?咱们完了他能好到哪里?"刘峰来了底气。

"你呀太傻!你想到的问题周杰能想不到?"李琦又坐了下来。

"我们就这样等着?"刘峰几乎绝望。

李琦瞪了眼刘峰,说:"还没到让你逃离江源的时候,你急什么?"

赵芮很顺利地把冒崽带上了车。冒崽上车后,大咧咧地说:"我公安局有人,我又不是没进过公安局。"赵芮调侃地说:"你这次估计要在公安局待多久?"冒崽若无其事地一笑,说:"少则一周,多则半月。这要看张跃和周杰的心情了。如果他们心情好,说不定明天你就得把我放了。"赵芮"哼"了一声,开玩笑似的说:"你人缘很好,有可能会出现这个情况。"又冷不丁说了句:"这次怕指望不上了!"

冒崽偏头看着身旁的这位女警官,她说这话时很认真,不像开玩笑,于是心里紧张了。但上了车自己就得硬撑,不管怎样能撑多久就撑多久,反正会有人为自己想办法，不是凭你一句话就能把老子关多久。弄不好不给我赔偿，我还赖在你公安局不走呢。冒崽斜了眼赵芮，轻蔑地朝赵芮一笑，然后慢慢掏出手机，在赵芮面前一晃，说："不信？我给周书记打个电话！"

赵芮"唰"地从冒崽手里夺下了手机。冒崽的脸色一下子白了，呆呆地看着赵芮，什么也说不出来，心里"咯噔"一下，仿佛掉进了一个冰窖，浑身打着寒战。不管再怎么问，他不再吱声，说要保持沉默，怕所说的每一句话将会成为法庭证供。赵芮暗自好笑，这个冒崽可能是看电视看多了。

车快进公安局的时候，冒崽再也忍不住了，问赵芮："公安局把我抓来，总得告诉我一个理由吧。"赵芮纠正说："是请你来的，不是抓，抓你是要戴上手铐的。你不信，可以去问邱局长。"赵芮接着问："你自己犯了啥事你自己不知道？"冒崽的脸青一阵红一阵的，过了一会儿，讷讷地说："知情不报，明知周巴子私造炸药却不举报，应该被关。"说完，狠狠扇了自己一巴掌。

赵芮、小李同时"哈哈哈"大笑起来，冒崽演得太真。车停在了坪子里，冒崽被带下了车，赵芮推了把冒崽，说："走吧！陈放会给你说清楚的！"

冒崽哆嗦了几下，腿开始发软，怎么也挪动不了，心里一个劲地在喊："完了！完了！"

陈放、阿英在分局出入境大厅里旁若无人地办好一切手续后，陈放拉一拉阿英的手，很轻地说："你快自由了！"

阿英扭动了一下腰肢，向身旁的陈放抛了一个媚眼，款款走向门外。陈放紧跟了几步，讨好般凑到跟前，色眯眯地看着对方，问："回屋继续？"

阿英瞟了眼陈放，嗲气地骂道："色鬼！"双双钻进了银灰色小车。

停放在分局出入境管理大厅不远处的黑色越野车启动了，银灰色小车从黑色越野车前开过,黑色越野车跟了上去。车上,崔达对电话里说:"在进小区大门口的那个地方行动。那儿人少,便于密捕。千万别弄出太大的动静。"

两辆车在江州的主干道上一前一后地行驶着。前头银灰色小车里,陈放正在打电话,大声说,一切办妥了!然后挂上电话,目视前方,说:"我们是不是应该庆贺?"

阿英说:"去你的,你是说今天你得逞了?"

陈放说:"别这么认为,其实我是在付出!"

阿英说:"你付出什么?"

陈放"哈哈"大笑:"你懂的!"

两车不知不觉地行驶到了高档小区的大门口,栅栏仍然关着。陈放按了几声喇叭,没人出来。陈放骂骂咧咧地下了车,朝门卫室走去。郝正旗同两名身材高大的青年男子走出门卫室,在陈放按电动按钮的当口,郝正旗一手抓住了按电钮的那只手。陈放一惊,回头看到了郝正旗,脸"唰"地变得铁青,语无伦次地支吾道:"郝、郝、郝队长。"

车里的阿英发现陈放被抓,匆忙下车。一辆黑色越野车戛然停在她的跟前,一双大手迅速将她拉上了车……

邱林的胸口仍在隐隐作痛,用手按住胸口也不能缓解。他从包里取出药瓶,倒出了两颗药丸含在嘴里,一边问,一边按着胸口,头上渗出了细密的汗珠。赵芮停下打字,看着邱林,问:"邱局,要不要停下?"

邱林松开按住胸口的手,故作轻松地一笑,说:"没事,继续!"

赵芮摇摇头,不停地敲打着键盘,记录着邱林与冒崽的对话。

对冒黑的讯问一直延续到晚上十点。刚刚结束审讯,高晓敏来了电话,阿英供认了与张跃密谋杀害丁俊成的事实,可以对张跃实施抓捕!

邱林要赵芮抓紧时间吃晚饭,随后抓捕张跃。

江源县城的夜带着薄薄的水雾,将街灯弄得非常昏暗。街上行人稀少,偶有过往车辆,发动机声音格外刺耳。几辆小车在离一栋气派的别墅不远处停下,十几条黑影悄悄靠近了别墅的大门。别墅附近的几栋高楼里仍亮着灯,邱林借着昏暗的灯光看了看手表,十一点,又看了看天空,沉思了一会儿,向远处走去。

暗处,邱林在打电话:"朱老,睡了没?"

朱一来说:"你呀,辛苦的命。"

邱林一笑,说:"没办法,谁要咱们干这个行当。哎,麻烦您现在给张跃打个电话,告诉他您在他的大门口等他。"

过一会儿,朱一来"嗯"了一声。

邱林说:"朱老,不管您用什么方法,只要把他骗出来就行!"挂上电话,邱林手按胸口走向了别墅的大门。邱林环顾了四周,向守候在那里的几名特警做了一个OK的手势,然后将身子贴靠在墙边。

别墅里的大厅亮起了大灯,接着"吱呀"的开门声,"橐橐"的脚步声由远而近,"哗"沉重的铁门被拉开,一个黑影走出铁门,"哐当"铁门被再次关上,黑影向门前的路上走去。

邱林向身边的民警挥手,几名特警冲上前去,黑影还未回过神便被推上了车……

三天过后,一行小车驶进了江源县公安局。

江源县公安局会议室里,气氛异常严肃。江州市委书记陆晨曦,市纪委主要领导,江州市副市长、公安局长程志远,江源县委书记绍中伟,市公安局刑侦支队支队长高晓敏,邱林,崔达,郝正旗,赵芮,等聚集在会议室,他们表情严肃。

邱林拿着厚厚一沓汇报材料翻了翻,看了看上座的程志远。程志远向邱林点了下头,说:"开始吧!"

会议室内响起了邱林洪亮的声音:"大家还记得几年前江源县城平江路37号发生的那起枪击案吗?我们通过侦查,于当年的五月在江州佃寨抓获了直接作案人汪向龙、吉猛虎二人。据汪向龙、吉猛虎两人交代，在江源贸易公司法人祖宵巨额报酬的诱惑下，两人杀害了丁俊成。案发后的同月下旬，被害人的儿子遭遇绑架，祖宵也从江源失踪。半月后，江源县公安局接到一个匿名电话，举报了祖宵的隐藏地点。然而，正当警方准备抓捕祖宵时，发现祖宵绑架了人质。为保人质安全，警方不得不与案犯谈判。在谈判过程中，一块石头砸在了窗户上，激怒了案犯，案犯意欲杀害人质。在这紧急关头，警方击毙了祖宵。被害人的妻子管苏菲自首。经检察机关与公安机关共同分析研判，管苏菲不具备作案动机，关键证据无法印证，雇凶杀人罪名不成立，秉着'疑罪从无'的原则，释放了管苏菲。案件因祖宵的死亡，而被迫停止侦查。

"按照市委、市公安局领导'一定要查清内幕，给法律和民众一个交代'的指示精神，公安机关对这一案件进行了长时间追踪。

"后来一起在江州市引起轰动的江源县城大字报事件，将丁俊成案件的诸多疑点暴露出来。接着发生了更为恶劣的楠竹岭电站被炸案，掀开了笼罩在江源的一切伪装。看起来毫不相干的两起案子，却紧密联系在了一起。

"我们在侦查县城大字报事件时，一个意想不到的人物出现在江源，阿英。丁俊成被害的那个晚上，有一个神秘女人陪着丁俊成，案发后消失得无影无踪。这女人就是阿英，江州市人，是张跃早期在江州认识的，他们的关系非同一般。她的出现，给公安机关的侦破工作带来了转机。首先我们把阿英与张跃联系起来，然后与丁俊成联系起来，依次是周杰、陈放，再次把周杰、张跃与楠竹岭村的冒崽，冒崽与陈放等一系列的关系一并串联，我们得出了一个结论，他们是一个利益集团。

"接下来分析楠竹岭电站案，江源稀土矿业有限公司以丁俊成为法人，李煜占有百分之四十的股份，当然这不全是李煜的，其中李琦、刘峰占了相当大一部分。李煜、李琦、刘峰，他们又是另一个利益集团。

"县城大字报案件和电站被炸案，从表象上看，没有必然联系。然而，我们把丁俊成被害案与两起案件联系起来，不难发现其中的交叉点，那就是利益。丁俊成的被害是否与利益有关？仅凭上述两起案件的关联性很难下定论。于是公安机关围绕其中的疑点，查找证据。李煜的冶炼厂遭楠竹岭村民打砸，打砸冶炼厂的理由是李煜炸了他们的电站，为首闹事的又是与张跃、周杰有一定关联的冒崽。事情再次回到电站被炸案，炸毁电站的黑色火药从哪里来？谁合法拥有大量的黑色火药？李煜的鞭炮厂！李煜在事发后，不顾一切地逃离了江源。他的出逃为我们引出了第一个幕后人物——刘峰！

"我们沿着阿英这条线，查出了另一桩案件，丁俊成案件的第一个幕后人物——阿英！

"江源三起特大案件渐渐显露真相。随着楠竹岭周巴子的投案自首，李煜鞭炮厂技术员方脸和春生进入警方的侦查视线。为使自己不被暴露，电站案的幕后人物终于按捺不住，指示李煜他们逃离江州。这就让我们肯定了电站被炸案的侦察方向。我们在江州抓获了李煜、方脸、春生三人，电站案可以说画了一个句号。

"但问题再次来了，谣传了多年李琦占有江源稀土矿业有限公司股份的事是子虚乌有吗？等了多年而看到时机成熟了的丁仁宗和管苏菲，终于站了出来，向公安机关提供了大量翔⋯⋯材料。其中一份是李琦与江源稀土矿业有限公司签订的股份合同，李⋯⋯有股份百分之二十。另一份是张跃公司下属的子公司——江源贸易公司收购江源稀土矿业有限公司的草拟合同书。江源贸易公司的法人为祖霄。"

邱林说到这里，看了眼在座的各位，拧开茶杯喝了口茶，盖上杯盖，一只手捂住胸口，继续汇报："两份合同的出现，使案件看似明朗化了，但仍处在一团迷雾中。第一份合同，说明了一个问题，他与电站有直接牵连。早在几年前，丁俊成主要是以开采稀土矿石为主，矿场在楠竹岭电站上游一公里处，由于修建了楠竹岭电站，这个采矿场名存实亡，矿场因电站蓄水而被淹。由于丁俊成的损失很大，曾多次与张跃交涉要求赔偿,结果双方久争无果而积怨。张跃为化解这一矛盾,拟由子公司江源贸易收购江源矿业,因此产生了第二份草拟的收购合同,而这份合同远不是丁俊成想要的结果。因此,事情被搁浅。从此时起,李煜就动了要炸毁电站的念头。

"为了霸占丁俊成的公司,张跃在他的心腹祖霄的极力唆使下,谋划出了一个大胆的计划,杀掉丁俊成!于是,祖霄由物色人员到作案,历时一年多。为引诱丁俊成,张跃把在江洲认识多年的阿英调到了江源。案发当天,阿英约丁俊成在迪豪酒店用餐,名义上是商谈收购事宜。晚饭后,在阿英的邀请下丁俊成去了歌厅。凌晨一点左右,丁俊成接了一个电话,匆忙离开歌厅,后在家门前被害。案发后,张跃吩咐阿英逃出了江州,被安置在江州市一高档小区内,直至被警方抓获。

"回到祖霄被击毙的现场。是谁向现场扔了一块石头将祖霄激怒呢?我们从冒崽的供述中,找到了答案。事发的前一天,张跃找到了冒崽,告诉他举报有奖,并且承诺事后给他好处。事发的当天晚上,张跃驾车将冒崽送到了江源县城,由冒崽向公安机关打了匿名电话。随后,张跃再次将冒崽送到了楠竹岭后山现场。冒崽按张跃事先的方案,在警方赶到时向祖霄报了信,致使祖霄被当场击毙。"

邱林的脸青一阵白一阵,豆大的汗珠滴下来,他抹了把脸上的汗水,身子向前倾着,腹部顶住了桌沿。

会场一片寂静,在座所有人埋着头认真地做记录。唯有对面的绍中伟抬头,发现邱林的脸色不对,忙说:"没事吧?"

邱林强忍疼痛,朝绍中伟一笑,说:"没事!"

邱林扫了一眼会场的各位领导,继续说:"说到这里,大家会有两个疑问。一是,张跃将冒崽送到祖霄隐藏的地点后,警方为何没发现他使用的交通工具;二是,丁俊成被害的那个晚上,管苏菲通话记录里打给丁俊成的那个电话是谁所为?"

听到这里,会场上一阵议论,所有人都看向邱林。邱林停顿了片刻,端起桌上的杯子,浅浅地抿了一口,放下杯子,说:"这两个问题一直困扰了我们多年,冒崽落网后,一切都解释通了。张跃当晚将冒崽送到祖宵的隐匿地点后,没有从原路返回县城,而是从现场向西穿过五公里的山路,进入了省道,然后从省道返回江源。当时我们并不清楚有这条山路,张跃就是利用这条山路,躲过了警方的调查。其次是管苏菲通话记录里打给丁俊成的那个电话。我们对这个电话一直是有怀疑的。但由于管苏菲主动投案等多种原因,我们对这个电话没有做过技术分析。当发现阿英后,我再次想起了管苏菲一直否认打过的那个电话。就在上月,我们通过省厅技术部门,联系上了手机生产厂家和软件开发公司,对张跃、阿英、管苏菲以前使用过的手机进行了技术分析,确认是张跃的手机复制了管苏菲的电话号码,由阿英模仿管苏菲的声音,通过一个软件定时向丁俊成打了电话……"

邱林的脸色开始发青,再次使劲按着腹部。他抬头看了看会场上的人,然而眼前一片模糊,就连对面的绍中伟也成了无数个影子在晃动。邱林使劲眨了眨眼,当再看向会场时,眼前突然一片漆黑,头无力地撞到了桌子上,手下意识地伸到口袋里攥住了药瓶……陆晨曦、程志远、绍中伟等人急切的呼唤声,很远、很远,很快消失了。

尾 声

细雨蒙蒙，天空阴沉沉的。

江源县政府大院内，低沉的哭泣不绝于耳。

赵芮搀扶着邱林的满脸皱纹的母亲李珍，程志远和绍中伟扶着痴呆的邱聪，舒蓉拉着手捧遗像的邱娟，缓慢走出灵堂。

大院坪子里，几百名着装整齐的警察和赶来送行的近千名干部群众站在雨里。李珍呆呆地站在黑压压的人群前，泪如泉涌。程志远、绍中伟、高晓敏在李珍的背后泣不成声。

李珍突然仰头对着天空悲切地哭喊道："儿啊……"

送行的警察队伍里，突然高喊："警礼！"

"唰"的一声，几百双手举在眉边，向前方行标准军礼！

万人空巷。

街道两旁，群众自发拉起黑底白字的挽联，排成长龙。灵车缓缓从江源万名群众自发组成的送葬队伍中驶过，低沉的哭泣声盘旋在江源上空……

天空中突然响起了邱娟撕人心肺的喊声："爸——"

一周后，周杰、李琦、刘峰等人被江州市纪委立案调查。

一个月后，被移送司法机关。

三个月后，周杰、李琦、刘峰、张跃、陈芬、陈放、阿英、李煜、冒崽等人站在了法庭上……

我们的荣光

出品人	续小强	选题策划	左树涛	责任编辑	左树涛
复　审	张　丽	终　审	古卫红	印装监制	郭　勇
封面设计	张洪海	封面绘图	郑舒心

项目运营　|　有度文化·刘文飞工作室

投稿邮箱　|　liuwenfei0223@163.com　　　微信公众号　|　bywycbs1984

微　　博　|　http://weibo.com/liuwenfei